Juan Soria

EL ECO DE LAS COMETAS

Advertencia preliminar

Parece obvio, pero es necesario aclarar que estamos en el ámbito de la ficción. Lo que tiene en sus manos el lector es una novela y como tal, hay que advertir que todos los personajes, salvo dos, son ficticios. Ficticio es también todo lo que se relata en la novela, siendo fruto de la imaginación del autor. Lo que no pertenecen a la ficción son los lugares que aparecen en la novela. Son lugares reales. Esta novela se desarrolla fundamentalmente en la ciudad de Cuenca, una ciudad sumamente tranquila donde nació y vivió una buena parte de su vida el novelista.

1

Las chicas soltaban el hilo a las cometas sin cesar. Tres cometas que disputaban su posición en el cielo. Con la mano, de vez en cuando, saludaban a un señor sentado en una butaca a unos ochenta metros:

—Papá. Estas sí que funcionan bien. Lo hemos conseguido.

Miró hacia el cielo y contempló hechizado durante varios segundos el baile de las cometas que con el reverbero del sol tomaban un aspecto más sugestivo. Bajó el sombrero a la altura de las cejas, se arrellanó en la butaca y cerró los ojos. Se dejó llevar por la soledad de aquel lugar y por el ulular de la brisa azotando las hojas de los pinos. La primavera llegaba a su fin y en esa época del año la naturaleza se muestra en su máximo esplendor en esa ciudad.

Una pequeña ráfaga de viento fue suficiente para arrancar el sombrero de su cabeza. Una de las tres chicas descuidó el vuelo de su cometa, entregó el hilo a una de sus compañeras y salió corriendo tras el sombrero. Se tuvo que dar una buena carrera para alcanzarlo. Un par de metros antes del precipicio le echó el guante. «Lo he cogido por los pelos», se dijo a sí misma. Jadeando, esperó a su padre y se lo entregó. Giró la cabeza y se dio cuenta que detrás de la butaca había dos jóvenes altos y muy corpulentos. A su padre le cambió el semblante cuando los vio. Pareció dudar, pero debió pensar que no tenía otra alternativa que regresar a la poltrona.

La chica, sin moverse del lugar donde atrapó el sombrero, se quedó mirando el andar dubitativo de su padre. No le quitó la vista de encima hasta que llegó. Los dos chicos lo esperaban con los brazos cruzados. Al llegar a su altura, uno de ellos señaló con la mano la butaca y el padre de la chica se dejó caer en ella. Hablaron con él. Miraron las cometas. Miraron a las chicas también. Uno de los dos chicos se agachó hasta quedar a la altura de la butaca y dijo algo. El padre de la chica afirmó con la cabeza.

Los dos jóvenes desaparecieron. Poco después se escuchó el ruido de un coche.

2

La señora se sobresaltó con el estruendo de un trueno. Hasta ese momento, aunque con unas cuantas nubes, la mañana se había mostrado tranquila. Súbitamente, un impetuoso viento se encajonó en el callejón por donde paseaba. Le trajo a la memoria los impenitentes alisios de su destino anterior condenándola a salir a la calle con un pañuelo en la cabeza. Con el temor de que se pudiera desprender alguna cornisa miró hacia arriba, bajó cuatro tramos de escaleras y llegó a una calle más ancha. Paró la marcha y miró al cielo. El azul de las primeras horas de la mañana se había tornado ceniza.

—Esto parece que se pone feo. Como no apriete el paso puede que tenga que volver a la peluquería —masculló.

Hasta ese momento la mañana había estado tranquila. Salió temprano de casa con el perro y dio una paseo por la parte alta de la ciudad. La bóveda celeste estaba totalmente limpia de nubes a esas horas de la mañana, lo que preludiaba un día seco. Las calles estaban vacías, sin ruidos. Ese silencio catedralicio era una sensación muy especial para quien estaba acostumbrada al estruendo de una gran ciudad. La calma era tan densa que le trajo a la memoria aquella primera vez que visitó la ciudad en unas vacaciones de Semana Santa. Entendió que dicha representación mental tan lejana no se correspondía con la ciudad que se abría ante sus ojos.

Bajó la zona de transición hasta la parte baja de la ciudad en un santiamén y se paró junto al río Huécar. Lo escoltan dos altos muros de piedra, uno de los cuales —el más alto— está parcialmente tapado de hiedra. Le llamó la atención la trasparencia de sus aguas y las ramas de los sauces acariciando el suelo. Se apostó en el muro, hurgó en el bolso y sacó el teléfono. Marcó. Habló con su madre. Le advirtió que si empezaba a llover debía cerrar bien las ventanas y que dejase entrar al perro en casa si persistía la tormenta. Lo que desconocía es que a principio de verano era frecuente que las tormentas se resolvieran únicamente con ruido y viento.

Dudaba qué camino seguir a cada esquina que llegaba. La primera la resolvió girando a la derecha. Tomó una calle extremadamente estrecha y llena de desconchones que olía a excremento de gato. Tras andar unos cincuenta metros desembocó en un inmenso espacio con un parque en el centro. Unos segundos de indecisión, giró a la izquierda y recorrió la verja del parque por fuera.

Aproximadamente habría recorrido la mitad del perímetro cuando giró de nuevo hacia la izquierda. Miró hacia el cielo una vez más.

—¿Dónde se han metido las nubes?

Poco más adelante, aproximadamente anduvo unos doscientos metros, se topó con una masa de gente que ocupaba la acera.

—Ya entiendo el motivo por el que las calles estaban vacías. Se ha congregado toda la gente aquí —farfulló entre dientes.

Apenas cabía otro peatón en la acera, pero consiguió apostarse en un lugar a la sombra de un árbol con una buena fronda. Se sintió protegida. Desde la izquierda llegó una comitiva de coches encabezados por uno fúnebre que portaba un féretro. Por la categoría de dicho automóvil y la vistosidad del féretro debía de ser un entierro de primera. Paró y se hizo un silencio reverencial. De la puerta de la iglesia salieron al encuentro un sacerdote cubierto con casulla y estola y dos niños con atuendos de monaguillo agitando sendos incensarios. El cura sacudió el hisopo y bendijo al finado. Los monaguillos agitaron los incensarios alrededor del féretro dejando un agradable aroma a incienso en la plaza.

—Pura apariencia, simple formalidad. ¿Qué motivo puede encontrar alguien para gastar el dinero de los vivos en los difuntos? Los muertos no sienten ni echan nada de menos —pensó—. Claro que el difunto podría tener latifundios, inmuebles o algún palacete; en ese caso…

El féretro fue cargado a hombros de seis mocetones y se dirigió hacia el interior del templo seguido por parte de la gente que se acumulaba en la puerta. Poco a poco, el público que no entró en la iglesia fue desapareciendo por las esquinas hasta que la calle recuperó la normalidad. La señora siguió su camino y preguntó a un viandante por la comisaría de policía. Miró el reloj y aligeró los pies.

A mitad de la calle Astrana Marín se encuentra la comisaría de policía. La señora se detuvo antes de entrar. Se quitó las gafas y enjugó el sudor de su frente con el reverso de su mano derecha. Empañó los cristales de las gafas con su propio aliento y los secó con un paño que sacó de un estuche. Tras mirar al trasluz a través de ellos se colocó de nuevo las gafas. Empujó la puerta y entró en el edificio.

Incomprensiblemente no había ningún policía en la entrada. Tenía toda la planta baja a su disposición. El silencio atemorizaba. Avanzó. Miró a un lado y a otro buscando presencia humana. Subió un tramo de tres escalones y se dirigió al mostrador de información. No había nadie. Miró el reloj que había en la pared de enfrente, sobre una repisa —un reloj esférico, blanco, de unos cincuenta centímetros de diámetro— y las agujas marcaban las doce y cuarenta y ocho minutos. Miró su reloj y verificó que la hora era correcta, lo cual significaba que el edificio estaba habitado. «¡Caramba, qué raro. Da la impresión de que fuera un edificio abandonado!» —se dijo a sí misma—.

Anduvo de un lado a otro husmeando. Se fijó en un cuadro de llaves que había en la parte izquierda del mostrador. Habían seis que eran de algún automóvil, seguramente de los coches patrulla. Al lado de las llaves se detuvieron sus ojos en un almanaque de pared al que no le quedaba ninguna hoja por ser del año anterior. Mostraba la fotografía de una chica morena muy alta y muy guapa. Era una de esas fotografías que, gracias a la tecnología estereoscópica, se mostraba vestida o desnuda según se mirara. En la parte derecha había un cuaderno muy grueso de tapa dura. En dicha tapa, con letras azules y caligrafía tan limpia como el copón de una sacristía, se leía la palabra «Memorándum». Junto al cuaderno, un bote cilíndrico lleno de bolígrafos y una grapadora. Le llamó la atención uno de los bolígrafos. Era un Parker plateado con adornos en oro. Lo tomó en sus manos y se dio cuenta de que tenía dibujos en relieve en la parte superior. Le llamó mucho la atención que hubiera un bolígrafo como ese en un lugar como aquel.

Suponiendo que no tardaría en llegar algún funcionario, se sentó en una silla metálica que había en la pared de enfrente. Se relajó. Se desabrocho un botón de la blusa, la agitó y dejó que el frescor atemperase el calor de su cuerpo. Miró a un lado y a otro de nuevo. Detuvo su mirada en las fotografías antiguas de la ciudad que decoraban las paredes. Miró con buenos ojos el orden y la limpieza que imperaba en la entrada. Apreció los efluvios esparcidos en la estancia. Todo ello le hizo concluir que habría una mano generosa entregada al servicio de los demás.

Se preguntó una vez más el motivo por el que había ido a parar a un sitio como ese y no a otro cualquiera. Era un asunto recurrente —me refiero al del destino—, que se solía plantear a sí misma cuando no tenía seguridad de haber tomado una decisión correcta. Sin llegar al espanto, en el fondo, lo que realmente sentía era miedo al fracaso, miedo a que su vida se fuese a la mierda. Se sentía triste, se sentía sola, se sentía desamparada, tan solo era añoranza de la tierra y del tiempo que había dejado a sus espaldas. Eran temores tan absurdos como agotadores. Anduvo encerrada en pensamientos de este jaez hasta que decidió tomar las escaleras que conducían al primer piso y desde la que procedía una voz lejana. Era una escalera cilíndrica de ladrillo de cristal que daba al exterior permitiendo la entrada de luz. En el descansillo del primer piso la voz parecía haberse acercado. Aun así, la sensación era de haber entrado en un lugar insólito. Dudó si estaba haciendo lo correcto, pero se coló por un largo pasillo.

—Desolador. No entiendo lo que está pasando.

Anduvo a lo largo de un espacioso pasillo. Inspeccionó todas las puertas. Al final se encontró una entreabierta con un rótulo informando que era el despacho del inspector jefe don Julián Carrillo Pérez. Sí, estaba en el lugar correcto, no había duda. Su exquisita educación le hubiera impedido entrar si se la hubiese encontrado cerrada, pero empujó disimuladamente con el zapato y quedó abierta de par en par mostrando un despacho amplio, alegre y muy luminoso. No se cortó. Entró. Se encontró en medio de un amplio espacio rectangular cuya pared del fondo era una enorme cristalera de pared a pared. No reparó en la mesa ovalada que había a su derecha. Ni en la de despacho que había junto a la ventana. Tampoco en el mueble archivador que ocupaba gran parte de una de las dos paredes más largas. Sus pies le condujeron directamente a la ventana. Subió la persiana. Desde allí recompuso en su mente la decoración de la sala cambiando de sitio los elementos que formaban el mobiliario. Se giró y miró el paisaje a través de la ventana. Una enorme variedad de verdes se elevaban sobre los edificios que había a unos cien metros de distancia pugnando con los grises de las nubes. Eran las copas de los enormes árboles del parque de los Moralejos, junto al río Júcar.

—¿Quién es usted?, ¿qué desea?

La señora se sobresaltó. Su cuerpo experimentó una violenta sacudida. No en vano se sintió amenazada no solo ante el tono de voz, sino por la intensidad de una mirada desconcertante. La voz seca e inquisidora provenía de una chica joven que iba elegantemente vestida de paisano. Alta.

Delgada. Bien formada. Su forma de vestir —una camisa blanca ajustada sin mangas y un pantalón vaquero bien ceñido al cuerpo— mostraba un cuerpo atlético con buen tono muscular.

—¡Perdón! No me he dado cuenta de su presencia. Verá… El caso es que como no he visto a nadie en el piso de abajo…

Respondió con tono apacible dando la impresión que untaba las palabras con mermelada.

—Pues si hubiese tenido la paciencia suficiente, seguro que ya estaría atendida —resolvió la chica con contundencia.

—Verá…

—¿Cómo se llama?

La brusquedad de la joven contrastaba con la suavidad de la señora.

—Soy María del Mar Ayuso —respondió con tono dulzón.

Al oír el nombre, le cambió el semblante y respondió con voz meliflua:

—¡María del Mar Ayuso Oramas!, la inspectora jefa. Pero si no la esperábamos hasta mañana.

Sus miradas se suavizaron. La tirantez de sus rostros se distendieron automáticamente. María del Mar no pronunció ni una palabra. Se limitó a mover la cabeza de arriba abajo y sonrió.

—Yo me llamo Mari Luz. Mari Luz Crespo de la Fuente.

Dio unos pasos en dirección hacia María del Mar. Se inclinó cuando estuvo a su altura y juntaron sus mejillas.

La voz lejana cesó y al instante se oyó un caluroso aplauso acompañado de bravos y vítores que acabaron en una áspera tonada cuya letrilla empezaba: «Porque es un muchacho excelente…».

—Ahora entiendo el motivo por el que…

—Sí, hoy es un día muy especial. Todo el mundo ha querido sumarse a la fiesta.

Mari Luz recogió un paquete que había debajo de una de las mesas e invitó a María del Mar para unirse al festejo.

—¿Crees que será una buena idea? Me refiero a que…

Mari Luz sonrió y dijo:

—Por supuesto. ¿No pensarás…?

—No, si pensar no pienso nada, lo que digo es que…

—Pues no digas nada tampoco. Te vienes conmigo y no se hable más —dijo tomándoselo a risa.

María del Mar le devolvió la sonrisa.

—Necesito detalles.

—Detalles. Detalles. Vamos a ir a una sala donde hay vino, cerveza y comida. Allí están todos los que van a ser tus compañeros festejando la jubilación de tu antecesor en el cargo. Están todos deseando conocerte, de darte la bienvenida. No puedes marcharte así, sin más.

Un movimiento de cabeza acompañado de un gesto aprobatorio en su rostro dio el consentimiento para unirse a la fiesta. No cabe duda que los argumentos de Mari Luz habían resultado ampliamente convincentes. De camino, Oramas preguntó:

—¿Se encuentra el comisario en la sala?

—Es el único que falta. Ha marchado a un funeral. No sé si se ha enterado. Ayer murió el diputado Ángel Bascuñana Gascueña; se ha suicidado —dijo acercándose a María del Mar bajando la voz.

—La verdad es que la casa me ha tenido tan ocupada… Llegué ayer de Canarias y, la verdad, no he escuchado las noticias ni he leído la prensa. Pero, ahora que recuerdo, viniendo para acá me he cruzado con un entierro. Había tanta gente que me ha impedido seguir el paseo.

A Mari Luz le cambió el semblante. Su rostro se contrajo sin poder disimularlo. La gravedad de su cara imponía respeto. Recogió la coleta con una goma en un ágil movimiento de muñeca y sentenció con acrimonia:

—No será por los méritos que ha hecho para merecer el homenaje.

A María del Mar le causó sorpresa y, más por tomarle el pulso a la ciudad que por curiosidad, preguntó:

—¿Te refieres a algo que deba saber como inspectora de policía?

No contestó. Se limitó a mover la mano en un claro gesto de dejar el asunto por el momento en vía muerta. María del Mar sacó de nuevo el teléfono del bolso y llamó a su madre para advertirle de que iba a llegar tarde, indicándole que no la esperara para comer.

En ese momento sus miedos se disiparon.

Resignada, marchó acompañada de Mari Luz para unirse con los que a la postre serían sus nuevos compañeros de trabajo. Se sintió insegura, con la misma fragilidad que la de un cervatillo en medio de una familia de hienas. Pero no reculó. Ni siquiera retiró ni un segundo de sus labios esa deliciosa sonrisa con la que solía granjearse el afecto de la gente. Ante las presentaciones, los saludos, los besos, y las muestras de afecto se mostró imperturbable.

Mari Luz fue la encargada de entregar el regalo de despedida al homenajeado. Se trataba de un equipo de pesca compuesto por traje, gorro, caña y nasa. Con mirada vidriosa y con la voz ligeramente afectada, tomó de nuevo la palabra para agradecer el regalo. No fue un esplendoroso discurso, ni mucho menos, pero tuvo la deferencia de dirigir unas palabras a su sustituta, a la que invitó a acercarse al micrófono para darle la bienvenida y ofrecerle la oportunidad de dirigirse a sus compañeros.

María del Mar, a la que la vida había enseñado a dominar las emociones y a mostrarse impertérrita en público, se acercó a su antecesor en el cargo, juntaron sus manos, se besaron y miró de soslayo a Mari Luz como si la quisiera crucificar con la vista. Se quitó las gafas para limpiarlas, más por ganar tiempo para preparar el discurso que porque le impidiera la visión; y, ante un silencio amenazador, dijo:

—Nunca me ha gustado dirigirme a un público tan amplio como este. La inseguridad con la que me manejo por la vida no me ayuda. A pesar de ello, dos cosas quiero decir. La primera es que me agrada mucho el ambiente que hay en la comisaría. Acabo de llegar y ya me siento muy bien acogida. La segunda, que me encanta esta ciudad. Es muy distinta a Las Palmas de Gran Canaria, que es el lugar donde nací, me crié y del que procedo. Pero, que sepáis que valoro mucho vuestra tranquilidad, vuestro paisaje y las gentes de esta ciudad.

Cortó el discurso de forma inusual, con cierta brusquedad. Tras un silencio que a la oradora se le hizo eterno, en el auditorio se empezaron a oír leves palmadas hasta que explotó en un cálido aplauso y continuó la bulla. Una vez que abandonó el micrófono, María del Mar se relajó y se disolvió entre el grupo con el mismo regocijo que se puede levantar cualquiera del sillón de un odontólogo.

Se encontró tan a gusto en la reunión que fue la última en marcharse junto a Mari Luz, a la que ayudó a recoger. Dando por perdida la siesta, marcharon a las cuatro y doce minutos de la tarde a tomar un café en una de las terrazas de la calle principal.

Se sentaron en la plaza de la Hispanidad, un espacio peatonal junto a la iglesia de San Esteban, justo en el mismo lugar donde se había celebrado el funeral del diputado. A pesar de la hora, gracias a la cantidad de árboles y a la dimensión de sus copas, la temperatura era muy agradable. Estaban bajo una imponente masa verde donde al sol le resultaba imposible penetrar. Aun así, en verano, a esas horas de la tarde, no se ve casi nadie por la calle, mostrando la ciudad ante los ojos de cualquier viandante una calma inquietante.

—Me llama la atención ver la ciudad vacía. En mi tierra no cesa el trajín de la gente durante todo el día.

—Tienes que aprender lo que es la siesta.

—A ver si te crees que no lo sé.

—Pero lo más seguro es que en tu tierra la eches por necesidad, aquí es una costumbre inherente a la temperatura. Esa es la diferencia.

La primera que se llevó el café a los labios fue Mari Luz. Dio un respingo y dejó la taza sobre el platito. Jugueteron un buen rato con la cucharilla disolviendo la azúcar y pidieron un vaso con hielo cada una. El primer sorbo lo dio María del Mar. Mari Luz reprodujo el movimiento y se humedeció los labios también. Con los ojos bien abiertos, María del Mar agudizaba todos sus sentidos al máximo. Prestaba mucha atención a todos los detalles tratando de captar cualquier circunstancia que le ayudara a conocer la ciudad.

—Por cierto, tu discurso ha sido admirable.

María del Mar tuvo que centrar la atención en las palabras de su compañera. Apareció por la comisura de sus labios una leve sonrisa y dijo:

—Es guasa, ¿verdad?

—No, no. Palabra. Para ser un discurso improvisado me ha parecido muy interesante. Breve y muy acomodado a las circunstancias. Me he estado preguntando el motivo que te ha hecho venir a esta ciudad desde tan lejos.

Sacó un paño del bolso. Se quitó las gafas. Impregnó los cristales de vaho y los limpió con un estudiado movimiento circular de sus dedos pulgar e índice. Solía proceder de dicha forma cada vez que se enfrentaba a una pregunta comprometida. Con aspecto serio y circunspecto dijo:

—Hace unos años hice un viaje a esta ciudad y me maravilló. Me pasé cinco días seguidos paseando alrededor de las murallas y sentí una fascinación especial por el paisaje. Date cuenta que en el lugar del que vengo no hay ríos y las estaciones del año no existen. Esas circunstancias, añadida a otra particularidad familiar, ha hecho que me haya venido a ejercer mi profesión a Cuenca. Estuve buscando vivienda como una loca en la parte antigua. Tuve suerte. He conseguido una vivienda en la calle Severo Catalina. Mi vivienda da a la hoz del Júcar. Este tiempo atrás, tomé un mes de vacaciones e hice una reforma en la casa.

Seguramente, a Mari Luz le hubiera encantado profundizar en lo referente a esa particularidad familiar, pero se reprimió.

—No me jodas, ¿vives en la casa de doña Pilar?

—Pues sí, ese es el nombre de la señora que me la vendió. Pilar Álvarez. ¿La conoces?

—Aquí nos conocemos todos. Conozco a ella. Conozco a su hija, que fue de mi pandilla cuando estudiábamos en el insti. Y conozco también la casa. Vives en un lugar privilegiado. Doña Pilar es viuda. Se casó con un pintor de aquellos que vinieron a la ciudad cuando se inauguró el museo de arte abstracto. Su marido murió joven y le dejó una buena herencia. Ahora se ha hecho mayor y dice que le resulta pesado tener que depender del autobús para ir al centro de la ciudad. Los conquenses nos hemos empeñado en echar la ciudad abajo y…

«Echar la ciudad abajo, echar la ciudad abajo. ¡No pensará meter esta chica a todos los habitantes de la ciudad dentro de las murallas!», pensó María del Mar.

—Pero…, las costuras de esta ciudad han tenido que ceder a la fuerza. No sé si me explico.

—Sí, si. Te explicas cojonudamente y tienes razón. Lo que he querido decir es que la parte antigua fue despojada de servicios. No hay ni una delegación de un ministerio, ni un banco… Han tenido que venir los turistas para resucitar la ciudad.

—Cambiemos de tercio y pasemos al terreno profesional. Me interesa saber con qué equipo me voy a encontrar mañana cuando vaya al trabajo.

Mari Luz se volvió a humedecer los labios con café. Se quitó la goma que sujetaba su melena. Dio unas sacudidas de cabeza y quedó su pelo graciosamente alborotado.

—Vas a estar en un equipo cojonudo. Está compuesto por cuatro. De vez en cuando nos cantamos las cuarenta y nos decimos a la cara lo que pensamos, pero nunca hay daños colaterales. Somos dos chicos y dos chicas. De los chicos, Julián es con quien mejor me llevo…

—Pero Julián es el jubilado.

—No, no. El *jubileta* es otro. Este tan solo tiene 36. Nos dirigimos a él como Peláez, que es su apellido. Aunque nos llevamos todos muy bien, como te estaba diciendo, con él me siento muy apegada…

¿Apegada? Eso no le sonó nada bien. Un equipo de investigación con una parejita pelando la pava no podía ser eficaz.

—¿No me digas que sois pareja o estáis en trance?

—Frío, frío.

—Menos mal.

—Si te he dicho que me siento muy apegada a él es porque, a pesar de que discutimos con bastante frecuencia, es una persona muy cautelosa que no acostumbra a meterse en la vida de los demás ni tiene el guapo subido. Es el chico más alto de la reunión. Uno que llevaba barba de tres días.

—Ah sí, sí. Un chico moreno y muy bien parecido. Me ha saludado con mucha discreción y se me ha ofrecido para lo que haga falta. La verdad es que me ha dado muy buena impresión. Sí, efectivamente, me ha parecido un chico respetable y muy bien educado.

—Es muy meticuloso y muy efectivo en su trabajo. ¿Algo negativo en él? Es padre de familia y tiene dos hijos pequeños.

—¡Mujer! ¿Cómo piensas así?

—A ver. No me malentiendas. Tan solo he querido decir que necesita desconectar de su oficio a diario. A mí no me vengas con esas chorradas.

María del Mar se sintió un tanto desairada. Hubiese sido razón suficiente para levantarse y dejarla plantada caso de haber dado con una persona irascible, pero María del Mar era una persona que se sabía controlar.

—Bueno, bueno… Háblame del otro chico.

—El otro chico ya es talludito, tampoco quiero decir con esto que le queden dos telediarios. Se llama Mateo Torrijos. Nos dirigimos a él por su apellido y también le decimos «Escueto» por la cantidad de veces que utiliza dicha palabra. Tiene los hijos criados, pero está de vuelta en la profesión. Te darás cuenta de ello por la cantidad de veces que habla de la jubilación. No quiero decir que no cumpla con sus obligaciones, pero parece más funcionario que policía. Yo soy quien completa el grupo de homicidios. Si quieres saber algo de mí, pregunta a los demás. Pero si lo haces ten en cuenta que yo soy una persona muy…

No supo acabar la frase. Tras un silencio reflexivo la inspectora jefa dijo:

—No estoy segura de que lo haga.

Mari Luz la miró fijamente durante unos segundos que a María del Mar se le hicieron minutos. Dio la impresión de que esperaba una respuesta que su compañera no acertó a encontrar. Dijo para salir del atolladero:

—Creo que has hecho una buena elección viniendo a Cuenca. Esta es una comisaría muy tranquila. Denuncias por malos tratos a mujeres, desapariciones, algún robo esporádico en tiendas, menudeo con la droga… Poca cosa más, esto va a ser coser y cantar. ¿Asesinatos? Desde el caso de aquel joven que mató a su novia y a una amiga y huyó a Rumanía, nada de nada. Con ese carácter que tienes, creo que lo vamos a pasar bien todos.

—¿Carácter? Déjame que te diga que en Canarias me decían la inspectora «simca».

—¡¿Simca?! Estás de coña, ¿no?

—No lo estoy, no. Me decían que era simpática, pero cabrona.

Se encontraban tan a gusto que dilataron la reunión hasta casi la hora del cierre comercial. A medida que pasaba el tiempo mostraron más apego una hacia otra. No se podía negar que estaba empezando una buena amistad por encima de asuntos profesionales, aunque es indudable que una amistad un tanto peculiar. El tiempo pasaba y las piezas iban encajando poco a poco. Habían intimado. María del Mar no permitió que pagara su compañera. Pagó y pidió a Mari Luz que le indicase dónde había una tienda especializada en artículos para pintar al óleo. Era una de sus aficiones, decía que le relajaba y le ayudaba a pensar en su profesión. No solo se lo indicó sino que la acompañó. Hizo acopio de tanto material —lienzos incluidos— que le ofrecieron la posibilidad de servírselo a domicilio, a lo cual se acogió por imperiosa necesidad ya que no tenía coche para transportar la mercancía. María del Mar se quedó mirando un cuadro que había expuesto en una pared. Era alargado, debía medir unos dos metros por cincuenta centímetros y recogía la esencia de lo que era la ciudad antigua con unos colores al pastel muy bien elegidos.

—Qué recio tiene, por favor.

—Trescientos euros.

—Me parece muy caro. ¿No me haces otra oferta?

—No puedo.

María del Mar clavó sus ojos en la obra. Lo recorrió de izquierda a derecha y de derecha a izquierda. Enarcó los ojos, miró a su compañera y dijo:

—Acepto. Añádalo a la compra.

Al salir a la calle, Mari Luz le reprochó:

—Pero cómo se te ha ocurrido pagar ese precio por una obra al pastel.

—Esto es lo que pasa cuando le coges cariño a algo.

Mari Luz vivía en un dúplex en la calle comercial. Se despidieron en la misma puerta y María del Mar eligió el camino más largo para regresar a su casa. «Solo había una forma de conocer una ciudad», decía: «recorrerla andando». Encaminó sus pasos hacia el puente de la Trinidad, que es el punto donde se inicia la subida hacia la parte alta. No había andado ni veinte metros desde el punto más bajo cuando hizo la primera parada. No estaba cansada, simplemente acababa de descubrir el lugar donde juntan sus aguas los dos ríos que abrazan la ciudad. Unos metros más arriba tuvo que elegir entre dos calles. «Yendo despacio y por la sombra el paseo se hace más soportable», pensó. Tomó la calle estrecha, la de la izquierda, para evitar el tráfico motorizado y la sinuosidad de la calle ancha. Subió despacio. Aún así, la pendiente era tan pronunciada que al llegar donde se junta de nuevo con la ancha, le falló el fuelle. Cruzó de acera y entró en un pequeño jardín donde había una fuente en un lateral. No lo tuvo fácil, pero, tras una pequeña filigrana, logró coger agua en el hueco de su mano derecha para llevarla a la boca.

Antes de iniciar el último tramo se sentó en uno de los dos bancos de granito que había en el jardín bajo la sombra de un enorme castaño de indias. Hacia poniente divisó una bella estampa de la ciudad. El sol acometía decididamente el último tramo de su viaje. No faltaba mucho para que desapareciera una vez más tras la silueta del hospital de Santiago. Bajo el cielo se reflejaban una bella amalgama de colores del rosa al violeta en las pocas nubes que todavía resbalaban por el cielo. Qué bello atardecer furiosamente rojizo. Qué bella ocasión para haber tenido los pinceles y un lienzo a mano. Qué cantidad de iridiscencias reverberando sobre los tejados. Con la disculpa de dar descanso a sus piernas se quedó hasta que el sol desapareció por completo.

Cuando entró por la puerta de su casa todavía no era noche cerrada. En el salón estaba su madre ante el televisor. De no haber sido por que se acercó para darle un beso, a buen seguro que no se hubiera enterado de su llegada. Era una gran suerte que no necesitase a nadie.

—¿Te has apañado bien?

—Estupendamente.

—¿Entraste a Linda?

—No hizo falta.

Hizo un gesto reprobatorio a su espalda con el que sintetizó el poco cariño que le tenía a la perra y la capacidad de decidir por encima de las indicaciones de su hija. En su descargo hay que dejar claro que sabía llevar la casa como nadie. A su hija tan solo le competía hacerse la cama y poco más. Una mujer para quien la compañía era cuestión de elección y no de necesidad —no en vano, había enviudado muy joven—. Se cambió de ropa y marchó sin perder tiempo al jardín para encontrarse con su perrita, un buldog de tres años, juguetona y pletórica de fuerza y vitalidad.

«Qué pasa, Linda. Estás aburrida, ¿verdad? Siento mucho no haber podido venir antes, pero, no te preocupes, salimos ahora mismo a dar un paseo. Hoy es que he tenido que ir a trabajar, ¿sabes? Vengo muy contenta, mi perrita linda. Déjame que te dé otro abrazo. Tengo un despacho que, aunque he de cambiar de posición los muebles y dar unos ligeros retoques, me gusta muchísimo por su amplitud y luminosidad. Y los compañeros me han parecido maravillosos. Figúrate, hasta he tenido que dar un discurso. Creo que lo vamos a pasar muy bien en esta ciudad, sobre todo porque me he quitado de encima al pelmazo de mi ex. Siento que la eternidad nos pertenece».

Linda se alejó. Tomó el collarín con la boca y lo depositó a los pies de su dueña. La miró con ojos suplicantes. Le colocó el collarín en el cuello y marcharon a dar un paseo.

La madre seguía sin inmutarse amarrada al televisor. Cuando volvió del paseo ya se había acostado. María del Mar se puso el antifaz sobre los ojos, hundiéndose en la oscuridad. Apagó la luz y se sumergió entre las sábanas. Retiró un momento el antifaz y miró el despertador luminoso que señalaba las veintitrés cuarenta y cinco. «Un poco temprano —pensó—, pero da igual; así me levantaré más temprano».

3

El reloj sonó a las siete en punto. Se liberó de las sábanas de una patada. Se duchó, desayunó y se acicaló en un periquete. Cogió una bolsa de papel y se escurrió calle abajo buscando el llano por las calles Alfonso VIII y Caballeros, que los conquenses llaman de las pulmonías por los vientos invernales que por ella fluyen. Bajó todo lo rápido que pudo. Aun así, pudo apreciar con satisfacción la calma de la ciudad a esas horas de la mañana, siéndole imposible no acordarse del estruendo en la ciudad de su anterior destino a esa misma hora del día. Se le escapó una sonrisa esquinada. Lo que no sabía todavía es que esa mañana se iba a poner a prueba su capacidad profesional.

Llegó a la comisaría media hora antes del comienzo del horario oficial. Subió a su despacho y abrió la ventana de par en par. Se colaban por ella vaharadas de frescor envuelto en agradables aromas procedentes del Júcar. Colocada desde la cristalera que daba al oeste, miró la estancia y frunció el ceño.

—Sí, creo que es la mejor elección.

Se refirió a la disposición del mobiliario que lo trajinó tanto en su mente como si le fuera la vida en ello.

Bajó a la planta baja y solicitó algún brazo amigo. Se brindaron siete policías uniformados. María del Mar necesitó solo a cinco. Sacó de la bolsa un óleo cuyo único motivo era la cabeza de Cristo con espinas sobre fondo negro. Pidió que lo colgaran sobre una pared a la altura de sus ojos. Dio las indicaciones oportunas sobre el cambio de mobiliario. Inmediatamente, los policías tomaron el mando de la situación y se pusieron a trastear. Con gran habilidad, como si se ganaran la vida haciendo mudanzas, arrastraron muebles y, en pocos minutos, quedó el despacho al gusto de María del Mar. Con su sonrisa característica, a la vez melosa y cordial, y con su voz arrulladora les agradeció el favor.

—No sé si ha reparado en el rótulo —dijo uno de los policías.

Inspectora jefa, María del Mar Ayuso Oramas.

—¡Oh! Pues, la verdad, ni me había fijado. Es todo un detalle. Para eficacia, la de esta comisaría.

Se sentó en su silla y conectó el ordenador. Entró en Google y tecleó «prensa local conquense». Eligió un periódico al azar y abrió una página donde se informaba de la detención por parte de la Policía Nacional de un individuo que se dedicaba a la distribución de cocaína online. El autor del artículo, regodeándose en los detalles, explicaba con claridad meridiana cómo procedía el susodicho para llegar a la clientela. Había que entrar en lo que el articulista llamaba la internet oculta. Se accedía al producto por medio de una página web, se seleccionaba y, tras el pago, el cliente lo recibía contra rembolso. La policía lo había detenido en su casa, con las manos en la masa. Se encontraba en el momento de la detención conectado a la Internet oculta con dos kilos de cocaína repartidos en paquetitos dispuestos a ser enviados.

Cuando llegaron sus compañeros de trabajo mostraron extrañeza ante la nueva disposición del mobiliario. Tras un ligero vistazo panorámico alrededor de la sala, detuvieron la mirada en el cuadro que había colgado y se acercaron a él. «¡Bravo, he conseguido captar su atención!» —pensó María del Mar.

—No sabía que…

Mari Luz no supo —ni necesitó— acabar la frase.

—Me parece una maravilla. Es muy sencillo, pero a la vez expresa mucho —continuó—. Me encanta el claroscuro y el tenebrismo. Con dos colores, hay que ver lo que se puede conseguir. Como seas investigando tan buena como con un pincel en las manos, me parece que vamos a morir de éxito.

—Creo que evoca un gran dramatismo, pero hay algo que lo caracteriza por encima de todo eso. Fijaros en la corona de espinas. Contiene mi ADN. No sé si me explico.

Se miraron unos a otros estupefactos.

—Sí. No pongáis esa cara —aclaró—. Cada vez que me frotaba los talones para renovar las células muertas, recogía los residuos en un frasco y… Bueno, pues eso, ahí lo tenéis, en la corona de espinas.

Se quedaron pasmados. Mari Luz, que vestía unos pantalones vaqueros hechos triza y una camiseta de tirantes blanca, se quedó con la mirada vacua. Tan solo acertó a decir:

—¿Nos tomas el pelo?

María del Mar no pudo contener la risa. Tardó en controlarse y por fin dijo:

—No estoy bromeando. Simplemente estoy descubriendo los materiales con los que hice el cuadro. Tanto es así que lo he titulado «ADN sobre negro».

—Ni a Dalí se le hubiera ocurrido algo semejante —soltó el inspector más joven.

Estuvo a punto de callarse por no abrir un asunto que pudiera despistarla sobre el plan que llevaba programado, pero, por fin, venciendo la tentación, les preguntó si sabían algo sobre la detención del vendedor de cocaína que había leído en las noticias locales.

—Llevaban tiempo los de estupefacientes detrás de ello —aclaró el joven.

—¿Cómo ha caído?

—Muy fácil. La verdad es que a veces no son tan listos como parecen. Tras una denuncia anónima de alguien que quedó insatisfecho por la compra, un par de policías se hicieron pasar bajo amparo judicial por consumidores. No se le ocurrió nada más que enviar el pedido por correo. Además, parece que ni siquiera trabajaba con guantes. Encontraron huellas dactilares en el paquete que recibió un policía. De modo que...

—Blanco y en botella —acabó la frase Oramas—. Lo que no me puedo imaginar es el motivo por el que la gente que consume acude a una página web.

—Muy fácil. Porque la droga es de mayor calidad que la que pueden encontrar en la calle.

— ¿Cuánto le han pillado? —preguntó Mari Luz.

—Dos kilos.

Tras un silbido, Mari Luz exclamó:

—Ese ya va bien *apañao*. Hay que ver, da la impresión de que la cocaína acaba por freírle los sesos a cualquiera.

Oramas miró de reojo a su agenda y, ante la cantidad de cosas que tenía anotadas, resopló. A pesar de ello no se resistió a hacer la última pregunta:

—Perdonad mi ignorancia, ¿qué es eso de la internet oscura?

—Se llama Darknet. A ver cómo te lo explico para que lo puedas entender. Digamos que las páginas que pertenecen a estas redes no están indexadas a los motores de búsqueda tradicionales, por lo que hay que buscar en la internet profunda.

—Eso de la internet profunda, me da la impresión que se utiliza para fines delictivos.

—Veo que lo has entendido. Ten en cuenta que los narcotraficantes se protegen con más de un nivel de seguridad. En primer lugar ocultan la dirección IP, lo cual quiere decir que no dejan pistas a la policía. En segundo lugar, la comunicación entre el comprador y el vendedor está encriptada, lo cual quiere decir que nadie más puede leerlo. Por último, para que no se pueda rastrear, el pago se hace en bitcoins.

Con un gesto de satisfacción en su rostro, dijo la inspectora jefe:

—Me agrada comprobar que estoy rodeada de gente capacitada. En cuanto a lo de entender, doy fe de que, a pesar de lo incomprensible del asunto, lo he entendido.

Aunque no lo necesitaba, María del Mar pasó un paño a la mesa grande que había mandado colocar junto al ventanal del fondo. Colocó una agenda y el portátil sobre la mesa, abrió la ventana de par en par e invitó a sus compañeros a sentarse. Abrió la agenda. Sus compañeros estaban a la expectativa. Sin decir nada. Con el acero de sus ojos clavados en el rostro trémulo de su jefa. Sumida en un silencio conventual sintió que estaba subida en un pedestal. Limpió sus gafas. Cruzó una sonrisa casi de oreja a oreja y con voz almibarada y sin vaguedades dijo:

—Como creo que ya sabéis, me llamo María del Mar Ayuso Oramas y procedo de Las Palmas de Gran Canaria. Allí se dirigían a mí como la inspectora Ayuso, pero…

—Hemos decidido que, a partir de hoy, serás la inspectora Oramas. Nos parece un nombre mucho más sugestivo.

Ante la determinación tan decisiva de Mari Luz, la inspectora Oramas no tuvo más remedio que admitir la incapacitación de su primer apellido en la península y con tono envolvente añadió:

—Si tanto os gusta mi segundo apellido, tampoco voy a ofrecer lucha por preservar mi primero. Al fin y al cabo, mi segundo es originario de las Canarias. Procede de Doramas, un aborigen que tuvo gran protagonismo en la defensa de la isla de Gran Canaria contra la invasión castellana. Os cuento esto para haceros ver que estoy muy orgullosa de él.

Como nadie le interrumpía, les contó la vida entera del tal Juan Doramas, de quien supuso que procedía su segundo apellido. Se animó y les contó también parte de la historia de la conquista de Gran Canaria. Cuando acabó, un silencio interminable acompañó un intercambio mortal de miradas. Como a nadie se le ocurría decir nada que pusiera fin al desafío, la inspectora Oramas dijo:

—Si os parece bien, que cada uno diga la forma en que le gustaría que nos dirijamos a él.

Se pusieron de acuerdo para dirigirse entre ellos por el apellido. Cuando Mateo dijo que se le llamase por su apellido —inspector Torrijos—, la inspectora Crespo —Mari Luz— dijo que ella pensaba dirigirse a él también como «Escueto».

—No te preocupes —dijo pasándose la mano por la calva—. Te permito que sigas con tus insidias. Ya estoy acostumbrado… Acostumbrado y resignado.

Entre las virtudes que tenía el inspector Torrijos se encontraba la paciencia. No era fácil pelearse con él. Lo cual, además de demostrar una sutil inteligencia, sabía utilizarla en beneficio propio. Se podía decir que era una persona con las espaldas anchas, pero no únicamente en sentido figurado, era corpulento de cintura hacia arriba, con unos hombros anchos y unos brazos poderosos. Aunque no era feo, tampoco creo que de joven muchas mujeres hubiesen bebido los vientos por él. Su cara era alargada, tirando a pálida, y los pómulos ligeramente prominentes. Sus ojos —marrones oscuros— no decían gran cosa, pero la sabia elección de la montura de sus gafas lo dotaban de una ligera elegancia facial.

—Pasemos a otro asunto —dijo Oramas—. ¿Cuáles son los casos en los que está trabajando este grupo en la actualidad?

—No hay caso a la vista —dijo la inspectora Crespo.

—¿Cómo que no? Y el caso de Nemesio, ¿qué pasa con él?

Nemesio era un señor octogenario. Solía salir todas las tardes a pasear por la carretera de la Sierra. Una noche no se presentó en su casa. La familia, dos hijas y un yerno, pusieron denuncia esa misma noche. No fueron capaces de ponerse de acuerdo sobre qué le pudo haber ocurrido a Nemesio. Quien más de cerca estaba siguiendo el asunto era Peláez. Se entrevistó con sus dos hijas y su hijo. Hizo el recorrido que se supone que habría hecho Nemesio el día de su desaparición. Preguntó e indagó con todas las personas que se encontró por el camino y que, pensó, podrían saber algo. Ni camareros, ni tenderos, ni pescadores, ni vecinos cuyas casas daban a la carretera pudieron aportar alguna pista. Llamó a los hospitales de la ciudad. Nada. Ni rastro.

La inspectora Oramas pidió a Peláez que la pusiera al día sobre el único asunto que había sobre la mesa. Abrió el portátil y tomó nota: Viudo. Dos noches fuera de casa ya. Vivía solo, pero en el mismo bloque de una de sus hijas. Sin antecedentes ni trastornos. Se han organizado grupos de voluntarios bajo mando de la Guardia Civil para rastrear el terreno.

Cuando Peláez acabó con el informe, Oramas miró a todos sus compañeros de uno en uno. Fue una mirada intensa, dando la impresión de que lo que les iba a decir no carecía de importancia ni era algo baladí.

—En esta primera reunión de trabajo que estamos celebrando quiero advertiros que no estoy preparada todavía para desarrollar mi trabajo con eficacia. Aparte de ponerme al día, necesito conocer la ciudad. No sé si me explico. Lo que quiero haceros entender es que confío en vuestra buena labor. Tened paciencia conmigo, por favor.

Todos afirmaron con un movimiento de cabeza. Oramas, un tanto aliviada al contemplar la mirada indulgente de sus compañeros, se animó y siguió hablando de la importancia de trabajar en equipo y de tener reuniones periódicas para hacer puestas a punto. Con la inspectora Crespo entró en conflicto cuando habló de la importancia del líder. Tanto Peláez como Torrijos fueron convidados de piedra en dicha polémica. Por los gestos de Peláez —cabizbajo, mirada vacua, cabeza ladeada apoyada sobre la palma de la mano izquierda—, daba la impresión de que no era la primera vez que su compañera sacaba la bandera de la organización horizontal en el trabajo. Peláez, aburrido de disquisiciones insubstanciales, se aclaró la voz con un carraspeo y tomó la palabra para cambiar de tercio:

—Como estamos en proceso de organización del grupo quiero manifestar que tengo dos hijos pequeños y suplico que se respete…

Oramas, con una sonrisa enternecedora, sabedora de lo que iba a solicitar, interrumpió con brusquedad su discurso:

—No te preocupes por eso, Peláez. Tu tiempo libre será respetado. Mira, todos fuimos niños una vez. Recuerdo con bastante nitidez lo que significa la imagen de un padre y el problema de su ausencia. Y lo sé porque mi padre fue marino mercante. Como podrás suponer pasaba mucho tiempo fuera de casa. Eso sí, estaba tan enamorado de mi madre y tan ilusionado con su hija que cuando volvía de un viaje se entregaba en cuerpo y alma a sus responsabilidades de padre y marido. Así fue la vida en mi familia hasta que mi padre murió en un accidente de automóvil cuando yo tenía veinte años. Así que, nadie mejor que yo para entender tu solicitud.

A media mañana un policía uniformado interrumpió la reunión:

—El comisario quiere ver a la inspectora jefe —dijo tras golpear ligeramente la puerta del despacho.

Antes de abandonar la reunión, la inspectora Oramas encargó a Peláez y a Torrijos que se pusieran a trabajar en el caso Nemesio.

—Tratad de averiguar si ha retirado dinero de su cuenta bancaria.

Crespo acompañó a Oramas que iba con la cabeza llena de dudas, por cierto. Estaba situado el despacho en el segundo piso, justo sobre el suyo. En la puerta otro rótulo lo indicaba: Comisario Federico Alarcón Álvarez. Se estiró la blusa y se atusó el cabello antes de llamar a la puerta.

Era un hombre alto. Fortachón. Bien parecido. En torno a la cincuentena. Pelo totalmente blanco, pero muy abundante y sedoso. La tez blanca, sin manchas. Tenía los ojos negros. Aunque estaba en mangas de camisa, sobre el respaldo de la silla había una chaqueta azul marino perfectamente colocada. El nudo de la corbata —verde con delgadas y abundantes rayas rojas— lo tenía aflojado.

Al percatarse de su llegada, salió a su encuentro. La recibió sonriente, no era una sonrisa impostada. Su simpatía era natural, aderezada, si cabe, de esa cordialidad que la educación impone. Le dejó adelantarse con un suave movimiento con su mano derecha y se sentaron en torno a una mesa baja como si se tratara de una entrevista para obtener un puesto de trabajo.

La reunión no tenía otro objeto que tener una primera toma de contacto y una charla sobre las particularidades de la comisaría. El comisario llevó la voz cantante de la reunión. Hablaba sin cesar, pero sin apabullar. Sabedora que lo que allí se estaba ventilando le concernía profesionalmente, Oramas permaneció en un silencio meditativo. Por ejemplo le advirtió, y sacó pecho por ello, de la escasa criminalidad en la ciudad a pesar de los pocos efectivos de que se disponían en la comisaría.

—Cuenca es una de las ciudades con menos índice de criminalidad de toda España —recalcó con excelentes modales—. Aquí, si tienes la habilidad de no meterte en líos, se vive muy tranquilo. ¿Conoces a alguien de la ciudad?

—Acabo de llegar —respondió Oramas de forma somera.

—Pues cuando vayas por la calle —dijo el comisario con tono doctoral—, debes tener en cuenta que, aunque no sepas quien es la gente con la que te cruzas, todo el mundo te conoce. Pero, háblame de ti —le urgió con cierta elegancia.

Le habló de la diferencia entre Las Palmas y Cuenca. De sus primeras impresiones de la ciudad a la que acababa de llegar. De la comisaría de procedencia. De todas las islas del archipiélago canario. Le habló de su trayectoria profesional y de la casa donde vivía en Cuenca. Sobre su fallido matrimonio también le habló sin ocultarle la verdad, pero con cierto aire de melodrama. Cuando acabó lo miró a sus ojos fijamente. La intensidad de la mirada del comisario y la actitud que adivinó en su rostro —sin ningún músculo relajado—, le hizo pensar que había digerido bien todas las palabras que acababa de colocarle.

—Cuenca es una buena ciudad para vivir —reiteró su opinión. Ahora de forma paternal.

—¿En qué sentido?

—Es un buen lugar para trabajar. En una ciudad de estas dimensiones, no hay traiciones ni codazos.

Poco más de sí dio el encuentro que, a pesar de lo conciso que fue, la inspectora Oramas salió muy satisfecha por el carácter acogedor de la entrevista y la gentileza del comisario.

De vuelta a su despacho oyó un enorme griterío en la planta baja. Por encima de todas las voces sobresalía la de una mujer. El alboroto era enorme. Impropio en una comisaría. Súbitamente, impelida por un impulso irreflexivo se lanzó escaleras abajo hasta la planta baja. Una mujer joven y bien plantada forcejeaba con cuatro policías uniformados porque quería subir a la primera planta.

—No me toques. Que no me toques te he dicho.

Los alaridos eran tan desgarradores que acudieron más policías.

No se amilanó la señora. Al verse rodeada de tanto uniforme, en un ataque extremo de furia se lanzó contra los policías que taponaban las escaleras y empezó a repartir puñetazos y golpes con su bolso con una violencia inusitada. Acompañaba los golpes con una retahíla de insultos en la que no se olvidó de ningún familiar de los policías. Entre tres la agarraron y la inmovilizaron.

—Basta. Soltadla.

La voz de la inspectora Oramas sonó seca y contundente. Se encontraba dos escalones por encima de las cabezas de los contendientes.

Cesó el forcejeo de inmediato. La señora se tranquilizó al instante. Su cuerpo mostraba los estragos de la batalla. Despechugada. Tenía los pelos completamente alborotados. La ropa desaliñada. La minifalda tan por encima de donde correspondía que se le veía hasta la cinta del tanga.

La inspectora ordenó que la acompañasen a un pequeño despacho sin ventilación que había en la planta baja. Era un cuarto ínfimo. Sin pintar desde hacía años. Se adivinaba que alguna vez habían recibido sus paredes una mano de pintura de un color cerúleo. Una mesa pequeña y dos sillas era el único mobiliario. La inspectora Oramas ordenó que se marcharan los policías e invitó a sentarse a la señora. Antes de hacerlo recompuso su ropa. Sacó del bolso un peine y un espejo y se colocó el pelo. Tomó el carmín en sus manos y encendió sus labios de un rojo intenso. «Qué pena que una mujer tan guapa y tan elegante pierda los papeles de la forma tan vulgar como lo ha hecho esta chica» —pensó la inspectora.

—¿Con quién tengo el gusto de hablar?

—Soy la inspectora jefe.

Se calló y bajó el tono de voz.

—Quiero poner denuncia —soltó de sopetón sin que nadie le hubiese preguntado nada.

La inspectora Oramas se levantó. Abrió la puerta y pidió papel y bolígrafo al primer policía que se encontró. Se sentó. Fijó la mirada en la señora y dijo:

—La escucho.

—Quiero poner denuncia contra esos policías que me han acosado.

Oramas se quedó pasmada. Soltó el bolígrafo sobre la mesa. Se quitó las gafas. Como de costumbre las limpió con movimientos circulares. Se las colocó de nuevo. Miró a la señora por encima de ellas y respondió:

—Pero usted no ha venido aquí a denunciar a la policía.

—No, pero me considero agredida. Quiero poner denuncia.

—Bien, bien. En ese caso, lo único que puedo decirle es que los agentes que la han inmovilizado han actuado según el protocolo establecido. Si persiste en la idea de poner denuncia contra la policía lo que tiene que hacer usted es pedir número en información y ponerse a la cola.

La señora sacó el móvil del bolso. Puso su dedo índice de la mano derecha detrás de él para activarlo. Echó una breve mirada al reloj de la pantalla y dijo:

—Está bien. Por el momento, me limitaré a poner denuncia por el motivo que me ha traído hasta aquí.

«Estupendo. La he convencido», se dijo a sí misma.

— Eso está mejor. Empecemos.

Cogió de nuevo el bolígrafo y lanzó una mirada penetrante a la señora acompañada de una gozosa sonrisa.

—Dígame cómo se llama.

—Ana Belén.

—Nombre completo, por favor.

—Ana Belén Aparicio Culebras.

Le tomó todos sus datos y le preguntó qué quería denunciar.

—Mi hija ha desaparecido.

Oramas levantó la vista del papel como si se hubiera accionado un muelle en sus cervicales. «Otra desaparición. De su hija. Y quería denunciar a los policías», pensó.

—¿Cómo se llama su hija?

—Silvia. Silvia Cantero Aparicio.

—¿Qué edad tiene?

—Quince.

«¡Caray! Con lo joven que parece y ya tiene una hija de quince».

—¿En qué momento la vio por última vez?

Levantó la cabeza y dirigió la pupila hacia el techo como si se tratara de un personaje pintado por el Greco.

—Creo que fue ayer.

—¿Cree o está segura?

—Bueno, no. Ayer no la vi. Estuve todo el día fuera de casa.

—¿Se comunicó ayer por teléfono con ella?

—No.

—¿Cuándo la echó en falta?

—Anoche volví a casa y no estaba.

—¿La llamó por teléfono?

—Sí, pero lo tenía apagado.

—¿Ha ocurrido otras veces?

—¿Apagar el teléfono?

—No, mujer. Desaparecer.

—Ha habido veces que no ha ido a dormir, pero ha avisado por teléfono.

—¿Dónde piensa que estuvo ayer?

—No tengo ni idea.

—¿Tiene novio?

—Varios. Bueno, quiero decir que tiene muchos amigos.

—¿Alguno especial?

—No me consta.

—¿Ha llamado a los hospitales?

—No.

—¿Sospecha algún motivo por el que haya podido desaparecer?

—No tiene motivos.

—¿Está medicada?

—No.

—¿Sospecha de alguien que haya podido raptarla?

—No.

—¿Se ha enfadado con ella últimamente?

—No, no. Mi niña es muy buena.

—¿Qué tipo de relación tiene con ella?

—Somos como amigas.

Oramas arrugó el entrecejo y asintió con la cabeza.

—Hábleme del padre.

—Estamos separados. Bueno, no.

—¿En qué quedamos?

—La verdad es que no llegamos a casarnos.

—¿Vivís juntos?

—Sí. Bueno, no.

Oramas dejó de escribir y la miró por encima de los cristales sin decir nada.

—Él vive en un piso, pero viene mucho por casa.

—¿Vive en Cuenca?

—Sí.

—Con esto ya es suficiente. Mire, vamos a hacer una cosa. Me voy a reunir con mi equipo. Seguramente vamos a necesitar ir a su casa y examinar la habitación de Silvia. Procure tener su teléfono útil.

Oramas se levantó de forma inesperada. Ana Belén se vio impelida a hacer lo mismo. La acompañó hasta la puerta. Al pasar por el mostrador de información, Oramas la invitó a coger número por si quería denunciar a los policías. Miró el teléfono y contestó:

—Se me ha hecho tarde.

Oramas hizo un gesto a sus espaldas con el que pareció expresar que había entrado por el aro. Al llegar a la altura del mostrador miró al policía que lo atendía. Éste dio un mudo resoplido y acompañó la mueca con una sacudida de su mano derecha. A la inspectora jefa se le escapó una sonrisa ladina. La fiera había sido amansada.

En la puerta de la comisaría se despidieron. Ana Belén sorprendió a la inspectora Oramas, se acercó a ella y le plantó un par de besos en la mejilla como si se conocieran de toda la vida.

—Por favor, no se desentienda de la desaparición.

—No se preocupe. Este asunto va directamente a mi mesa de trabajo. Me pongo en ello ahora mismo.

Pasó por el mostrador de información. Antes de subir para encontrarse con su equipo encargó a un policía que se pasasen por los hospitales de Cuenca y preguntasen si había ingresado una chica de quince años con el nombre de Silvia Cantero Aparicio.

—Por cierto, me fijé ayer que alguien se dejó un bolígrafo que me pareció demasiado caro para haberlo dejado olvidado en ese bote.

El policía lo cogió en la mano y dijo:

—¿Se refiere a este?

—Sí, ese.

—Ese bolígrafo se lo regaló una señora a un compañero el año pasado. Estando de servicio llamaron diciendo que había un niño pequeño llorando en un piso. En ese momento Sergio era el único disponible, ya que el resto estaban cubriendo otro servicio. Marchó hasta allí y se encontró al niño llorando desaforadamente sin ser capaz de articular palabra ni de abrir la puerta. No pudo soportar la angustia del crío y se engarabitó de balcón en balcón hasta el tercer piso. Al entrar al piso se encontró a su abuelo tendido en el suelo. Le dio un masaje cardiovascular y llamó a una ambulancia. El hombre se recuperó y los médicos dijeron que el policía le había salvado la vida. Cuando le dieron el alta en el hospital se presentó preguntando por el policía que lo atendió y le regaló el bolígrafo. Al compañero le dio palo quedárselo y dijo que lo dejaba para la comunidad. Desde entonces permanece aquí sin que nadie se lo haya llevado.

—Una bonita historia que dice mucho de la gente de esta comisaría —concluyó Oramas.

—Pues sí que ha dado de sí la reunión con el comisario. Supongo que te ha puesto bien al día. O es que habéis intimado más allá de donde la profesión exige.

La inspectora Crespo tenía la habilidad de decir las cosas y luego pensarlas.

—No sé de qué me estás hablando.

—Aquí es que el comisario tiene fama de guaperas y está como...

—Sí, es un hombre apuesto y bien plantado. Pero, has de saber que vengo de la planta baja. Y traigo más trabajo, por cierto —dijo aireando los folios donde había tomado nota del interrogatorio—. De modo que deja de *golifiar* y pongámonos a trabajar.

Peláez y Torrijos, sentados en una silla cada uno, eran meros espectadores.

—¿De qué va?, ¿es otro caso para nosotros?—preguntó Torrijos.

—Otra desaparición. Pero no me preguntéis sobre ella por el momento. Tenéis que ponerme al día sobre la de Nemesio.

Poca cosa hubo que contar sobre dicha desaparición. Lo único que se averiguó fue que iba sin una perra en el bolsillo.

—¿Habéis averiguado si ha sacado dinero de alguna cuenta?

—Sus cuentas no han tenido ningún movimiento. Iba sin un duro en el bolsillo.

—¿Cómo lo habéis averiguado sin autorización judicial?

—Muy fácil. Porque en sus cuentas los hijos son firma autorizada. Ha bastado con pedir extracto.

¡Puaj! La inspectora Oramas soltó todo el aire que tenía en los pulmones por la boca y dijo:

—Me parece que el asunto tiene mala pinta.

—Yo también lo creo —señaló Torrijos—. Se ha movilizado mucha gente y se está batiendo la hoz del Júcar por las dos márgenes del río. Creo que nosotros poco más podemos hacer.

Oramas clavó la mirada en la inspectora Crespo con tal intensidad que daba la impresión que quisiera traspasarla de pecho a espalda. Tomó los folios en su mano y relató el encuentro que tuvo con Ana Belén.

—O sea, que tenemos otra desaparición —exclamó Peláez.

—Sí, pero ésta tiene un cariz distinto —aclaró Oramas—. La desaparecida es una adolescente.

—Una adolescente seguramente con todas sus hormonas en ebullición —añadió Peláez.

—Lo que más caracteriza a una adolescente, a mi juicio, es la inseguridad —puso Crespo al servicio del grupo sus conocimientos de psicología—, consecuencia de esa inseguridad es el comportamiento anómalo y rebelde, como desaparecer. Seguramente se dejará caer por casa cuando se tranquilice o cuando haya calmado su impulso sexual.

—Me ha llamado mucho la atención que, al preguntarle a la madre qué tipo de relación tiene con ella, me ha respondido que son como amigas.

—Cuando oigo esa expresión a un padre o a una madre en referencia a sus hijos me echo a temblar —espetó Peláez.

—Me temo que lo que tenemos que hacer es echarnos a la calle. Si no os parece mal, Peláez y Torrijos vais a ir al instituto de Silvia. Crespo y yo iremos a casa de Ana Belén.

—¿En qué instituto estudia? —preguntó Torrijos.

Oramas sacó el teléfono del bolso y marcó.

—Solicita que te envíe una foto de Silvia —demandó con urgencia Peláez—. Eso facilitará mucho las cosas.

—Instituto Alfonso VIII, en la calle Lope de Vega. ¿Sabéis dónde está ese instituto?

—Cruzando la calle y subiendo una cuesta.

El teléfono de Oramas sonó indicando que recibía un watshapp. Lo abrió y nos enseñó la foto de Silvia. Un rostro realmente bello con mucho parecido al de su madre. Ojos claros, azulados. Pelo largo, tirando a rubio. Melena suelta. Piel hidratada, con un maquillaje ligero que iluminaba su rostro y ayudaba a destacar sus rasgos positivos.

—Pásamela —imploró Torrijos.

4

Con la inspectora Oramas al volante del Seat León y la inspectora Crespo recostada en el asiento del copiloto salieron hacia la calle Mercedes Escribano. El coche camuflado giró a la izquierda y tomó la calle República Argentina. La calle iba cargada de tráfico. Crespo tomó la sirena manual debajo del asiento y la colocó sobre el techo del coche. Una acción rotundamente reprobable y a la que no estaba acostumbrada en su anterior destino la inspectora Oramas. Le lanzó una mirada oblicua, pero no abrió la boca. «Esta niña parece poco juiciosa», pensó. Con la luz de emergencia giratoria en funcionamiento y el sonido a tope, se abrieron paso sin necesidad de respetar el semáforo de Cuatro Caminos.

—Mari Luz, por favor, quita ese ruido que llevamos encima del coche —dijo Oramas de forma concluyente—. Creo que no es necesario, y a mí me gusta pasar desapercibida.

—Pues ser policía y pasar desapercibida no se conjuga bien y menos en esta ciudad.

La calle Mercedes Escribano es corta y estrecha. El aparcamiento se hace difícil. Oramas paró el coche a principios de la calle.

—Súbelo a la acera —propuso Crespo.

Oramas resopló un tanto exasperada, pero pudo mantener la calma.

—Al fondo de la calle parece que va a salir uno.

—Puff. Vaya tela. Parece que acabas de llegar de la academia.

Al poner un pie en el asfalto Oramas expulsó con estrépito el aire de sus pulmones. Parecía aplanada.

—¿Este *calufo* es normal en esta ciudad?

—Si te refieres al calor, claro que es normal. Y más todavía —el salpicadero daba treinta y dos grados— Hay días de cuarenta. No me digas que no es agradable el sonido de las chicharras.

—Y luego, en invierno, pelete. ¿No es así?

—Así es. Pero no tengas miedo. Es un frío seco. Con un buen abrigo no tendrás problemas.

La urbanización tenía forma de u. Se accedía a ella por dos puertas que estaban en la misma calle. Aprovechando que entraba una persona se introdujeron Oramas y Crespo. El espacio interior para zonas comunes era muy amplio. Acogía dos grandes piscinas, dos pistas de pádel y diversas zonas de juegos para niños. En uno de los dos ángulos que forman la edificación se encontraba un señor de mediana edad arreglando un desperfecto. Imaginaron que sería el encargado de mantenimiento y se acercaron a él. Por el deje, por el aspecto físico y sobre todo por los colores de una bandera que llevaba bordada en el bolsillo de su camisa dedujeron que era ecuatoriano. El nombre de la madre de Silvia no le dijo nada al señor, pero al enseñarle la fotografía de la niña le indicó el portal donde vivían. La inspectora Crespo le enseñó la placa de policía y dijo:

—¿Qué puede decirnos de esta familia?

El señor creyó ver una soga rodeando su cuello y se puso muy nervioso. Se enjugó el sudor de su frente con el reverso de su mano derecha. Con el rostro desencajado dijo:

—Ay, verá, señorita, llevo tan solo dos meses trabajando acá, no más. Lo único que haga es estar amarrado a mi trabajo. Conozco a muchos vecinos de vista, pero yo no me meto en sus vidas. Será mejor que vayan y pregunten a sus vecinos de portal.

Con la calma que caracteriza a las gentes del archipiélago canario, le dio las gracias y marchó hacia el portal de Ana Belén. La puerta estaba abierta. Una limpiadora trajinaba con el mocho de la fregona en la planta baja. Buscaron el buzón de correos para asegurarse que era ese el bloque donde vivía Ana Belén.

Subieron a la cuarta planta por las escaleras. Tocaron el timbre de la puerta B. Acudieron dos perros corriendo y olfatearon por debajo de la puerta. Uno de ellos ladró. Seguramente lo hizo al comprobar que había llamado gente desconocida. La inspectora Crespo no se cortó ni un pelo y llamó a la puerta de al lado. No tardó en aparecer una señora de unos cuarenta con un delantal.

—Perdone las molestias, señora —se adelantó la inspectora Crespo enseñando la placa—, hemos recibido denuncia por la desaparición de su vecina Silvia y queremos hacerle unas preguntas sobre la familia.

—¡¿Familia?! Ha dicho usted familia. Mire, yo no sé qué idea tiene usted de familia, pero lo que vive aquí más que una familia parece una jauría.

—¿Sabe usted si el padre vive aquí también?

—Mire usted, a mí no me gusta meterme en la vida de los demás, pero ya que pregunta, Ana Belén cambia de novio más que yo de calcetines. No se puede ni imaginar la cantidad de hombres que han desfilado por esta casa. En fin, creo que estoy hablando demasiado y lo que no quiero es calentarme, porque para lo que me ha servido. Pero, hágame caso, esta familia es un desconcierto total y bien que lo padecemos el vecindario.

—¿Sería usted tan amable de decirnos si esa chica puede haber desaparecido por su propia cuenta? —preguntó Oramas tratando de suavizar la aspereza de su compañera.

—Que si lo creo. Cómo no lo voy a creer. ¿Sabe usted las fiestas que se montan en esta casa? —dijo señalando con el dedo la puerta de su vecina—. Aquí no se descansa ni de noche ni de día. Hay veces que por la tarde montan la fiesta las hijas y por la noche le toca a la madre.

Era evidente que la vecina estaba indignada y que poca información relevante podían adquirir de ella. Tomaron las escaleras y regresaron a la planta baja. Salieron a las zonas comunes y se sentaron a la sombra en un banco.

—¿Cómo se te ha quedado el cuerpo? —preguntó Crespo con un tono carente de naturalidad.

—En nuestra profesión no hay nada que me sorprenda. Pero lo que es evidente es que en familias organizadas de esta manera puede pasar de todo. No sé si me explico.

Oramas sacó el teléfono del bolso. En ese momento, antes de que buscase ningún contacto, apareció por la puerta de la urbanización Ana Belén. Consciente de la tardanza, se acercaba a ellas casi a la carrera. La inspectora Crespo, al verla acercarse, hizo un gesto de repulsa y comentó en voz baja: «Madre mía, con quién hemos ido a topar».

—Disculpad, pero me estoy haciendo una casa en el pinar de Jábaga y no me he podido desembarazar del carpintero hasta ahora mismo —dijo con gesto despreocupado—. Estamos con las ventanas y, la verdad, es un asunto un tanto delicado.

«Pues más te valdría estar pendiente de tu familia, cacho pendeja» —pensó Crespo.

Subieron de nuevo al cuarto. Esta vez en ascensor. Al abrir la puerta sintieron un agradable frescor en la piel. Acudieron los dos perros —un cachorro de labrador blanco y un dálmata— con desenfreno. Se cruzaron una mirada cómplice entre Mari Luz y María del Mar. Sí, se evidenciaba mal olor en la casa, signo inequívoco de que la higiene dejaba mucho que desear y lo corroboraba la cantidad de pelos que se observaban sobre el parquet. La casa era modesta, no muy grande, pero luminosa y alegre. Ana Belén las condujo al salón. Al entrar, se encontraron con un gato que estaba a sus anchas sobre el sofá. No le debió gustar la visita y se marchó a otra estancia de la casa. La terraza del salón estaba abierta dejando a la vista los orines de los perros. Las ventanas daban al río —al río

Moscas, que es un río que ha sido fagocitado por la ciudad en el último empujón inmobiliario—. Estaban abiertas y entraba un fresco agradable. Oramas se acercó y echó un vistazo.

—Tenéis buenas vistas.

Daba al sur. Tras el río se iniciaba una cuesta de varios kilómetros que culminaba en un hermoso pinar. Al río lo flanqueaban en ambas orillas vegetación de ribera.

—Es lo mejor que tiene este piso.

—Nos gustaría ver el cuarto de Silvia —advirtió Oramas.

Entraron en él y se toparon de nuevo con el gato que estaba sobre la cama. Al verlas llegar, maulló ligeramente como si se quejara por el incordio y se marchó. La habitación de la niña debía tener unos doce metros cuadrados incluido el armario empotrado. Además de la cama, el único mobiliario era una cómoda con muchos cajones y una mesa de ordenador.

A tenor de lo que observaron, no se podía decir, ni mucho menos, que Silvia fuera una niña ordenada. La mesa del ordenador soportaba una enorme cantidad de papeles, carpetas y libros bajo el imperio de un enorme desbarajuste. La cama, además de para que el gato se echara la siesta, servía de ropero. Había pantalones, vestidos, sujetadores y bragas en total desorden. El suelo estaba lleno de pegotes, haciéndose difícil caminar sobre él.

Empezaron registrando en el mueble de madera. En el primer cajón que abrieron encontraron una panoplia de juguetes eróticos: vibradores, bolas chinas, estimuladores…

—No sé si sabes lo que atesora tu hija en esta gaveta — advirtió Oramas.

—¡Oh! No sé cómo tendré que decir que no me gusta que me cojan mis cosas —respondió sin un ápice de sorpresa en su rostro—. En mi ausencia, esta casa se llena de jovencitas y se lo pasan en grande. Seguro que encuentra en otro cajón la lencería que he echado en falta.

En estado de estupor, las miradas de las inspectoras se volvieron a cruzar. Crespo no se pudo reprimir y le espetó de sopetón:

—Es que hay cosas que hay que tenerlas guardadas bajo llave.

Se quedaron mirándose una a la otra sin saber qué decir. Daba la impresión de que en cualquier momento pudiera abalanzarse una sobre otra. Transcurrieron unos segundos eternos hasta que Ana Belén dijo con el ceño arrugado:

—Mira guapa —y recalcó las dos palabras con exagerado ímpetu dando la sensación de haber recibido una gran ofensa— , cada una organiza su casa como le parece más oportuno.

—Sí, pero ahora mismo estamos cuatro personas buscando a tu hija —respondió con suavidad de tono, pero con palabras que abrasaban el tímpano—. Debes saber que una familia mal estructurada es causa de muchos problemas que pagamos los demás.

—Veo que has cambiado poco —dijo Ana Belén en actitud provocativa—. Eres puro deseo insatisfecho.

—No sé qué quieres decir con eso. ¿Dónde has comprado esa frase?, seguro que eres incapaz de explicar lo que significa.

—Que me sigues teniendo tirria, tonta chorra.

—¡¿Tirria?!

—Sí. Lo has oído muy bien. La envidia que me tenías en la época del instituto era demasiado evidente. ¡Ah!, y lo que te gustaba comer el tarro con la martingala de esas ideas tuyas tan rancias. Para ti solo había una sola forma de ser mujer y, claro, tu dogma había que imponerlo a todo el mundo.

La inspectora Crespo apretó la mandíbula. Se le encharcaron los ojos, aunque pudo contener el líquido. Se encaró con Ana Belén y le respondió con acritud:

—¿Envidia de qué, de que no ibas a clase y de que te acostabas con el primero que se te ponía a tiro? ¿De qué piensas que te tengo envidia, de que eres capaz de poner tu cuerpo en venta? ¿De esa vida tan vacía que tienes? ¿O de que no eres capaz de proteger a tu hija?

Ana Belén se revolvió como una pantera. Dio dos pasos hacia la inspectora Crespo y dijo elevando la voz y con la yugular a punto de reventar:

—A mi hija ni la mientes. Y te recuerdo que estás en mi casa. ¡Vamos!, ¡lo que me faltaba por oír! Lo mismo te crees que has llegado al nirvana…

La tensión era máxima. Dos bueyes almizcleros estaban a punto de chocar sus cabezas.

—¡Basta! —sonó con contundencia la voz de Oramas tomando parte en el asunto poniendo en juego su autoridad.

Le pidió a la inspectora Crespo que la dejara a solas con la madre de Silvia. No se lo tomó nada bien. Tras una mirada cargada de inquina marchó hacia la puerta y abandonó el piso de un portazo. Cuando se hubo alejado, Oramas se tranquilizó, pidió a Ana Belen que bajara revoluciones e interrogó a la madre de la niña.

—¿Ha echado algo de menos en su habitación?

—Como qué —respondió todavía alterada.

—Ropa.

—Como puede ver —dijo señalando el desorden que había sobre su cama—, debió de recoger algo de ropa antes de marcharse.

—Bien. Eso quiere decir que no estamos ante un secuestro. Tu hija se ha debido marchar por voluntad propia.

Ana Belén respiro hondo, soltó el aire de sus pulmones con suavidad, sonrió y se tranquilizó. Abrió todos los cajones del mueble y dijo que se había llevado la ropa interior. Abrió el armario y comprobó que faltaba una bolsa de viaje.

—¿Tiene ordenador?

Abrió un cajón de la mesa y dijo:

—Lo tiene, pero se lo ha llevado.

—¿Sabe si llevaba dinero?

—Un momento…

Regresó de nuevo al armario. Sacó una caja fuerte, la abrió y la puso boca abajo.

—Se ha llevado todo el dinero que tenía.

—¿Era mucho?

—Sobre unos mil euros.

Aparte de que vivía separada de su marido poco más pudo averiguar la inspectora Oramas. Cuando abrió la puerta de la calle sintió un gran alivio. El hedor de la casa empezaba a hacérsele demasiado cargante a Oramas.

—Por cierto, ¿tienes relación con el padre de la niña?

—Viene por aquí de vez en cuando.

Se despidió en el descansillo y, no había llegado todavía al ascensor, cuando se presentó la vecina de abajo que venía a presentar quejas de que los perros seguían meándose en la terraza y escurrían los orines a la suya. «Eso es lo mismo que me dijiste la última vez que hablamos sobre el asunto», escuchó antes de entrar en el ascensor.

Crespo estaba enojada. No le había sentado bien que su compañera echara mano de los galones y en lo más hondo de sus entrañas moraba una enorme ira de esas que tan solo el tiempo es capaz de disipar.

—No me pongas esa cara de perdonavidas. No pensarías que iba a permitir que os pelearais delante de mis narices. Tienes que aprender a centrarte en tu trabajo y aislar cualquier circunstancia que no tenga que ver con el asunto. Ahora me vas a contar quién es esa chica que parece tener un cable pelado y a la que le tienes tan poco cariño.

Crespo la miró fijamente a la cara. Se mantuvo en silencio. Enojada. Daba la impresión de que su estado de ánimo le impedía hablar. Oramas no se percató de tal circunstancia y clavó espuelas en los ijares:

—¿Qué pasa, no me vas a responder?

—Esa chica no tiene un cable pelado, lo que tiene es el cerebro en estado de siniestro total.

—No te pido juicios de valor. Quiero información —dijo Oramas endureciendo el rostro.

—Fuimos compañeras de instituto… —dijo con los ojos humedecidos y con la voz a punto de quebrarse.

—Eso ya lo sé.

—Nos llevábamos mal.

—También lo sé.

—Éramos rivales. Las dos teníamos un carácter muy fuerte y competíamos por imponer nuestras ideas a los demás. Desde entonces no habíamos vuelto a coincidir, pero en esta ciudad todos nos conocemos y...

—Y ¿qué es lo que puedes decirme de ella?

—Ana Belén era ligera de cascos. Una caprichosa que tenía la facilidad de conseguir todo lo que se proponía aprovechando la debilidad de los hombres. Siendo muy joven se prendó de un chico. Era bastante mayor que ella, pero guapo y, lo mejor de todo, era una cara nueva en la ciudad.

—Supongo que estás hablando del padre de Silvia.

—Sí, claro. Se quedó embarazada y se fue a vivir con él. Ese hombre, parece ser, vino de Madrid. Según se cuenta, tenía tantas deudas que se tuvo que marchar del foro y recabó por aquí.

—¿A qué se dedica?

—A la hostelería. Abre y cierra negocios constantemente. Es un mal pagador y tarde o temprano tiene que abandonar los negocios que inicia. Vamos, que de lo que vive realmente es de la trampa. Es un auténtico vividor.

—Pero en esta ciudad en la que todos os conocéis ya lo tendrán bien calado. Me refiero que los proveedores...

— Creo que últimamente se dedicaba a las antigüedades. Ya sabes, comprar muebles antiguos por los pueblos y venderlos más caros en la ciudad. Si lo piensas bien es más de lo mismo. Quiero decir que sigue engañando a quien se deja. Eso es todo, no me preguntes más.

La inspectora Crespo se hundió en el silencio. Giró la cabeza y empezó a andar hacia la puerta de la urbanización. Llegaron al coche y le pidió las llaves a Oramas que se las entregó sin presentar batalla.

—Supongo que no tendré que abrirte la puerta —dijo Crespo suponiendo que tardaba en entrar más de la cuenta—. Vamos a regresar por otro camino para evitar semáforos.

Se dirigieron por la carretera de circunvalación hacia el río Júcar. Al llegar a la carretera antigua hacia Madrid sonó el teléfono de Oramas. Lo sacó del bolso y comprobó que era Torrijos.

—Dime.

—La tenemos.

Se miraron extrañadas y contestó:

—¿A qué te refieres?

—A qué va a ser, pues a Silvia.

—¿Me estás diciendo que habéis encontrado a la chica?

Tras unos segundos de silencio, dijo Torrijos con timidez:

—Sí. Eso es lo que he dicho. ¿Qué pasa?

—¿Dónde habéis dado con ella?

—En la puerta del instituto.

A Oramas no le cuadró que hubiera cogido ropa de casa y mil euros para ir al instituto. De nuevo miró a Crespo y coincidieron en un gesto facial que mostraba perplejidad.

—¿Estás seguro de ello?

—Pues claro. ¿Qué hacemos?

—Llevadla a comisaría. Al fin y al cabo estáis al lado. Nosotras llegamos en un momento.

Oramas se bajó del coche antes de que aparcara. Entró en la comisaría como un caballo desbocado y fue en busca de sus compañeros. Los encontró en su propio despacho. Sin dejar el bolso se fijó en la carita de la niña. Respiró hondo. «Es la viva imagen de su madre», pensó. Una cara compungida y a punto de derrumbarse a poco que se presionara. Soltó el bolso, se colocó detrás de ella y apoyó su brazo por encima del hombro. La chica se giró, miró a la inspectora. Fue una mirada llena de recelo acompañada de una afectuosa sonrisa.

—¿Sabes que tu madre ha puesto denuncia por desaparición y te estamos buscando?

—Sí. Lo sé. Pero yo no soy Silvia. Soy Lucía.

Oramas sacó el teléfono. Buscó la foto de Silvia y dijo:

—¿No eres ésta?

—No. Esa es Silvia. Somos gemelas. Fíjese en que no tiene una cicatriz sobre la ceja derecha.

Era la única forma posible de distinguir a una de la otra.

Sin poderlo evitar, Oramas miró a Peláez y a Torrijos. Ambos coincidieron en el mismo gesto. Se limitaron a encogerse de hombros.

—A nosotros nadie nos dijo que había dos gemelas iguales. Vimos a esta chica, le enseñamos la placa y le pedimos que nos acompañara a comisaría. Nos miró a la cara y se echó a llorar como una niña diciendo que no había hecho nada. Ni siquiera fue capaz de decir que tenía una hermana gemela. De forma escueta le hemos explicado que no tenía que preocuparse por nada y que tan solo le haríamos unas preguntas.

La inspectora Oramas se giró hacia Lucía, le cogió la mano y dijo con voz apacible:

—Tu madre no nos ha dicho que tuviera gemelas. Debes entender que no es difícil que nos hubiéramos confundido.

La niña se tranquilizó. Se enjugó las lágrimas con el revés de su mano derecha y dijo:

—Mi madre hace cosas muy raras.

Retiró los pocos papeles que había sobre la mesa, sacó un bolígrafo y una libreta de un cajón, le hizo una seña a Torrijos y a Peláez para que se marcharan e invitó a Lucía a sentarse. Oramas se sentó frente a la niña. Crespo a la derecha.

—¿Sabes algo de tu hermana?

—Lo único que sé es que esta noche no ha dormido en casa.

«Ya sabe más que su madre», pensó Oramas.

—¿Sucede eso con frecuencia?

—Solo algunas veces.

Oramas tomaba nota en la libreta como una colegiala.

—Cuando sucede, ¿dónde pasa la noche?

—Con algún chico. Le decimos a nuestra madre que dormimos en casa de una amiga y…

La inspectora Oramas hizo un gesto de incredulidad y siguió escribiendo.

—¿Tienes idea de dónde puede estar ahora mismo?

—No.

Oramas, con un gesto lleno de delicadeza, colocó su mano debajo de la barbilla de Lucía, empujó con suavidad hacia arriba y cuando se cruzaron las miradas dijo con voz meliflua:

—¿No nos ocultas algo?

—No, de verdad que no —dijo con la voz carente de energía todavía—. Yo quiero ayudar para que aparezca mi hermana.

—¿Cuándo la viste por última vez?

La pregunta debió pillarle de sorpresa. Alzó los ojos hacia el techo como si estuviera allí escrita la respuesta. Bisbiseó unas palabras y respondió:

—Ayer por la mañana fuimos a recoger las notas al instituto. Llegó mi padre y se fue con él.

—¿Sabes donde fueron?

—No. Algunas veces vamos a Palomera. Allí tiene mi padre una finca.

—Por último, ¿tu hermana tiene novio?

Tras una mirada obscena, dijo:

—Está saliendo con un italiano.

—Tu madre tampoco nos ha dicho nada de eso.

—Creo que no lo sabe.

—¿Sabrías decirnos dónde podemos encontrar a ese chico?

—Tiene un bar de copas por la zona de San Miguel, me parece que se llama Los Cisnes.

—Por hoy ya no te canso con más preguntas —dijo cuando acabó de apuntar el nombre del bar—, pero si te acuerdas de algo díselo a tu madre y le dices que me llame.

Lucía sonrió. Se levantó como si estuviera sentada en una silla de clavos ardiendo y marchó hacia la puerta. Tras acompañarla hasta la calle, Oramas regresó al despacho.

—¿Qué te parece?

La inspectora Crespo dio un suspiro prolongado.

—Que Dios le da hijos a quien no se los merece.

—Esa es una reflexión a mi juicio demasiado radical.

—Ese argumento me suena ya un tanto casposo. Dejémoslo aquí.

—De acuerdo —dijo la inspectora Crespo—. Movamos el culo y busquemos a Silvia.

Zanjado el asunto, Oramas llamó a Peláez y a Torrijos. Les preguntó si habían llegado a entrevistarse con el profesorado del centro.

—La verdad es que no. Como nos encontramos a Lucía en la puerta del instituto…

Les encargó que indagasen para tratar de recoger información entre compañeros y el profesorado. Ella se comprometió a visitar al novio de Silvia ya que vivía cerca del bar que regentaba.

—Y yo qué hago —preguntó la inspectora Crespo.

—Entérate de dónde vive el padre de Silvia y ocúpate de que vaya una patrulla a su casa. Después, tómate la tarde libre y te relajas.

Antes de marcharse a casa habló con un policía que estaba de retén. Le informó sobre las pesquisas realizadas y le pidió que visitaran el domicilio del padre de Silvia.

Cuando Oramas comunicó a Peláez y a Torrijos quién era el padre de las gemelas se escuchó un silbido.

—A ese hombre lo conocen bien en los juzgados —dijo Peláez.

No solamente lo conocían por las denuncias interpuestas por su pareja. Una buena cantidad de causas se debían a impagos.

—Sé de una persona que me puede dar información sobre él, pero tenéis que darme tiempo.

La inspectora Oramas llamó a Ana Belén. Cuando le relató lo que había ocurrido con su hija Lucía le preguntó el motivo por el que no le advirtió que tenía gemelas. Sin cortarse ni un pelo o, posiblemente, haciéndose la distraída respondió que no se lo había preguntado nadie. «Madre mía, qué difícil lo está poniendo esta mujer, si tuviera la cabeza en su sitio nos facilitaría las cosas», pensó Oramas para sí misma. «Al final va a tener razón Crespo».

—Tampoco nos has dicho que tiene un novio italiano.

—Yo no sé nada de eso.

El tono de sorpresa se hizo muy evidente en el rostro de la inspectora.

—¿No te dijo nada Silvia?

—No, no. No me ha dicho nada.

Oramas empezó a irritarse.

—Del padre no me has dicho nada tampoco —advirtió elevando un poco el tono de voz.

—Le dije que estamos separados.

—No me refiero a eso. Según dice Lucía, recogió a Silvia y se marchó con él.

—De eso tampoco sé nada.

La inspectora estaba ya a punto de montar en cólera.

—Vamos a ver, ¿le has llamado por teléfono?

—Sí. Pero lo tiene apagado.

—Pues esas cosas nos las tienes que contar. Vamos a ver, si quieres que aparezca tu hija tienes que colaborar. De no ser así va a resultar difícil que la encontremos.

Oramas le pidió el teléfono del padre. Lo llamó y, efectivamente, según pudo escuchar en su terminal, el teléfono al que llamó estaba apagado o fuera de cobertura.

Cuando salía Oramas por la puerta para marcharse a casa se dirigió a ella el policía al que le había encargado obtener información sobre Silvia.

—Hemos estado en todos los hospitales y nada, no ha ingresado en ninguno de ellos una chica con ese nombre.

—Me lo temía. Muchas gracias.

No llevaba ni diez metros recorridos cuando escuchó unos pasos detrás de ella. Eran pasos bien marcados. Con firmeza. Pasos que Oramas escuchaba cada vez más cerca. No le quedó más remedio que girarse.

—Pero si eres tú —dijo.

—No me digas que te he asustado —respondió Torrijos.

—Pues iba un poco mosca, esa es la verdad. Notaba los pasos cada vez más cerca.

—Quería llegar a tu altura para invitarte a una cerveza.

Abriendo los ojos de par en par, y con una mueca de satisfacción en su rostro, aceptó la invitación.

—Yo la tomo todos los días antes de llegar a casa. Es la ventaja que tiene ir al trabajo andando.

—Yo también voy andando, pero lo hago por hacer ejercicio. La verdad es que me viene muy bien subir y bajar la cuesta hasta la plaza Mayor.

—¿No te cansa subir y bajar todos los días?

—La bajada matutina me despierta. A veces, la subida me deja fatigada, pero me ducho al llegar y, a parte de relajarme, me deja la sensación de haber eliminado adherencias innecesarias durante la mañana.

«Bien Porteño» es un restaurante de diseño moderno situado en una esquina del parque San Julián, que es como decir que está situado en el corazón de la parte baja de la ciudad. Su especialidad es la cocina típica argentina fusionada con algunas especialidades mediterráneas. Aunque en el salón había mesas libres, se apalancaron en la barra, que está a la entrada del establecimiento.

—¿Cerveza? —preguntó girando la cabeza hacia Oramas. Asintió con la cabeza—. Que sean dos cañas —solicitó al camarero.

Giró la cabeza y observó con detalle el salón. Tanto el techo como las mesas, las sillas y los armarios eran de madera de wengue, lo cual le otorgaba un aspecto sobrio a la vez que elegante. La pared del fondo era una cristalera corrida que hacía sentir que el parque era la continuación del establecimiento. Torrijos le entregó el vaso rebosando espuma, se dio la vuelta y preguntó:

—¿Te has adaptado bien al nuevo destino?

—Sí. La verdad que sí. Es una ciudad muy agradable para vivir y en el trabajo me siento muy bien integrada.

—Pues eso es muy importante. Me refiero a lo de sentirse a gusto en el trabajo. Creo que más o menos sabemos aguantarnos unos a otros.

—Eso es esencial en la vida.

—Lo que admiro en ti es la capacidad que has demostrado para aguantar a Mari Luz desde el primer momento.

—La inspectora Crespo tiene muchas virtudes.

—Estoy de acuerdo contigo. Aunque se pone pesada de vez en cuando es una buena compañera y merece la pena pasarle por alto ciertas cosas. Cuando la conozcas algo más te darás cuenta que es una chica que ha sido capaz de resurgir de sus propias cenizas y te sentirás mucho más cerca de ella.

Las palabras de Torrijos generaron en el ánimo de Oramas una enorme inquietud.

—¿Podrías darme alguna pista sobre…?

—Prefiero que sea ella misma quien te ponga al día.

—¿Sabes que de todos los que estamos en el grupo de homicidios eres tú la persona de quien menos cosas conozco?

—Pues ahora estás a tiempo de preguntar.

Le preguntó por el tiempo que llevaba trabajando en la comisaría. Hacía treinta años que empezó a trabajar en Cuenca. Procedía de Cañamares, un pueblo al norte de Cuenca a caballo entre la Alcarria y la Sierra. Era el sexto y último hermano de una familia humilde. No realizó estudios universitarios y cuando acabó el servicio militar obligatorio tuvo que optar por entrar a trabajar en una empresa de su pueblo que se dedica al mimbre o marcharse en busca de un futuro que, aunque incierto, pensó que sería mejor que el que pudiera ofrecerle su pueblo.

—Y aquí me tienes. Tras superar los estudios en la Academia de Policía, me destinaron a Ceuta, pero no tardé en poder regresar a mi tierra.

—¿Vas con frecuencia por allí?

—Ya lo creo. Tengo casa y eso me obliga a ir muchos fines de semana, sobre todo cuando se abre la veda de la trucha.

Torrijos se dispuso a pedir la segunda, Oramas se negó alegando que la cuesta se le podía hacer demasiado larga con la barriga llena de cerveza.

5

Cuando cruzó la plaza mayor, la inspectora Oramas tomó la calle Ronda Julián Romero que nace en un lateral de la catedral. Iba acompañada por Linda. Buscaba los más de tres kilómetros de murallas defensivas y, quién sabe, podría encontrarse con algún rincón digno de ocupar el blanco de uno de esos lienzos que había comprado el día anterior. Pasada la posada de San José se abrió una plazuela desde donde pudo observar la hoz del Huécar. A la altura de sus ojos, elevado sobre un hocino, tenía el antiguo convento de San Pablo. Desde allí, aunque camuflada en la roca, pudo intuir lo que fue la fortificación.

Tras recorrer la estrecha y empinada calle que subía paralela a la muralla, tras contemplar sus recoletos rincones y apagar la sed en las fuentes que salieron al paso, llegaron al mirador del pintor local Víctor de la Vega. El perro tomaba la delantera y tiraba de la correa como si no aprobara la parsimonia con que era conducido. Giró a la izquierda y cruzó la calle San Pedro en busca de la otra hoz que envuelve a la ciudad. Llegó a la calle del Trabuco por un callejón y desanduvo lo andado por la parte de la muralla que da a la hoz del Júcar hasta llegar al bar del italiano.

Había dos chicos que no debían llegar a la treintena. Uno preparaba la terraza. El otro estaba en el interior cebando los frigoríficos. Oramas se dirigió al que estaba en el exterior del local. Un chico alto, espigado, de pelo moreno, barba intensa de cinco días y con un dragón que se dejaba escurrir por el interior de su brazo derecho. Limpiaba las seis mesas de la terraza con un paño húmedo.

—Por favor, ¿está el dueño del local?

El chico se acercó y acarició al perro. Miró a los ojos a Oramas y dijo:

—Ahora mismo Doménico no está.

—¿Dónde podría encontrarlo?

Recibió la pregunta con una mueca de frío desdén.

—Pues, la verdad, no tengo ni idea. ¿Quién es usted?

Oramas echó mano del bolso y le pareció que era el momento oportuno para mostrarle la placa. El chico pareció comprender que algo no marchaba bien.

—Si hubiera cogido mi semana de vacaciones que me quedaban del año anterior, quizá me habría evitado…

—No debes temer nada, joven. Tan solo te pido que nos ayudes a encontrar a una chica que ha desaparecido.

—¿Qué chica es esa?

Oramas tomó el teléfono. Buscó en la galería de fotos y seleccionó la de Silvia. Se la enseñó al chico.

—¿La conoces?

—Es Silvia.

—¿Qué relación tiene con Doménico?

—Son novios.

—Seguramente estarán juntos. A mí, Doménico me da igual, pero Silvia es menor de edad y hemos recibido denuncia por desaparición.

—Me hago cargo de la situación, pero poco puedo ayudar. Lo único que le puedo decir es que ayer por la mañana me llamó y me dijo que abriera yo porque se marchaba de viaje.

—¿Te dijo dónde?

—No.

—¿Sabes si marchó con Silvia?

—Ni idea.

—¿Te comentó cuándo volvería?

—No.

—Supongo que tendrás su número de teléfono.

—Lo tengo y lo he llamado, pero lo tiene apagado.

—¿A qué hora te llamó ayer?

Permaneció en silencio durante unos segundos como si tuviera que consultar en lo más profundo de su ser y dijo:

—Entre las doce y media y la una menos cuarto.

—¿Crees que la chica se ha ido en contra de su voluntad?

El chico esbozó una media sonrisa y respondió con contundencia:

—No, no. Si se ha ido con Doménico lo ha hecho en plena libertad.

Oramas hundió de nuevo la mano en el bolso. Tomó una tarjeta y se la entregó.

—Por favor, si tienes noticias de ellos, no dejes de llamarme. Hay una familia preocupada —mintió.

Lo de tomarse la tarde libre, la inspectora Crespo se lo tomó al pie de la letra. Lo que no sabía todavía es dónde iba a pasar el final del día. Aprovechó la tarde para mover el cuerpo. Tenía pendiente hacer una tirada larga para preparar un maratón. Llamó a su amiga Raquel.

—¿Tienes ganas de marcha esta tarde?

—¿Qué tipo de marcha?

—Veinte kilómetros.

—Uff. No sé si lo aguantará mi *body*. La última vez que salí se me dio de puta pena.

—Pero ya sabes que lo de correr va por días. Uno te coge la depre y te tienes que arrastrar. Otro te pilla en estado eufórico y vuelas.

Quedaron en la puerta de Valencia, junto al río. Iban dispuestas a llegar hasta Palomera, que es un pueblo a diez kilómetros de Cuenca hacia el norte, cerca de donde nace el río Huécar. Es un recorrido que en verano tiene la ventaja de hacerse casi todo en sombra ya que la carretera, en todo su recorrido, serpentea junto a un valle muy estrecho.

Año arriba o abajo, Raquel debía tener la misma edad que Mari Luz. Fueron compañeras de instituto. Cuando empezaron sus estudios universitarios separaron sus vidas. Aunque las dos estudiaron derecho, Raquel marchó a Salamanca mientras que Mari Luz se quedó en Cuenca. Era una chica alta, pero, al lado de la inspectora Crespo tan solo parecía mediana. Sin ser una belleza que llamase la atención, las dulces facciones de su cara, la alegría que despedían sus ojos y la textura finísima de su piel la revelaban como una chica muy mona. Por lo demás, era una persona con mucho atractivo: talle delicado, armonía corporal, pecho mediano, caderas estrechas, escasas carnes, buen tono muscular…

Hora y tres cuartos después de iniciar la carrera estaban de vuelta. Regresaron al lugar de donde partieron. Habían llegado juntas, pero el rostro de Raquel estaba inflamado —¡cuánto mejor le hubiera ido de haber corrido ella sola!—. Durante el tiempo que Mari Luz empleó en hacer ejercicios de estiramiento, Raquel no dejó de toser. Tosía con tal intensidad que daba impresión de que en cualquier momento podría echar las vísceras por la boca.

Mientras que su compañera recuperaba la respiración, la inspectora Crespo revisó el teléfono. Tenía cuatro llamadas perdidas. Todas ellas habían sido realizadas desde el teléfono de comisaría. Les devolvió la llamada.

—¿Qué pasa, Crespo? He llamado varias veces y no consigo que me lo cojas.

—He estado poniéndome en forma. Ya sabes que en este oficio…

—Sí, sí. Claro. Te llamaba para decirte que hemos estado en el domicilio del padre de las gemelas y nos lo hemos encontrado cerrado. Nadie nos ha abierto la puerta.

—¿Crees que podría estar dentro?

—Hemos pegado el oído a la puerta y nada nos ha hecho suponer que había alguien dentro.

—¿Habéis preguntado a los vecinos?

—Sí. Dicen que lo vieron ayer, pero que hoy no. Lo que sí me han dicho es que esta mañana ha estado la mujer de la limpieza.

—Si podéis enteraros quién es y donde se la puede encontrar…

—Tranquila. Ya lo hemos hecho. Hemos hablado con ella y dice que no lo ha visto desde la semana pasada. Por lo visto, tiene llave y suele trabajar cuando no hay nadie en la casa.

—¿Le habéis preguntado si le dijo que tenía previsto hacer un viaje?

—Pues claro. Pero nada. A la señora, el padre de Silvia no le dijo nada de hacer un viaje.

—Lo entiendo. Muy bien. Pues, nada más. Buen trabajo.

—Por cierto. Hemos bajado al garaje con una vecina y tiene aparcado el coche en su plaza. Es un BMW 530 de color azul oscuro.

—De acuerdo. Lo dicho. Que pases buena tarde.

Cuando cortó la comunicación Raquel se había tranquilizado y pidió un momento de relax antes de marchar hacia casa.

—Tengo una sed horrible.

Apaciguaron la necesidad en un bar que había en la ladera de un cerro aprovechando la oquedad que deja la roca. Era una taberna de moda que descubrió un cura negociante para los conquenses y los *enconquensados*. Hacía muchos años, en dicha cueva vivió una familia de gitanos. Cuando el sacerdote de marras consiguió una vivienda digna para la familia, vio la posibilidad de abrir una tasca.

Se sentaron en una mesa libre que había junto al roquedal.

—¿Cómo lleváis el asunto de Nemesio? —preguntó Raquel.

—No lo llevamos nosotros. Por lo que sé, no hay novedades. El asunto no pinta nada bien. Pero tenemos entre manos otro asunto de desaparición.

—¡¿Otro?! No he oído nada.

—Se trata de la hija de Ana Belén.

—¿La libidinosa?

—La misma.

—La cantidad de tiempo que hace que...

Un ataque de tos impidió que pudiera acabar la frase. Pero fue suficiente, la inspectora Crespo captó el sentido sin necesidad de más palabras.

—Pues yo, esta mañana, he tenido que ir a su casa. Hemos sostenido un agrio cruce de palabras y hemos obligado a mi jefa a intervenir. Se ha llevado la pobre un buen mosqueo.

—¿Qué hija es la que ha desaparecido?

A la inspectora Crespo pareció extrañarle que su amiga Raquel supiera sobre la familia de Ana Belén.

—Silvia. Pero, te voy a decir una cosa, yo ni siquiera sabía sobre la existencia de dos hijas gemelas.

—Y, ¿qué sabéis de la desaparición?

—Por lo pronto solo tratamos de localizarla. Ten en cuenta que la madre ha puesto denuncia esta misma mañana.

—¿Y dónde pensáis que está?

—Dónde, no lo sabemos. Pero, creemos, que está con Doménico. Es su novio.

—¿Doménico, el dueño de Los Cisnes?

—Sí, sí. Ese mismo.

—Pues, tened cuidado con él. Es una buena pieza. Hacienda está detrás de él y le requiere un pastizal.

Raquel aprobó unas oposiciones y trabajaba en los juzgados de Cuenca. Mari Luz, sabedora de que su amiga le podía aportar buena información, se frotó las manos.

—Pues, si es como dices, lo mismo ha pensado no volver por aquí.

—Pero, ¿cómo fue la refriega de esta mañana? —preguntó Raquel.

—A ver —comenzó—, en realidad solo fue una escaramuza de baja intensidad. La verdad es que nuestro cariño viene de la época del instituto. Pero, va y me dice la so tunanta que le tengo envidia. Como te puedes imaginar, no me callé.

—¿Envidia? Envidia de qué.

—Eso mismo le dije yo.

—¿De lo egoísta y lo poco abnegada que se muestra con su familia?

—Desde luego de generosa y solidaria no puede presumir.

—Ni de responsable. ¿Sabes que está de nuevo en pleitos con el memo de su marido?

La inspectora Crespo dio un respingo. Acababa de comprender que su amiga era un profundo pozo de conocimiento en lo tocante al asunto que llevaba entre manos.

—Entiendo, por lo que dices, que no han acabado de separarse.

—¿Separarse? Yo creo que se necesitan el uno al otro como el yin y el yang. Son un par de inmaduros y de irresponsables. ¿Sabes que cada vez que dirimen sus diferencias ante el juez, cada uno lleva como testigo a una gemela?

—¿Qué me estás contando?, no me lo puedo creer. Me parece súper fuerte.

—Pues, créetelo que es tal y como te lo estoy contando.

La inspectora Crespo empezó a deslizarse de nuevo por el sendero de la brutalidad. Le costaba entender que alguien pudiera estar tan carente de humanidad que fuera capaz de inmolar a sus propias hijas. Con los ojos inyectados en sangre y los puños apretados dijo:

—¿Sabes una cosa…? Siento una enorme pena por esas chicas. Creo totalmente injusto la desigualdad de oportunidades que soportamos los humanos. Me gustaría que hubieses visto la mirada de Lucía. Lleva el sufrimiento de su situación en la mirada. Es indudable que el Estado ha debido de intervenir. Esas chicas están en peligro.

—Eso es algo que se pregunta más de una persona.

—Pues respóndeles.

—Lo haría con mucho gusto, pero no sé qué decirles. Carezco de evidencias.

Crespo se acercó a Raquel. Se puso la mano en la boca tratando de impedir que alguien pudiera leer en sus labios y dijo en voz baja:

—Diles que Ana Belén sabe muy bien tocar las teclas que hay que tocar. Y con la cantidad de *machirulos* que copan los puestos de poder consigue lo que quiere.

—No entiendo lo que quieres decir.

—Pues está muy claro. Que nuestra amiga, con ese cuerpo que Dios le ha dado...

Raquel se quedó en silencio, sin argumentos para responder. Se giró. Miró hacia arriba y le pidió la cuenta al camarero.

—Por cierto —preguntó Crespo dibujando un atisbo de sonrisa—. ¿Sabrías decirme qué hermana es la que apoya a la madre en los litigios entre sus padres?

—Me suena que es la que ha desaparecido.

—Me lo temía.

Sobre la hora crepuscular marcharon las dos río abajo por la calle de los Tintes. Abandonaron el cauce del río cuando llegaron a las traseras del edificio de Correos. No habrían andado ni cien metros, cuando se despidieron en la plaza de España. A la inspectora Crespo la sangre le latía en la cabeza. Salmodiaba sin cesar las revelaciones de su amiga sobre el caso de las gemelas. Se sentó en una esquina del parque San Julián. El rumor de las hojas mecidas por el viento y el chirrido de los pájaros buscando acomodo era intenso, pero dejó que el mundo que le rodeaba se esfumase y buscó en el teléfono el registro de su jefa.

—¿Qué pasa, Mari Luz?

—¿Estás muy ocupada?

—Ahora mismo estoy intentando encajar la figura para plasmar un atardecer en un lienzo.

—¿Nos podemos ver?

—¿Cuándo?

—Esta noche.

—Pero me tienes que dar tiempo.

—No, si yo estoy sin ducharme. Además quiero pasar a ver a mi tía.

—Si te parece bien quedamos sobre las once.

—Dime dónde.

—¿Vamos a ir de cervezas o de copas?

—De copas. Yo voy a comer algo ahora mismo.

—¿Qué te parece si quedamos en el Jovi?

Es un lugar perfectamente decorado y ambientado como un pub inglés de los años setenta; mimado en todos los detalles, da la impresión de que el tiempo se hubiese detenido en ese local.

—Dime dónde está.

—En la calle Colmillo, número 10. Tienes que cruzar la plaza Mayor a la altura del Ayuntamiento. Te metes por el callejón y coges la segunda a la izquierda. A treinta metros un luminoso con letras rojas anuncia la taberna.

—Pues allí estaré a las once.

No serían todavía las once menos cinco cuando Oramas entró en la taberna Jovi. Fue recibida por una dulce melodía de Cat Stevens —Morning has broken— que le trajo agradables recuerdos. Por un corto pasillo llegó al salón principal dejando la barra en forma de ele a la derecha. Un sitio tranquilo, con luz tenue. Efluvios de café entremezclado con bergamota contribuía para que la instancia fuese más placentera. No había casi nadie. La atmósfera que reinaba allí no era, ni mucho menos, la de una noche de sábado. Oramas pensó si se habría colado sin darse cuenta que todavía estaba cerrado. Estuvo a punto de darse la vuelta, pero en ese momento salió el camarero desde la cocina y le dio la bienvenida. Cambió de opinión y tomó la decisión irrevocable de quedarse. Caminó hasta el final de la barra y se sentó en un taburete junto al rincón. En la sala solo había dos personas: el camarero y un cliente octogenario en la otra punta de la barra. El camarero se afanaba limpiando copas con un paño. El señor se encontraba sentado en un taburete, sin moverse, con la mirada abismada en el gin-tonic que tenía delante de sus narices.

Mientras aguardaba que la atendiera el camarero, se entretuvo mirando los fotogramas que había en la pared y oliendo las rosas y las azucenas que había en un búcaro situado sobre el mostrador. Por fin se acercó con cierto aire de urgencia a la inspectora Oramas con una sonrisa en los labios y pidiendo disculpas por la tardanza. Vestido con chaleco y pajarita lo convertía en un barman de los que resulta difícil encontrar. Le preguntó qué deseaba y le replicó con otra pregunta: ¿qué me recomiendas teniendo en cuenta que ya he cenado? Se retiró y volvió en unos segundos con una carta de cócteles en la mano. Como si se hubiera disipado la prisa, la puso al día en un momento sobre los cócteles que ofrecía el establecimiento. Tras la información requerida optó por uno americano a base de vermut rojo y Campari.

No había terminado de prepararlo cuando se presentó la inspectora Crespo. Venía deslumbrante. Pantalón blanco ceñido al cuerpo. Camisa azul marino ajustada a la cintura con un cinturón rojo. Pelo suelto. Sedoso. Afrodisíaco. Se paró al entrar y, sin atisbo de formalidad, saludó al señor que había en la otra esquina. El señor se giró. Miró hacia el rincón donde estaba Oramas y la escrutó como si hasta entonces no se hubiera percatado de su presencia. El camarero, que estaba preparando con mucho mimo el cóctel al lado del señor, lo dejó y saludó con profesional delicadeza a la inspectora Crespo besándole la mano. Llegó a la esquina donde estaba Oramas a la vez que el camarero sirvió el cóctel.

—A mi me preparas un daiquiri.

—Con poca azúcar y con poco ron. ¿No es eso?

— Bingo. En efecto, con poca azúcar y poco alcohol. Lo que vale este camarero.

Cuando se acercó el camarero con las bebidas, la inspectora Crespo hizo las presentaciones oportunas.

—Este es Santi, un barman siempre al servicio del cliente para que todo esté perfecto y resulte agradable la estancia.

—Hacemos lo que podemos. Eso sí, siempre con mucho cariño.

Santi se retiró. Crespo hizo sabedora a Oramas de que estaban en una coctelería de alta escuela con un servicio impecable.

—¿Quién es ese señor al que has saludado?

—Antonio Pérez. Un ilustre cliente coleccionista de obras de arte. Recayó por Cuenca a mediados de los años cincuenta e instauró una fundación que lleva su nombre. El museo no te lo debes perder.

—¿Dónde está ese museo?

—Al final de la Ronda de Julián Romero, en lo que fue un convento de las Carmelitas.

—Ah, sí. Ahora caigo. Esta misma tarde he paseado por allí. Por cierto, no te he dicho nada; pero, hay que ver lo que mejoras cuando te arreglas un poquito.

Los cumplidos fueron justos y recíprocos. La inspectora Crespo no se hartaba de decir la buena figura y la piel tan tersa que tenía a pesar de que le llevaba trece años. Y tenía razón, Oramas era una mujer elegantísima, pero era consciente que tenía más ayer que mañana y eso quería decir que la naturaleza le concedía poco tiempo de esplendor. No tardaría en pasar esa línea sin retorno que nos va conduciendo sin remisión a la vejez con todas sus ventajas e inconvenientes.

—Mientras me estaba duchando, he oído que han encontrado a Nemesio —reveló Crespo.

—¡¿Vivo?!

—Muerto. Por lo visto se debió sentir mal. Lo han encontrado entre unas retamas con los pantalones bajados.

Crespo quedó bruscamente en silencio. Oramas dio un suspiro e hizo un gesto de contrariedad.

—Yo me esperaba algo así —dijo en tono afligido—. Una pena. Pero, en fin, nada podemos hacer. Si acaso, rezar por él. Centrémonos en lo nuestro.

—Por cierto. Antes de que se me olvide. Respecto al paradero del padre de Silvia, nada de nada. Han estado en su domicilio y se lo han encontrado vacío. Ese hombre parece que ha desaparecido.

Oramas se quedó pensativa. Crespo paseó una mano por delante de la vista conminándole a que bajara de la nube.

—Estoy tratando de buscar alguna idea que encaje en el asunto que nos ocupa. Pero parece que no estoy inspirada esta noche.

Tomó un ligero sorbo y antes de que Crespo abriese la boca le contó la conversación que tuvo con el camarero del Cisne.

—Pues mañana mismo tendremos que investigar dónde se ha podido marchar el novio de Silvia y por qué. Pero, yo también he averiguado algo.

—Para haberte tomado la tarde libre sí que has averiguado cosas.

Cuando hubo reflejado con detalle la conversación con Raquel concluyeron que era necesario visitar la finca del padre a la mañana siguiente.

—De quien no me fío ni un pelo es de la madre —añadió la inspectora Crespo.

—Creo que subestimas a esa mujer —dijo Oramas y a la inspectora Crespo se le dilataron los párpados al máximo hasta formar un círculo—. A mí me duele el estado en el que se encuentran esas dos niñas tanto como a ti. Esas chicas, como mujercitas en ciernes que son, están más preocupadas por lo liviano que por lo sustantivo. De eso no hay duda. Pero tienen una familia. No es una familia al uso, desde luego. Han dedicado menos tiempo a sus hijas del necesario. Apenas se han ocupado de su formación. Pero estoy segura que esa mujer es capaz de entregar su vida por sus hijas.

La inspectora Crespo escuchaba con mucha atención. Su yugular, daba la impresión de que podría reventar de un momento a otro. Se le notaba constreñida. Posiblemente era la vena por donde rezumaba alguna tensión no resuelta. Con toda seguridad, hubiera dado un puñetazo en el mostrador para descargar la angustia acumulada. Fue el camarero al traerle el daiquiri quien le hizo reprimirse. Lanzó una mirada afilada a Oramas y dijo:

—Una loba también entregaría su vida por sus cachorros. Pero eso no la convertiría en una buena madre humana.

Aunque necesario, sería insuficiente. Esa mujer es un mal ejemplo para sus hijas. Estoy segura de que con tantos hombres que acoge en su casa, esas chicas han dado visos de normalidad a lo que no lo debe ser bajo ningún concepto.

—Realmente, no te falta razón. Son chicas muy frágiles, pero date cuenta que tienen un buen fondo. Habrá que pensar que algo bien habrá hecho esa mujer.

Todavía se irritó un poco más la inspectora Crespo. El pelo volvió a invadir parte de su cara. Lo despejó con un brusco movimiento de cabeza. Endureció el gesto y dijo:

—Por Dios… Qué coraje me da. ¿Tu te crees que esas niñas han estado perfectamente protegidas en esa familia? Porque seguramente sabrás que el derecho a la protección es uno de los diez derechos del niño según la UNICEF. ¿Cómo es posible que defiendas a una mujer que no tiene escrúpulos para conseguir lo que quiere ofreciéndole su cuerpo al primer hombre que se cruza en su camino?

—¿Por qué no culpas a los hombres con el mismo ímpetu? Porque los que acuden a casa de Ana Belén son hombres. Tú solo te centras en la mujer y da la impresión de que para ti solo existe una forma de ser mujer.

—Las que pensáis así me hundís en la miseria. No soporto que adoptéis la función de abnegadas servidoras de vuestras familias.

Oramas había recibido una educación cristiana y por tanto pensaba que la familia era la célula de cualquier sociedad bien armada. Aun así, replicó con cierta contundencia:

—Eh, eh... Pare usted la jaca. De abnegación, nada de nada. No sé si sabes que estoy separada. Ahora bien, lo que no me parece lógico es el odio que está naciendo hacia el varón. Creo que eso no es bueno. Por si esto fuera poco, me da la impresión que cada vez hay más chicas lésbicas.

—¿Y qué problema ves en ello?

—Si fuese una elección libre, ninguno. Pero si es por animadversión de muchas chicas hacia el varón sí veo problema. Entiendo que el mundo ha cambiado, que la mujer tiene roles que antes no desempeñaba, que nos tenemos que adaptar a ello; pero…

A Crespo se le desencajó el rostro. Miró de frente a Oramas con una mirada penetrante y dijo:

—Déjame que te explique que ser lesbiana no es ni elección ni *postureo*.

Ese fue uno de esos momentos en que cualquiera desearía que el tiempo retrocediera y concediera una segunda oportunidad para estar callada. Pero el tiempo carece de esa elasticidad. Oramas, un tanto desalentada al darse cuenta que no había tenido un momento muy glorioso, intentó rectificar y dijo:

— Sí. Eso ya lo sé. Imagino que es más bien el ambiente social el que modela nuestra orientación sexual.

Y como casi siempre que se quiere enmendar una metedura de pata se mete hasta la cintura. El rostro de Crespo acabó por incendiarse.

—Pues lo que yo creo —dijo levantando la voz— es que la casuística por la que una mujer es lesbiana debe ser amplia. Pretender encajar la realidad de todas las personas en una única acaba siendo frustrante y produce sufrimiento. Lo que nos hace falta ya, más que pensar porqué somos lesbianas, es visibilidad y la creación de un discurso social normalizado.

Se levantó y marchó al baño como si quisiera poner punto y final al discurso. Oramas se sintió muy afligida.

—Perdona si te he ofendido —dijo cuando regresó la inspectora Crespo del baño—, pero…

—No te preocupes. Posiblemente me he acalorado más de la cuenta.

—Quizá la causa de tanta confusión radique únicamente en que nos resulta difícil comprender que somos seres cincelados no solo por la naturaleza sino también por la cultura.

Crespo la miró sin saber qué decir. Permanecieron mucho tiempo en silencio. Oramas turbada ante el miedo de empeorar la situación. Crespo parecía querer que el tiempo fuese el juez que atemperase el fragor de la batalla. Fue la inspectora Crespo la que rompió el hielo:

—A los diez años se separaron mis padres. Tenía dieciséis cuando mi padre mató a mi madre y a mi hermano menor. Pude salvar mi vida porque me lancé por el balcón. Mi padre se suicidó. Gracias a Dios, recibí ayuda de una tía mía y pude estudiar. Le eché bemoles y conseguí entrar en la policía. Después me gradué en psicología y he publicado dos novelas negras. ¿Es este el motivo por el que soy lesbiana? Ni yo misma lo sé. Lo que te puedo decir es que dentro de mí hay dos personas distintas y distantes y que una intenta acabar con la otra.

A Oramas se le heló la sangre escuchando las palabras de Crespo y se quedó en silencio pensando el motivo por el que, como si se hubiera roto un dique de contención, le contó en ese momento ese pasaje tan trágico de su pasado. Vino a su mente la conversación que tuvo con Torrijos en el Porteño y entendió lo que quiso decir con aquello de que Crespo había sido capaz de resurgir de sus propias cenizas. Cuando Oramas le preguntó que cómo había podido superar todas esas eventualidades en su vida, con el excelente don de la palabra que atesora, le confesó que refugiándose en el deporte y en la escritura.

—¿Sabes una cosa? —dijo Oramas.

—Qué.

—Que acabo de descubrir que eres una persona dura por fuera y frágil por dentro.

—¡¿Estás insinuando que soy una fruta podrida?!

Oramas no le contestó. A pesar de todo, se sintió más apegada a ella a partir de esa noche. Poco a poco sus vidas se anudaban con ataduras complejas.

6

Oramas no pasó buena noche. Se despertó varias veces y dio muchas vueltas en la cama pensando en Silvia. Además de preocupada se sentía un tanto abatida ya que pensaba que eran pocos los progresos realizados para encontrar a la chica. Lo que no se imaginó es la sorpresa que le iba a deparar el nuevo día.

Lo primero que hizo al llegar a la comisaría fue comunicarle al comisario que habían encontrado el cuerpo de Nemesio, lo cual no le causó ninguna sorpresa ya que estaba al tanto del desenlace. Aprovechó el momento y le pidió que le pusiera al día sobre la desaparición de Silvia. Le hizo ver con un sesgo de tristeza que hasta el momento la investigación no había dado todavía los frutos esperados.

—No, no. Tranquila. No desesperes que estáis trabajando bien. Creo que habéis hecho lo más adecuado. Tarde o temprano la fruta caerá por su propio peso. Aunque de forma inopinada, gracias a Dios, la desaparición de Nemesio se ha resuelto. Digo gracias a Dios porque me estaba temiendo que las dos desapariciones pudieran causar en la ciudad mucha alarma. No sé si sabes que esta ciudad es muy sensible en asuntos de seguridad ciudadana.

—Lo sé. Voy conociendo la ciudad poco a poco y me he dado cuenta de que las desgracias afectan a mucha gente.

Tras revelarle los planes para ese día, el comisario se quedó pensativo y dijo sujetándose la barbilla con la mano izquierda:

—No podemos dejar relegado a ese italiano. Puede ser la clave de la desaparición.

—No nos hemos olvidado de él. Esta tarde volveré a hacer una visita al bar que regenta.

—Dejadme a mí que me encargue de este asunto.

Oramas cerró la puerta de su despacho. Crespo, Peláez y Torrijos se sentaron y mantuvieron profundo silencio. Habían captado perfectamente la importancia del momento. La inspectora jefa tomó la palabra:

—Lo primero que quiero deciros es que han encontrado el cadáver de Nemesio. ¿Tenemos confirmado que ha sido muerte natural?

Se miraron unos a otros como si quisieran dilucidar sin palabras a quién le correspondía responder. Peláez tragó saliva. Carraspeó para aclararse la garganta y dijo:

—La autopsia así lo ha corroborado.

—Entiendo, pues, que el caso está resuelto —concluyó Oramas mirando por encima de las gafas.

—Si la familia acepta la autopsia, así es.

—Y ¿cómo sabremos que la ha aceptado?

Todos volvieron a mirarse entre sí.

—Si no nos llega comunicación en contra, es que han aceptado —aclaró Peláez—. Supongo que no tendrán más remedio que hacerlo ya que no hay indicios de criminalidad.

—Bien. Pues caso resuelto.

—¡Wow! —ironizó la inspectora Crespo—. *Flipante.* Llevas un día trabajando y primer caso resuelto. Eres una policía guay.

—No, no. No te entusiasmes. Este caso no lo hemos resuelto nosotros. Considero que mi primer caso en Cuenca es la desaparición de Silvia. Pasemos a ello.

—Ese sí que va a ser el primer caso que resolvamos bajo mandato de Oramas y, me temo, no va a resultar nada fácil —añadió Peláez.

—¿Por qué dices eso? —preguntó sonriente la inspectora jefa.

—Porque, a tenor de lo visto, la familia no lo está poniendo nada fácil.

—Intentemos el más difícil todavía.

—Y cuando lo hayamos resuelto, desvelaremos definitivamente el caso de Jack el destripador —volvió Crespo con la ironía.

—Por lo pronto, gracias a la investigación de Peláez y de Torrijos —y, siguiendo el buen tono burlón, les lanzó Oramas una mirada acompañada de una sonrisa sardónica— sabemos que hay dos hermanas gemelas.

—Eso lo conocemos por el buen hacer de Escueto —puso su sello punzante la inspectora Crespo.

En previsión de que el asunto se les pudiera ir de las manos, Oramas dio unos golpecitos sobre la mesa y dijo:

—Centrémonos. Que tenemos mucho trabajo. Además de saber que son dos hermanas gemelas, hemos averiguado que se ha llevado ropa y dinero.

—Lo cual quiere decir que no ha sido secuestrada —añadió Torrijos.

—Pero ha podido ser engañada —aclaró Crespo.

—Por ahora todo son especulaciones. No tenemos nada confirmado. A mi juicio debemos investigar dónde ha ido Doménico y si está con Silvia —sugirió Oramas.

Tras un gesto de indiferencia, Peláez puntualizó:

—No olvidemos que pueden estar los dos con el padre.

—Como acabo de decir no hay nada descartado. Creo que lo que procede ahora mismo es visitar la finca de Palomeras. Iremos la inspectora Crespo y yo —dijo Oramas—. Torrijos que vaya al instituto a ver si puede averiguar algo nuevo. Peláez se va a quedar aquí.

Zigzagueando por el fondo del estrecho valle que había labrado el Huécar durante tantos años, serpenteaba sobre el asfalto el Seat León. La inspectora Crespo manejaba con agilidad la caja de cambios, obteniendo del vehículo un rendimiento insuperable. Oramas notaba la vibración del motor en su trasero cada vez que cambiaba de marcha.

—Resulta amenazante mirar hacia arriba y contemplar esa plétora de picachos. Parecen cíclopes —observó Oramas.

Era el quinto día de verano. La temperatura era muy agradable. La vegetación pujante y lozana se mostraba en su máximo esplendor. El paisaje que se observaba, en contraste con la aspereza y la escabrosidad mesetaria, se revelaba ante los ojos todavía más selvático. Dos águilas revoloteaban alrededor de las crestas más elevadas. En el fondo, en torno a los frutales que había en las huertas, merodeaban bandadas de tordos timoratos. Por ese paisaje, salvaje y solitario a la vez, llegamos al pueblo tras veinte minutos. Trescientos metros por una calleja estrecha y la calle se fue ensanchando hasta desembocar en una plaza rectangular donde estaba el Ayuntamiento detrás de una fuente. No había nadie. Ni siquiera coches. Aparcamos junto a la fuente. Oramas metió la mano en el pilón dos breves segundos.

—¡Cielo santo!

A tenor del gesto, debía de estar muy fría. La sacó. Se frotó las manos y se humedeció la cara.

—¿Qué árbol es este? —se refería Oramas a un árbol que había a poco más de dos metros a la izquierda de la fuente y bajo cuya sombra estaban cobijadas.

—¿Ves lo que le cuelga?

—Sí. Son flores.

En efecto, bajo una fronda con un verde intenso, síntoma de buena salud, se descolgaban una enorme cantidad de racimos amarillos que le daba a la planta una gran vistosidad.

—Exactamente. Flores con propiedades curativas. Supongo que habrás tomado tila alguna vez.

—¿Es un tilo?

—Pues claro. Pon esas flores a secar, hiérvelas y, te aseguro, obtendrás una infusión que te cagas. Solo tendrás que endulzarla con miel.

Estando bajo estas disquisiciones, se oyó una tonada ruda que provenía de la pared de enfrente. Sin inflexiones de voz ni ninguna otra dificultad, era entonada por un octogenario. Apareció de repente, sin que ni Crespo ni Oramas se explicaran de dónde pudo salir. Hicieron una batida ocular alrededor de la plaza y llegaron a la conclusión de que debió salir del bar Gabriela, situado en la pared contigua. El señor vestía pantalón corto a cuadros y camisa roja y verde a rayas. El sombrero, de paja, tenía tantos agujeros y estaba tan deshilachado que parecía más un nido de cigüeñas que una prenda de vestir. Su mano derecha empuñaba un botellín de cerveza, lo cual confirmó que había salido del bar.

Quizá atraídas por la vegetación de ribera, echaron a andar hacia el río. Antes de llegar a él preguntaron a una señora mayor que andaba barriendo la puerta de su casa con un escobón de brezo. A pesar de la edad, barría agachada. Daba grima ver a esa señora con el lomo doblado. Qué bien le hubiera venido a la señora acoplarle a la escoba una vara de avellano.

—Buenos días señora —fue la inspectora Crespo quien se dirigió a ella.

Dio un respingo. Tan entusiasmada estaba con su trabajo que no se percató de ninguna presencia. Se enderezó. Puso su mano izquierda sobre la frente para evitar el sol y dijo:

—¡Mande!

—Venimos buscando la finca de Antonio.

—Aquí hay muchos antonios.

Crespo sacó un papel de un bolsillo y Leyó:

— Antonio Cantero Alonso.

—Ese va a ser el *estirao*.

Crespo y Oramas se miraron con complicidad y aguantaron la risa.

—Seguramente —concluyó Oramas.

—*Pasao* el puente hay una *cieca*. Cuando lleguéis a ella cogéis el camino de la izquierda y os llevará derechito.

Oramas dio un resoplido y soltó con violencia el aire de sus pulmones al darse cuenta que había que hacer todo el camino al sol.

Debía tener la finca unas cinco hectáreas parcialmente vallada y cercada por una gran cantidad de frutales bien cuidados entre los que abundaban higueras y cerezos. No era del todo llana, estando situada una casa en lo alto de una pequeña elevación de terreno. Era una hermosa casa de estilo rural, acorde con la arquitectura del pueblo. Aunque era de una sola planta, los muros habían sido revestidos de piedra, mimetizándose con el entorno. Tenía planta rectangular de unos dieciséis por doce metros. A pesar de la lejanía se podían observar varias clases de hortalizas bien atendidas detrás de la casa.

—¡Uff. Qué calor! —el rostro de Oramas empezaba a enrojecerse—. Este sol mesetario pica.

—Vamos a ir rodeando la finca hasta el roquedo. Allí hay sombra.

—¿Crees que merece la pena?

—Pues claro. Si no, ¿a qué hemos venido?

Una detrás de otra marcharon por terreno escabroso. La sinuosidad del suelo les exigió un plus de esfuerzo. Poca cosa para dos personas entregadas al deporte como ellas de no haber sido por la virulencia del sol. Llegaron al otro extremo de la finca y se colocaron a la sombra de un álamo que competía por la luz del sol con dos ciruelos. Desde esa posición echaron otro vistazo a la finca. Nada invitaba a pensar que hubiera alguien allí.

—¡Crac! —la inspectora Crespo tiró de una rama baja de un ciruelo y la partió.

—¿Se puede saber qué haces?

—Mira allí, a la izquierda.

—Dónde.

—Allí entre aquellas zarzas. ¿No te da la impresión de que hay un pozo?

—Eso parece.

No vio problema alguno para llegar hasta allí. Rodeó las zarzas. Inspeccionó el terreno y gritó:

—Hay un agujero muy oscuro.

Por detrás apareció un hombre de mediana edad. Vestía bermudas, camiseta de tirantes azul marino que dejaba al descubierto dos poderosos brazos en uno de los cuales se había dejado tatuar la cara de un horrible dragón. Venía con paso decidido hacia la inspectora Oramas.

—¿Qué hacéis aquí? Esto es *propiedá* privada —ni se presentó ni dio los buenos días.

Oramas sacó la placa del bolsillo y dijo:

—Buenos días, caballero. Estamos investigando la desaparición de una chica. ¿Tendría la amabilidad de identificarse?

La bravuconería del señor quedó diluida en el momento.

—Verá, en el pueblo nunca llevo encima el carné— respondió sacándose los dos bolsillos de las bermudas.

—Por lo menos, dígame quién es usted.

—Soy el *encargao* de esta finca.

Oramas sacó el teléfono y buscó la foto de Silvia.

—¿Conoce esta chica?

Con actitud enervante respondió:

—Es una de las hijas de don Antonio.

—¿Cuál de las dos?

—Yo no soy capaz de distinguirlas.

—¿Ha visto por aquí alguna de ellas últimamente?

—Hace dos mañanas estuvo una de ellas con su padre.

—¿Cuándo exactamente?

—Llegaron tarde.

— Ese «tarde» ¿qué hora es?

—Las doce y media. Me acuerdo porque yo ya tenía *to recogío pa* irme.

—¿Qué hizo usted cuando llegaron?

—Irme *pa* casa.

—Es decir que se quedaron solos los dos.

—Claro.

—¿Le importaría si nos acercamos a la casa para cerciorarnos que no están allí?

—Sí, sí. No hay problema.

Oramas llamó a la inspectora Crespo y le indicó con una seña que marchase para la casa. Estaba cerrada completamente.

—Toc, toc, toc —el señor llamó con los nudillos.

No respondió nadie a la llamada. Nada hacía pensar que hubiera presencia humana en la casa.

—¿Sabría decirme algo del pozo que hay bajo las rocas? — preguntó Crespo.

—Es el muladar.

—¿Muladar? Nunca he oído esa palabra.

—Sirve *pa* echar basura.

—¿Conoce la profundidad de ese pozo?

—Tiene entre cinco y diez metros.

Cuando Oramas se convenció de que de ese hombre no iban a obtener más información, se dirigieron hacia la puerta de la finca para evitar tener que dar un buen rodeo por el sol. Marcharon en busca del coche. Al llegar a la fuente se refrescaron de nuevo. El coplero seguía en el mismo sitio, con otro botellín en la mano y deleitando al vecindario con una tonada de vez en cuando.

De regreso a Cuenca, la inspectora Oramas preguntó:

—¿Qué conclusión has sacado?

—Que hay que explorar ese pozo con perros.

De momento no dijo nada. Miró hacia lo más alto del valle y, con voz casi apagada, exclamó:

—Por lo que veo, piensas lo mismo que yo.

Oramas se retrepó en el asiento y abrió la ventana. Una avispa se coló en el coche. Crespo les tenía un miedo enorme a esos animalitos, entró en pánico y empezó a dar volantazos. La que se asustó realmente fue Oramas.

—Frena, por favor.

Cuando paró el coche empezó la caza de la avispa. Bastó un golpe certero con la carpeta del seguro para que la avispa quedara despanzurrada en el asiento de atrás. Oramas se tranquilizó, cerró la ventana y, cuando se sosegó Crespo, siguieron el viaje.

—Que sepas que hemos estado a punto de irnos al carajo —advirtió Crespo.

—Lo he notado. He visto pasar mi vida ante mí en unos segundos.

Superado el episodio de la avispa se centraron en la cuestión que ocupaban sus molleras.

—¿Crees que ese pozo atesora alguna sorpresa? —preguntó Oramas.

—Me temo que sí.

—Yo también lo creo —dijo Oramas con tono pesaroso.

—¿Por qué no nos ponemos a pensar en el motivo que haya tenido quien sea para…?

—Puede haber sido para salvar el honor.

—No parece que sea el caso —respondió tajante Crespo.

—¿Pasional?

—Frío, frío.

—Que sepas que hay gente a la que le fascina matar por matar —añadió Oramas.

—A mí me da que ha podido ser por dinero.

—¿Por qué no por venganza?

El edificio se inauguró en 1844. Está declarado Instituto Histórico de Castilla-La Mancha. La edificación es antigua, pero estaba muy bien remodelado dando un aspecto de ser una institución educativa moderna y eficiente.

El inspector Torrijos subía la calle Lope de Vega. Una cuesta de menos de cien metros, con escalinata, que enlazaba la calle Astrana Marín con el instituto Alfonso VIII y el barrio de Los Moralejos. Con andar cansino tomó la acera izquierda que estaba en sombra a esas horas de la mañana. Se plantó ante la puerta del edificio y se quedó mirándolo como si se tratara

85

de una catedral. Sobre la puerta una inscripción con mayúsculas rezaba: «INSTITUTO NACIONAL DE ENSEÑANZA MEDIA ALFONSO VIII».

Entró al edificio y, tras intentar obtener información entre un grupo de jóvenes que se afanaban buscándose en una interminable lista, se dirigió al conserje y le acompañó hasta el despacho de la directora. Al inspector Torrijos le impresionó la luminosidad del edificio y el aroma que se respiraba en él y que identificó como vainilla. El conserje le hizo esperar en la puerta. Entró y comunicó a la directora el motivo de la visita.

—Espere aquí un momento. La directora está diligenciando un asunto.

No habría llegado ni a tres minutos cuando se abrió la puerta. Tras ella apareció un rostro sonriente que trasmitía eficiencia. Le hizo pasar y se disculpó por la espera. Era un despacho pequeño, poco más de diez metros cuadrados. Sin grandes pretensiones. Las paredes pintadas de color beige. Suelo laminado de madera en tono grisáceo. El mobiliario combinaba lo antiguo con lo funcional. Una estantería metálica con cinco entrepaños repletos de archivadores, tres sillas blancas giratorias con respaldo bajo y una mesa de madera antigua, posiblemente adquirida el mismo día de la inauguración del colegio, era todo el mobiliario que acogía el despacho.

—Me ha comentado el conserje que es usted inspector de policía y viene por la desaparición de Silvia.

—En efecto. Ayer recibimos denuncia de la madre y tratamos de averiguar el paradero de la niña. Hemos pensado que deberíamos hablar con el profesorado.

La directora asintió y se ofreció a colaborar en todo lo que estuviera en sus manos. Le preguntó a Torrijos qué deseaba saber.

—¿Qué me podría decir de la familia?

La pregunta fue clara y precisa a la vez. Seguramente necesaria y previsible también. Pero a la directora le produjo una gran alteración. Abrió un cajón de su mesa. Le costó, ya que según dijo ese cajón estaba hinchado por la humedad. Sacó una especie de libreta gorda que podría ser su propio memorando y hojeó de un lado a otro hasta que, parándose en una página, dijo:

—Sí. Aquí está. Yo es que lo apunto todo, ¿sabe? Me estaba acordando que el curso pasado, vino la madre y me solicitó que se implicase el instituto en que nos pusiéramos de su parte en un pleito que tenía abierto contra su pareja. Y, claro, como usted puede suponer...

Dejó la frase suspendida en el aire.

—¿Qué actitud muestran esta familia ante la educación de sus hijas?

—Muy negativa. Las utilizan para tirarse los trastos a la cabeza. Recuerdo que los citamos a los dos a la vez tratando de ponerlos de acuerdo para que supieran cómo tenían que actuar para ayudar a sus hijas. Fue un fracaso rotundo. Una pérdida de tiempo. Se pasaron todo el tiempo insultándose y lanzándose reproches mutuamente. Ya le digo, es imposible trabajar con ellos.

—Y sobre la niña, ¿qué me puede decir?

—Me gustaría poder ayudarle, pero yo no le doy clase y no le puedo ofrecer gran información al respecto. Sobre Silvia, la que más le puede informar es su tutora. Lo que vamos a hacer es ir a su clase.

Subieron a la primera planta por una escalera situada a la derecha del edificio según se entraba. La escalera era amplia, dejando un hueco bastante grande en su interior. Tras subir tres tramos llegaron al aula donde Loli —ese era el nombre de la tutora— ejercía su labor tutorial. El aula estaba abierta, pero no había nadie dentro. Los pupitres estaban arrinconados en el fondo del aula. Las sillas estaban boca abajo encima de ellos. Sobre la mesa de la profesora había unos cuadernos y unos folios. Del respaldo de la silla colgaba un bolso. Preguntó en el aula de al lado por Loli y le indicaron que estaba en la sala de Naturales. Tuvieron que regresar a la planta baja de nuevo. Siguieron un pasillo en forma de ele con cuatro ventanas en cada lado que daban a dos paredes del patio y bajaron por otra escalera que tenía la misma estructura que por la que subieron.

Era un pasillo amplio, con las paredes blancas, adornadas con unas litografías en blanco y negro sobre batallas navales.

La sala de Naturales estaba situada justo a la izquierda según bajamos las escaleras. Era una sala amplia de forma rectangular. Todas las paredes estaban ocupadas por vitrinas acristaladas donde se guardaban aparatos antiguos del gabinete de física de los años cincuenta. Barógrafo, bomba aspirante, bobina de Ruhmkorff, cilindro estroboscópico, balanzas de precisión, tres radios antiguas fueron los instrumentos que llamaron la atención del inspector Torrijos. Sobre estos aparatos, ocupando la parte superior de las vitrinas, había una colección de animales disecados, representación de la fauna ibérica: lince, zorro, lechuza, gato montés, gineta…

La tutora era una chica muy joven. Aparentaba unos veintiocho. Estatura media. Muy delgada. Rasgos faciales muy suaves. Se le veía una chica muy desenvuelta. La directora le explicó quién era el visitante y, tras las presentaciones, le pidió que le ayudara en todo lo que pudiera. Loli invitó a Torrijos a que la acompañara a un pequeño despacho aledaño a la sala de Naturales. No hizo falta salir. Entraron por una puerta que comunicaba los dos espacios. No era el sitio más agradable del instituto ni mucho menos, pero tenía lo suficiente para poder tener una reunión entre dos personas. Se sentaron. Antes de que empezara la conversación sacó una libreta del bolsillo y la dejó abierta sobre la mesa.

—Pues como muy bien le ha explicado la directora, he venido porque estamos investigando la desaparición de su alumna Silvia. Según he sido informado, es una familia con la que se hace muy difícil el trabajo. Me gustaría saber qué relación tiene usted con ella.

Tras pedirle que la tratara de tú, contestó:

—Yo, la verdad, al padre casi ni lo conozco. Mejor dicho, lo conozco de vista. Hay veces que ha venido a recoger a su hija y lo he visto en la puerta. Recuerdo un día, creo que fue en la fiesta de Navidad, que la niña me lo presentó. Es la única vez que he hablado con él. Aparte de esa ocasión, ha sido la madre la que ha venido a hablar conmigo.

Torrijos le refirió la conversación que acababa de tener con la directora.

—¿Estás de acuerdo en la información que me ha solicitado…?

—Plenamente —contestó decididamente sin dejar que acabara la pregunta—. Es un disparate de familia. Son los típicos separados que nunca acaban de romper sus ataduras. Aunque son como el agua y el aceite, se necesitan el uno al otro.

—¿Te propuso que atestiguaras a su favor en una querella que puso contra su marido?

Se observó deslizarse por la comisura de sus labios una sonrisita un tanto burlona.

—Primero se lo pidió a la directora. Como no coló me pidió cita. Fíjese si es ingenua, ¿pensaría que no me diría nada la directora? Me río por eso, de su simpleza. Es evidente que mi respuesta fue la misma.

Eficiente y resolutiva. Esas podían ser las dos palabras que definieran la actitud de la tutora. Y Torrijos pareció darse cuenta de ello.

—¿Cómo es la relación entre vosotras?

—Esa señora es una vacilona. Viene buscando *colegueo*. A mí eso no me gusta. Creo que esa mujer no ha entendido muy bien el sentido de nuestro trabajo. Si vienes a entrevistarte con tu tutora, se supone que vienes a hablar sobre aspectos académicos. Más que a hablar, se viene a escuchar.

—¿Se iba por los cerros de Úbeda?

—¡Uf! Se iba y no regresaba. Llevaba siempre la conversación al ámbito de la intimidad.

—¿En qué sentido?

—Me hablaba mucho de sus nuevas conquistas, me refiero a sus novios. Se refería a ellos con otro nombre tan vulgar que no considero conveniente repetir. Al padre, a veces, también lo sacaba a colación y nunca para nada positivo. Para ella, era el problema de todo.

—Y tú, ¿qué piensas al respecto?

—Yo disentía. Le hacía ver que las hijas eran de los dos y que su formación concernía a la pareja. Que tenían que mirar al futuro y no al pasado.

—¿Crees que está capacitada para esa tarea?

Ensanchó las órbitas de los ojos. Se echó hacia atrás y dijo:

—¡Uff! ¡Qué pregunta tan complicada! Creo que no soy competente para contestar, me considero lego en ese asunto. Yo puedo hablar de rendimiento académico, pero para responder a esa pregunta hay otros especialistas.

—¿Cada cuánto tiempo sueles hablar con las familias?

—Aproximadamente cada mes y medio. Pero con Ana Belén es diferente. Como comprenderás, para que me cuente su vida sentimental y resultarme imposible que se centre en lo que a mí me interesa, pues…

Abismado en la expresividad de la tutora, el inspector Torrijos la escuchaba con cara de incredulidad. No podía entender que con la edad que aparentaba tuviera tal desenvoltura.

—La directora no ha sabido decirme nada sobre Silvia. ¿Podías hablarme de ella?

Los labios de Loli se separaron y apareció en su rostro dibujada una tierna sonrisa que al inspector Torrijos le sorprendió por su sinceridad.

—Es un encanto de niña. Tengo que confesarle que lo mío es debilidad por ella. Es una chica que con solo mirarte te cautiva. Y, fíjese, todo lo que le digo es a pesar de ser una fracasada en los estudios.

—¿Por qué cree que no tiene éxito en los estudios?

—Para poder centrarse en cualquier materia de la vida se requiere mucha tranquilidad y grandes dosis de estabilidad. Silvia no tiene ni una cosa ni otra. Esforzarse mentalmente en los estudios requiere que va a haber una recompensa. ¿Me quiere decir en su familia qué recompensa puede encontrar?

—¿Cuál es su carácter?

—Es una niña frágil, ingenua e insegura. Todas la personas que viven sin normas acaban siendo unas fracasadas. Silvia no es una excepción.

—¿Te consta que es una niña que vive a su aire?

—Claro que me consta. Hablo constantemente con ella. Se hace buenos propósitos, pero acaba sucumbiendo. Los niños que viven sin normas suelen irse a lo fácil y tratan de disfrutar de lo que la vida les pone en sus manos.

—¿Me estás insinuando que se droga?

—Eso no se lo puedo confirmar.

—¿Algo más que creas que debamos saber?

Afloró otra sonrisa en su rostro y dijo:

—Que es una chica muy inestable y que sufre mucho. Llora y se derrumba con mucha facilidad.

—¿Cómo se relaciona con sus compañeros?

—Ella va de madura. Le gustan los chicos mayores. Se empareja con mucha facilidad, pero no profundiza la relación con ninguno. Vamos, que con sus compañeros no tiene mucha relación.

—Entiendo que es una chica fácil.

—Más que una chica fácil, yo la definiría como una fruta dulce que a muchos chicos le apetece. Es muy sentimental y se deja seducir.

Torrijos hizo un gesto ambiguo con el que pareció expresar que más o menos estaban diciendo lo mismo. Cerró la libreta y la metió en el bolsillo, signo inequívoco de que no tenía más preguntas para disparar. Hundidos en el silencio marcharon hacia la puerta del instituto donde se despidieron.

—Le recomiendo que hable con la Trabajadora Social —dijo Loli antes de que Torrijos traspasara el umbral de la puerta.

— ¿Tiene su teléfono?

Llevaba el móvil en el bolsillo trasero de los vaqueros. Era de un color rojo oscuro, tirando a almagre. Tras unos hábiles toques con los dedos encontró el teléfono que le solicitó.

Ya en la calle se topó de frente con el conserje. No desperdició la ocasión y le preguntó:

—¿Conoce usted a la chica desaparecida?

—Conozco a todo el alumnado del instituto —respondió con gesto presuntuoso.

—¿Cuál fue la última vez que la vio?

—Antes de ayer por la mañana. Vino a ver las notas y al rato se marchó con su padre.

—Con su padre, exactamente. ¿Está seguro?

—Segurísimo.

—¿A qué hora se marcharon?

—Debían ser entre las doce y las doce y cuarto —dijo girando la muñeca derecha a un lado y a otro.

De camino a la comisaría debió ir pensando el inspector Torrijos lo importante que es en su profesión saber quién maneja la información.

—Si te cruzas con Peláez dile que venga a verme, por favor. El sol me ha dejado agotada.

La inspectora Oramas tenía todavía el sofoco dibujado en el rostro.

—No te preocupes, voy a buscarlo. Seguro que estará metido en su cuchitril —respondió Crespo—. Te tienes que acostumbrar al clima de la meseta.

—Más que el clima, es la edad. Desde que me dieron el nuevo destino dejé el deporte y lo he notado. A ver si me centro definitivamente y me compro una bicicleta. Me he dado cuenta que estoy baja de forma y me fatigo con facilidad.

—¿Qué tipo de bicicleta necesitas?

—Pues una para quitarme unos kilitos. No soy ciclista profesional, pero en Canarias salía de vez en cuando.

—¿Cuánto te quieres gastar?

—Cuanto menos, mejor. Pero tampoco quiero quedarme tirada como me pasaba con la primera que compré. Tengo presupuestado unos mil euros.

—Te aconsejo que te hagas de una bici escaladora. Son perfectas para afrontar el tipo de terreno que hay en Cuenca. Pero, si lo que quieres es ponerte en forma, podemos salir a correr algún día.

—No, eso no. Prefiero la bici. Lo de correr lo voy a dejar por el momento.

—Pertenezco a un grupo de escalada. También te puedes venir cuando quieras.

—¡Supongo que estarás bromeando!

—De broma nada. De vez en cuando salgo con alguien y pasamos la noche colgadas de una roca.

Oramas se quedó desconcertada. Le preguntó qué necesidad tenía de someterse a esos peligros.

—Todos nos debatimos entre lo que somos y lo que nos gustaría ser. Hay quien persigue sus sueños y hay quien se limita tan solo a fantasear sobre ellos una y otra vez. Yo soy de las que se empeña en llegar al fondo del asunto, hasta la meta. En su momento me planteé acabar un maratón y lo conseguí. Ahora tengo otro reto. Sueño con hacer un ocho mil y la escalada me sirve de entrenamiento. No me mires con esa cara, jefa —concluyó dándole un pellizco en la mejilla y marchó en busca de Peláez.

Oramas se quedó mirándola hasta que traspuso por la puerta. Dejó los ojos fijos allí. Sonrió. Afirmó con la cabeza y susurró en su interior: «Antes de subir un ocho mil vas a tener que superar otro reto».

Cuando entró Peláez en el despacho se paró ante el lienzo de Oramas. Se acercaba y se separaba de él como si le hubieran encargado hacer un estudio de la obra.

—Te gusta la pintura, ¿verdad?

—Me gusta este lienzo en concreto. ¡Parece tan simple! Y sin embargo cuando te alejas…

Oramas no dio importancia al análisis que hizo de su obra e invitó a que le contase lo que había averiguado.

—Llevo toda la mañana llamando a los tres teléfonos y no he conseguido que lo coja nadie. Están apagados.

La inspectora se quedó mirando a un punto fijo del hipotético horizonte y tardó en reaccionar. Incapaz de encontrar un mínimo de coherencia, dijo con desazón:

—Esto no marcha. Avanzamos poco. Hay algo que se nos debe estar escapando de nuestras mismas narices y ni siquiera sospechamos qué debe ser. ¿Qué impresión tienes?

—La chica debe de estar con uno o con otro, pero lo que no entiendo es por qué no coge nadie el teléfono.

—Hay un testigo que dice que vio a Silvia con su padre en la finca.

—Y qué te sugiere eso.

—Lo único que aporta en la investigación es corroborar lo que dijo Lucía y el conserje del instituto. Está claro que el padre recogió a Silvia y marchó con ella a la finca.

—Y, ¿qué papel juega Doménico en este asunto?

—Eso es precisamente lo que me pregunto yo también.

—Pues no tenemos que desfallecer. El éxito está siempre reservado para quien persevera.

—¿Dónde está Torrijos? —cambió de tercio la inspectora Oramas.

—Ha salido. Pero me ha dejado una nota.

Sacó una hoja autoadhesiva de un pos-it y la pegó encima de la mesa. La letra era muy pequeña entrañando gran dificultad para interpretarla. Se limpió las gafas y empezó a leer:

—«Utilización de las niñas por parte de los progenitores. Padre ausente en el instituto. Madre incapaz de centrarse. Fracaso escolar. Alumna encantadora, frágil, insegura y enamoradiza. Le gusta relacionarse con chicos mayores que ella. El conserje confirma que el lunes marchó con su padre entre doce y doce y cuarto». Creo que no hay nada que no supiéramos.

—Bueno. El conserje ha confirmado que se marchó con su padre. Tomémoslo como un punto a nuestro favor.

Compungida y con el rostro languideciendo por el cansancio, volvió a leer el informe tratando de evitar que no se le escapara ningún detalle.

—¿Sabes dónde ha ido Torrijos?

—Ha contactado con una persona que conoce al padre de Silvia y han concertado una cita.

El comisario bajó al despacho de la inspectora Oramas. Estaba sentada. Se dejaba sus ojos repasando todas las hojas de la libreta. Al advertir su presencia, cerró los apuntes y le invitó a sentarse. El comisario, con sumo cuidado para no arrugarse el traje, se dejó caer con suavidad sobre una silla.

—¿Qué tal ha ido el día? —preguntó el comisario a modo de saludo.

La inspectora pormenorizó todos los trámites llevados a cabo por cada uno de su equipo.

—Pues yo he estado toda la mañana ocupado con el italiano.

—¿Qué has averiguado?

—Se llama Doménico Salerno Silvestri, pero cuando he pedido información sobre antecedentes resulta que no figura.

—¡¿Falsedad documental?!

—Efectivamente. Tiene falsificado el pasaporte.

—Mal asunto. Esto toma mal cariz.

—Hemos estado en su casa.

—Ni rastro. ¿No es eso?

—Exacto.

—¿Ha hablado alguien con el vecindario?

—Nadie lo ha visto desde la semana pasada.

A media tarde el viento cambió y refrescó el ambiente. Oramas salió a pasear con su madre y con la perra por las callejas aledañas a la plaza Mayor.

Era indudable que Oramas armonizaba con la ciudad. Le gustaban sus calles empinadas. Le encantaba asomarse sobre el roquedo de sus hoces. Merodeaba de acá para allá dejándose absorber por el ritmo de la ciudad. Ni que decir tiene que, a pesar de que casi llegaba a los sesenta mil habitantes, en Cuenca se saludaba mucha gente cuando se cruzaban. Y de ello se daba buena cuenta. No conocía a nadie pero, por las miradas que recibía, tenía la sensación de que buena parte de la gente ya sabía quién era ella.

El paseo daba las últimas boqueadas. Desde la calle San Pedro, saliendo de las ruinas de la iglesia de San Pantaleón, apareció ante sus ojos la figura de Ana Belén. Cruzó de acera y se colocó a la sombra para evitar que el sol la deslumbrara. No había duda, era ella. Subió los dos tramos de escaleras y se metió en la catedral. La inspectora se quedó mirando hacia la puerta por donde entró como si esperase que la escupiera. Entregó el perro a su madre y le dijo:

—Id para casa que yo llegaré un poco más tarde.

—Pero, ¿se puede saber…?

—Ahora no tengo tiempo para explicar nada.

Apretó el paso y se plantó en la puerta de la catedral en un santiamén. Desde fuera le dio tiempo de observar a la madre de Silvia sacando el tique en el mostrador. Cuando se hubo alejado, Oramas entró y, con mucha discreción, actuó de la misma forma.

Ana Belén marchó con paso decidido por la nave derecha hacia la girola. Oramas fue saltando de columna en columna hasta colocarse en una que estaba a la altura del crucero. Desde allí podía observar perfectamente no solo los movimientos de Ana Belén, que se movía a un lado y a otro con inseguridad hasta colocarse detrás de una columna, sino los reflejos que proyectaban contra el suelo la luz que se colaba por el rosetón y las tres vidrieras de la fachada que tenía en frente.

No entendía nada de lo que estaba ocurriendo, pero cuando Ana Belén sacó el móvil y empezó a tomar fotos de las vidrieras de forma compulsiva se dio cuenta de lo absurdo que había sido seguirla hasta allí. Permaneció apostada tras la columna hasta que acabó la sesión de fotos y le dejó pasar tiempo para que Ana Belén se alejase cuando salió de la catedral. Oramas dio la vuelta a la girola hasta alcanzar la nave derecha. Desde allí marchó al exterior por la misma puerta que entró.

Cuando salió a la calle quedó cegada por el sol. Miró a un lado y a otro tratando de localizar a Ana Belén. Ni rastro de ella. Bajó los dos tramos de escaleras. Anduvo unos metros y se plantó en medio de la plaza. Todo cobraba aspecto de normalidad. Las terrazas de los restaurantes vacías. Los camareros en la puerta a la espera de la clientela. El sol, en retirada, todavía tenía la fuerza suficiente para iluminar la fachada principal de la catedral presidida por san Julián. Una mano se posó sobre su hombro. Con el rostro inflamado, se giró y sintió un agudo escalofrío a lo largo de toda la espalda. Era ella. No se pudo explicar de dónde había salido. No acabó ahí el desconcierto, como el día anterior se abalanzó sobre ella y dejó marcados dos besos en sus mejillas.

—¡Qué sorpresa! Veo que te gusta el arte.

Oramas, sin ser capaz de salir del aturdimiento, dijo que le encantaba merodear por los alrededores de la catedral y que le impresionaba la parte posterior.

—Es como un parto de la Naturaleza.

Haciendo alarde de sabiduría, Ana Belén dijo que fue el primer templo gótico castellano que se construyó para custodiar el Santo Grial. Entrando en el quid de la cuestión, preguntó:

—¿Hay novedades?

—Tenemos confirmado que estuvo con su padre en la finca de Palomera el lunes por la mañana. ¿Tienes noticias de él?

—Nada.

—Por su casa no aparece desde el lunes. ¿Tienes idea de dónde puede estar?

—No.

Estaban a punto de despedirse. Oramas no pudo resistirse y se puso en modo policía:

—He visto que entrabas en la catedral hace varios minutos. Me gustaría…

—Sí. He venido a tomar unas fotos de las vidrieras. Como te dije, me estoy haciendo una casa y he venido en busca de ideas. Deberías ir algún día a ver la casa que me estoy haciendo.

—Pues no lo descarto. Lo mismo te hago una visita cualquier día de estos.

—Tienes que ir por la carretera vieja de Madrid. A seis kilómetros hay una rotonda. Coges la tercera salida y buscas el club de tenis. Mi casa está justo en frente.

7

La inspectora Oramas no se levantó de buen humor ese día. La vida le pesaba como si tuviera a la espalda una mochila llena de piedras. Cuando llegó a la comisaría estaban sus tres compañeros esperándola. El inspector Torrijos había sido el primero en llegar esa mañana. A tenor de lo que había descubierto el día anterior debió pensar que le esperaba su gran momento de gloria.

Parecía deseoso de tomar la palabra. Cuando la inspectora jefa le pidió que explicara la reunión que tuvo con su amigo el día anterior, empezó explicando que, según su amigo, Antonio era el típico carota que llegó a Cuenca pensando que en un lugar tan provinciano como este, todo le resultaría fácil a un hombre como él. Con tanto mundo a sus espaldas y viniendo de una ciudad cosmopolita, qué problemas podría tener.

Escuchaban todos en silencio. Circunspectos. Parecían ocultar sus emociones. Oramas irguió la cabeza y preguntó:

—¿Te ha dicho si ese hombre tiene estudios?

—Para ser un sablista y vivir a costa de los demás no se necesitan. Ese hombre es un vividor, la mejor universidad que hay para esa clase de gente es el mundo —añadió Peláez con un punto de indignación.

En el rostro de Oramas se descubrió un rictus de sorpresa.

—¿Es que lo conoces?

Peláez reflexionó un momento antes de responder.

—En Cuenca lo conocemos todos y sabemos con qué principios se conduce por la vida —concluyó con contundencia.

Oramas asintió y miró a Torrijos como si le pidiese con la vista que continuara con el relato.

—Ese hombre no tiene estudios ni ningún tipo de principio moral —aseguró Torrijos.

Tenía un buen porte, según el amigo de Torrijos. Era el típico guaperas que venía a triunfar, no solo en el mundo empresarial, sino con las mujeres. Y no tardó, esa es la verdad.

—Sí. Con cierta clase de mujeres ese tipo de hombres suelen tener éxito. Qué asco de mundo —dijo la inspectora Crespo y Oramas la miró con la misma estupefacción que habría mirado al mismo Polifemo.

Torrijos sintió de nuevo la presión de seis ojos clavados en su entrecejo. Con rotundidad, manteniendo la compostura doctoral, continuó diciendo:

—«Ese tipo de hombres», como los llama Crespo, buscan lo que buscan y el padre de Silvia lo encontró en Ana Belén. Mi amigo me ha contado que formaron una pareja muy peculiar. Él, como era un putero, andaba con unas y con otras como si no tuviera ningún tipo de compromiso adquirido. Pero ella tampoco se quedaba atrás. Por lo visto encontró un buen filón en la prostitución. Me refiero a la prostitución de alto standing, esa que deja buenos réditos. Empezó bien joven. De repente se dio cuenta que, sin haber hecho ningún mérito en la vida, era rica. Y eso es lo peor que les puede suceder a ese tipo de personas que son incapaces de darse cuenta que lo que más valor tiene en la vida no cuesta dinero. Apenas se dio cuenta que la vida le regaló dos niñas preciosas y eso, al fin y a la postre, resulta catastrófico para ellas y para cualquiera.

Al escuchar esas palabras, Oramas tuvo un ataque de debilidad. A su mente acudieron como una exhalación dos chicas frente al abismo. Sin referentes. Con el único recurso vital de la intuición y el instinto para sobrevivir.

Según el amigo del inspector Torrijos fue el padre de Silvia quien introdujo a Ana Belén en esa actividad tan bien remunerada. Cuesta creer que el dinero tenga el potencial suficiente como para que alguien pueda quebrar el rumbo de su vida y hacer añicos los planes trazados para su familia. Pero así sucede. Se inició en Madrid. Aunque alquiló un piso, iba y venía sin cesar. Antonio permanecía en Cuenca con sus negocios. A veces, las menos, la acompañaba. Con la irresistible atracción de su nueva conquista y con el dinero que amasó en poco tiempo, Ana Belén puso su vida patas arriba. Pero de lo que no pareció darse cuenta —añadió Torrijos de su cosecha— fue que el paso que dio no le permitía volver a la situación que había abandonado. Seguramente debió de darse cuenta de que una vez que cruzas esa línea, te quedas sin ningún asidero moral, siendo difícil regresar a la normalidad. Es fácil que se diera cuenta cuando maduró que la gente la despreciaba. Pero lo cierto es que, lejos de esconderlo como si fuera una vergüenza, dimitió de su conciencia y le dio visos de normalidad. Lo más seguro es que lo hiciera como un mecanismo de defensa, pero lo hizo. Y lo peor de todo es que están sus dos hijas en medio.

—¿Tan agraciado es ese hombre, por Dios? —preguntó Oramas que había quedado aplastada bajo el peso de tal revelación.

—Es guapo a rabiar —contestó Crespo—. Un morenazo de metro noventa, delgado, con una buena mata de pelo peinado hacia atrás, un porte varonil y una elegancia sublime que hizo que muchas mujeres ardieran en deseos de estar con él. Pero, como podéis comprobar, todo es fachada. Es un hombre que carece de sentimientos. Por dentro está hueco.

—Hombres huecos hay muchos. No te vayas a creer que es el único —advirtió Oramas.

—Eso lo dices tú, que conste —dijo Crespo mirando a Peláez y a Torrijos.

—Yo no me doy por aludido —manifestó Torrijos.

—Yo tampoco.

—¿Se puede saber quién es ese amigo tuyo? —preguntó Oramas.

—Fue un camarero de confianza suyo que acabaron mal. Resulta que Antonio se sobrepasó con su mujer y...

—Un catacaldos sin ningún tipo de principios, vamos —añadió Oramas—. ¿Te ha dicho algo más que no sepamos?

—Le pregunté si lo cree capaz de hacerle algo a su hija y me contestó que no.

—¿Dónde vas? —preguntó Crespo.

—A pedir al comisario que se encargue de que estén preparados los perros. A mí esto empieza a olerme cada vez peor. Te vas a encargar de acompañarlos a Palomera —resolvió Oramas con determinación.

La inspectora Crespo, que apenas podía seguirla escaleras arriba, le preguntó si no pensaba ir ella. Sin pararse y sin girar la cabeza siquiera, le dio un no rotundo y sonoro.

—¿Qué piensas hacer?

—Visitar al juez.

—¿Piensas solicitar que nos autorice...?

—Por supuesto.

—¿Crees que accederá a ello?

Paró en seco ante la puerta del comisario. Se estiró la ropa. Giró la cabeza y dijo:

—Lo que creo es que hay motivos suficientes para solicitarlo.

Con dos golpecitos en la puerta fue suficiente. Giró el pomo de la puerta y entró. Federico estaba sentado en su mesa pasando a ordenador los apuntes de un cuaderno para hacer un informe.

—Te veo preocupada, María del Mar.

Una de las grandes habilidades de que gozaba el comisario para el desempeño de su profesión era la capacidad de observación.

—La intuición me dice que el caso de la gemela se puede complicar.

El comisario alzó la mirada y apareció en su rostro un ademán impreciso.

—¿En qué te basas para afirmar tal cosa?

Oramas dio un resoplido y dijo:

—Únicamente en el estudio de los sospechosos. Que uno haya falsificado el pasaporte y que el otro induzca a la prostitución a su pareja habla de una degradación moral muy grande. Ahora mismo me espero cualquier cosa.

—Has venido para que llame al juez. ¿No es así?

—¿Cómo lo has adivinado?

—Intuición. No olvides que yo también soy policía. Y con muchos años de servicio.

La inspectora Oramas le pidió también que autorizara una inspección con los perros en el pozo de la finca de Antonio.

El comisario cogió el teléfono y marcó el número del juzgado. La inspectora jefa se retiró a su despacho y preparó la solicitud alegando que una menor de edad faltaba de su casa desde hacía cuatro días.

Oramas salió de la comisaría acompañada de Peláez con la solicitud en la mano. Cogieron el coche y marcharon hacia el palacio de Justicia. Se sentó Peláez al volante. Ni uno ni la otra despegaban los labios. Si hay días en que parece que la vida se nos cae a los pies y la tenemos que arrastrar con el peso de un zapato de plomo en cada pie, ese era uno de ellos para la inspectora Oramas. Solo habló cuando pasaron por la puerta del palacio.

—¿No es este el palacio de Justicia?

Era un edificio de cuatro plantas que se construyó en los años setenta del siglo XX sobre un solar que fue propiedad del Duque del Infantado y posteriormente la casa de Luis Carrillo.

—Lo es, pero aquí no podemos aparcar.

Trescientos metros más arriba, a la altura del Oratorio de San Felipe Neri, giraron a la izquierda y entraron en un parking subterráneo.

—La entrada está situada en plena curva —advirtió Oramas.

—Inicialmente se previó la entrada un poco más arriba, pero aparecieron restos arqueológicos de la época árabe y de la antigua judería y hubo que modificar el proyecto.

El acceso al aparcamiento era un túnel oscuro en cuesta horadado en roca que, según explicó Peláez, conducía a las raíces históricas de la ciudad. No en vano estaban bajo la torre de Mangana.

—¿Qué tal es este juez? —preguntó Oramas bajando la cuesta de Palafox.

—Un melón sin abrir.

Oramas estaba algo espesa esa mañana. Miró a su compañero con cara de no haber entendido nada. Sin duda alguna, el relato de Torrijos la había dejado bastante afectada. No se le iba de la cabeza la imagen de la gemela, y pensar que podía estar muerta en el pozo la tenía muy deprimida.

—Es un juez joven y no lo conozco todavía —aclaró Peláez.

En efecto, era joven. Estaba en la treintena, quizá más cerca de los treinta que de los cuarenta. La anchura de sus hombros le conferían un aspecto rocoso. Las facciones de su cara estaban un tanto difuminadas, por lo que le otorgaba cierto atractivo. Atildado. A simple vista parecía una persona que se conducía con circunspección y prudencia. Vestía un traje gris claro, corbata amarilla y zapatos castellanos negros. Con la paciencia de un cocodrilo y la parsimonia que su profesión exige, recogía los papeles que tenía sobre su mesa y los iba ubicando en su debido lugar. Cuando hubo colocado el último alzó sus gafas sobre el puente con un elegante gesto con su dedo índice, saludó a los dos policías y dijo:

—Si no estoy mal enterado venís para solicitar autorización sobre escuchas telefónicas.

Oramas lo miró como quien mira a un orangután enjaulado y dijo con firmeza:

—Eso es.

—Haciendo un esfuerzo de síntesis, ¿podrías describirme de qué se trata?

Cerró los ojos tratando de ordenar sus pensamientos y, entregándole el documento de solicitud que ella misma había escrito, le puso al corriente del suceso y de los pasos dados hasta el momento. El señor juez se pasó las manos por la melena hacia atrás —una melena espesa de un negro azabache— mientras deglutía la información que la inspectora le iba facilitando.

—Si no he entendido mal, señora inspectora, se trataría de trabajar sobre tres teléfonos —dijo el juez con una sonrisa plena de veracidad.

—Así es.

Se retiró ligeramente la manga izquierda de su chaqueta y miró el reloj. Un reloj de diseño, con esfera negra y pulsera metálica con baño de oro y plata. Se acercó a una estantería acristalada, tomó en sus manos un archivador, buscó un documento, extendió sobre su mesa los cinco folios de los que constaba y le echó un vistazo.

—Vamos a hacer una cosa. Como hasta ahora de lo único que cabe hablar es de la desaparición de una menor, voy a autorizar el historial de ubicación de los tres terminales.

—Entonces, respecto a mensajes por WhatsApp, historial de navegación, interceptación de llamadas, escuchas telefónicas...

—Por lo pronto vamos a ver dónde nos conduce la situación de los teléfonos. Si se precisa, autorizaré el acceso a otras aplicaciones. Pasadme los números de teléfono y los nombres de los tres.

Sacó la estilográfica del bolsillo interno de su chaqueta. Abrió un cajón de su escritorio y se dispuso a tomar nota. Cuando escuchó de la boca de Oramas el nombre de Antonio Cantero Alonso soltó la pluma, miró a la inspectora y repitió el nombre sin vacilar:

—¿Ha dicho Antonio Cantero Alonso?

Oramas asintió con la cabeza y añadió:

—Es el padre de Silvia.

—Si no recuerdo mal, ese señor tiene una vista la semana que viene.

Recogió los folios de su mesa con el sosiego a que los tenía acostumbrados. Los devolvió a su archivador. Marchó a otra estantería en el otro extremo de la pared y tomó entre sus manos otro archivador. Buscó en él y sacó un folio. Se lo echó a la cara y, en efecto, confirmó:

—El jueves, cuatro de julio, a las diez y media, tiene una cita en este juzgado por denuncias de malos tratos —confirmó.

—¡Dios mío! Tenemos que darnos prisa —dijo mirando a Peláez—, esa familia no hay por donde cogerla.

Peláez la miró arrugando el entrecejo. Con brillo en los ojos y la voz áspera se levantó con brusquedad. Parecía que se iba a despedir del juez, pero no lo hizo. Sonrió débilmente, con el rostro pleno de vivacidad y sin poderse percibir muchas dudas en su voz, dijo:

—No te preocupes, al fin y al cabo es el padre. No creo que la vida de esa chica corra peligro.

El juez también se puso de pie. Se pasó la mano derecha por el pelo de adelante hacia atrás, suspiró y, a punto de reírse, dijo dirigiéndose a Oramas:

—¡Qué suerte tienes! Ayudantes con este poder de convicción son los que hacen falta en cualquier trabajo.

No se ruborizó Peláez. Sus labios dibujaron al instante una sonrisa taimada. Miró a Oramas y encaminaron sus pasos hacia la puerta. El juez se desplomó sobre su asiento. Colocó sus dos manos con los dedos entrelazados por debajo de la barbilla y con un gesto de sus ojos se despidió.

Resulta difícil no perderse por el laberinto de callejuelas que llevan a la casa de Silvia. Desde el palacio de Justicia, Oramas llamó a la madre de Silvia y a su hermana. La madre se disculpó. Estaba supervisando los trabajos de su nueva casa, pero autorizó para que hiciera tantas preguntas como estimara oportuno a su hija. Quedó con Lucía en la puerta de la urbanización para hacerle unas preguntas. Para eludir la calle de Carretería, peatonal desde hacía unos cuantos años, había que maniobrar entre calles estrechas de única dirección. Cuando por fin salió a la calle de la Diputación, Oramas sabía que había que seguir recto para llegar a su destino.

Aparcó el coche casi en la esquina de la calle, justo al lado de un parque. Lucía no estaba en la puerta. Desde ese ángulo se contemplaba todo el interior de la urbanización. Solo había gente en la piscina. Oramas supuso que se estaría dando un baño y volvió a marcar su número. Comunicaba. Le pareció raro. Cuando se disponía a marcar de nuevo apareció por el portal con dos perros que tiraban de ella como dos posesos.

Oramas recibió a la chica con una sonrisa llena de afecto. Al llegar a su altura, le acarició la cara y le dio un sentido abrazo. Los perros empezaron a ladrar de forma estruendosa. Eran ladridos secos pero inocuos.

—No tengáis miedo —señaló Lucía—, es que tienen ganas de orinar y no quieren que me pare.

Cruzaron una carretera de doble dirección y, al lado del río Moscas, se aliviaron. Oramas y Peláez, que habían seguido a la chica, la invitaron a sentarse en un banco que había junto a la rotonda del Arado, justo en la intersección de la calle en la que estaban con la carretera de Ciudad Real.

De espaldas al río, con la serenidad del acróbata que trabaja con red, le preguntó si había conseguido comunicarse con su padre o con su hermana.

—No —respondió con una mirada cándida—, mi madre y yo hemos llamado muchas veces, pero comunican.

—¿Qué crees que puede haber pasado?

—No sé. Todo esto me resulta muy raro.

Los perros no dejaban de danzar debajo del banco. Era incómodo interrogar en esa situación. Oramas miró a Peláez y le señaló a los perros. Julián, que entendió el significado de la mirada, arrugó el entrecejo. Sin ningún entusiasmo, impelido por la obligación de su profesión, cogió una correa de los perros en cada mano y dijo no exento de ironía:

—Vamos, perritos.

Accionados por un impulso no meditado, se levantaron y tensaron la correa. Tiraron del inspector con fuerza quien a duras penas conseguía sujetarlos. Peláez recordó la escena de Ben-Hur conduciendo la cuadriga en el Circo Máximo de Roma.

—¿Por qué te resulta tan raro? —continuó indagando Oramas.

—Porque en mi casa nunca había desaparecido nadie.

—¿Con quién crees que está tu hermana?

—La última vez que la vi se fue con mi padre.

—¿Tienes idea de dónde pueden estar?

Sus ojos se encharcaron. De sus labios se escurrió una sonrisa forzada. Oramas vio toda la bondad del mundo concentrada en su cara.

—En Palomera.

—Allí no están. ¿Sospechas de algún otro lugar donde puedan estar?

—No.

En un intento de acercarse al meollo del asunto, dio un giro de tuerca y preguntó:

—¿Se pelean tus padres?

Con gesto compungido afirmó con un movimiento de cabeza.

—¿Por qué crees que lo hacen? —inquirió Oramas.

Lucía hizo un gesto ambiguo y enmudeció. Dio la impresión de que buscaba la respuesta en lo más recóndito de su ser. Oramas no quiso interrumpirle.

— Creo que son muy inmaduros —resolvió.

Más que horror, lo que sintió Oramas fue compasión. Aunque, bien es cierto, nada cobraba sentido ante sus ojos. Miró a Peláez y sonrió. La escena que contempló no era para menos. Estaban los dos perros sentados ante él atentos a sus palabras que, de pie y un poco inclinado hacia ellos, los sermoneaba como si fueran capaces de asimilar el mensaje.

—Me he enterado que dentro de siete días tenéis una comparecencia ante el juez.

La cara de Lucía ni siquiera se alteró.

— Sí. Ya lo sé —contestó con naturalidad.

—También sé que cada una de las hermanas tenéis que declarar como testigos. Una a favor del padre y otra de la madre.

A Lucía se le encharcaron los ojos de nuevo. Entre sollozos e hipidos dijo:

—Sí, eso es verdad. Pero fue una idea de mi hermana y mía. Pensamos que era lo mejor que podíamos hacer para que todo volviera a ser como antes.

La inspectora se enterneció. Le cogió la mano y le dijo:

—No te preocupes. Lo único que ocurre es que hay personas que no se entienden bajo el mismo techo. ¿Me permites la última pregunta?

—Pues claro.

—¿Te gustaría que tu padre y tu madre volvieran a vivir juntos?

—Por supuesto —contestó con una sonrisa almibarada—. Pero me temo que eso es imposible.

—En la vida hay pocas cosas imposibles.

Sin alterarse lo más mínimo, respondió:

—Tenemos asumido que lo de mi padre y mi madre es una relación fallida y que mi hermana y yo somos la consecuencia de ese fracaso.

Oramas asintió sin acertar a formular otra pregunta.

Dio por terminado el interrogatorio. Peláez todavía andaba discurseando a los perros que lo miraban embelesados. De vuelta a comisaría Peláez preguntó si había averiguado algo.

—Que Dios, a veces, le da hijos a quien menos los necesita.

—Estoy de acuerdo, pero no sé a cuento de qué viene eso.

—Sí. Tienes razón. He olvidado que has estado con los perros.

—Pues yo no lo puedo olvidar. No te puedes imaginar lo que me duelen las manos —dijo enseñando las rozaduras de las correas.

—Gajes del oficio.

Peláez sonrió. La miró de reojo y dijo con rechifla:

—¿Gajes o abuso de autoridad?

—Hoy no estoy para bromas, Julián.

—¿Qué problema tienes?

—Las gemelas. No hago otra cosa que pensar en ellas. Debe ser que la edad me está haciendo más sensible.

—Pues debes saber que eso no es nada bueno para la profesión que tenemos.

—Lo sé, lo sé. Lo que ocurre es que cualquier chica de la edad de Lucía estaría más preocupada por lo liviano que por lo sustancial. Con las gemelas la prioridad se invierte. ¿A quién crees que se le ha ocurrido la idea de atestiguar cada hermana a favor de uno de sus progenitores?

—No lo sé.

—A ellas mismas. La actitud que han visto en sus padres han creado en ellas un enorme deseo de ser adultas.

—Lo que quieres decir es que han quemado etapas de su vida.

—Eso es. Pero no lo han hecho por el mero hábito de obrar mal. Lo han hecho por necesidad. Las carencias que han tenido en la vida les han llevado a tener esa conducta. Cuando me ha dicho Lucía que se les ocurrieron a ellas atestiguar cada una a favor de uno de sus progenitores me ha ayudado a meterme en la piel de esas chicas y he entendido los graves problemas que acarrea una familia sin estructura.

—Te veo obsesionada con esas chicas. Creo que te vendría bien distanciarte de ellas.

A Oramas le zumbaban las sienes y le costaba trabajo tragar saliva. De regreso hacia donde tenían aparcado el coche, sin venir a cuento —quizá por cambiar de tercio—, le preguntó a Peláez:

—¿En qué Academia de policía te has formado?

—En Ávila. ¿Qué pasa, que no me consideras apto para el desarrollo de mis funciones?

—Todo lo contrario. Me pareces una persona disciplinada y con un trato exquisito para el desempeño de nuestro trabajo.

—Creo que nuestra misión requiere grandes dosis de responsabilidad y de compromiso. Eso es todo.

—Perdona la indiscreción: ¿cuál es el motivo por el que te hiciste policía?

—Porque me gustan las emociones fuertes y el trabajo bajo presión —respondió pletórico de satisfacción—; además, soy uno de esos policías que entró por vocación. Bueno, por vocación y porque era adicto a las series de investigación policial.

Pero, ante todo, tenía claro lo que era estar al servicio de los demás y poseer un gran compromiso con la sociedad.

8

Cuando llegaron, Crespo tenía organizada la salida a Palomera. En la puerta esperaban tres patrulleros, un coche camuflado y los tres policías con sus respectivos perros.

—¿Qué tal te ha ido con el juez?

Con su típica voz melosa que te envuelve y te atrapa por su tono tan tierno respondió:

—Muy bien. Es un hombre de fácil acceso. Nos ha atendido con mucho entusiasmo y ha accedido al historial de ubicación. Si hiciera falta, nos ha prometido que ampliaría la autorización. Tenemos que tener en cuenta que por lo pronto solo tenemos la desaparición de una menor.

Crespo permaneció un momento en silencio.

—Bien mirado, quizá no le falte razón —respondió con indolencia.

—Veo que os vais a Palomera. Creo que me apunto. Ardo en deseos de ver cómo trabajan esos perros.

Oramas percibió una súbita sensación de fastidio en la cara de Crespo. Se imaginó la causa de dicha incomodidad y, aunque no tenía ganas de ninguna escena dramática, no dio su brazo a torcer y preguntó:

113

—¿Acaso te molesta mi presencia en Palomera?

Con gesto severo y la piel enrojecida contestó:

—En absoluto. Me parece mentira que me hagas esa pregunta. Lo que me parece fatal es que pienses que no soy capaz de llevar a cabo el trabajo que me encomendaste.

Oramas soltó con violencia todo el aire que había en sus pulmones y dijo con suavidad:

—No me vengas con esas monsergas de nuevo...

—Para mí no es ninguna monserga. Tengo la impresión de que te gusta estar en todas las salsas. Eso va contra la idea que tengo de trabajar en equipo. Si tuvieses una ligera idea de lo que significa eso, te darías cuenta de que un grupo funciona cuando el equipo suma más que cualquiera de sus partes. Eso es algo que lo deberíais tener todos asumido.

—Yo lo tengo. A la que le cuesta asumir que la jerarquía no está reñida con la idea de equipo es a ti. Pero centrándonos en lo nuestro, lo único que ocurre es que he terminado con el juez antes de lo que suponía y me apetece marchar a Palomera para supervisar los trabajos con los perros. Eso es todo. No sé si me explico.

El Seat León abría camino a los otros tres vehículos. El rostro de la inspectora Crespo ya se había ablandado. Oramas estaba en ese estado de espera, aguardando el momento que estaba segura no tardaría en llegar.

—Parece que se te ha pasado ya el enfado —dijo Oramas con todo melindroso.

—Sí, cierto. Como ves, no soy nada rencorosa.

Oramas se relajó. Echó el asiento todo lo que pudo hacia atrás y se retrepó en él. Abrió la ventana y sintió el fresco de la mañana en su rostro. Aspiró hondo el aroma que emanaba de los pinos.

—Eso ya lo he comprobado. Pero, aunque no soy amiga de dar consejos, déjame que te diga que deberías controlar esos enfados tontos. Lo único que sirven es para quemarte el alma.

—Lo intentaré, jefa —respondió Crespo con rechifla.

Oramas le contó que había estado con Lucía y le dio detalles de la conversación que había sostenido con ella.

—Lo que no me explico es como no les quitaron la custodia. Bueno, la verdad es que sí me lo explico. Esa mujer es una zorra.

Al oír esa palabra, Oramas sintió como un latigazo en toda su espalda.

—¿No te parece que estás siendo injusta con esa mujer?

—¿Injusta? Venga, no me jodas. ¿Te acuerdas del funeral con el que te tropezaste en la iglesia de San Esteban?

—¿El del diputado Ángel Bascuñana?

—Ese, ese. Veo que te estás poniendo al día muy rápido. Pues con ese señor se metía en la cama cada dos por tres. Y no te creas que lo hacía por lo guapo que era.

Oramas se hizo la despistada y dijo:

— Pues dime el motivo por el que lo hacía.

Crespo se llevó el dedo índice de la mano izquierda a la sien y contestó:

—Adivínalo tú, que eres policía.

Al llegar a la plaza observaron al coplero sentado en el mismo sitio con un botellín en la mano.

—Ese señor veranea sentado en el banco —observó Crespo.

—Y qué poco necesita para ser feliz —añadió Oramas.

Cruzaron con los coches el puente y rodearon la finca hasta el mismo lugar donde estaba situado el pozo. Los policías dieron suelta a los perros para que se desfogaran. Empezaron a correr y a olisquear de acá para allá sin dar síntomas de cansancio.

Oramas se interesó por los perros. Se acercó y preguntó a un agente de policía:

—Son pastores alemanes, ¿verdad?

—Hay dos pastores alemanes y uno belga. Aquel más claro es el belga. Si se da cuenta tiene las orejas más tiesas.

—Se les ve robustos y llenos de vigor.

—Estos perros entrenan a diario y cuidamos su dieta al máximo.

—Dónde los tenéis.

—No tenemos un lugar específico para ellos. Cada guía vive con su perro. Los cuidamos, los bañamos a diario, los sacamos a pasear, patrullamos con ellos y nos vamos de vacaciones con ellos. Como ve, son perros criados con extrema delicadeza. Ah, bueno, se me olvidaba; cuando a los siete años se jubilan nos quedamos con ellos. Es esa relación tan estrecha lo que influye principalmente para que realicen su trabajo de forma óptima.

—Desde luego, es un gran compromiso el que adquirís con estos animales —dijo Oramas.

—Los perros siempre dan mucho más de lo que reciben.

Abrazando a los cerros, aparecieron nubes sucias que se congregaron en la parte alta del valle. Aunque se podía oler la humedad, no se arrancó a llover en toda la mañana. La hierba estaba alta, flotando en el ambiente un dulce aroma de flores y matorral de ribera. La aglomeración de nubes bajo la cúpula celeste impedía que el sol penetrase hasta el valle propiciando un día mucho más benévolo que el anterior.

Desde todas las partes del pueblo, por todas las esquinas, atraídos por las sirenas de los coches de policía y por los ladridos de los perros, empezaron a llegar niños hasta el lugar donde aparcaron los coches. Y detrás de los niños llegaron las madres. Tanta gente se congregó en el lugar que tuvieron que acotar el pozo con cinta de balizamiento.

Desde la misma dirección que el día anterior, como si estuviese dotado por el olfato de un sabueso, se presentó en la finca el encargado. Ni siquiera se había cambiado de ropa. La inspectora Oramas se acercó a él, aguantó el tufo a sudor añejo y le dijo que venían a inspeccionar el pozo.

—No hay problema. Lo que sí le pido por favor es que los perros no pisen donde tengo *sembrao*. Bastante trabajo tengo con los jabalís.

La inspectora poco pudo prometer al respecto, pero miró al policía que tenía más cerca, quien al haber escuchado la súplica dijo:

—Perdón, señor. Estos perros no han venido aquí de paseo. Vienen a trabajar. No se preocupe por su cosecha. Los animales han sido educados en la obediencia ciega al dueño.

Y para tranquilizar al señor hizo una breve demostración. A la voz del dueño el perro se quedó sentado con el hocico apuntando a su dueño. El policía se retiró y le mandó a un niño que llamara al perro. No consiguió que se moviese. Ni siquiera atendió la llamada del niño. Tan solo se movió de allí cuando el agente le dio la orden de acudir a su lado. Más convincente para el señor resultó la siguiente prueba. Entró en la finca y, por medio de señales, acotó el terreno por donde podían correr los perros. Cuando lo soltó corrió de un lado hacia otro, pero no se le ocurrió poner sus patas en terreno prohibido. Los perros fueron la delicia de los niños. El encargado se tranquilizó. Oramas levantó las cejas colmada de satisfacción.

El encargado de la finca acudió a su casa y apareció con una guadaña sobre su hombro. Con varios golpes certeros tumbó todas las zarzas que rodeaban el pozo dejando el camino hacia él despejado.

Amarraron a los perros y los llevaron hacia el pozo. Nada le resultó aquella mañana a Oramas más pavoroso que asomarse al brocal del pozo. Una súbita sacudida le oprimió el pecho. No se podía quitar el fantasma de la cabeza y se le aparecía la imagen de la chica constantemente. El estado de zozobra en el que quedó sumida le hizo temer lo peor. La inspectora Crespo también se asomó.

—Hoy parece que está más oscuro que ayer —dijo.

—Hoy hay menos luz —aclaró Oramas como si su compañera fuese incapaz de llegar a esa conclusión. No obstante, aun sin abrir la boca, Crespo le lanzó una mirada con la que quiso expresar que no era tan ignorante como ella se pensaba.

Los perros dieron vueltas alrededor, subieron las patas sobre unas piedras y se asomaron al pozo, los policías les invitaban sin parar a que se asomasen, los perros iban y venían con el hocico pegado al suelo. En ningún momento hicieron señal de que allí hubiera restos biológicos.

—Aquí dentro no hay ningún cadáver —dijo el policía que conducía al perro de pelaje más oscuro.

—¿No puede ser que el pozo esté muy profundo e impida que el olfato del perro llegue hasta allí? —preguntó Oramas.

—No, no. Tenga en cuenta que lo que detectan los perros son los gases que emanan de los cuerpos en descomposición.

Los perros fueron retirados a la zona donde estaban los niños. Se procedió entonces a la recompensa que no consistía en otra cosa que jugar con él. El policía le lanzaba una pelota y el perro la perseguía con ahínco. Cuando la depositaba a los pies del policía lo recompensaba con caricias y alguna galleta.

Crespo regresó al coche y abrió el maletero. Sacó de él dos madejas de soga, una linterna, el ordenador portátil y dos ganchos. Con las dos madejas enrolladas en su cuerpo, solo le faltaba el látigo y el sombrero australiano para poder pasar por Indiana Jones. Acopló la linterna al extremo de una soga con uno de los ganchos. Sacó su teléfono móvil y lo encastró en un soporte que había diseñado ella misma con alambre. Conectó el teléfono con el ordenador y accionó el sistema de video. Con el otro gancho, ayudándose del soporte, aseguró el teléfono al extremo de la otra soga y las fue soltando poco a poco hasta que llegó al fondo.

Las imágenes del ordenador no eran de mucha calidad, pero lo suficiente para darse cuenta de que las paredes no eran verticales. El pozo era totalmente irregular. Tenían entradas y salidas, tan pronto se ensanchaba como adelgazaba, lo cual era consecuencia del suelo calizo que tenían bajo los pies. El encargado de la finca les explicó que el pozo surgió al haberse hundido el suelo. Lógico si pensamos que estábamos rodeados por rocas calizas.

Cuando la soga llego al final le hicieron una señal. En la pantalla del ordenador se atisbaba el fondo sin una sola piedra. Tan solo se observaba el color negro del cieno. Crespo movió la soga que sostenía la linterna de un lado a otro tratando de ver si se podía observar algún bulto en las orillas del fondo. Nada. Recogieron las sogas y midieron la profundidad. El muladar tenía nueve metros y ochenta y siete centímetros de profundidad.

Los perros estaban haciendo las delicias de los niños. Oramas le pidió a los policías que rastrearan toda la finca. Se repartieron el terreno entre los tres perros y procedieron a escudriñar palmo a palmo todo el terreno. Tras la batida, buscaron el rastro alrededor de la casa. Husmearon debajo de la puerta y en los bordes de las ventanas.

—Aquí no hay nada —sentenció uno de los policías.

Profundamente satisfecha, no solo por el trabajo de los animales sino porque Silvia no había aparecido en el fondo del pozo, Oramas dijo:

—Pues descartado. Tendremos que seguir buscando por otro lado.

En cuanto llegaron a la comisaría, Oramas se metió en su despacho y tomó nota en su ordenador de todo cuanto había ocurrido durante la mañana. Antes de que hubiese terminado, Torrijos llamó a la puerta y entró.

—¿Podemos hablar un minuto? —dijo.

—Un momento que estoy acabando unas anotaciones. Ahora te busco en tu despacho.

Cuando terminó buscó a Crespo y a Peláez. Tuvo que ir a la planta baja para averiguar que Peláez había salido. Las dos inspectoras encontraron al inspector Torrijos sentado en su silla, frente al ordenador.

—Tan solo quería informar de forma escueta sobre las pesquisas que he realizado durante la mañana.

—¿Dónde has estado esta mañana, picarón? —curioseó Crespo.

—Muy cerca de aquí. En el dieciséis de República Argentina.

—¿Qué hay allí?

—Déjame que lo busque —echó mano de su libreta. Hojeó de acá para allá. Se acercó la libreta a la cara y dijo deletreando—, el EOEP.

Se contrajeron los músculos de la cara de Crespo al escuchar el vocablo y repitió:

—¿El EOEP?

—Es el equipo multidisciplinar del Ayuntamiento. Se dedican a detectar o a atender personas con riesgo de exclusión social.

—Ahora lo hemos entendido —dijo Crespo—. Hay que ver con lo escueto que tú eres y el rodeo que nos has hecho dar.

—Déjale hablar —rogó con humildad Oramas.

—Bien. Si se tranquiliza la inspectora Crespo y no me interrumpe podré ser breve. Pues sí. Como podéis imaginar me he entrevistado con la asistenta social que ha trabajado con la familia de Silvia.

—Como te oigan llamarlas asistentas, te vas a enterar —advirtió Oramas lanzándole una mirada de recelo.

—Me ha contado que detectaron el caso por medio de las tutoras en educación infantil. Parece ser que las niñas presenciaban peleas constantes y en muchos casos violentas.

—La cara de Lucía expresa perfectamente el daño emocional que sufrió en su infancia —aclaró Crespo.

—¿Te ha concretado qué deficiencias detectaron las tutoras? —preguntó Oramas.

—En primer lugar, absentismo escolar. La asistencia al colegio no era regular. Además, los días que iban era frecuente que llegasen tarde. Me ha hablado también de falta de higiene y de alimentación. Parece ser que había un descontrol enorme en ese hogar.

—¿Te ha hablado algo de atención médica? —se interesó Crespo.

—De eso no hemos hablado.

—Lo que sí me ha dicho es que tuvieron que concederle una beca de libros y otra de comedor para asegurarse de que fueran a diario a clase.

—No te jodes —soltó Crespo—. En lugar de quitarles la custodia, le dan becas. Como si no tuviesen para comprarles los libros o darles de comer. Qué maneras de resolver las cosas en este país.

—Vamos a ver, Mari Luz. Tranquilízate. Nuestro trabajo no tiene que ver con nada de lo que estás diciendo —dijo Oramas—, centrémonos en encontrar a Silvia y lo demás que lo resuelva quien lo tenga que resolver.

—Han visitado su domicilio en muchas ocasiones —continuó Torrijos con el relato—. Y lo que se encontraron allí fue un desorden que no aguantaría ni el mismísimo Diógenes. Cómo sería el asunto que tuvieron que darles indicaciones de cómo llevar una casa. Horarios, normas, rutinas etc. De poco sirvió. Esa pareja dice a todo que sí, pero luego hace lo que le da la gana. No solo no fueron capaces de poner orden en ese hogar sino que entraron en el piso dos perros y un gato.

—Perdonadme si vuelvo a las andadas —dijo Crespo—. ¿Os imagináis la cantidad de dinero, dinero de todos —subrayó hinchando las palabras— que se ha chupado esa familia?

Torrijos abrió las manos con las palmas hacia arriba como si estuviera oficiando la eucaristía y respondió:

— Eso mismo dijo la asistenta social. Cuando se hicieron grandes, sin control y sin gobierno, se pasaban el día entero en la calle. Muchos días no iban al colegio. De nuevo fueron sus tutoras las que dieron la voz de alarma y consiguieron que fueran las niñas por las tardes al Centro Cívico para que les ayudaran con las tareas.

—Hay que ver qué labor hacen las maestras en muchas ocasiones —exclamó Oramas.

—Es cierto; pero, a lo que íbamos, lo de hacer las tareas en el centro cívico duró una semana más o menos.

—Bueno, creo que es suficiente —dijo Oramas abrumada por tanta información que empezaba a creer innecesaria.

Torrijos orientó ahora su mano derecha hacia ella, y con la palma de esa mano extendida dijo:

—No, no. Que falta lo mejor. Parece ser que se trató el asunto de la retirada de la custodia y no se le ocurrió otra cosa al padre que ir al colegio y amenazar a las tutoras con que les cortaría las piernas en caso de que llegase a ocurrir tal cosa.

Oramas volvió el rostro hacia Crespo. Durante unos instantes guardaron silencio. Lo rompió Oramas:

—¿Quedó impune el asunto?

—Parece ser que el director lo comunicó a inspección y le aconsejaron que dejaran el asunto a un lado.

—¡Qué bonito! El marrón que se lo traguen los maestros, pero a mí que no me pongan un problema sobre mi mesa —se lamentó Crespo.

—¿Algo más te dijo?

—Lo que ya sabíamos, que cada uno de los progenitores utiliza a sus hijas en contra del otro progenitor.

—Eso tiene un nombre —dijo Crespo echando mano de sus conocimientos en psicología—. Síndrome de alienación parental.

—Buen trabajo, Torrijos —indicó Oramas.

—Si no he sido todo lo escueto que acostumbro es porque me habéis interrumpido constantemente.

En la cafetería de la comisaría no solía juntarse mucha gente, pero el goteo era constante. Había quien desayunaba allí. Otros acudían a la hora del bocata en busca de la cervecita que ayudase a engullir lo sólido. Los recalcitrantes del café iban y venían constantemente.

Estaba situada en el sótano. Aun así, tres grandes ventanales a la altura del techo abastecían suficientemente de luz al local. Era muy profundo. Rectangular. Unos siete metros de largo por tres de ancho. La barra ocupaba casi toda la pared de la derecha. Uno de los cuatro taburetes regulables estaba ocupado por un policía que daba buena cuenta de un bocadillo. Oramas y Crespo ocuparon una de las dos mesas que había al fondo a la izquierda.

La atmósfera de tranquilidad quedaba rota por la conversación del cantinero con el policía sentado en la barra. Tendría en torno a la treintena. Medía uno noventa y dos metros. Espaldas considerables. Brazos enormes y duros. Mandíbula ancha. Reían con ganas. Las risas del cantinero eran tan exageradas que se vio precisado de taparse la cara. Cuando pasó el estruendo de las carcajadas se acercó al otro extremo de la barra y preguntó:

—¿Qué va a ser?

—Café con leche en vaso.

—Cynar.

Oramas clavó los ojos lleno de estupefacción en la cara de su compañera.

—¿Cynar?

—¿Qué pasa?, ¿no conoces la bebida?

—Nunca la he oído.

—Es italiana y se elabora con varias hierbas entre la que destaca la alcachofa. Yo la tomo porque elimina grasas y depura el hígado.

Sin cerrar los ojos, Oramas empezó a ver chiribitas y se diluyó de su cabeza la idea de llenar su sangre de cafeína.

—¿Has empezado a hacerme el café? —consultó con el cantinero.

—No se preocupe. Yo me voy a pedir otro como ese en cuanto dé cuenta del bocadillo —dijo el policía sentado en el taburete de la entrada.

—Muy bien. En ese caso, me dejaré manipular. Ponme otra copa de Cynar.

—Eso está hecho. Otra que se quiere quedar como una sílfide. Eso está bien. La juventud goza de infinita paciencia para no marchitarse.

—¡Eh, compañero! Que este cuerpecito que tanto admiras no lo he conseguido tomando tu alcachofa. Que corro a la semana cincuenta kilómetros y que con la bicicleta salgo otro dos días a la semana. Y ya te he dicho que cuando quieras hacemos una escalada. Por si fuera poco, llevo toda la vida a dieta.

—Por lo de la comida, no me vas a pillar. Disfruto comiendo. Corriendo por ahí, tampoco es lo mío. Escalando, ni te cuento. Si alguna vez desaparezco, no me busques en el fondo de ningún acantilado. Si me hablas de la bicicleta, ahí empezamos a ponernos de acuerdo.

Se giró. Encendió las luces del mostrador. La pared era de ladrillo visto. Estaba decorada a base de botellas de distintos colores. Los colores que reflejaban daba un aspecto al local de una moderna coctelería. Sirvió los combinados en una copa de cono invertido con una aceituna pinchada en un palillo sumergida en el líquido. Oramas apartó el palillo con la aceituna y la echó en el fondo de una papelera. Dio un sorbo. Lo paladeó. Abrió los ojos. Sonrió y dijo:

—¡Mmm! De momento parece un poco amargo, pero acaba en un ligero sabor dulce. Sí, me agrada.

Cuando Crespo dio el primer sorbo, apareció por la puerta Peláez. Saludó de lejos con una leve inclinación de cabeza y se acercó a la mesa con sus compañeras tras cruzar un par de frases con el policía de la entrada.

—¿Quieres otro combinado? —le propuso Crespo.

—Traigo mucha sed. Prefiero cerveza. Fidel —era el nombre del cantinero—, ponme un doble de cerveza.

La jarra de cerveza rebosante de espuma chocó con las dos copas. Peláez se quedó mirando la jarra sin decir nada. Respiró hondo. Tragó saliva. Contuvo el aliento y bebió como un animal dejando la jarra por debajo de la mitad de un trago.

—¡Aaaj! Qué sed traía. Llevo toda la mañana visitando las agencias de viajes.

—¿Has averiguado algo?

—Que no se ha vendido ningún billete de tren ni de autobús ni de avión a nombre de Antonio ni de Doménico ni de Silvia en ninguna.

—Han podido obtener el billete en la máquina expendedora de la estación —advirtió Crespo.

—Es una buena solución para alguien que se tiene que marchar de forma precipitada —añadió Oramas.

—Yo también lo he pensado, pero ya no podía más y lo he dejado para mañana.

Sonó el teléfono de Oramas. En la pantalla apareció un nombre: Federico. De momento no cayó, pero tan pronto como alzó la cabeza recordó que era el nombre del comisario.

—Dime, Federico.

—Tengo noticias de Doménico.

—¡Ah, sí! ¿Qué has averiguado?

—Que su nombre verdadero es Filipo de Luca Mauro.

El volumen de voz lo tenía bastante alto y se oía perfectamente la voz del comisario. Tanto Peláez como Crespo se arrimaron al teléfono para seguir la conversación. Crespo, incluso, agitó sus manos en el aire tratando de decirle algo que Oramas no supo interpretar.

—¿Cómo has conseguido la información? —preguntó con la palma de la mano abierta tratando de pedir tranquilidad a sus dos compañeros.

—A través de la embajada —contestó lacónico.

—Supongo que en Italia estará en busca y captura.

—Claro. Parece ser que mató a una persona.

—Entonces, se le busca por asesinato.

—No, no. Por homicidio involuntario. Iba bebido, al doble de la velocidad permitida y se llevó por delante a un ciclista.

—¿Hay algo más que deba saber?

—No. Nada más.

—Buen trabajo, comisario.

Cuando interrumpió la comunicación, la inspectora Oramas se quitó las gafas y volvió a limpiarlas con su acostumbrada parsimonia mientras que masticaba la información que le acababa de facilitar el comisario.

—Parece que te has quedado... —en lugar de elegir un adjetivo, Crespo puso los ojos en blanco y miró hacia el techo.

—Estaba pensando que por un homicidio involuntario no huye nadie de su país falsificando documentos.

Al día siguiente, Oramas salió tarde de la comisaría y tomó el autobús para subir a su casa. Sentada en él, hablaba consigo misma. Lo que más golpeaba su cabeza eran recuerdos de antaño. Tenía la sensación de que el pasado no es un lugar estable, sino que constantemente se alteraba por el futuro. Principalmente fue su ex quien ocupó la mayor parte del tiempo. Entre curva y curva de la subida a la plaza Mayor fue dándole vueltas al asunto y llegó a la conclusión de que para una mujer casada como ella, la condición ideal respecto al matrimonio era el fracaso. Empezó a buscar argumentos que apuntalaran tal afirmación cuando, no había llegado todavía a la puerta de San Juan, sonó su teléfono. Le llamaba un policía para comunicarle que un señor de Palomera aseguraba que en el pozo de la finca de Antonio había un cadáver. Oramas estuvo a punto de atragantarse con el agua. Una sonrisa mordaz curvó sus labios.

—Cómo va a haber un cadáver allí si ayer mismo hemos estado inspeccionando el lugar y los perros no han encontrado nada —exclamó tras una pausa, con todo el énfasis de la sorpresa—. Hasta hemos grabado el fondo del pozo.

El policía hizo un silencio y con un tono equívoco dijo:

—Pues el señor asegura que allí hay un cadáver. Dice que su perro nunca se equivoca.

Con premeditada simpleza preguntó:

—¿Y de qué perros cree que me debo fiar? ¿De los nuestros o de los de la gente del pueblo? No, ese señor que ha llamado no me da seguridad —le replicó con indiferencia.

—Lo entiendo, lo entiendo. Verá yo lo único que quería…

—Bueno, vamos a dejarlo aquí. No se preocupe, lo tenemos todo controlado.

Cuando cortó la comunicación Oramas quedó en silencio, perpleja. Miró hacia arriba y dio un resoplido prolongado. No le dio la más mínima importancia a la llamada. Tanto fue así que dedicó toda la tarde a sí misma. Salió de compras. Por fin se decidió y se compró la bicicleta que le había aconsejado la inspectora Crespo. Y no se arrepintió. Subió la cuesta pedaleando y se dio cuenta de que con esa máquina no se le resistiría ninguna por mucho porcentaje que tuviera.

A última hora de la tarde recibió otra llamada. Esta vez era de Crespo.

—¿Qué pasa?, ¿Te aburres?

—¿Aburrirme? La gente apasionada como yo no tenemos tiempo de aburrirnos. No, no te llamo porque esté aburrida. Me acaban de llamar de comisaría y me dicen que ha llamado un señor asegurando que en el pozo de la finca de Antonio hay un cadáver.

A punto estuvo de decirle «pues claro que hay un cadáver, como que lo he echado yo misma», pero se refrenó y dijo:

—Al medio día me han llamado a mí también con la misma cantinela.

—¿Y qué?

Con el corazón latiéndole en la garganta dijo:

—Les he dicho que nuestros perros no han detectado ningún cadáver.

—Según me ha dicho el policía que ha recogido la llamada, el señor insiste de forma fehaciente que allí hay un cadáver.

—Debe ser el mismo que ha llamado esta mañana.

—¿Qué piensas hacer?

Oramas pareció dudar un momento. Por fin dijo:

—La verdad es que no le había dado crédito a esa llamada, pero…

—Yo creo que debemos ir. ¿Te imaginas que hubiera allí un cadáver como dice el señor y lo dejamos pasar por alto?

—Sí, sí, pero no me negarás que si tenemos que volver con toda la parafernalia de ayer va a ser un cantazo. Creo que debemos actuar con sigilo.

—Si yo, de momento, he pensado lo mismo que tú. Pero cabe la posibilidad de que después de que hayamos inspeccionado la zona hayan arrojado el cuerpo de alguien al pozo. Si fuera así y no hacemos caso a la llamada, la hemos pifiado, pero bien. Mira, no te rayes, vamos a hacer una cosa. Voy a llamar a uno de los policías que fueron con nosotros a Palomera y le digo que a primera hora esté preparado con su

127

perro. Lo recojo con el coche y voy a por ti. Nos pasamos por la finca de Antonio y salimos de dudas. ¿Qué te parece la idea?

—Está bien. Como tú dices: «Me has comido la oreja».

—¿Qué quieres decir con eso?

—Que me parece perfecto.

9

El día arrancaba obteniendo de Oramas una sonrisa. Se puso las gafas y marchó apresurada y algo ojerosa hacia la puerta del Ayuntamiento. Cuando llegó miró el reloj y se dio cuenta que se había adelantado demasiado tiempo. Llamó a Crespo.

—Dime.

—Qué tal vas.

—A punto de arrancar para recoger al perro y al policía.

—Yo ya estoy bajo los arcos del Ayuntamiento. Voy a entrar en un convento que hay en la plazuela.

—Es el convento de la Merced. Son de clausura. Entra. Nosotros todavía tardaremos unos minutos.

En un momento, la alegría había desertado de su rostro. Al entrar llamó su atención la atmósfera de paz y silencio que se respiraba. Daba la impresión que se podría escuchar el vuelo de una mariposa. Con sumo cuidado, se sentó en el último banco, junto a la puerta. Sintió un deseo irrefrenable de rezar. Era una capilla pequeña, dividida en dos partes que quedaban separadas por un enrejado. Una de las partes quedaba reservada para las monjas. La otra, la de atrás, estaba al servicio del público. Cinco monjas vestidas con velo blanco desde la coronilla hasta los pies, sin enseñar la cara, adoraban a Dios entonando cánticos religiosos.

Al salir a la calle quedó deslumbrada por un golpe de luz matutina inesperada. Se acordó de Linda. Pensó que podría ser una bonita mañana para ella. Se dirigió a su casa apresurando el paso. Le puso la correa a la perra y empezó a ladrar y a dar saltos de alegría.

—¡Vamos! Que llegamos tarde.

Cuando llegaron estaba el coche aparcado junto a la bajada de San Miguel. Se bajó el policía y abrió el maletero. Oramas le quitó la correa a su perra. Dio un salto y se ovilló junto al perro del policía.

Sin pensarlo dos veces se encaminaron hacia la puerta de Valencia. El murmullo del coche se perdió por la calle Alfonso VIII en busca de la calle del Peso. Crespo conducía con precaución. Estaba esa mañana dicharachera. Irradiaba una enérgica serenidad. Las calles eran estrechas. Con muchas esquinas y recodos. Si eran lugares tenebrosos por la noche, a primera hora de la mañana parecían no tener alma. No había ni un vivo por la calle. Tan solo se movían de un lado a otro el equipo de limpieza del Ayuntamiento.

Tan pronto como enfilaron la carretera que río arriba conduce a Palomera, Crespo sugirió a Oramas que llamase a sus compañeros para comunicarles el motivo de su ausencia. Una mueca de mosqueo apareció en su rostro. Sin duda alguna fue un olvido de la inspectora jefa, pero, en vez de asumirlo, sostuvo su mirada a través del espejo retrovisor y le espetó:

—Pensé que les habrías avisado tú.

Sin mostrar ningún ápice de complicidad con su jefa, respondió Crespo.

—Oye, que no soy una pringada. He estado a punto de hacerlo, pero pensé que te correspondía a ti.

—¿Sabes una cosa? —dijo Oramas manteniéndole la vista por el retrovisor.

—¿Qué?

—Que hablas demasiado y sin conocimiento.

—Me la suda.

A Oramas no le gustó que le hablara en ese tono, sobre todo porque no estaban solas, pero no contestó. Tan solo hacía cuatro días que se habían conocido, pero era suficiente para saber que era una buena persona y una gran profesional. Y, además, le iba a ser muy necesaria en los días venideros. Eran razones suficientes para no iniciar una discusión que, dado el carácter de su compañera, no se sabía hasta dónde podría llegar.

Llamó a Peláez, le dijo que iban camino de Palomera y le explicó el motivo del viaje.

—¿No crees que es una pérdida de tiempo? Me refiero a que…

—Eso creí yo también en un principio, pero he meditado y he llegado a la conclusión de que es obligado no dejar ningún detalle en el aire. Piensa que si no hacemos caso y resulta que en el fondo hay un cadáver nos damos una buena trompada. No sé si me explico.

—Por cierto, no sé si has leído la prensa.

—No he tenido tiempo.

—Parece ser que esta tarde hay una manifestación en la puerta del Gobierno Civil. ¿Qué te sugiere eso?

—Que tendremos que trabajar bajo presión. Pero no os preocupéis, seguiremos hasta el final. Nuestro salario no es muy alto, pero con tres millones doscientos mil parados y la cantidad de gente que hay con empleos precarios, no creo que a nadie se nos ocurra cambiar de trabajo.

Durante el resto del viaje nadie abrió el pico. Crespo iba concentrada en la carretera. El policía se mostró algo incómodo ante la situación. Oramas estaba nerviosa y no hacía nada más que rebullirse en el asiento de atrás. Le pidió a Crespo que pusiera la radio.

—¿Qué emisora quieres? —le preguntó con displicencia.

—Pon una de música, por favor. Estoy saturada ya de tanto politiqueo.

Echó la cabeza hacia atrás, se relajó y se recreó en el paisaje dejando que se disiparan los efluvios venenosos que la abrumaban. Se quedaron en silencio como los buenos amigos a los que les sobran las palabras y se conforman tan solo con la compañía de uno al otro. Abrió ligeramente la ventanilla y aspiró profundamente el aire que olía intensamente a pino. No tardaron en aparecer los fastuosos cerros que se cortaban contra el azul intenso del cielo.

Aparcaron el coche junto a la valla de la finca y dieron suelta a los perros para que estiraran los músculos. Cuando se hartaron de correr por la explanada que había ante el pozo, el policía llamó al suyo, le premió con caricias y le colocó los correajes. Le indicó a Oramas que amarrase a su perro para evitar distracciones. A la voz del policía, el perro alzó la cabeza y empezó a olfatear girándola en busca del rastro. Se decidió y arrancó hacia el pozo. No lo dudó. Llegó hasta él. Se asomó, olfateó, marcó con el hocico y empezó a ladrar.

—Aquí hay chicha —dijo el policía.

Crespo y Oramas se miraron. No querían dar crédito a las palabras del policía. A Oramas se le aceleró el corazón, sin aceptar la realidad preguntó:

—¿Estas seguro de lo que dices?

El policía abrazó al perro con el mismo orgullo que podría abrazar un padre a su hijo tras enterarse de que ha superado una oposición a notaría.

—Este —dijo señalando al perro—, hasta ahora, nunca me ha fallado.

Tanta fuerza tuvieron las palabras y los gestos del policía que Oramas acabó resignándose a la evidencia. Quizá no era el momento adecuado, pero vio la ocasión en ese momento y le espetó a Crespo:

—Hay que bajar al pozo.

A pesar de que la templanza no era una virtud de Crespo, con voz serena le respondió:

—Pues conmigo no cuentes.

Oramas se quedó mirándola fijamente y como si la quisiera fulminar le dijo:

—Sabes que bajar al pozo te va a venir muy bien.

—Sí. Seguramente bajar a un pozo ciego y despidiendo un hedor insoportable, debe ser lo mejor para la salud.

Reflejándose una enorme seriedad en su rostro, Oramas echó mano de la ironía y dijo:

—Me refiero a que te va a venir muy bien para cumplir uno de tus proyectos.

Crespo, que cuando se ve acorralada como un jabalí suele dar una dentellada, dijo con acritud:

—Mira guapa, no sé de qué me estás hablando.

—Lo que quiero decir es que es una experiencia que te va a servir para alcanzar un ocho mil. Me dijiste que es uno de tus grandes sueños. ¿No lo recuerdas?

Una mueca de duda apareció en su semblante y le hizo aflojar el gesto. «Esto empieza a ponerse chungo», susurró por lo bajini.

—Pues claro que lo recuerdo. Pero ¿cómo comprendes que voy a bajar yo sola hasta el fondo?

—¿Miedo? Vamos, niña; que eres policía. Tómatelo como un deber.

—Tal y como me lo estás proponiendo, parece que es una orden.

Se quedó dicha reflexión flotando en el aire. Oramas, que sabía de su oficio más de lo que Crespo suponía, no dijo nada. Se dio media vuelta y soltó al perro. El policía que ya había dado por terminado su trabajo con el perro procedió de la misma forma y los perros empezaron a perseguirse uno a otro a lo largo de la explanada.

A pesar de que a Crespo le parecía una propuesta descabellada, venció los temores y, cayendo ante las dotes persuasivas de Oramas se acercó a ella y le preguntó:

—¿Cuándo quieres que baje al pozo? —Crespo sucumbió por fin ante el chantaje emocional.

—Esta misma mañana. Cuanto antes tengamos el cadáver, antes podremos empezar a buscar al asesino.

—Pero eso es imposible, ¿no te das cuenta…?

—No te pido que hagas lo posible, eso lo hace todo el mundo. Nosotros tenemos que conseguir lo imposible.

Así fue como la inspectora Crespo se dejó convencer por su jefa.

La inspectora Crespo llamó a una amiga del grupo de escalada. La rapidez con que se dejó liar por su jefa fue la misma para convencer a Lidia —ese era el nombre de su compañera de escalada— de que la acompañara al fondo del pozo. No cabe duda de que ciertas personas están abocadas a constantes impulsos autodestructivos. Le explicó el material que tenía que preparar y quedó en recogerla en tres cuartos de hora en la puerta de su casa.

La inspectora Crespo se marchó con el policía. Oramas se quedó sola con su perra. Las campanas del reloj del Ayuntamiento dieron las once cuando el coche traspuso por el puente. Buscó un palo seco y corto del grosor de un brazo delgado y se lo lanzó a Linda. La perra se lo trajo depositándolo a sus pies. Repitió la operación numerosas veces hasta que apareció un señor mayor acompañado por un perro. Era un Agua Español de color marrón y blanco. El señor llevaba escrito en su rostro las fatigas de un tormentoso pasado. Con barba de cinco días, las arrugas se arracimaban en torno a sus dos ojos. Su cuerpo era escaso y encorvado, signo inequívoco de que le había dado duro a la azada. Pelo intenso y ceniciento, mal colocado y peor cortado. Vestía una camisa raída de color gris y un pantalón vaquero con múltiples remiendos.

—¿*Usté* es policía, *verdá*?

—Pues sí, soy policía.

—Lo suponía —dijo con una sonrisa llena de satisfacción.

—Verá *usté*, yo es que he *llamao* a la comisaría en varias ocasiones porque mi perrita ha *detectao* un cadáver en aquel pozo.

—Sí, sí. Me pasaron ayer la llamada. Acabamos de estar esta mañana con un perro policía y, en efecto, nos ha señalizado el fondo del pozo. La verdad, es estupendo que la gente colabore con la policía. Debo agradecerle la ayuda.

El señor dio un silbido seco y la perrita acudió corriendo. La acarició con parsimonia y le susurró algo al oído. Salió hacia el pozo como una flecha. Alzó las dos patas anteriores sobre una piedra y empezó a ladrar.

—¿Lo ve? Ahí tiene *usté* la prueba —dijo el señor henchido de orgullo—. Descuide que no se ha *equivocao*.

Oramas no podía alejar de su mente la idea de que Silvia estuviese en el fondo del pozo y trató de averiguar si ese señor atesoraba alguna información útil.

—¿Pasea usted mucho por aquí?

—Puff. Ya lo creo. Si no hago otra cosa que pasear. *Toas* las mañanas, poco después de salir el sol, cojo la perrita y me voy río arriba o río abajo. Unas veces voy por esta orilla. Otras por la orilla de allá. A mi edad, si no me cuido, pronto voy al hoyo como al que han *echao* en el pozo.

Se insinuó en los labios de Oramas algo parecido a una sonrisa. Forzó la situación un poco más y le preguntó:

—¿Cuánto tiempo hace que no pasaba usted por aquí con su perrita?

Se rascó el occipucio y escarbando en lo más profundo de su ser dijo tras unos breves segundos:

—*Antier*. No, miento. Fue el martes.

—¿Seguro?

—Sí, sí. Seguro que fue el martes —dijo con un chorro de vozarrón.

—¿Llamó ese día algo la atención de su perro?, me refiero a que…

—No, no —le cortó el señor con sequedad—, ese día la perrita ni se acercó al pozo.

Oramas se quedó mirándolo fijamente tratando de procesar la información. El señor se sintió coaccionado y se creyó obligado a extenderse en explicaciones.

—Esta perrita está acostumbrada a trabajar con cochinos. Dicen que el cerdo es un animal que emite un olor *parecío* al humano. En algunas ocasiones ha *participao* en la búsqueda de cadáveres. Con que así es que, por eso le digo.

Oramas apretó un poco más y dijo:

—Mire, señor. Usted dice que el martes pasó por aquí y su perrita no le llamó la atención nada. Nosotros estuvimos

135

rastreando el pozo con tres perros policías el jueves por la mañana y tampoco detectaron nada. ¿Cómo explica usted eso?

—Está *mu* claro, señora. Entre el jueves y el viernes echaron el muerto al pozo. *Pa* mí que lo hicieron de noche.

—Dice usted que lo echaron. Luego, supone que ha sido un asesinato.

—Eso está claro, ¿no? Si se hubiese *caío* no habrían *venío* a buscar el cadáver con perros. Y ya han *venío* dos veces. Una antes de que hubiese un muerto en el pozo.

A Oramas le fascinó la capacidad de deducir del lugareño. Dio un suspiro y dijo:

—Estamos buscando a la hija de Antonio, ¿la conoce?

—A la hija no. Al padre un poco.

—¿Sabe usted si tiene algún enemigo?

—No, no. Ni siquiera he *llegao* a hablar con él. Para eso *tie usté* que hablar con Evaristo. Es el *encargao* de la finca. Vive allí, en la última casa —dijo señalando con el dedo hacia la derecha—. Pero, le voy a decir una cosa. Ha *podío* ser cualquiera. Hoy en día no se *tie* respeto ninguno por la vida. Sin ir más lejos, aquí arriba —el señor señaló hacia el norte—, cerca de donde nace el río, en agosto hará dos años que un joven enterró a dos chicas en cal viva.

—No son dos años, sino cuatro los que han pasado.

El hombre se quedó desconcertado. De nuevo se rascó la cabeza y dijo:

—Oh. Qué bárbaro. El paso del tiempo va cada vez más rápido.

—Sí, escuché el caso en las noticias. Me parece que una de las dos chicas fue su novia.

—*Justicamente*. El gachó tenía preparado el *abujero* para enterrar a una. Dio la casualidad que se presentó a recoger ropa en su casa con una amiga. Le dio igual. Se cargó a las dos. Y a las dos enterró en el mismo *abujero*. Pero el hueco estaba hecho a medida de una. Esa fue su perdición. Se quedaron a medias de enterrar y no tardaron en encontrarlas. En fin, qué le vamos a hacer. Pues si no tiene ninguna pregunta más me voy a marchar *pa* casa.

—Le voy a hacer la última pregunta. ¿Cree usted capaz a alguien del pueblo de matar a la hija de Antonio?

Movió la cabeza a un lado y a otro unas tres o cuatro veces seguidas y dijo:

—De ninguna manera. Hágame caso, si alguien ha *matao* a esa chica habrá que buscarlo fuera del pueblo.

La inspectora Oramas se despidió de él agradeciéndole la colaboración. Buscó un lugar a la sombra donde sentarse. Lo encontró cerca del muladar, sobre una piedra lisa. Sacó su teléfono y marcó el número del comisario. Le comunicó que estaba junto al pozo y que los perros habían detectado que había un cadáver. Le suplicó que llamase al juez y le previniera de que posiblemente hubiera que proceder al levantamiento de un cadáver.

—Mantenme informado al minuto —suplicó el comisario.

Oramas se quedó mirando al pozo y se preguntó qué secreto estaría ocultando en su fondo. Pensó de nuevo en Silvia y se prometió a sí misma prescindir de los sentimientos y no absorber el dolor que estuviese escondido en el pozo.

10

Tan pronto como vio aparecer el coche, la inspectora Oramas se levantó y salió a recibirlos. Venía conduciendo Crespo. Lidia ocupaba el asiento del copiloto. Salvo el casco, que lo traía junto a los pies, y el calzado, venía vestida con la indumentaria para bajar al pozo. Tras saludarse con Oramas, se calzó unas zapatillas bien ajustadas al pie y con la suela antiadherente. El perro, sabedor de que era una persona extraña en la reunión, se acercó a olfatearla. Se agachó y le hizo unas carantoñas.

Mientras que Lidia se acercó al pozo seguida del perro, Crespo, sin ningún pudor y totalmente despojada de prejuicios, se quedó en bragas y sacó del maletero la indumentaria deportiva. Sin llegar a la hipertrofia muscular, ni mucho menos, se advertía un cuerpo bien musculado, tanto en brazos, hombros, piernas como abdominales. Pero lo que más llamaba la atención era el tono muscular, el equilibrio corporal y la dureza de sus glúteos. Todo parecía mantenerse intacto y sin que la fuerza de la gravedad hubiese hecho estragos por el momento.

Se ciñó las mallas y metió el teléfono en el bolsillo de atrás. Se calzó las zapatillas para escalada y cubrió el torso con un top de tirantes azules a dos tonos horizontales, dejando su ombligo al descubierto. Oramas miraba ese cuerpo escultural con un ápice de estupefacción.

Pasaron cuatro o cinco minutos. Tal vez fuera alguno más. Regresó Lidia del pozo y sacaron del maletero todos los adminículos necesarios: cuerda de trepa, mosquetones, cintas exprés...

Se colocaron los arnés a la cintura, el casco, unas rodilleras, unas coderas y guantes que impregnaron con magnesio. Tomaron una madeja de cuerda y dijo Crespo:

—Por favor, acércanos al pozo los mosquetones y la cinta exprés.

Con un nudo doble ataron a dos árboles las sogas. Oramas se acercó a uno de los árboles y preguntó:

—¿Es seguro este nudo?

—Este nudo soportaría el peso de nosotras tres y mucho más.

A pesar de sus palabras, Oramas lo comprobó tirando de la cuerda.

—Sí. Parece que está bien amarrada.

Echaron la cuerda al pozo e hicieron unos ejercicios de calentamiento. Oramas miraba admirada la flexibilidad y la escasez de grasa corporal de los dos cuerpos que se disponían a sumergirse en ese abismo de oscuridad. Viendo el temple, la serenidad y la profesionalidad de ambas ganó en tranquilidad.

—Voy a tener que empezar a hacer escalada —advirtió—. Hay que ver que cuerpecitos tenéis.

—Pues tendrás que empezar a ir al gimnasio y ponerte a dieta —dijo Lidia—. Debes saber que me alimento como una asceta.

Se ajustaron sobre el casco una linterna con una goma y se colocaron sobre las piedras que rodean al pozo. Crespo se ajustó los auriculares al oído.

—Ten a mano tu teléfono. Estaremos en contacto a través de él.

Tan agradecida como orgullosa, Oramas sentía cierto aprecio y cierta preocupación por las dos.

—Tened en cuenta que el cuerpo que hay abajo ya no está habitado por ningún ser humano.

—Tranquila, jefa. Que no vamos a hacer ejercicios espirituales en el fondo del pozo.

Crespo y Lidia desaparecieron por el sumidero. Poco a poco se fueron abismado en la oscuridad. Se les veía animadas. Orgullosas. Daba la impresión de que eran conscientes que lo hacían por una buena causa. Oramas miró por última vez dentro del pozo y se dibujó una sonrisa en su boca. Dio la impresión de que le faltaba energía para mantenerse a flote, pero se metió en la piel de Crespo y tuvo la seguridad de que no daría un paso en falso. «Si veis cualquier tipo de peligro no dudéis en daros media vuelta», dijo cuando ya ni siquiera las divisaba.

Dos sentimientos antagónicos cruzaron su mente en ese momento. El primero admiración. Desde la soledad de la superficie, con la única compañía de su perra Linda, reflexionó sobre la fortuna que le había concedido el azar. Gracias a él había conocido a Mari Luz. Una persona a la que golpeó la vida demasiado fuerte haciendo que se viniera abajo. Supo levantarse y seguir caminando. Esa era, precisamente, la virtud que más apreciaba en la gente. Oramas creía que esos golpes preparan para enfrentarte al futuro. Desafecto fue el otro sentimiento. Profesionalmente, haber conocido a Mari Luz, le produjo indiferencia hacia sí misma. Al lado de la inspectora Crespo, se sentía mucho peor dotada. Tenía la sensación de que para estar a la altura de las circunstancias, era necesario dar un plus en cuanto a eficacia. Estaba concentrada en estos pensamientos cuando sonó su teléfono. Era Crespo.

—Dime.

—Lo que me alegra oír tu voz.

—¿Tan sola te sientes ahí abajo?

—No te flipes, jefa. Qué coño me voy a sentir sola. Mi alegría tiene que ver con la cobertura.

—¿Hace frío por ahí abajo? He visto que ibas ligera de ropa.

—¿Frío? No veas los goterones que me caen por la frente. Mi cuerpo está empapado en sudor.

—¿Os falta mucho?

—Estamos más pilladas que un pintor manco. Hemos encontrado un hueso duro de roer en la roca y ahora vamos despacio.

—Tranquila. Ya sabes que mi lema es que poquito a poquito se llega lejos.

—¿Sigue despejado por ahí arriba?

—Sí, claro. ¿Qué pasa?, ¿echáis de menos la luz?

—Ya lo creo. En la oscuridad se hace mucho más duro el descenso.

—Pues, ánimo. Y no olvidéis que la presión hace al diamante.

Tumbada en una piedra, a la sombra, se sintió como una caracola en la playa. Dio rienda suelta a la imaginación intentando pensar qué habría ocurrido con Silvia, con su padre y con el italiano. Pero pronto se dio cuenta que para desarrollar ideas la mente tiene que estar vacía. De modo que se descalzó y puso sus zapatos a descansar a su lado izquierdo. Doblo las rodillas y masajeó la planta de sus pies. Eran unos pies finos y muy bien cuidados. Miró al cielo y, persiguiendo con la vista el vuelo de una golondrina, le confirió un aire ocioso. Sacó su teléfono y comprobó que no tenía llamadas perdidas, cosa que la dejó anímicamente en precario. Jugueteó con él en sus manos hasta que apareció en pantalla la galería de fotos. Las exploró con minucioso cuidado. De muchas no se acordaba, pero en la mayoría pudo barruntar una pulida versión de sí misma. Se asomó al pozo y gritó. Le respondieron desde abajo. El sonido llegó distorsionado. Marcó el número de Crespo y esperó respuesta:

—¿Qué pasa? —respondió al tercer toque.

—¿Cómo va eso?

—Estamos de regreso.

—Me dijiste que estaríamos en comunicación continua.

—Si no hay cobertura no podemos estar comunicados.

—¿Qué habéis descubierto?

—Una bicicleta y un cadáver.

—¿El de Silvia?

—No. Es el cuerpo de una persona adulta.

Al oír esas palabras no supo qué decir. Por un lado parecía tan alegre que sintió que le vibraba el alma. Un inmenso júbilo contenido hizo estremecer su cuerpo. Cortó la comunicación, calibró detenidamente las palabras de Crespo y estuvo a punto de soltar una lágrima. Por otro lado, sin embargo, tuvo que reconocer que la entrega y el trabajo de su compañera fue impecable. La ayuda recibida sin apenas poner restricciones hablaba mucho de la profesionalidad y entrega de Crespo. En el momento en que se esfumó el alborozo, solamente una idea ocupó su mente: ¿de quién sería el cuerpo sin vida que había en el fondo del pozo?

Fue la primera pregunta que le hizo a Crespo nada más llegar a la superficie. Sudorosa y agotada solo pudo contestar:

—No lo sé.

Lidia apareció poco después. Igual que su compañera, llegó exhausta. Sudaba a chorros. Tanto una como otra aparecieron totalmente con su cuerpo impregnado de cieno de cintura para abajo.

—¿Tan agotador ha resultado? —preguntó Oramas impresionada por el estado en que habían aparecido por el agujero.

—Hemos tenido que subir sin arnés.

Oramas contemplaba con fijeza los ojos de Crespo. Y Crespo tuvo la impresión de que no había captado lo que eso significaba.

—Subir sin arnés supone que no podemos descansar. Hemos subido de un tirón. Y eso agota.

—¿Qué ha pasado con los arnés?

—Hemos dejado preparado el cadáver para no tener que regresar. La bicicleta la podíamos haber atado simplemente, pero Lidia ha preferido subir también sin arnés. Un reto, simplemente un reto. Podíamos haber subido con un arnés y haber descansado una de las dos, pero…

Dejó la frase en suspenso. No hizo falta terminarla. Mientras que Lidia y Mari Luz marcharon al río para despojarse de la porquería, Oramas llamó al comisario y le explicó el resultado del trabajo.

—¿A quién pertenece el cadáver?

—No lo sabemos. Han tenido que trabajar prácticamente a oscuras. Lo único que me han podido asegurar es que no es el cuerpo de la chica.

—Buen trabajo. Felicita a la inspectora Crespo de mi parte.

—Así lo haré, comisario. Ahora mismo ha ido al río a quitarse el cieno del cuerpo.

Sin mirar a ninguna parte en concreto, tratando de dejar la mente vacía, permaneció unos minutos inmóvil con los ojos cerrados y la cara dirigida hacia el lugar de donde venía el viento. Se encontraba feliz, sonreía, su preocupación acababa de saltar por los aires.

El comisario le pidió que no abandonaran el lugar. Cuando regresaron Lidia y Crespo del río se cambiaron y marcharon a comer. Oramas se quedó sola con la perra hasta que regresaron. Le indicaron el lugar donde poder matar el hambre y Crespo le entregó las llaves del coche.

—¿Puedo llevar a la perra?

—Si lo dices por la comida, hemos pedido algo para ella y nos han dado un buen pescuño de carne.

Oramas aparcó el coche junto a la fuente. De nuevo se topó de frente con el coplero. Se acercó a la fuente y bebió agua. Con la idea de acercarse al señor, entró en el bar y pidió dos botellines de cerveza. Marchó hacia el banco y le ofreció uno al coplero. Se dio cuenta que de cerca tenía mejor aspecto. No era muy alto, pero el tamaño de sus ojos y los labios carnosos y bien perfilados le hubieran hecho pasar por una persona realmente guapa a no ser por la dimensión de sus orejas. El señor alzó la vista hacia Oramas, sus ojos eran grandes y negros, tomó el botellín con mucho agrado y, con mucha cordialidad, le propuso un brindis. Chocaron el cristal de la botella y Oramas aprovechó para sentarse a su lado.

—Cada vez que he pasado por esta plaza me he fijado en usted y me ha llamado la atención lo alegre que está siempre.

Era uno de esos tipos de piel broncínea adquirida por el aire y el sol, con un aspecto muy saludable.

—¿No he de estar alegre? Mi salud es estupenda. No me duele nunca nada. Fíjese el día que hace —explicó—. Dese cuenta también la tranquilidad que se respira en el pueblo. Y qué me dice del paisaje que lo rodea. A mí que no me hablen del paraíso. Donde quiero estar es aquí, con un botellín en la mano.

Al oír esa retahíla de exhortaciones con las que parecía querer meterle con calzador las bondades de aquel lugar, Oramas vio la oportunidad de hacer un acercamiento.

—Por lo que veo es usted de este pueblo.

—En este pueblo nací en el treinta y cinco y, si no lo remedia nadie, aquí moriré. Pero todavía no toca.

«Lo que no te vendría mal sería una buena ducha y ponerte ropa limpia», pensó Oramas retirándose unos centímetros de él.

—Mal año para nacer —indicó Oramas.

—Si lo dice por la guerra, le advierto que por aquí no se hizo notar tanto como en otras regiones de España. Fue peor la posguerra.

A espaldas de los dos se encontraba la panadería del pueblo. Cocían el pan en horno de leña. Salía de él un profundo aroma a pan caliente. Oramas tuvo que hacer ímprobos esfuerzos para seguir conversando con el señor.

—He comprobado que le gusta a usted cantar.

—Esa afición viene de mis tiempos mozos. Mi padre era arriero. Con quince años lo acompañaba por estos montes de la sierra de Cuenca con una recua de acémilas.

—¿Qué es lo que vendían?

—Lo que hacía falta en cada sitio. Donde había vino, cargábamos y lo llevábamos donde había carestía de él. Si había lugares donde no había sal, pues allí estaban las mulas de Raimundo cargadas con sacos. Pero no nos vayamos por los cerros de Úbeda. Se ha referido a mi afición al cante. Verá, el caso es que por toda la serranía de Cuenca había presencia de maquis. Se extendían desde el alto Tajo hasta la confluencia del Cabriel con el Júcar. Esta gente solían estar escondidos en la parte alta de las montañas. Mi padre se movía por la misma zona y negociaba con ellos sirviéndoles género. El cante era el reclamo para que salieran a nuestro encuentro en busca de las mercancías. Desde entonces no he dejado de hacerlo. Ahora, le voy a decir una cosa, pagaban bien los *jodíos* esos.

Oramas estaba fascinada con la historia que le estaba relatando el señor, pero el hambre que sentía le impidió seguir por ese camino y entró directamente con el asunto que le llevó a hablar con el señor:

—¿Conoce usted a Antonio?

—¿Cuál, el de la finca al otro lado del río? —dijo señalando con la mano con la que sujetaba el botellín.

—Me refiero a ese, sí.

—Aquí, en este pueblo, nos conocemos todos. Tenga en cuenta que no llegamos a doscientos habitantes.

—¿Cuándo lo vio por última vez?

Echó un trago. Se quitó el sombrero y se rascó la cabeza.

—El lunes. Sí. Es el mismo día que vino Luis con la furgoneta. Es el pescadero, ¿sabe? Viene los lunes y los viernes.

—¿Seguro? Le advierto que el lunes es mal día para comprar pescado.

—El pescado que no se vende en Cuenca durante el fin de semana nos lo trae Luis el lunes.

—¿A qué hora fue eso?

—Sobre la una. Pasó en un coche azul con una chica joven.

—Era su hija Silvia.

— Dos horas más tarde aproximadamente pasó por este mismo lugar camino de Cuenca ese coche. Lo conducía otra persona. Iba con él la hija de Antonio.

A pesar de que Oramas ya sentía un ligero mareo, se encendió su rostro al oír las
palabras del señor.

—Dice usted que el coche de Antonio lo conducía otra persona. ¿Está seguro de ello?

—Lo conducía un chico joven que pasó por aquí poco antes montado en bicicleta hacia la finca de Antonio.

Oramas se dio cuenta que hablando con ese señor había avanzado la investigación más que en los cuatro días anteriores. Decidió aprovechar el momento y le hizo otra pregunta.

—¿Vio usted regresar a Antonio?

—No. Debió marcharse con la bicicleta por el camino de tierra.

De qué buena gana se hubiera quedado Oramas con ese señor, pero no hay nada más inoportuno que el hambre. Se despidió y marchó en busca de la pitanza.

Entró en el mismo lugar que habían comido Lidia y la inspectora Crespo. Era un restaurante grande y luminoso. Estaba situado en una calle que partía de la misma plaza. La entrada la formaba un vestíbulo elegante y agradable con varios paisajes al pastel. El vestíbulo era lugar de paso a tres salones amplios, razón por la cual Oramas dedujo que era un lugar para celebraciones. En ese momento solo había ocupadas dos mesas de uno de ellos. Oramas entró en el de la izquierda por estar allí situada la barra. Preguntó y le dijeron que podía ocupar una mesa de la terraza. Encargó un bocadillo y un botellín y marchó hacia allí. Se sentó bajo un parasol de color crema dejando los pies lejos de la influencia de ella. Con su rostro iluminado por la luz que dejaba traspasar la lona de la sombrilla, colocó sus manos recién lavadas bajo sus brazos y esperó la llegada del condumio.

Había terminado el bocadillo y la cerveza y pidió la cuenta. Pagó con tarjeta. Todavía se quedó un buen rato saboreando el café hasta que se dijo a sí misma que era hora de volver al

147

trabajo. Los dos botellines le produjeron un ligero zumbido en la cabeza. Marchó al baño y se refrescó la cara. Se secó con una toalla de papel y marchó hacia la finca de Antonio. En un platillo había dejado ochenta y cinco céntimos de propina. Caminó por un sendero estrecho y sinuoso que seguía el curso del río hasta llegar al puente. El murmullo del río entre bloques de rocas, junto con el vientecillo del norte permitió que se aliviara del zumbido de su cabeza. Al cruzar el puente dejó atrás la zona de los árboles y de los pájaros cantores y aligeró el paso. No se podía quitar de la mente la conversación con el coplero. Tenía claro que quien estaba en el fondo del pozo era el padre de Silvia, pero muchas preguntas se arremolinaban en su cabeza. Debían faltar unos cien metros para llegar al pozo cuando apareció Linda por el camino corriendo a toda velocidad. Al llegar a su altura se postró a sus pies y se estremeció boca arriba exigiéndole una caricia. Oramas se agachó y le dio un buen achuchón a dos manos. Al enderezarse, el reverbero del sol en el río la cegó. Le pareció ver a lo lejos al comisario junto a la inspectora Crespo y a Lidia, pero había una cuarta persona con una gorra blanca que le resultó imposible identificarla, aunque dedujo que debía ser el juez.

En efecto, era él. En mangas de camisa, con esa gorra blanca porosa y con el rostro inflamado por el sol daba la impresión de haber salido de una serie de Narcos.

—¿Qué has hecho con el coche? —preguntó la inspectora Crespo.

—¡Oh, por Dios! ¡Qué despiste! Lo he dejado olvidado en la puerta del Ayuntamiento. La verdad es que me he tomado dos botellines y se me ha puesto la cabeza alborotada.

—Te estamos esperando para sacar el cadáver. El juez dice que no le apetece bajar para inspeccionar el terreno.

—Pues deberíais haber procedido. Ya no soy la máxima autoridad.

—Ya lo sabemos, pero es que estaba diciendo Lidia que podemos hacer apuestas.

—No seas irreverente. Que estamos a punto de tenerlo de cuerpo presente. Además, no quiero ser ventajista. Que sepáis que el cuerpo que hay ahí abajo es del padre de Silvia.

Oramas les contó el encuentro que había tenido con el coplero. Aunque seguía teniendo el rostro tan caliente como el fuego, sin embargo, el cuerpo lo mantenía algo fresco.

—Por la vida que ha llevado, ese hombre es un dechado de sabiduría —manifestó Oramas.

—Si el señor juez lo ordena procederemos a subir el cadáver —dijo Crespo intentando cambiar el tercio.

—Subid primero la bicicleta —ordenó el juez.

Crespo y Lidia se calzaron los guantes y buscaron un palo grueso. Lo colocaron bajo la cuerda y, agarrando cada una en un extremo, empezaron a girar el palo hacia la izquierda. Cuando apareció la bicicleta por encima del brocal, la sujetó Crespo y la depositó en el suelo. El comisario se acercó. Se puso en cuclillas y dijo:

—Esta bicicleta ha sido arrollada desde atrás por un coche.

Así fue. Tenía partida la llanta de la rueda trasera y la recámara estaba reventada. La rueda delantera estaba intacta.

—Esta bicicleta es parecida a la mía —manifestó Oramas.

—No me has dicho que tienes ya la bicicleta. Tendremos que estrenarla —propuso Crespo.

—Intentemos ahora rescatar el cadáver —dijo el juez.

Procedieron de la misma forma, pero en esta ocasión fue necesaria la fuerza del comisario y del juez. Este último se quitó la camisa y la depositó dentro del coche. Era un hombre extremadamente pálido y de una delgadez hiriente, lo cual, junto con su pelo claro, le confería un aspecto nórdico. A medida que se acortaba la cuerda, el rostro de Lidia y de la inspectora Crespo manifestaban más inquietud.

—Estoy nerviosa —reveló Lidia en uno de los muchos descansos que hicieron.

—No te preocupes —respondió el juez con mucha sensatez—, las mujeres debéis entender que los hombres también tenemos miedo. La única diferencia es que nosotros no gozamos de permiso para mostrarlo.

Oramas miró con fijeza los ojos de Crespo. Lidia, a su vez, miró sucesivamente a Oramas y a Crespo. A tenor de dichas miradas mudas y de lo que expresó la cara del comisario fue una reflexión que tuvo buena acogida en el grupo.

—Y también debéis entender que tener que ser valiente, poderoso y exitoso a toda hora es algo que nos abruma. Y ¿qué me decís que nos hayan inculcado la necesidad de contener las lágrimas?

Crespo, que no podía disimular su aversión al género humano, al escuchar tales reflexiones en boca de personas que por su profesión debían ser gente dura y de corazón inexorable, se enterneció de tal forma que tuvo que hacer ímprobos esfuerzos para sujetar las dos lágrimas que estuvieron a punto de derramarse de sus ojos.

—Y la necesidad que tenéis muchas veces de un abrazo siendo incapaces de pedirlo.

—Pero que conste, desde mi punto de vista —replicó el juez—, las mujeres debéis bajar el nivel de reclamos. Creo que sería mejor si bajaseis un poco la guardia, incrementaseis las sonrisas y no fueseis tan exageradas en exigencias.

—Vamos a seguir, que ya hemos descansado —propuso Oramas con un ápice de nerviosismo.

De nuevo tensaron los músculos. Les vibraban los brazos y las piernas. La expresión de sus rostros era un tanto desoladora. Resultaba conmovedor contemplar cómo aunaban esfuerzos para sacar el cadáver de la ciénaga donde estaba situado. Por la fuerza con que tiraba la cuerda de ellos sabían que de un momento a otro aparecería por el agujero del muladar el cuerpo sin vida de Antonio. Un silencio catedralicio se apoderó del lugar. Solo se escuchaba el resuello de sus gargantas. En el fondo de sus miradas se dibujaba el terror. Oramas agachó la cabeza y se tapó la cara, pero de repente sintió que podía perderse algo si dejaba escapar el momento. Cuando apareció aquel cuerpo del que se desprendían enormes pegotes de cieno, se buscaron de nuevo sus ojos. La primera sensación fue de alivio. El aspecto que presentaba el padre de las mellizas hizo que aparecieran en sus rostro una mueca de dramatismo. Crespo tomó el trozo de cuerda que tenían enrollado en el palo y lo giró alrededor de un ciruelo. Echó un nudo y acudió junto al cadáver. La colocación del arnés sobre el pecho fue la causa de que apareciera con los brazos ligeramente en cruz. El goteo del cieno era constante. Aunque seguía embadurnado el cuerpo, por la ausencia de la circulación, se podía observar la grisura de la piel y la rigidez. El juez, que resollaba tras el esfuerzo, los observó con ojos desorbitados. Sacó un pañuelo de su bolsillo y se enjugó el sudor de su frente. Miró de nuevo la cara del cadáver, dio unos pasos atrás y echó hasta la primera papilla. Crespo tiró de la cuerda y transportó el cuerpo fuera de la circunferencia del pozo. Con delicadeza lo depositó en el suelo y lo liberó de las ataduras. El juez, haciendo de tripas corazón, se acercó y lo observó con cuidado.

—Es muy difícil encontrar huellas en este cuerpo —dijo.

—Lleva cuatro días muerto —aseguró Oramas.

El comisario se acercó al cadáver y vertió una botella de agua sobre su cara. Tenía el rostro deformado y los ojos hundidos en sus cuencas.

—Y sin embargo no huele a carne podrida! ¿Alguien puede asegurar que es el padre de las gemelas?

Silencio. Lidia, que era la única que lo conocía en persona, manifestó que estaba desfigurado y no podría asegurar que era él.

Oramas fue la primera en percatarse de que tenía un disparo en la frente. El comisario se acercó y señaló la entrada de la bala.

—Tienes razón —dijo—. Pero mira, parece que tiene sangre en el pecho.

El comisario se puso unos guantes. Lo tomó por los hombros y giró ligeramente su cuerpo por su eje vertical. Se dio cuenta que el disparo lo recibió por la espalda y se lo hizo advertir a las dos inspectoras.

—Parece que este disparo lo recibió por la espalda.

—Eso pienso yo también —dijo el comisario.

151

—Pues es necesario identificarlo para poder hacer el traslado —sostuvo con firmeza el juez.

Tuvieron que marchar a casa del encargado de la finca para que hiciera acto de presencia en la finca y pudiera asegurar que era el cuerpo de Antonio. Trajo un paño de color crema con el que se tapó el cuerpo a la espera de que llegara un vehículo apropiado para la evacuación.

—¿Tiene usted conocimiento de que Antonio tuviera algún enemigo hasta el punto de haberlo asesinado? —preguntó el comisario.

—No tengo ni idea de nadie. La verdad, mi relación con él se limitaba a la finca.

El comisario, sabedor del tiempo que llevaban Crespo, Oramas y Lidia en la finca, y del esfuerzo que tanto la inspectora Crespo como Lidia habían hecho para sacar del pozo el cuerpo de Antonio, les invitó a marcharse a casa. No lo hizo sin antes felicitar y agradecer el esfuerzo ofrecido.

—Sé que el Estado no suele recompensar adecuadamente los esfuerzos desinteresados que habéis hecho. Yo, por lo menos, en nombre de la policía, lo agradezco con sinceridad y a la inspectora Crespo le digo que estoy orgulloso de tener bajo mi mando una profesional como ella —dijo.

—Corroboro todo lo dicho —añadió Oramas—, trabajar al lado de una profesional como ella me hace sentir mejor policía.

—Pues eso, lo dicho. Por hoy ya es hora que dejéis de jugar a los policías.

Recogieron todos los pertrechos y marcharon las tres mujeres con la satisfacción del deber cumplido. A mitad de camino, el teléfono de Oramas sonó. Era Peláez.

—Dime, Peláez.

—Tengo noticias.

—Dispara.

—Silvia y el italiano marcharon a Madrid en un autobús de la empresa Auto-res.

—Pues nosotras acabamos de sacar del pozo al padre de las gemelas.

—Ah, sí. No me digas. Por lo que veo ha sido una mañana muy productiva.

—Y muy larga. Acabamos de salir de Palomera.

—Pues os felicito. Habéis hecho un buen trabajo. Me da la impresión de que estamos llegando al final de la investigación.

—Eso es lo que todos esperamos. Pero, ya veremos.

Primero llevaron a Lidia hasta su casa. Crespo subió a la plaza Mayor y dejó a la inspectora Oramas y a su perrita en el mismo lugar que las recogieron.

—Te voy a hacer una propuesta —dijo Crespo.

—A ver, ¿de qué se trata?

—¿Quieres que subamos esta tarde con la bicicleta al cerro del Socorro?

La inspectora jefe se quedó un tanto dubitativa, pero accedió sin apenas pensarlo:

—Acepto la idea. ¿A qué hora quedamos?

—¿Es buena hora las siete?

De nuevo lo pensó unos segundos y contestó:

—De acuerdo. Nos vemos esta tarde.

11

A pesar de que quedaban dos horas y cuarenta y dos minutos, a las siete de la tarde el calor ya estaba de retirada en Cuenca. Aunque pueda parecer que la distancia es corta, el viaje se haría largo a tenor de las cuestas que habría que subir. Yendo de Cuenca a Palomera, a mitad de camino aproximadamente, sale un desvío a la derecha y, de forma violenta, la carretera empieza a empinarse. Desde allí son seis kilómetros y medio de subida hasta llegar a los pies del cristo.

Oramas salió de la plaza Mayor a las siete menos cinco hacia la parte baja de la ciudad. Giró a la izquierda en la calle del Peso y se encaminó hacia el Salvador. Cuando llegó al llano se encontró a Crespo sentada en el pretil del puente.

Crespo, al verla llegar desde la calle Alonso de Ojeda, se montó en su bicicleta incorporándose a la marcha sin necesidad de que su compañera tuviese que parar. Se colocó junto a Oramas y, aprovechando la bondad de la carretera, le advirtió:

—Cuando se empine la cuesta no escuches lo que te diga tu cerebro. Recuerda que, ante todo, la escalada es un ejercicio mental. Y no olvides de controlar la respiración.

Oramas miró hacia arriba y contempló el cristo que, con su brazo derecho en alto parecía advertirle de algo.

—¿Tan terrorífica es la subida?

—No, mujer. Lo único que quiero es darte unos consejos para que te resulte más fácil. Tu cadera debe ir recta y relajada. Ten en cuenta que la espalda, los abdominales y los oblicuos proporcionan energía a nuestras piernas. Estos mismos músculos se involucrarán todavía más cuando te levantes del sillín.

Llegaron al desvío y tomaron la carretera que les iba a llevar al cerro. Es una carretera que, aunque asfaltada, es muy estrecha, siendo numerosos los baches que te puedes encontrar, dando la sensación de que acabará transformándose en un amenazador camino pedregoso. Se inicia la subida con una cuesta brusca y ardua que invita a darte la vuelta en los primeros metros. Por si fuera poco, desde abajo, no parece tener fin. Crespo se colocó en paralelo y dijo:

—Sube a tu ritmo. Seguramente, al principio puedes experimentar algún tipo de dolor en las piernas. No te preocupes. Eso solo durará hasta que el músculo entre en calor. Anímate, que la mañana ha sido estresante y el esfuerzo ayudará a relajarse.

Crespo cambió de marcha. Se levantó del sillín. Tensó músculos y desapareció como una exhalación. Oramas, lejos de venirse abajo, hizo caso de los consejos de su compañera y mantuvo su ritmo. Todavía no había superado el primer tramo de dureza cuando vio aparecer a lo lejos a Crespo.

—¿Qué te parece la subida?

—Infernal. La fuerza de la gravedad tira de mí hacia abajo.

—Eso quiere decir que tendrás que poner más músculos en juego para mantener firme el impulso hacia arriba.

—Pues mis piernas parece que van a reventar de un momento a otro.

— Respira hondo, coño. Y no seas agonías, que quejarte no te va a ayudar a llegar arriba. Cuantos más músculos usamos para subir, el corazón necesita trabajar más para llevar el oxígeno donde se necesita. Vamos, ánimo. Subir pendientes fuertes ayuda a dilatar los vasos sanguíneos.

Le impelió a los pedales un ritmo mayor y volvió a perderse de vista. Entre el aroma de los pinos y el aturullante sonido de las chicharras, Oramas pudo llegar a un falso llano que, si no permite mucho relajarse, por lo menos le sirvió para llenar los pulmones de aire limpio y beber agua. De nuevo empezó a empinarse la carretera. De nuevo volvieron a incendiarse sus piernas y su rostro. De nuevo empezó a resoplar con brusquedad. De nuevo olvidó su universo cotidiano —sus preocupaciones, sus intereses, sus deberes...— y se centró en la subida, en el esfuerzo para superarla. Desprenderse de todas esas contingencias la transportaba a un estado de libertad originario. Pedal a pedal, vuelta a vuelta del piñón; sabe que cada esfuerzo que hace, por escaso que parezca, acorta el espacio entre ella y la cima. Se preguntaba por lo desconocido de la cumbre y esa incertidumbre mantenía el ánimo para seguir desafiando la gravedad y la atroz subida que serpenteaba entre pinos. Fueron varios los miradores que dejó atrás. Era consciente de que si paraba la bicicleta sería incapaz de volver a arrancar.

De nuevo apareció a lo lejos una bola que se iba agrandando a velocidad de la luz. Crespo de nuevo se colocó a su lado.

—Tranquila. Esta cuesta es más suave que la anterior. Cuando llegues arriba, suaviza. Trata de oxigenar las piernas y subiremos el último tramo.

Ese último tramo le resultó lo más duro. Se empinó más de lo que podía esperar, y tuvo que luchar contra su cerebro para no poner pie a tierra. Al final, elevando el culo del sillín y retorciéndose su cuerpo como un gusano, llegaron a una especie de meseta en ligera pendiente en medio de la cual seguía un camino polvoriento que llevaba hasta la base del cristo. Oramas comprendió que la subida había terminado. Pinos jóvenes bordeaban la meseta. Al acercarse al cristo, de forma fantasmagórica, se desplegó ante ellas una inmensa llanura de varios kilómetros de profundidad que se cortaba contra el horizonte por medio de una serie de picos y cordilleras viejas. Fue una enorme revelación para Oramas. Ni en los mejores sueños esperaba una panorámica como aquella.

Las gotas de sudor eran recias. Se quitó el casco y sacudió su cabeza cinco veces. El aire pudo entrar en ella sintiendo un enorme alivio. Hizo unos ligeros ejercicios de estiramiento y marchó a sentarse en el extremo de la explanada. Desde allí era obligatorio echar una mirada a Cuenca. Una mirada a vista de pájaro, casi cenital.

—Dios mío. No me esperaba esto —dijo Oramas al asomarse desde la base de la escultura.

Se contemplaba desde allí una bella vista general de la ciudad y del campo que la circunda.

—Desde aquí se observa estupendamente la parte monumental como puedes apreciar. Se distingue perfectamente el movimiento de la gente. Mira, eso que tenemos debajo —dijo Crespo señalando con el dedo hacia la izquierda— es el puente San Pablo. Algún día te contaré la leyenda del motivo por el que fue construido.

—Supongo que sería para unir el monasterio con la ciudad.

—Ese es el fondo de la cuestión. Pero la historia conviene aderezarla con una buena leyenda. Lo que tenemos a mano izquierda es el barrio de los Tiradores. Si te das cuenta, allí a lo lejos, justo al otro lado del río Júcar, hay otro barrio encaramado a la montaña. Son barrios que surgieron durante el siglo XVI, un siglo de una gran expansión económica en la ciudad.

Desde el mirador del cerro del Socorro se tiene, sin lugar a dudas, la mejor panorámica de la ciudad y sus alrededores. Las Casas Colgadas, el Parador y la ciudad nueva. Todo se extendía a los pies de Crespo y Oramas y se pondría especialmente precioso cuando el sol empezara a esconderse.

—¿Sabes de qué me estoy dando cuenta? —advirtió Oramas.

—¿De qué?

—Que los tejados de la parte antigua están recién arreglados todos. Hay que venir aquí para poder hacer esta observación, esa es la verdad.

—Tiene su explicación. Va para veintitrés años que esta ciudad fue declarada Patrimonio de la Humanidad. Por cierto, fue la novena ciudad española a la que se le otorgó dicho galardón. Desde entonces los dineros han fluido con facilidad. A esta ciudad, que como puedes observar desde aquí, se mezcla con el paisaje natural que le rodea, se le ha lavado la cara y de qué manera. No te puedes ni imaginar lo bien que le ha venido. Antes de esa fecha estaba hecha unos zorros.

—Entiendo, entonces, que dicha declaración no solo afecta a la ciudad en sí, sino también a las hoces de los dos ríos que la rodean.

—A las hoces y a los barrios de San Antón y Tiradores.

Oramas se quedó en silencio observando la vieja ciudad. Una ciudad engendrada a fuerza de agua y piedra. Una ciudad desgarrada, construida a hachazos. Una ciudad que domestica la naturaleza. Que se yergue en las alturas como engendrada por fuerzas telúricas. Giró la cabeza y miró hacia arriba.

—Es enorme —observó.

—El pedestal es cinco veces más grande que la escultura que lo preside.

—¿Desde cuándo lleva aquí vigilando la ciudad?

—Se construyó en la década de los cincuenta del siglo pasado. Por lo visto tuvieron que subir los materiales hasta aquí a lomos de burros.

—¡Qué barbaridad! Hoy en día hubiese sido imposible construirlo en esas condiciones.

—Me imagino que lo dices por los grupos en defensa de los animales.

—Claro.

—Mira, ¿a que no te has dado cuenta de la estatua que hay en la base del pedestal?

Se refería la inspectora Crespo a una figura de la Virgen.

—¡Oh, sí es verdad. No me había dado cuenta. Debe estar al acecho por si acaso en necesario tomarlo al vuelo.

El intenso azul del cielo transmitía una enorme paz. Ni un solo halo de bruma impedía ver el horizonte con total nitidez. La carretera, con el constante zigzagueo por el fondo del valle, era como una cicatriz en la naturaleza. La ladera derecha del río se ensanchaba formando numerosos bancales. Los senderos se elevaban a través del bosque de coníferas por la ladera que tenían en frente. Pero Crespo miraba justo al lado contrario.

—Mira. ¿Ves allí a lo lejos un campo de fútbol?

—Sí. Lo veo —contestó Oramas.

—Si sigues con la vista un poco hacia la derecha te vas a encontrar con una urbanización.

—La veo.

—Allí es donde vive Peláez.

—Pues se ha ido a vivir al borde la ciudad. A partir de allí solo se ve campo.

—Se cambió de casa por su hijo —advirtió Crespo—. Lo hizo por la tranquilidad con que se vive allí. Si te das cuenta es una urbanización con mucha zona verde.

—Es un tipo que me cae bien —señaló Oramas.

—Ya te lo dije el día que nos conocimos. Y desde que nació su hijo parece haberse transformado.

—¿Te acuerdas el día que me advirtió que debíamos ser estrictos con el horario?

—Sí. Me hizo mucha gracia. Ten en cuenta que es una persona que trabaja para sobrevivir. Dice que lo de trabajar no es que le entusiasme, pero te aseguro que cumple con sus obligaciones como el que más. En eso es muy estricto.

—Me llama la atención mucho de él lo educado que es —consideró Oramas.

—Educado y sensible. No sé si sabes que es un gran lector de poesía.

—Pues eso es digno de elogio. A mí me resulta muy difícil leer poesía.

—Eso mismo le dije yo y me contestó que la poesía es como la vida misma: hay que aprender a descifrar el mensaje oculto.

—A mí me ha dicho que se decidió a ser policía porque le entusiasmaban las series de investigación policial —añadió Oramas.

—Sí, pero también es cierto que teme quedarse de por vida en esta profesión. No es que reniegue de la labor que realiza, sino que le gustaría experimentar nuevos horizontes en la vida.

Crespo le advirtió que Peláez pertenecía a esa distinguida casta de estudiosos que sin otro beneficio que el placer y la necesidad de saber se entregaba con devoción a la lectura. No se limitaba a conocer autores, sino que había captado la evolución de la novela y de la pintura en la Literatura y en la Historia del Arte en general. Oramas hizo un recorrido panorámico con la vista e, invadida por la curiosidad, hizo observar:

—Mira. Allí hay un caserío abandonado —rubricó estas palabras con una sonrisa limpia.

—Es la casa de Federico Muelas.

En la cara de Oramas advirtió Crespo que no era una persona conocida por ella y supuso que debía añadir una explicación:

—Federico Muelas fue un periodista y poeta conquense. En su obra se consuma una fusión con esta ciudad, tanto es así que se hizo una casa sobre lo alto del hocino. Es una pena que se la hayan dejado caer.

No contestó. Como estaba muy cansada, Oramas se recostó sobre una roca. Crespo se sentó junto a ella y, rozando su cuerpo con el suyo, inclinó la cabeza sobre su hombro y dijo:

—Me caes bien, jefa.

Oramas no dijo nada. Ni siquiera movió su cuerpo. Se limitó a mirar a los cerros más lejanos, donde inmóviles jirones de nubes descansaban sobre las crestas. Inspiró una profunda bocanada de ese aire fresco sin aroma y sin humedad y respondió:

—Eso es lo que me dijo mi ex cuando se declaró. No sé si me explico.

De pronto, la inspectora Crespo se echó a reír con una violenta carcajada que sacudió su pecho transmitiendo la convulsión al cuerpo de Oramas por su proximidad. Su rostro se desencajó y dibujó una incontenible mueca grotesca. Tan violenta fue la risa que las lágrimas le resbalaron por la mejilla. Cuando se calmó, Crespo le dijo que estuviera tranquila, que por ahí no iban los tiros, que no tenía pareja, pero que de vez en cuando tenía encuentros sexuales. Oramas le tiró de la lengua y le confesó que los tenía con Lidia.

—¡Caramba! —exclamó Oramas al escuchar la revelación de Crespo.

—La conocí haciendo una escalada —añadió—. Nos caímos bien y empezamos a salir de vez en cuando. En una ocasión dormimos colgadas de una roca y…

—Y os enrollasteis.

—A partir de ahí, cada vez me parece más bella y deseable. Me gusta sobre todo su mirada.

—¿Habéis hecho planes de futuro?

—Ah, no, no. Compromisos ninguno. De formar pareja estable, nada de nada. No te puedes ni imaginar la libertad que da vivir sola.

—Te entiendo, te entiendo. Estar sola no es tan terrible como estar falsamente unida a alguien. Y si, además, estás enamorada…

—La verdad, nunca he sentido que me haya enamorado de nadie. Pero, la relación es tan estrecha con ella que, creo, es lo más cerca que he estado del amor.

Oramas tragó saliva. Se desprendió de la cercanía del cuerpo de su compañera. Se levantó y se apoyó en un pretil rocoso. De espaldas a la ciudad, le preguntó:

—¿No te seduce la idea de tener un hijo?

La mirada de Oramas le pareció el fusil de un francotirador más que un órgano de su cuerpo.

—Es una faceta de la vida que siempre me ha parecido hermoso y amargo a la vez. Ya sabes lo que ha sido mi vida en los primeros años. Si alguna vez me diera por escribir mis memorias no sé si los primeros años de mi vida serían tragedia o comedia. A veces pienso que es la tragedia la que ha marcado el ritmo de mi vida. Otras tengo la sensación que mi vida ha transcurrido tal y como la he planeado, sin deberme a nada ni a nadie; simplemente entregada al capricho de cada día, despojada de obligaciones.

En el rostro de Oramas apareció una mueca que le dio una entidad doctoral.

—Te sigo entendiendo. Pero no sé si tienes en cuenta que la vida es larga y da muchas vueltas.

Crespo estuvo a punto de agradecerle la observación poniendo su dedo corazón apuntando hacia el cielo. Se limitó a sonreír y dijo:

—Sí, mi cuerpo ya ha experimentado el paso del tiempo y el cambio de ser. Aun así, hoy por hoy, lo que para la mayoría de la gente es una desdicha, a mí me hace inmensamente feliz.

—Claro, claro. Debes tener en cuenta que la vida es un camino hacia la vejez. Quiero decir con esto que…

—Sé lo que quieres decir. Una cosa te voy a contar que no la suelo hablar con nadie. Desde niña he soñado con protagonizar gestas heroicas. Y lo he hecho despreciando a la muerte. No me importaría acabar en una tumba en mitad del desierto o enterrada en el hielo del Himalaya.

Dicho así, a Oramas le pareció que la muerte era de una naturaleza piadosa para Crespo. Algo hasta bello y espiritual. Quizá sin aceptar que lo que queda después de la muerte tan solo son restos mortales, materia vacía. Materia corrupta.

—También he de decirte que tengo óvulos congelados —añadió Crespo.

—¿Óvulos congelados?

—Sí. Has oído bien. Lo he hecho precisamente por si el paso del tiempo me hace cambiar de opinión.

La expresión dio un cambio radical en la cara de Oramas. De un rictus risueño pasó a convertirse en otro entre severo e imperturbable. Sin duda alguna, no se esperaba la respuesta de Crespo.

—El motivo por el que los has congelado me tranquiliza. Porque no hay cosa que me produzca más horror que la gente se vea en la necesidad de congelar sus propios óvulos porque económicamente no se puede permitir tener hijos.

—No sé si has pensado que estamos ante el gran fracaso de la humanidad. Pero no solo por eso. Por la falta de trabajo, por la carestía de la vivienda… Somos incapaces de dotarnos de un futuro con unos mínimos de seguridad.

El rostro de Oramas se ensombreció. No tenía hijos, pero la inseguridad de las generaciones jóvenes era algo que le perturbaba.

—A mí, desde luego, la inseguridad de los jóvenes es algo que me tiene preocupada.

Crespo sonrió y meneó la cabeza a un lado y a otro. Arqueó las cejas y dijo con tono irónico:

—¡Por Dios! Te estás volviendo vieja.

Oramas vaciló un momento. Luego abrió los ojos todo lo que pudo y contestó en un tono suave, pero no exento de teatralidad:

—Yo diría que me estoy volviendo sabia.

El suave manto rojizo del crepúsculo estaba a punto de aparecer por el horizonte, signo inequívoco de que el día iba en retirada y en el valle reinaba ese estado de transición sin color que precede a la noche.

—Desde este lugar la vista es sumamente bonita —observó Crespo—. Quizá sea la mejor zona para contemplar la ciudad en su conjunto, pero se nos echa la noche encima y la carretera está bacheada.

Tomaron sus bicicletas y marcharon a pie con las manos sobre el manillar por el flanco izquierdo de la meseta. Recorrían el camino hasta la carretera en silencio hasta que Crespo le dijo:

—Oye, colega; no me has contado nada de tu vida.

—¿Mi vida? Creo que sabes lo esencial.

—¿Por qué te hiciste policía?

— Es una pregunta muy recurrente, desde luego. Cuando murió mi padre tenía veinte años. Estaba estudiando derecho. Al acabar, como suele pasar en muchos casos, vi que tenía un título universitario que no me ayudaba a encontrar trabajo. Sentí que no gozaba de independencia en la vida, lo cual me hacía sentir muy mal. Se me presentó la ocasión de hacerme policía y entré. No me ha ido nada mal. Hoy por hoy es algo que me entusiasma.

—Y ¿qué puedes contarme de tu matrimonio?

—Que me casé a los veinticinco. Tres años después descubrí que me era infiel y le dije ahí te quedas.

—¿Eso es todo? —preguntó Crespo con cierto retintín.

—Oye, nena; esto es un interrogatorio en toda regla. Como suele suceder en muchos casos, los hombres empiezan a valorar lo que tienen cuando lo pierden. Mi marido no aceptó la separación y me sometió a un control que se me hacía cada día más molesto. Decidí pedir traslado y aquí estoy.

A punto de montarse en la bicicleta para bajar la cuesta, fue Oramas la que advirtió:

—¿Te das cuenta que no hemos hablado en toda la tarde de la aparición del cuerpo de Antonio?

—Me he dado cuenta, ya lo creo. ¿Quién crees que lo ha podido matar?

—Lo que procede ahora mismo es seguir el rastro del italiano.

—Piensas que tiene algo que ver en el asunto.

—Y si no tiene nada que ver podría darnos alguna pista.

—¿No crees que debemos montarnos en la bicicleta? —propuso Oramas—. El sol acaba de trasponer por el horizonte.

—Procura ir atenta a los baches y no te acerques mucho a la derecha que te puedes golpear con las ramas.

Se levantó un vientecillo plácido que haría más agradable la bajada todavía. Con el corazón palpitante y respirando por la boca se lanzaron en busca del llano.

12

Presidía la sesión, como siempre desde su silla giratoria, la inspectora jefa. Se fijó en la pared de enfrente. Había un reloj digital. LUN, 1/JULIO/2019. A los ojos de los devoradores del tiempo como Oramas, quería decir que empezaba la cuenta atrás del recién estrenado verano.

A su derecha se sentó en esta ocasión Peláez. En la otra parte de la mesa, a la izquierda del sitio de honor, Crespo ocupó una silla. Torrijos estaba situado justo frente a la inspectora jefa. Oramas inició la sesión haciendo ver que estrenaban mes y que el verano no tardaría en empezar a languidecer.

—Te has pasado dos pueblos, jefa —dijo Crespo—. Ahí te has columpiado, pero bien. Estamos justo en lo más bonito del verano. Con la pujanza que muestra la vegetación en estos primeros días de julio, nadie puede decir que el verano languidece. Es precisamente la mejor época para visitar Cuenca. Julio ha empezado como empiezan todos los meses, en silencio y con discreción.

—No olvides los primeros días de otoño —añadió Torrijos—. Qué buena oportunidad vas a tener —añadió dirigiéndose a Oramas— para coger los pinceles y marcharte a la hoz del Júcar.

Sin saber cómo, Oramas había conseguido captar la atención de todos. Tomó la palabra y dijo:

—No sé si a estas alturas estáis puestos al día sobre el asunto que nos ocupa. Por si así no fuera, dejadme que felicite públicamente la buena labor de nuestra compañera Crespo. Poniendo al servicio del grupo sus habilidades de escaladora, descendió al fondo del pozo y pudimos sacar el cadáver de Antonio...

Sus palabras fueron interrumpidas con brusquedad por un cerrado aplauso.

—Fue felicitada por el comisario —prosiguió Oramas—. Aprovecho esta reunión para agradecerle el servicio prestado. La verdad, tenemos una compañera con muchos recursos para ejercer la profesión. Además de haber encontrado el cadáver de Antonio, Peláez ha descubierto que Filipo y Silvia marcharon en el Auto-res a Madrid. Por cierto, ¿se sabe a qué hora marcharon?

Peláez tomó una libreta que tenía sobre la mesa. La abrió. Consultó el dato y dijo:

—Marcharon en el de las cinco —dijo riendo despreocupadamente.

Silencio. Oramas buscaba una respuesta que no llegaba de acudir a su mente.

—Bien, pues esto es lo que hay —dijo—. Ya sabéis cuál es mi lema.

—Poquito a poquito se llega lejos —expresó Crespo suspirando con tono cansino.

—Muy bien, Crespo. Aunque no es necesario que lo manifiestes con ese retintín. ¿Hay alguien que proponga algo?

—A mí me vais a llamar pesada —se lanzó a la piscina Crespo—, pero creo que si trabajamos en equipo el rendimiento va a mejorar.

Peláez y Torrijos se miraron, arquearon las cejas y clavaron sus ojos en sus libretas.

—¿Acaso no trabajamos en equipo? —le reprochó una vez más Peláez de forma cortante.

—A ver, no me rayes, Peláez. Lo he dicho muchas veces, para trabajar en equipo hay que hacerlo de forma horizontal —aclaró Crespo suspirando de nuevo—. Me refiero al tema de las responsabilidades.

—En aras a no enredarnos en estas menudencias absurdas, trataré de exponer de forma escueta lo que significa trabajar en equipo —dijo el inspector Torrijos con tono doctoral—. Trabajar en equipo no significa otra cosa que aunar aptitudes de los miembros que lo forman. Si estamos unidos potenciamos nuestros esfuerzos y se disminuye el tiempo invertido. Es decir que aumenta la eficacia de los resultados. Creo que no merece la pena que nos enredemos más en absurdas cavilaciones.

Tan oronda como un hipopótamo, tras escuchar las palabras de Torrijos, Oramas tomó la palabra y dijo con no poca severidad:

—La testarudez de Crespo le impide entender la evidencia. Estoy muy de acuerdo en la definición de Torrijos sobre la visión de lo que debe ser el trabajo en equipo. Me sumo también a la idea de Peláez de que ya estamos trabajando en equipo. Y lo somos porque, como muy bien dice Torrijos, aunamos aptitudes y potenciamos nuestros esfuerzos poniendo al servicio de los demás las habilidades que poseemos. Lo que no llega a entender Crespo, a mi juicio, es que se pueda trabajar en equipo existiendo jerarquía de responsabilidades. Lo que propones —continuó mirando fijamente a su compañera Crespo— no cabe en esta profesión. No cabe porque somos funcionarios y, como muy bien sabemos, el funcionariado implica jerarquía. ¿Por qué no le planteas este sistema horizontal de trabajo al comisario?

Con la intervención de Oramas se acabaron las disquisiciones y pudieron centrarse en el asunto.

—Por cierto, ¿alguien puede decir algo de la manifestación del viernes en la plaza España? —preguntó Oramas después de un breve silencio.

—Estuve allí —resonó la voz de Torrijos con cierto orgullo—. No hubo mucha gente, esa es la verdad.

—¿Viste por allí a la madre de las gemelas? —preguntó Crespo frunciendo el ceño.

—Por supuesto que estaba —respondió lanzándole una mirada oblicua con gesto liviano como si quisiera dar a entender que no podía ser de otra forma—. Es más, se convirtió en el centro de atención.

—¿Qué ambiente encontraste? —persistió Oramas—. Cuéntanos que actitud advertiste entre los manifestantes.

—Como he dicho, no había mucha gente, y la poca que había eran allegados a la familia. Estaban en plan muy pacífico. Tan solo se excitaron cuando se les informó que habían encontrado el cadáver del padre. —Y de repente sus palabras se ahogaron en una risa extraña que acabó apoderándose de él. Una risa que sacudió todo su cuerpo y hasta le hicieron brotar lágrimas de sus párpados—. Se armó la marimorena —fue lo único que pudo decir.

Dicha risa acabó por contagiar a los tres compañeros.

—A Escueto se le ha ido la pinza, pero bien. Dinos de forma breve el motivo por el que te ríes de esa forma tan salvaje —dijo Crespo.

Torrijos, enjugando las lágrimas, levantó la cabeza del suelo y dijo:

—Me río porque estaba resultando un muermo de manifestación hasta que me acerqué a los organizadores y les di la noticia de que habían encontrado al padre de las niñas en el fondo del pozo.

—No me digas que fuiste tú en persona quien les dio la noticia —dijo Oramas señalando con el dedo índice a Torrijos.

—Ya lo creo. Pero, es más, me hicieron subir al estrado y dar la noticia en persona —dijo haciendo una reverencia con la cabeza de forma cómica.

—No me digas que te tuviste que tragar el marrón de improvisar un discurso —exclamó Crespo.

—Pues sí —respondió con cierta vanidad, pensando que era la envidia del auditorio—. Empecé diciendo, «explicaré lo ocurrido de forma escueta...».

—¿En serio? —exclamó de nuevo Crespo con buen humor.

—Por qué os iba a engañar. En tono frívolo, medio en broma, les di un pequeño sermón que resultó ser mi minuto de gloria para empezar el fin de semana. Cuando les di la noticia de la aparición del cadáver de Antonio se produjo un silencio espeso, pero poco después unas leves palmas acabaron por arrancar un aplauso cerrado.

—Pues no lo entiendo, no tiene gracia aplaudir la aparición de un cadáver —dijo Crespo.

—El aplauso se entendió como una forma de que la familia se sintiera arropada.

—Pues no me queda otra que agradecerte haber hecho acto de presencia allí. La verdad es que has dejado al grupo de homicidios de esta comisaría en todo lo alto. ¿Te das cuenta lo que es trabajar en equipo? —dijo Oramas mirando a Crespo.

No se calló Crespo, por supuesto. Sin malicia ninguna, volvió con un torrente de venenosos argumentos que no hacían otra cosa que retardar el trabajo. Su facundia resultaba espontánea y agradable, se expresaba con limpieza y corrección, brotando las palabras de sus labios con suavidad y brillantez. Es indudable que tenía una mente lúcida. Pero el discurso llegó a su fin cuando se dio cuenta que nadie atendía a sus palabras.

La mesura del rostro de Oramas expresaba que el ego era el principal enemigo de la inspectora Crespo. Ese empeño en intentar pontificar sus ideas producían animadversión hacia ella. Estuvo a punto de hacérselo notar, pero pensó que pretender hacerle entrar en razón era jugar a caballo perdedor y malgastar el tiempo. Se podría congelar el infierno y la inspectora Crespo seguiría en sus trece. Oramas se centró en su trabajo y preguntó de nuevo si había alguna propuesta de trabajo.

—Es evidente que tenemos que investigar el viaje de Doménico —dijo Peláez.

—Se llama Filipo. Doménico era nombre falso —advirtió Torrijos.

—Pues yo creo que deberíamos visitar al forense y trabajar con el teléfono de Antonio —propuso Crespo—, tanto una cosa como otra nos puede dar una buena pista.

—Veo necesario también comprobar si el coche de Antonio tiene algún golpe —advirtió Peláez—. Según os he oído, la bicicleta tenía un golpe por detrás.

—Yo registraría la casa de Antonio y comprobaría el movimiento en sus cuentas bancarias —dijo Torrijos cruzándose de piernas.

—¡Basta! —advirtió Oramas. Creo que vuestras propuestas son acertadas y excesivas. No es necesario que sigamos. Para empezar, le voy a encomendar a Peláez que investigue el viaje de Filipo a Madrid. A Torrijos voy a encomendarle que investigue sobre el teléfono de Antonio y que compruebe si su coche tiene golpe. Si te da tiempo investiga el movimiento de sus cuentas —dijo dirigiendo la mirada hacia él—. Crespo y yo visitaremos al forense.

—La parejita —exclamó Torrijos con tono sarcástico.

Cuando se marcharon Peláez y Torrijos del despacho, Oramas le dijo a Crespo que la esperase. Se marchó al piso de arriba para tener un encuentro con el comisario.

Crespo se quedó sentada en la misma silla que ocupó durante la reunión. Su única ocupación fue contemplar cómo se iba iluminando la sala a medida que levantaba el sol en busca del cénit. Giró la cabeza para observar el exterior a través de la ventana. Puso los pies sobre la mesa y miró con atención el cielo limpio de nubes. Se dio cuenta de que la sombra de los objetos cambiaban de forma a medida que la luz del exterior incidía sobre ellos desde distinto ángulo.

Mientras que la inspectora Crespo examinaba atentamente la evolución de la luz, el comisario felicitaba al grupo por la labor realizada nuevamente. Dicho reconocimiento lo recibió Oramas como un gran espaldarazo al trabajo realizado.

Especial atención tuvo el trabajo que realizó el inspector Torrijos el viernes por la tarde en la concentración de la plaza España.

Cuando Oramas le advirtió que pensaba ir en compañía de Crespo a visitar al forense, tomó el auricular y marcó un teléfono. Le pasaron con el forense y le comunicó que iba a comenzar a trabajar en ese momento con el cadáver de Antonio. No se cortó el forense e invitó a presenciar el trabajo al grupo de homicidios.

—Será una buena experiencia para tu gente —dijo el doctor con cierta rechifla.

El comisario tapó con la palma de la mano derecha el auricular y consultó con Oramas que tras unos breves segundos de silencio acabó aceptando la invitación.

El Anatómico Forense está situado en una carretera de circunvalación que da salida a la carretera de Valencia, en la calle Gerardo Diego. Cuando llegaron, una chica de unos veintitantos, con muy buena presencia y mejores modales les dio el alto y les preguntó que dónde se dirigían. Crespo debió pensar que la chica con esa agradable sensación de pulcritud las había tomado por un par de pringadas en busca de algún familiar desaparecido. Ni corta ni perezosa sacó la placa, se la plantó delante de la cara y dijo:

—Nos espera el forense.

Dando un ligero resoplido y tras una gesto desaprobatorio, la inspectora jefa añadió:

—Dígale, por favor, que la inspectora Oramas acaba de llegar.

La chica tomó en sus manos el auricular. Comunicó con el forense y le dio el recado.

El médico forense las estaba esperando para empezar el examen anatómico. Era un chico de unos cuarenta. Alto. Delgado. Bien parecido. Simpático. Se presentó bajo el nombre de Juan. Les preguntó si deseaban presenciar el examen del cadáver. Se miraron las dos inspectoras con el mismo entusiasmo que un anciano por una pelota y respondieron que sí.

Les pidió que lo siguieran.

—Por lo que me han dicho, el cadáver apareció en el fondo de un pozo de unos diez metros de profundidad.

—Así es. Mi compañera ha tenido que sacarlo casi de las antípodas —contestó Oramas.

—Buen trabajo, jovencita. Se nota que estás en forma. Me admira cada vez más lo bien preparada que están las fuerzas de seguridad en España.

Les hizo pasar a una pequeña sala.

—¡Qué olor tan penetrante! —se quejó Crespo.

—No te preocupes. Es hipoclorito de sodio. Se utiliza para la desinfección de la sala —aclaró el forense—. Cuando pasen cinco minutos ya te habrás acostumbrado.

Se acercó a una esquina y se remangó todo lo que pudo junto a un lavabo. Se mojó los dos brazos por encima de los codos y se aplicó una buena dosis de antiséptico. Se frotó con fruición y se aclaró. Se secó con toallitas desechables, se colocó en las manos unos guantes quirúrgicos y procedió a ponerse una túnica de protección y un gorro.

—Lo que vais a ver a continuación es algo totalmente natural. No os dejéis impresionar —dijo Juan adjuntando una sonrisa a sus palabras—. Al fin y al cabo con lo que nos vamos a encontrar es con la muerte. Pero es más fácil soportarla si no pensamos en ella.

—Así lo haremos —respondió Crespo con voz petrificada, en parte contenta y en parte asustada.

Les proporcionó a cada una un gorro, una túnica y una máscara. Les ayudó a vestirse y dijo:

—Estos hábitos son para protegeros de posibles infecciones —advirtió Juan con tono meloso.

Era indudable que las mujeres no sabían llevar los hábitos con la misma naturalidad ni con la misma elegancia que el forense. Ante el aspecto que mostraban, se mostraron risueñas. Sus conversaciones giraron en torno a la vestimenta y al aspecto que mostraban.

Pasaron a una sala grande colindante a la del vestuario. Era rectangular, fría como la muerte. De unos ocho por diez metros. Con tres ventanales gigantes que le dotaban de una claridad enorme. En sus paredes había numerosos aparadores metálicos. Las cuatro columnas que había estaban revestidas a media altura de madera. Atornillados al techo, seis fluorescentes grandes daban luz artificial a la sala. Había tres mesas largas colocadas a lo ancho. Se dispusieron en torno a la mesa del centro. Crespo de espaldas a la ventana. Oramas frente a ella. La expresión de su rostro denotaba un nerviosismo que no tardó en ponerse en armonía con súbitos temblores. Juan abrió uno de los armarios que había en la pared frente a la ventana. Sacó un maletín instrumental, lo colocó sobre una mesa metálica auxiliar y lo abrió. Crespo se acercó y lo observó con satisfacción. Lo que no era otra cosa que un buen equipo de medicina forense, la inspectora no fue capaz de ver nada más que agujas, tijeras, martillos, pinzas, bisturís y sierras.

A continuación, Juan pasó revista al material. Aprovechó la luz del sol para comprobar que estaba en perfecto estado de uso. Miró a las dos inspectoras e hizo un gesto satisfactorio como si quisiese decir que no había problema para empezar el trabajo.

—Es el momento de ir a por el fiambre.

No habría pasado ni un minuto cuando regresó con el cuerpo de Antonio sobre una camilla. Estaba tapado con una sábana. Tan solo asomaban los pies. Del dedo gordo del pie derecho colgaba una etiqueta con los datos del cadáver. Ajustó la camilla a la altura de la mesa, lo arrastró hasta que quedó depositado en el centro de ella y retiró la sábana.

—Está hecho un Cristo, el pobre mío —dijo Crespo.

La mesa metálica acogió el cuerpo de Antonio. La sábana, que quedó impregnada con la piel entre gris y púrpura, síntomas claros de que la descomposición hacía tiempo que había empezado, la tiró a un rincón. Ante el cuerpo yerto de Antonio sobre la mesa, Oramas y Crespo intentaron mantener neutralidad ante el cadáver sobreponiéndose al desasosiego que producía la imagen de un cuerpo inerte. Observaron al muerto. Lo hicieron con detenimiento. Como si se tratara de una mancha de aceite en un traje blanco, la vista se fue al orificio que tenía en la frente. Después, la vista se deslizaba hacia su rostro que trasmitía una fría sensación de horror.

—Por lo pronto, parece que le han dado plomo —dijo Juan señalando el balazo que tenía en la frente.

—A esa conclusión también llegamos nosotras nada más sacarlo del pozo —señaló Oramas risueña.

—Qué fue lo que se encontró alrededor del cadáver— preguntó Juan.

—Una bicicleta —respondió Crespo.

—¿Algo más?

—Estaba muy oscuro. No pude ver más. Además, el cadáver estaba metido casi entero en el fango.

—Bien. Lo que está claro es que ha fallecido por muerte violenta.

Juan preparó una bolsa y empezó a quitarle la ropa al muerto. Empezó por la camisa. De manga larga, pero remangada casi hasta el codo. De seda. Azul marino.

—¡Oh, oh! Mirad lo que tenemos aquí —dijo Juan girando el cadáver sobre su propio eje.

Era un segundo balazo, o un primero, ¿quién sabe?

—Le debieron disparar primero por la espalda y lo remataron con el de la frente —dijo Oramas.

—A simple vista, tiene toda la pinta —precisó Juan—. No sé si os estáis dando cuenta de que un cuerpo en descomposición rebosa vida.

Le quitó también los pantalones y los calzoncillos y dejó al cadáver totalmente desnudo. Metió con mucho cuidado toda la ropa en la bolsa y la colocó junto a la sábana.

Cogió las manos del cadáver y las examinó con sumo cuidado.

—Me parece que no murió en el instante de recibir los dos tiros.

Oramas y Crespo se miraron con cara de no entender lo que les quiso decir.

—Sí. No pongáis esa cara. Mirad, tiene las uñas llenas de tierra.

Tomó unas pinzas del maletín, extrajo la suciedad de las uñas y la depositó en una pequeña bolsa.

—Tiene extractos de hojas de pino y algún tipo de fibra de color azul. ¿Qué os sugiere eso?

—Que tuvo agonía —dijo Crespo.

Olió las manos del muerto y dijo:

—No huelen a pólvora ni tiene restos de ella. No parece que se defendiese con arma de fuego. El asesino le dio matarile sin darle oportunidad alguna.

—Creemos que iba montado en bicicleta y fue atropellado por detrás —dijo Oramas.

Juan sacó una cámara fotográfica y comenzó una sesión de fotos con el cadáver. Fotografió los dos orificios de entrada, las manos, el aspecto de su cara y una general de cuerpo entero. Tomó una muestra de pelo y otra de piel y las depositó en sendas bolsitas de plástico.

—Voy a proceder al análisis de posibles lesiones que hayan podido tener lugar en el sistema nervioso y la trayectoria de la bala.

Tomó un reposacabezas de porexpan y se lo colocó al cadáver bajo el cuello elevando el cráneo de la superficie de la mesa. Tomó un bisturí y efectuó una incisión desde un pabellón auricular hasta el otro pasando por la parte superior de la cabeza. Tras un hábil movimiento de manos hacia delante y hacia atrás dejó el cráneo al descubierto. Cuando Juan tomó en sus manos la sierra circular, tanto Oramas como Crespo, dieron un respingo. Tras el corte, tiró de delante hacia atrás dejando al descubierto el cerebro. De nuevo tomó el bisturí en sus manos y cortó el nervio óptico y demás adherencias hasta que consiguió sacar el cerebro de su habitáculo. Lo colocó sobre la mesa y comprobó las simetrías. Sacó la bala y con la misma habilidad que cualquier carnicero que hubiese empleado toda su vida en trocear carne, empezó a hacer cortes en el cerebro.

—Aquí tenemos uno de los dos proyectiles para los de balística.

Oramas se acercó a la mesa y aseguró:

—Es un nueve milímetros.

—Ahora procederé a extraer la otra bala.

Juan giró el cadáver y lo colocó boca abajo. Cuando estuvo a punto de dar un corte longitudinal, Oramas dijo:

—Supongo que nos enviará un informe.

—En el momento que termine con esto me pongo con él y lo envío.

—Pues nosotras nos vamos a marchar ya. Nuestra sensibilidad ya no admite otra exhibición de vísceras.

—Como queráis. Al salir, os quitáis la ropa y la dejáis en el suelo. Perdonadme, pero debéis entender que no os acompañe hasta la puerta con esta facha.

Crespo fingió sentir deseos de vomitar en el coche. Oramas frenó, se apartó a la derecha y salió a abrir la puerta del copiloto.

—Que te estoy tomando el pelo, boba.

A pesar de la discreción con que Oramas solía manejarse, no le sentó nada bien la broma y su nuez empezó a subir y a bajar debido a la excitación que le provocó. Le hizo algunos reproches, lo cual no impidió que comentaran la experiencia que acababan de haber vivido. Antes de que Crespo pudiese replicar, Oramas dijo:

—Qué poco me gustaría estar en la misma situación que Antonio.

—Lo que dices no tiene sentido.

—¿Se puede saber el motivo?

— Porque, si llegara el caso, tu ya no serías lo que eres. Quiero decir que ya no serías nada.

Tuvo que pensar un poco el sentido de las palabras de Crespo. Daba la impresión de que esa conversación que acababan de iniciar le superaba con creces. A pesar de ello replicó:

—De acuerdo, pero cuando estamos hablando es ahora mismo. Estamos viviendo el presente. Y desde este presente opino que en una autopsia no veo nada de sensibilidad hacia lo que fue y ya no es. Es pura violencia, un auténtico desatino. Pura barrabasada, vamos. No sé si me explico.

—¡Ajá! —exclamó Crespo—, pero, déjame decirte que lo que hemos visto sobre esa fría mesa no es Antonio, sino un montón de carne podrida.

Oramas levantó la mano con la palma hacia Crespo, gesto con el que quería reivindicar que no le interrumpiera y siguiera escuchando. Permaneció con la mano en esa posición incluso después de que la inspectora Crespo se hubiera callado. Finalmente, Oramas bajó la mano y prosiguió:

—Todo lo que tú quieras, pero a mí me parece que es un menosprecio hacia la persona que tiene que soportar la autopsia.

Con el fragor de la conversación, casi sin darse cuenta, se presentaron en la comisaría.

—Pues los antiguos anda que no les gustaba manipular a los muertos. Aquellos hombres honraban a la muerte.

Oramas se apresuró a enmendar las palabras de Crespo. Aparcó el coche junto a la puerta de la comisaría, se volvió hacia su compañera y dijo:

—Para mí, todo eso me parece algo fantasmagórico, una mascarada horrenda. El fin de la vida es entregar la materia de la que estamos dotados a la naturaleza para que de esa manera pueda empezar de nuevo otro ciclo. Y de ahí no hay quien me mueva por mucha religiosidad que se quiera poner en juego.

Al entrar en el edificio un agente uniformado le indicó a Oramas que el comisario la esperaba en su despacho. Ahí se acabó la conversación sobre la vida y la muerte. Dejó la libreta que llevaba en su despacho y marchó al piso de arriba.

La espléndida mañana se manifestaba en el despacho del comisario. La iluminación entraba a raudales a través del ventanal. Oramas se encontró al comisario sentado en su silla. En mangas de camisa, con el nudo de la corbata aflojado y remangado parecía un sinatra tras haberse corrido una juerga después de un concierto. Le preguntó por la experiencia en el Anatómico Forense. Le contestó con un simple resoplido.

—Mira lo que tengo —dijo el comisario sacando el teléfono del bolsillo.

Le enseñó la foto de un chico de unos treinta. Moreno. Ojos marrones. Pelo corto, por encima de las orejas.

—Supongo que será el italiano.

No se equivocó. El comisario le dijo que se la habían enviado desde Italia.

—Pero nosotros tenemos su foto.

—Lo sé, pero el asunto es que esa foto es una toma reciente. Se la han enviado desde Madrid.

Oramas puso los ojos sin enfocar a ninguna parte y la mente en blanco. Tras un largo silencio dijo con voz reposada:

—Eso quiere decir que le están siguiendo la pista.

—Y que ha actuado con su antigua identidad.

—Tenemos que actuar con rapidez.

—Tengo algo más —dijo el comisario.

Oramas clavó la vista en los ojos del comisario que cogió un papel que tenía sobre la mesa y se lo entregó.

—Son las coordenadas del lugar donde se desconectó el teléfono de Antonio por última vez —dijo el comisario.

Oramas se encogió de hombros y exclamó:

—Puede ser un documento muy interesante.

Y así era; tener esas coordenadas podría significar que sabía dónde habrían atropellado a Antonio y donde le dispararon por dos veces.

Al abandonar el despacho del comisario llamó a Torrijos. Le contó la reunión que acababa de tener con el comisario y le advirtió que se ocupase del teléfono de Antonio. Torrijos le dijo que había revisado el coche y que no tenía ningún golpe ni por delante ni por detrás. Tan solo encontró ligeros arañazos en el costado derecho.

—¿Has averiguado algo del movimiento de sus cuentas corrientes? —preguntó Oramas.

—Sus cuentas están sin movimiento desde hace cinco meses.

—Eso quiere decir que…

—Eso quiere decir que se ha manejado con dinero negro.

Cuando Oramas regresó a su despacho cerró la puerta. Solía hacerlo cuando necesitaba reflexionar consigo misma. En efecto, sacó la libreta, la colocó sobre la mesa y, con el bolígrafo en su mano derecha, se abismó en su interior. Tenía la impresión de que ya había descubierto demasiadas cosas sobre el crimen de Antonio y se hacía necesario un momento de serenidad para colocar cada cosa en su sitio.

El asunto era que una semana antes del juicio por malos tratos, Antonio desapareció junto a su hija Silvia. «¿Cuál pudo ser el motivo por el que recogió a su hija y marcharon a la finca de Palomeras?», se preguntó a sí misma sin ser capaz de encontrar respuesta. Poco después aparece en escena el italiano que llega montado en bicicleta. «¿Cuál fue el motivo por el que se presentó en ese momento el italiano?, ¿quién lo llamó?», «¿Por qué volvió en el coche de Antonio y se quedó allí la bicicleta?»; «debió ser por que le entró prisa», se respondió a sí misma. Se preguntó también el motivo por el que se marchó con su novia a Madrid. «¿Sería una estratagema de Antonio para evitar que Silvia declarara en su contra?». En un principio cayó sobre Antonio la sospecha de que hubiera secuestrado a su hija, incluso pudiera haber sido que la hubiera matado. Al aparecer su cadáver, el caso ha dado un vuelco. Las sospechas de asesinato y de secuestro recaen sobre Filipo. Pero, «¿qué le habrá llevado a actuar de esa forma?, ¿habrá sido partícipe Silvia del asesinato de su padre?», «si el italiano ha sido quien ha disparado a Antonio, ¿quién ha tirado el cadáver al pozo?».

Las cavilaciones de Oramas fueron interrumpidas por Crespo. Entró sin llamar a la puerta.

—Me he tomado la libertad de entrar sin llamar porque pensaba que todavía estabas en el despacho del comisario. Abajo hay una mujer con su hija que quieren hablar contigo.

—¿Sabes de qué se trata? —preguntó Oramas sin quitarle la vista de la pechera.

—No me lo han dicho. Ya sabe que no soy preguntona.

Oramas echó un vistazo al reloj y dijo:

—Está bien. Diles que suban. Y abróchate el botón de la camisa que vas enseñando hasta el ombligo.

Crespo echó un vistazo a la blusa y respondió:

—No te vayas a pensar que lo hago a propósito, simplemente es que hay un botón rebelde.

Crespo abrochó el botón de la blusa y bajó al piso de abajo. No tardó en entrar de nuevo con la señora y su hija. La madre era baja y rechoncha, media melena con un tinte castaño recién echado. Por el contrario, su hija era alta y delgada y lucía dos hermosas piernas bien contorneadas que se dejaban ver a partir de una minifalda que, junto con la camiseta bien ajustada le confería a su figura la esbeltez y frescura propia de una jovencita adolescente. En tono jovial, Oramas les indicó que se sentaran con un gesto y les preguntó que cuál era el motivo de la visita.

—El motivo de nuestra visita es para dar fe de que mi hija vio el lunes día veinticuatro a Silvia con su novio.

Oramas sonrió. Miró a la chica que no parecía estar de buen talante y le preguntó:

—¿Dónde los viste?

Con una voz a punto de quebrarse, respondió:

—Llegaron los dos a la piscina de la urbanización a eso de las dos y media.

—¿Cuánto tiempo estuvieron allí?

—El novio de Silvia estuvo poco tiempo. Se marchó y se quedó Silvia sola.

Oramas le lanzó una mirada furtiva a Crespo con la que quiso manifestar perplejidad.

—¿Llegaste a hablar con ella?

—Sí. Me dijo que se iba de viaje.

Dos gruesas lágrimas resbalaron por las mejillas de aquella pobre chica. Crespo siguió el recorrido de las lágrimas con sumo interés hasta que se perdieron bajo el cuello. La madre de la chica aclaró que le obligó a la chica para que la acompañara para declarar.

—¿Te dijo dónde se marchaba?

Sin pensarlo, la chica se apresuró a responder:

—Se iba con su novio a Noruega.

—¿Noruega? Estás segura que te dijo…

—Me dijo que se iba a Noruega; sí, estoy segura.

—¿Cuál era su estado de ánimo?

—Estaba muy contenta.

—¿Te comentó algo sobre su padre?

—Le pregunté si tenía permiso de ellos y me dijo que sí —respondió con voz dulce.

A medida que la chica respondía a sus palabras, Oramas trataba de encajar toda la información que le iba dando que, si no era gran cosa, resultaba esclarecedora.

—¿Tenía también permiso de su madre? —preguntó Oramas con un tono que daba a entender que no podía dar crédito al asunto.

—Ella dijo que sí —balbuceó abriendo los ojos como queriendo poner énfasis en la respuesta.

—Dile también lo del bocadillo —dijo su madre.

—Luego llegó su novio. Fueron al bar y encargaron dos bocadillos. Se los envolvieron en papel de aluminio y subieron al piso de Silvia. Eso es todo.

Ver cómo el labio superior le temblaba al hablar le partía el corazón a Oramas. Se levantó, se acercó por detrás a la silla de la chica y, en un gesto de ternura, le puso las manos sobre sus hombros y le dijo que ya no había más preguntas. Pero no se resistió y todavía le preguntó a su madre:

—¿Usted tiene alguna relación con la madre de Silvia?

—Directamente no, pero sé de ella por medio de Silvia. Es amiga de mi hija y ha estado muchas veces en mi casa.

—Hasta donde usted conoce, ¿cómo son las relaciones entre los miembros de esa familia?

—¿Relaciones? En esa familia cada uno parece vivir su vida por separado. Qué triste es para un padre o una madre cuando un hijo solo se acuerda de ellos para pedirle dinero. Pero aquí hay que invertir el asunto; hay que meterse en la piel de esas niñas y pensar cómo se sentirán pensando que esos padres no ejercen de tal.

—Veo que a usted esas niñas le embargan un sentimiento de pena.

—Solo un detalle; Silvia, cuando venía del colegio con el regalo para el día del padre, lo escondía en mi casa para que su madre no lo viera. Cómo no me van a dar pena. Las he visto crecer y…

A Oramas se le heló el corazón. No supo qué decir. Tan solo pensó que no todas las mujeres son aptas para ser madres. Se levantó y dio la reunión por acabada.

Marchó Oramas a la cafetería para tomar un café. El local estaba desierto. Como de costumbre marchó al fondo. Se presentó un policía uniformado y le dijo que tenía que hablar con ella. Se sentaron en la mesa que había detrás de ellos. Le adelantó que había trabajado con el teléfono de Antonio, pero no había encontrado nada que facilitara acercarse al asesino. El agente uniformado siguió hablando, pero Oramas no pudo o no quiso escucharlo. Tan solo entendía palabras sueltas o ideas lacónicas. Que han revisado su teléfono a fondo. Que apenas utilizaba Antonio el Wats Apss. Que no han encontrado nada relacionado con el crimen. Empezó a rondarle la cabeza de forma capciosa que si no era capaz de resolver este caso es que ya estaba acabada en la profesión. El agente se marchó. Oramas pidió el segundo café y se quedó contemplando pasar la vida a distancia y en soledad. Pensó y se estrujó la cabeza como si estuviera a punto de llegar al final del caso. Intentó meterse en la piel del asesino y conocer el motivo que le indujo para apretar el gatillo. Se metió también en la de Antonio y buscó una razón por la que alguien tomase la decisión de acabar con su vida. No consiguió encontrar ningún camino por el que seguir la investigación. Con una extraña sensación de abatimiento —como si de pronto hubiera descubierto que era incapaz de llegar hasta el final del asunto— echó de menos a sus compañeros. Justo al terminarse el segundo café los buscó y convocó una reunión de urgencia para comunicarles lo que le acababan de informar.

13

La cafetería Ruiz no es una cualquiera. Es la cafetería por excelencia de Cuenca. Ubicada en la calle Carretería, abrió sus puertas en diciembre de 1951. Dado que el cielo se cubrió de nubes, decidieron pasar al interior. Dejándose una amplia barra a la derecha, llegaron al final del salón donde se ensancha y se sentaron frente a un gran mural que parecía ser un homenaje al gremio de los confiteros. Oramas se paró a contemplar la obra y cuando leyó la firma de su autor en la parte inferior izquierda dijo:

—Este pintor tiene una placa al final de la calle San Pedro.

—Es uno de esos grandes artistas que ha dado esta tierra y que se especializó entre otras cosas en la ejecución de murales.

Tras haber estado reunidos con sus dos compañeros del grupo de homicidios, decidieron marchar a tomar un refrigerio. Huyendo de los dulces, que es la especialidad del establecimiento y la única materia sobre la que se fundó el negocio, se pidieron un sándwich vegetal cada una.

—Tenemos que pensar muy bien si al italiano le habría dado tiempo de regresar a Palomera y matar a Antonio—

planteó Crespo sin más preámbulos repasando los apuntes de su libreta.

Con plácida calma dio un sorbo a la cerveza y miró fijamente a Crespo.

—Él no ha podido asesinar al padre de Silvia —contestó con fuerte convicción.

—¿Por qué crees que no ha podido hacerlo?

Oramas torció el gesto. Le pareció raro que le hiciese esa pregunta.

—Pues muy sencillo, porque cuando se marchó a Madrid todavía no estaba el cadáver en el pozo.

Crespo contuvo la respiración. Se quedó mirando a su compañera con frialdad y dijo:

—Ha podido tener colaboradores.

— Sí, sí. Tienes razón. Lo que está claro es que hay que investigar el viaje de Filipo y de Silvia. Inocentes o culpables pueden saber algo sobre el asesinato de Antonio.

En cuanto trajo la camarera los sándwiches, apartaron la mente del viaje de Filipo, cogieron el tenedor y el cuchillo y, sin decir palabra, se aplicaron con el tentempié. Crespo imaginó a Antonio regresando en bicicleta a Cuenca y preguntó cuando se embauló medio sándwich:

—¿Das credibilidad a lo que ha dicho Torrijos sobre Antonio?

Oramas tragó el trozo que tenía en la boca, se acercó el vaso de cerveza a la boca, dio un sorbo, se secó los labios con una servilleta y dijo:

—¿A qué te refieres en concreto?

—Ha dicho que no le extrañaría que Antonio les hubiera entregado dinero para que se marcharan.

—Es una posibilidad que no podemos descartar por el momento. Y con lo farfullero que era esa persona…

—Descartarlo no, pero no veo claro el motivo por el que les paga un viaje a Noruega a los dos. Creo que costará una buena pasta.

—Pues yo lo que no acabo de ver claro es por qué Antonio va con su hija en coche a Palomera y luego vuelve en bicicleta.

Crespo se metió en la boca el último trozo. Se quedó extasiada mirando el mural que tenía frente a ella y dijo:

—¿Hay evidencias de que regresara en bicicleta?

—Pues, ahora que lo dices, no. Solo sabemos el punto donde desconectaron el teléfono. Pero si no intentó volver en bicicleta, ¿qué otra posibilidad hay?

—Podría haber quedado en que lo recogiera el italiano.

—En ese caso lo hubiera visto regresar el coplero.

—Pues yo no veo nada claro que Antonio pensara regresar en bicicleta.

Oramas sacó la libreta e hizo una anotación. Levantó la cabeza y dijo:

—Lo que no veo yo claro es el motivo por el que el italiano se ha marchado de Cuenca.

—Coño, si piensas que Antonio les ha pagado un viaje a Noruega, no es un mal motivo.

—Lo único que he dicho al respecto es que es una posibilidad. Aun así, ten en cuenta que ha abandonado un negocio.

Los pensamientos que bullían en la cabeza de Crespo le hizo incorporarse sobre la mesa y tomó unos apuntes en su libreta.

—A mí me preocupa que el comisario hubiera recibido la foto del italiano desde Italia. Creo que hemos fallado en algo —manifestó Crespo.

Un suspiro de Oramas antes de responder manifestó su preocupación.

—Lo que tenemos que hacer es ponernos manos a la obra y saber cómo ha conseguido Italia esa foto.

—Yo estoy con Peláez. La foto se la ha debido enviar la Interpol. Seguramente la han conseguido en el aeropuerto. Lo que debemos hacer es investigar si ha volado a Noruega —dijo con contundencia bajo la escrutadora mirada de Oramas por encima de sus gafitas.

—Ya he solicitado información sobre ello.

Sin opción a réplica, se levantó, marchó al mostrador y le pidió a la cajera la cuenta. Pagó y le dijo a Crespo que espabilase.

—¿Se puede saber qué mosca te ha picado para salir pitando de repente?

No respondió —posiblemente ni siquiera la escuchó—. Tomó el camino hacia la puerta y solo se frenó al pisar la calle. Llovía. No lo hacía de forma intensa, pero calaba. Tras una ligera duda, apretó el paso y dijo:

—¡Vamos! Date prisa.

—¡Tierra, trágame! —respondió Crespo y salió corriendo detrás de su compañera bajo la protección de las cornisas.

Cuando llegaron a la comisaría, Oramas cogió las llaves del coche y marcharon hacia la urbanización de Ana Belén.

—¿Me puedes explicar dónde vamos?

—A la urbanización de Ana Belén.

Crespo sintió un enorme escalofrío por toda su espalda como si estuviese siendo recorrida por una culebra.

—Que sepas que yo no pienso entrar en su casa sin permiso del juez.

—Vamos a interrogar al encargado del bar.

La preocupación de Crespo quedó mitigada al oír sus palabras, no obstante se quejó:

—¿Con este tiempo?

—No hemos podido elegir otro mejor. No habrá nadie en la piscina y nos podrá atender con tranquilidad.

No se equivocó. La piscina estaba vacía. En el bar solo estaban el jefe, su mujer y dos hijos. El jefe, un señor de mediana edad bajito y con un considerable estómago, dormitaba con los brazos clavados en el mostrador. Con un entusiasmo postizo, salió al encuentro de las dos inspectoras y les preguntó qué querían tomar. Oramas le enseñó la placa y le dijo que no venían a consumir. Le mostró la fotografía de Silvia y le preguntó si la conocía.

—¡Cómo no la voy a conocer! —respondió con gesto angustiado el señor.

Hubo un silencio.

—¿Recuerda cuándo la vio por última vez?

El señor esbozó una sonrisa y dijo:

—Lo recuerdo, pero no sé el día de la semana exactamente.

—Fue un día que le hizo usted dos bocadillos —trató Crespo de reblandecerle la memoria.

El señor que, a pesar de la abundante cabellera, no parecía tener un pelo de tonto, tomó el ordenador y tras hacer una averiguación dijo:

—Fue el lunes, día 24 del mes pasado.

—¿Quedó reflejada la hora?

—A ver, un momento. Sí, aquí está. Eran las 15,23. Los bocadillos eran de lomo y les cobré siete euros.

—¿Iba la chica acompañada en el momento de pagar?

—Sí.

Oramas tiró de nuevo del teléfono y le enseñó la foto del italiano.

—Ese era, sí.

—¿Hablaron algo más?

El señor la miró desconcertado.

—Que yo recuerde, no.

—¿No le dijo que se marchaban de viaje?

El camarero giró la cabeza y preguntó a sus dos hijos si sabían algo de un viaje de Silvia. Respondieron que no con la cabeza.

—Aquí no sabemos nada de eso.

—En cincuenta y tres minutos es imposible que Filipo marchase a Palomera, le metiese un par de tiros a Antonio y regresase a la piscina —dijo Crespo.

—Eso creo yo también. Seguramente, el italiano llevó el coche a casa de Antonio y regresó andando a recoger a la novia.

—A la cual le habría encargado que pidiese dos bocadillos para el viaje —añadió Crespo.

No habían salido de la urbanización todavía cuando sonó el teléfono de Oramas. Era Peláez.

189

—Dime.

—¿Dónde coño os habéis metido?

—Estamos en la urbanización de Ana Belén. Hemos venido a hacer unas comprobaciones.

—Te llamo para informarte que el italiano voló a Noruega.

—¿Lo tienes confirmado?

—Lo tengo. Pero no ha volado con Silvia.

Como si acabara de ser esculpida en piedra, se paró en seco. Crespo se quedó mirándola con la mosca detrás de la oreja. Buscaron el cobijo del soportal y se sentaron en un banco. Todo el trabajo que habían realizado hasta el momento pareció desvanecerse como humo en el aire.

—Eso vuelve a poner las cosas muy feas. ¿Estás seguro de lo que dices?

—En la lista de pasajeros de la compañía Norwegian figura Filipo de Luca Mauro, pero no está Silvia Cantero Aparicio. Más claro, agua.

—Eso quiere decir…

—No hagas conjeturas precipitadas. Eso quiere decir simplemente que tenemos que investigarlo.

Cuando cortó la llamada, quedó sumida en un profundo abatimiento. Daba la impresión de que le habían fallado las fuerzas. Crespo se asusto y le preguntó:

—¿Ha pasado algo grave?

Cuando le contó el motivo de la llamada, Crespo se limitó a decir:

—¿Piensas que se la ha cargado?

No contestó. Con la cara compungida, tan solo se limitó a lanzarle una mirada sesgada.

Las cuatro de la tarde. Tras la tormenta, el cielo quedó despejado de nubes. Apenas soplaba viento. La temperatura había bajado muy poco. El calor era húmedo, pegajoso. Flotaba en el aire un concierto de aromas de flores silvestres, plantas de ribera y tierra mojada. Razones suficientes para que Oramas hubiera salido a la terraza de su casa y abocara parte de su cuerpo a la hoz del Júcar. Su casa coronaba parte de la plataforma de una gran roca sobre un hocino. Había convertido ese lugar en su rincón mágico. Era una casa en volandas desde la que se apreciaba con intensidad el espectáculo de la naturaleza en estado puro. Un espectáculo mudo se abría frente al parapeto de su terraza. Miró de derecha a izquierda hasta donde alcanzaba la vista. Se sorprendió por la variedad cromática y se decidió.

Echó el toldo. Colocó una mesa metálica junto a la balaustrada. Entró a casa y montó sobre un caballete el lienzo sobre el que había perfilado al carboncillo unas escasas y sutiles líneas. Sacó de su estudio el maletín de pintura y lo depositó sobre la mesa. Cuando lo tuvo todo preparado, impresionaba la cantidad de adminículos necesarios para pintar un óleo. Curiosamente, lo que menos había sobre la mesa eran tubos de óleo. Oramas decía que con pocos se podían obtener infinidad de matices cromáticos. Lo que más impresionaba era el estado en que tenía el material. Los pinceles, a pesar de la cantidad que había, parecía que los estrenaba cada vez que empezaba una sesión de pintura. Brillaban todos, desde el pelo hasta el mango, pasando por la raíz y la abrazadera. Lo mismo se podía decir de los cuchillos mezcladores y de los biselados para pintar.

Era el sacrosanto momento que cualquier pintor espera con ansiedad. Se puso un guardapolvo blanco. Tomó en sus manos el tubo azul cobalto. Echó un gotazo en la paleta y lo mezcló con esencia de trementina. Tomó la brocha más grande que tenía y extendió el color por la parte superior del lienzo. El pinar, las rocas descarnadas, la alargada silueta del río y la ciudad allá a lo lejos difuminándose entre las nieblas tan solo estaban perfilados a carboncillo.

Sin duda alguna lo estaba disfrutando la inspectora Oramas. Sumergirse en el proceso de pintar un cuadro, más allá de la creatividad, le suponía un estado de paz y de poder resetear su cerebro. Estaba preparando el color del roquedal con los ocres y los grises cuando sonó su teléfono. Era la inspectora Crespo.

—¿Qué tripa se te ha soltado? —le espetó con un tono que parecía reprenderle con lo primero que alcanzó a traer a su boca.

—Estoy con Peláez en el lugar exacto donde se apagó el teléfono de Antonio —dijo Crespo cruzando una mirada con su compañero.

—Un lugar entre pinos.

—Y ¿cómo lo has averiguado? —preguntó un tanto confusa.

—Muy fácil. Porque estoy escuchando las chicharras. Aquí, en mi casa, también llega el chirrido.

—Pues como habíamos pensado, Antonio debió tomar su bicicleta y se marchó hacia Cuenca por el camino junto al río. No habría corrido ni un kilómetro cuando lo atropellaron desde atrás y allí mismo lo remataron de dos tiros. Lo que hace falta saber es quien pudo haber disparado.

—¿Habéis encontrado los casquillos?

—Por supuesto. Estaban fuera de la carretera.

—Buen trabajo, compañeros. Tomad una cerveza en el bar de la plaza a mi salud —propuso Oramas.

—Tengo otro plan mejor.

Soltó el pincel sobre la mesa y dijo:

—¡Peligro! Te temo más que a un pedrisco.

La voz pareció que le costaba trabajo salir de su garganta.

—No, no te lo tomes tan mal. Solo te quiero proponer que nos veamos esta noche.

No estaba en su mejor momento y a su edad, cuando su mente emitía un veredicto, difícilmente se dejaba arrastrar en sentido contrario.

—Estoy en una edad en que empiezo a pensar que la noche es para las zorras y para los insomnes —bromeó—. O si prefieres te lo voy a decir como lo dirían en mi tierra: estoy molida como un zurrón.

—Venga ya, no me jodas. Si estás de bajón, no te creas que te estoy proponiendo ningún asunto descabellado. Lo que te estoy sugiriendo no es una correría nocturna autodestructiva, simplemente es que quiero tener un cambio de impresiones contigo. Con mi jefa, coño —dijo Crespo cargada de incredulidad.

Metió los dos pinceles que había utilizado en un vaso sobre el que había vertido aguarrás y los agitó con violencia. El líquido cambió de color al instante. Se mostró persistente y le dijo:

—Si es así, pásate por mi casa. La verdad es que una vez que me he desmaquillado y me he puesto ropa cómoda no me apetece volver a la batalla.

A pesar de sus palabras, Crespo creyó que le quedaba un último cartucho en el tambor de su revólver y le contestó:

—Con lo bien que lo pasamos la noche que estuvimos en el Jovi, qué trabajo te cuesta ponerte un ato y maquearte un poco. Las pibonas como nosotras tampoco necesitamos tanto.

Aguantó el tirón con falsa entereza y respondió:

—¿Pibona? ¡Qué graciosa eres! A ti, desde luego, te cuesta poco. No lo necesitas. A mí, aunque no me ha tratado mal la diosa Afrodita, ya tengo una edad y necesito mucho tiempo ante el espejo para seguir perteneciendo a la cofradía de la juventud.

—Venga ya. Anímate.

—Ni toda la fuerza de un ciclón podrían sacarme de mi casa ahora mismo.

Por fin, fue la inspectora Crespo la que se dejó arrastrar por la propuesta de Oramas y quedó en que se acercaría por su casa.

—Me has dejado impactada con el aspecto de tu casa. No te puedes ni imaginar el cambio que ha experimentado. No sabía que mi jefa tenía tan buen gusto.

—No es tan difícil como tú te crees. Tan solo es cuestión de sentido común. Donde ves que falta la luz, abres un hueco en el tejado y lo cubres con un cristal de la mejor calidad.

—Creo que no es tan fácil como lo pintas. Se nota que es una casa personalizada. Está hecha al gusto y al servicio de quien la ha mandado construir. Esta combinación de bronce y piedra en el patio mola cantidad. En conjunto, todo es de una enorme elegancia.

—Lo mejor de esta casa está en su entorno. No hay arquitecto que supere esa cualidad. Lo que se ve tras cualquier ventana es una obra de arte. Tuve claro que lo que tenía que hacer es meter la casa en la naturaleza. Esa es la razón por la que le puse tanto cristal.

—Recuerdo esta casa muy oscura y muy recargada en lo que a decoración se refiere.

—A mí lo que me va no es el recargamiento del barroco si no el minimalismo.

—Otra cosa que me gusta de tu casa es que te puedes despelotar sin que nadie te pueda ver.

Cuando le dijo que había construido su casa con criterios ecológicos se deshizo en elogios hacia ella. Las virtudes y los méritos llegaron a la exaltación cuando le enseñó el tejado con cubierta vegetal.

—Esto es una pasada. Te has tirado un triple. Pero cómo se te ha ocurrido esta idea.

—La cubierta es la quinta fachada de una casa y la que más calor o frío recibe, por cierto. Un buen manto de tierra y las plantas son la mejor opción para regular la temperatura en el interior de la casa. Eso es todo.

Cuando se apagó la emoción por la remodelación de la casa, recogió los apechusques de la pintura, colocó la mesa bajo un pino desde el que se podía contemplar mejor el espectáculo de la naturaleza y sacó una botella de agua fría con dos vasos. Miró muy fija a su compañera y le dijo:

—Si te apetece otra cosa, dímelo.

—Si está fría, es lo que más deseo en este momento.

Llenó los dos vasos de agua medio dedo por debajo del borde y propuso:

—Vayamos al grano. Tú tienes algo que decirme. ¿No es así?

De momento Crespo se sintió un tanto acorralada, pero no tardó en reaccionar.

—Podías cambiar esa cara de vinagre. ¿Acaso te molesta que haya venido? —preguntó con cara angelical.

Oramas cogió la ocasión por los pelos y dijo:

—Vamos niña, no me vengas con mojigaterías, que tienes más conchas que un galápago. Si te digo que vayamos al grano es porque dijiste que querías hablarme de algo.

Crespo no mostró el menor signo de rubor. Tenía las espaldas demasiado anchas como para dejarse intimidar. Dio un sorbo a su vaso y dijo:

—Quería proponerte que investigáramos el viaje de Filipo.

—Eso ya lo ha hecho Peláez.

—Lo que ha hecho es confirmar que el italiano ha volado a Oslo, pero no sabemos si se ha marchado solo o con alguien.

—Sí. Es cierto. Hoy, por hoy, es lo único que tenemos.

—Y ¿nos vamos a conformar con eso?

—¿Qué sugieres?

Crespo alzó la vista al cielo. Sintió un cosquilleo en el estómago y respondió:

—Ir a Madrid.

—¿Para qué?

—Deja de hacerte la rubia, que eso ya te lo he dicho. Para qué va a ser, pues para averiguar si Filipo marchó solo o acompañado.

—Lo que quiero que me expliques es cómo lo vas a hacer.

—He contactado con la compañía aérea Norwegian y me han dicho que una de las azafatas que hizo el vuelo en el que se marchó Filipo llega mañana a Madrid.

—Supongo que querrás ir.

—No es que quiera, es que debo.

—Eso suena muy bien. Ya sabía que eres una poli admirable. Mañana coges el coche y te marchas para Madrid.

Crespo sacó el teléfono del vaquero. Se retiró hacia la balaustrada. Echó un vistazo de derecha a izquierda antes de marcar el número y escuchó cómo se sacudían los árboles el calor del día. Cuando le cogieron la llamada, Oramas pudo entender a duras penas que había quedado a las dos de la tarde en un hotel cercano al Wanda Metropolitano.

—Tu inglés parece bastante aceptable, pero yo apenas me he enterado de lo que has hablado. Me podrías aclarar…

—Lo único que he hecho es identificarme y quedar para mañana.

Oramas bebió y se quedó inmóvil. Sin decir nada. Plantada como un poste. Crespo permaneció cohibida durante unos tres minutos, hasta que soltó:

—Te veo muy desanimada. Da la impresión de que estás hecha unos zorros. ¿Te pasa algo?

—No te preocupes, no me pasa nada —contestó sin el menor entusiasmo.

—A mí no me la das. Sé que estás preocupada por esa chica.

—A qué chica te refieres,

— No te hagas la tonta, que sabes perfectamente que me estoy refiriendo a Silvia. ¿Qué es lo que te preocupa de ella?

No le respondió en seguida. Se le acercó por detrás. Sonrió misteriosamente y respondió:

—Cuando vivía con mi marido, la vecina de enfrente tenía una hija. Un hijo no siempre está al alcance de cualquiera, no tengo empacho en reconocerlo. Nos llevábamos muy bien. Esa niña la vi crecer hasta que una grave enfermedad se la llevó por delante. Aunque te cueste creerlo, sentí una gran pérdida. Era la niña que hubiese deseado tener. Guapa, simpática, cariñosa y la mirada y la sonrisa eran la misma que la de Silvia.

Crespo la escuchó con atención de principio a fin. Cuando acabó, suspiró y se quedó pensativa unos segundos.

—Deberías intentar aislar tu profesión de los sentimientos.

Durante unos instantes terribles se quedaron mirándose una a la otra como si fueran a desenfundar el revólver.

—Trato de sujetar la amargura, pero a veces me resulta complicado —dijo proyectando una sonrisa lánguida que no expresaba otra cosa que sentimiento de culpa.

La tarde caminaba en busca de la noche como la luz de la oscuridad. Desde el fondo del valle empezaron a subir vaharadas de frescor alivioso. Crespo se acercó a la barandilla y volvió a mirar al abismo.

—Esta es mi hora preferida en Cuenca —se refería a ese momento en que el azul del cielo empieza a difuminarse con pinceladas de violeta.

—Supongo que te refieres únicamente al verano.

—Sí, claro. En invierno, por el contrario, es la hora más triste del día —se apresuró a añadir, conocedora del paño en que se movía.

Oramas se levantó de la silla y acudió junto a Crespo para escuchar gemir la tarde.

—No hago nada más que pensar cuál sería el móvil por el que han matado a Antonio.

—Puede haber miles, pero todas juntas se reducen a una. El hombre se torna alimaña para el prójimo. Da la impresión de que la maldad habita en nuestro interior. A mí, lo que más me tiene en ascuas es no saber el motivo por el que se llevó a Silvia a la finca.

—Tengo claro que Antonio es el artífice del viaje a Noruega. Me da la impresión de que les ha pagado el viaje y ha sido precisamente en su finca donde les ha comunicado la decisión.

—Si ha sido así le ha debido entregar un *billetal*.

—¿Por qué dices eso?

—Porque el italiano ha abandonado su negocio.

La cara de Oramas manifestaba que estaba harta, pero ni ella misma sabía de qué.

—¿Te has enterado cuándo es el entierro de Antonio?

—Mañana. Procura ir. Puede ser un buen momento para averiguar algo nuevo. Fíjate bien en la cara de Ana Belén.

—Me fijaré en la de Ana Belén y en la de muchas más.

—Como quién.

—Supongo que vendrá familia de Antonio al entierro.

14

Sin poderse explicar a sí misma el motivo, Oramas se levantó al día siguiente habiendo atenuado la presión de su tormento. Acostumbrada a los inmensos minutos de meditación debido a la vida en soltería, le dio en pensar por la causa de tal deriva. Sin saber cómo, empezó a recapacitar sobre la resolución del caso más que en la emoción y el dolor por los afectados.

Al entrar a comisaría, con la sutileza que su educación imprimía a su manera de conducirse, observó un grupo de uniformados que discutían con voz elevada y con poca capacidad para juzgar con rectitud. A pesar del raquitismo mental de los vociferantes, pudo entender que se referían a Ángel Bascuñana y que había un asunto de drogas en el que parecía que estaba enredado.

Subió a su despacho. Dejó el portátil y el bolso y marchó en busca de sus compañeros. Peláez no había llegado todavía. La puerta del despacho de Torrijos estaba abierta. Dio dos golpes con los nudillos, pero nadie contestó. Empujó la puerta. Aunque sobre la mesa había un ordenador encendido, no había presencia humana. Al darse media vuelta vio aparecer a

Torrijos. Venía abrochándose los últimos botones de la braqueta, por lo que deduje que vendría del baño.

—Buenos días, madrugador.

Torrijos se sobresaltó. Se giró intentando encubrir su acción y dijo:

—Ya sabe que me gusta llegar con un margen de unos cinco minutos. Es a lo que le llamo un «*porsiacaso*».

—Dos cosas te quería decir. La primera es que he pensado en ti para que me acompañes al entierro de Antonio.

—Me parece extraño que no hayas pensado ir con la inspectora Crespo —dijo Torrijos con un halo de reticencia.

Ante la contundente mirada de Torrijos, que acababa de abrir la puerta de su despacho indicándole con la cabeza que pasara delante, agradeció el gesto con un leve movimiento de cabeza.

—Crespo va camino de Madrid —replicó lanzándole una mirada oblicua. Acto seguido marchó hacia la ventana y subió la persiana. Regresó a la puerta y apagó la luz.

—¿Le pasa algo?

—No le pasa nada. Ha ido para averiguar si el italiano ha viajado solo a Noruega —aclaró ella con un ligero tono de retintín.

—¿Qué es lo otro que me querías decir? —preguntó Torrijos sin el menor entusiasmo.

—Ah, sí. En la entrada había un tremendo pitote armado. Me ha parecido oír algo sobre el diputado Bascuñana. ¿Sabes tú algo?

Torrijos la miró de arriba abajo como si fuera la primera vez que se la echaba a la cara. Centró la vista en sus ojos y respondió con tono burlón.

—¡Cómo, es que no te has enterado! Parece ser que los de estupefacientes de Madrid han descubierto que estaba metido en asuntos turbios. En una ciudad como esta, en fin, te puedes imaginar lo que supone la noticia.

Apretando un poco más la tuerca, preguntó variando el tono de voz:

—¿Tráfico de drogas?

—Bingo. Parece ser que andaban tras una banda que se dedicaba al menudeo y tirando del hilo han llegado hasta Bascuñana. Alguien ha filtrado la información a la prensa nacional y mira la que se ha liado.

Oramas no dejó pasar la oportunidad y preguntó:

—Y ¿qué tiene eso que ver con el guirigay que tienen montado ahí abajo?

A Torrijos, casi incapaz de reaccionar, le entró una risa floja. Por fin contestó:

—Eso está muy claro de entender. Unos son simpatizantes del partido de Bacuñana y los otros del otro partido. No sé si sabe que en la ciudad y en la provincia se alternan los dos grandes partidos que hay en España —quiso concluir Torrijos, pero ante la risita floja que observó en la cara de Oramas concluyó—: qué le vamos a hacer, aquí somos así de aldeanos.

—¡Dios mío! ¡Qué vacuidad de espíritu!

Torrijos la miró y volvió a sonreír, esta vez casi sin ganas. Suspiró con fuerza y dijo soltando el aire de los pulmones:

—Es lo que hay, jefa. Piensa lo que quieras.

—Lo que me parece mentira es que un hombre de la posición de Bascuñana…

—Mira, te voy a decir lo que pienso. Los humanos somos seres muy peculiares, llenos de contrastes y de aristas. Las hay que están totalmente faltos de empatía y son capaces de llevar a la gente a la ruina quedándose tan panchos. Sí, no me mires así. La gente que trafica con la droga son así. Piensan en el beneficio, pero no en el daño ajeno.

—Hace unos días he leído que las cosechas de coca en Colombia se han duplicado. El volumen de negocio es tan grande que la élite política acaba participando del negocio —dijo Oramas entre susurros tras unos segundos de reflexión.

—Es que esos jodidos colombianos necesitan al político para hacer las transacciones. Si dan con uno que carece de empatía y piensa que es invulnerable, pues…, ahí tienes, la tormenta perfecta.

—Pues a Bascuñana le llegó su San Martín. Por cierto, ¿se sabe cómo operaban? Pero, por favor, explícamelo de forma escueta.

Su primer impulso fue reír, pero se contuvo cuando pensó que su curiosidad era genuina; se encogió de hombros y aclaró:

—En España entra la droga por toneladas. Hay dos formas de proceder. O se mete en los puertos directamente o se tira al mar en fardos cerca de la costa para que la recojan las planeadoras esquivando los controles.

—¿Cuál era la función de Bascuñana en este asunto?

—Se dedicaba al blanqueo de dinero. Lo hacía desde su despacho de abogados en Madrid. Abría cuentas en paraísos fiscales y creaba sociedades para invertir el dinero de la droga en bienes inmobiliarios.

—¿Tan mal le iba el despacho que se tuvo que dedicar a blanquear el dinero procedente de la droga?

—Es que el dinero atrae al dinero.

—¿Y para qué le ha servido?

—Seguramente para comprar lo que no necesitaba.

La inspectora jefa zanjó el encuentro con cuatro palabras:

—Nos vemos más tarde.

Salió entonces del despacho con trote ágil y severo taconeo. Torrijos se quedó observándola en silencio hasta que desapareció por las escaleras.

Cuando Oramas llegó a su despacho todavía se escuchaba el barullo de los uniformados en la planta baja.

La Virgen de la Luz es la patrona de la ciudad. La iglesia que lleva su nombre está situada en la vieja entrada desde Madrid, junto al puente de San Antón que permite salvar el río Júcar. Fue construida en el siglo XVI sobre lo que era un antiguo convento.

Oramas y Torrijos se apostaron en una esquina de la iglesia, junto a la única puerta, a la espera de que llegara el féretro. La inspectora Oramas recordó el día en que se topó de frente con

202

el entierro del diputado Ángel Bascuñana Gascueña en la iglesia de San Esteban.

Una de las primeras personas en llegar fue Ana Belén. Llegó andando e iba acompañada de su hija Lucía. Vestía riguroso luto. Al percatarse de la presencia de Oramas acudió hacia ella y la saludó plantándole un beso en cada mejilla. Se le quedó fijamente mirando y dijo:

—Tengo miedo. Tengo mucho miedo.

Oramas también la miraba fijamente. Le pareció que tenía el rostro descompuesto. La miró a los ojos y se dio cuenta que eran dos ojos inexpresivos, daba la impresión de que fueran ojos sin rostro.

—¿De qué tienes miedo? —preguntó conociendo de antemano la respuesta.

—De mi hija.

—¿Qué sabes de ella?

—Nada.

—¿Se ha puesto en contacto contigo?

—No.

—¿La has llamado por teléfono?

—Todos los días, pero no da señal. Por favor, no abandonéis la búsqueda.

—Esta misma mañana Mari Luz ha marchado a Madrid para seguir la pista de Silvia.

—¿Sospecháis algo? —preguntó Ana Belén con los ojos dilatados.

—Queremos saber si tu hija ha volado a Oslo con su novio.

En el rostro de Ana Belén apareció una mueca de sorpresa.

—¿Oslo? Pero…, eso está muy lejos.

—Está solo a tres mil kilómetros y poco más de cuatro horas de camino.

Lucía asistía a la conversación de Oramas con su madre con ojos llorosos. A tenor de la aflicción que expresaba su rostro, la muerte de su padre le había afectado bastante.

—Por cierto —siguió Oramas—, ¿sabes si Antonio se ha hecho cargo del viaje de Silvia y de su novio? Lo que quiero decir es si su situación económica…

—Yo de eso no tengo ni idea.

—Sospechas de alguien que...

—No. No tengo ni idea de quién se ha podido tomar la justicia por su mano.

—¿Sabes de alguien con quien Antonio estuviera en deuda? Un proveedor, por ejemplo.

—No —respondió con sequedad.

—Algún ajuste de cuentas.

—Nada.

Apareció el féretro por la otra punta del puente y la gente empezó a remolinarse cerca de la puerta. Torrijos acercó su boca al oído de Oramas y preguntó con discreción:

—¿Crees que es culpable?

—No hay que descartar nada.

—Oh, es una virgen negra —advirtió Oramas nada más entrar en la iglesia.

Entraron los últimos y se quedaron en la parte de atrás. No había mucha gente. Solo se ocuparon la mitad de los bancos. La mitad del público era gente joven, seguramente congregados por Lucía. El primer banco de la parte izquierda de la nave lo ocupaban únicamente Ana Belén y su hija. En el primero de la parte derecha había una pareja de mediana edad que podría ser algún hermano de Antonio. La distancia entre las dos partes le hizo pensar a Torrijos, y así se lo hizo ver a Oramas, que no debían llevarse nada bien. Y así lo corroboraba el hecho de que durante la celebración ni siquiera se dirigieron la mirada.

Al terminar la misa, fue conducido el féretro hasta el coche fúnebre y tomó la dirección opuesta al cementerio. Torrijos se quedó sorprendido. Preguntó y resultó que llevaban el cadáver al crematorio para ser incinerado.

Oramas aprovechó el momento en que partía el coche fúnebre y se aproximó a la pareja que estaba en el primer banco de la derecha. El señor era bajo, pelo ralo ceniciento y cachazudo. Su prominente barriga tensaba los botones de la chaqueta hasta parecer que pudieran salir disparados en cualquier momento. La señora, vestida completamente de negro —un negro mucho más intenso que el traje de su marido—, era más alta que él. No había llegado todavía a su altura y se fijó en sus ojos. Más que dolor, que también, lo que ponían al descubierto era cansancio. Se presentó y les preguntó si eran familiares de Antonio.

—Soy su hermana —dijo la señora con tristeza.

A Oramas le resultó fácil convencerla para que marcharan a comisaría para tomarle declaración.

Marcharon andando hasta el lugar donde tenían los coches. Torrijos marchó en un patrullero. Oramas acompañó al matrimonio hasta el lugar donde tenían aparcado su coche. Cuando llegaron a comisaría le dijo a la señora:

—La veo con cara de cansancio.

—No he dormido y ni siquiera he desayunado.

Oramas encargó a Peláez que se preocupara de que le subieran un desayuno completo, el señor lo rechazó. Zumo de naranja, café con leche en taza de desayuno, pan blanco tostado con mantequilla y mermelada y un pincho de tortilla. Dejaron a la pareja solos en el despacho mientras que la señora dio cuenta del brunch.

Cuando entró Oramas se encontró al marido de la señora observando su óleo. No le dijo nada. Se dirigió a la señora.

—Le veo a usted otra cara.

—Tenía tanta necesidad de comer como de dormir —dijo tocándose con suavidad el estómago con la mano derecha en un claro gesto de que había falta de alimento en él.

Oramas asintió con un breve gesto y sin disimular que sus urgencias eran otras fue al grano.

—A ver, la hemos traído aquí porque estamos investigando el asesinato de su hermano y, la verdad, conocemos poco de él. Si no estamos equivocados, Antonio era de Madrid.

—Hemos nacido todos en Riaza, un pueblo de Segovia. Mi padre decidió que nos marchásemos a vivir a Madrid pensando que el pueblo no ofrecía futuro para sus hijos.

—¿En qué año marchasteis a Madrid?

—En el ochenta y dos, un año en el que en España se estaba padeciendo una enorme sequía y, sin embargo, en Valencia, a consecuencia de las intensas lluvias se rompió la presa de Tous, provocando cuantiosas pérdidas materiales y humanas. Le cuento estos detalles porque los llevo marcados en el alma. Mi hermano era muy pequeño, tenía tan solo tres años. Yo tenía ocho y me costó mucho adaptarme a la nueva vida madrileña.

Sus palabras estuvieron tan cargadas de sentimiento que a punto estuvieron de aparecer lágrimas en sus ojos.

—¿Fueron fáciles los primeros años en Madrid?

—Mi padre se echó a la calle el mismo día que llegamos. Nunca le faltó trabajo. Donde veía una posibilidad de ganar dinero allí que se presentaba. Eso sí, no tuvo ni un solo día de vacaciones en su vida. Los fines de semana se dedicaba a vender insignias o llaveros en el Bernabéu. A veces iba también a la plaza de toros a vender bebidas. Crecimos sin grandes carencias, esa es la verdad.

—¿Dónde vivíais?

—En Canillejas. En aquella época era un barrio madrileño que acogía a emigrantes procedentes de las provincias limítrofes, constituyéndose en un foco de agitación obrera. Pero, la verdad, crecimos en un ambiente moderadamente feliz. Concretamente, vivimos en una zona de casas bajas donde la convivencia entre los vecinos formaba parte de la vida cotidiana. Un ambiente callejero, rodeados de perros y gatos, gritos de vecinas y borrachos que deambulaban de bar en bar.

—Supongo que pudisteis asistir a la escuela.

—Sí. En aquella época ya quedaban muy pocos niños sin escolarizar gracias a las políticas educativas del gobierno de Adolfo Suárez. Era un colegio privado que tiraba a base de subvenciones y de las actividades para adultos que se ofertaban a partir de las seis de la tarde. Ya sabe, mecanografía, contabilidad, cálculo. Ocupaba la planta baja de un bloque de pisos. No disponíamos de un patio donde jugar, por lo que teníamos que ocupar la calle en el recreo teniendo que compartir el espacio con las constantes obras que había en el barrio.

—Detállenos cómo fue la vida de su hermano.

La señora sacó un pañuelo del bolso. Se sonó la nariz y dijo:

—En los años ochenta el desempleo en España era muy grande. En el barrio casi nadie tenía un trabajo fijo. Eran muchos los que se dedicaban a hacer chapucillas o al trapicheo. Muchos jóvenes se echaron al monte y se dedicaron a la delincuencia. Ese fue el mundo que acogió la infancia de Antonio.

—Cuéntenos algo de la problemática de la droga en el barrio —preguntó el inspector Torrijos.

—La droga ha marcado la historia del barrio, de eso no hay duda. Se creó un poblado chabolista en los alrededores del barrio y no hizo nada más que empeorar la situación. Se incrementó el consumo de heroína. Cuando llegamos al barrio la gente se moría en la calle. El sida hacía estragos.

—¿Estuvo implicado Antonio en asuntos de drogas? —inquirió Torrijos.

—No me consta. No le digo que de vez en cuando no se fumara algún porro, pero nunca tuvo problemas serios con ella.

—¿Y con la delincuencia? —continuó Torrijos.

—No, no. De eso estoy segura.

—¿Fue un chico estudioso? —preguntó Oramas en un tono cercano.

—Mi padre fue un hombre que se pasaba todo el día en la calle buscando el sustento, mi madre era floja de carácter, muy blandengue. Mi hermano vivía en la calle y…, ya se sabe… Vamos, que ni siquiera se sacó el graduado.

—Pero supo ganarse la vida; o, al menos, eso tengo entendido.

—Se dedicó a la hostelería. Pero no hacía nada más que abrir y cerrar negocios.

Oramas y Torrijos se lanzaron mutuamente una mirada cómplice.

—¿Sabe el motivo que tuvo para ser tan volátil en sus negocios? —insistió Oramas.

—Mire, a medida que Antonio se fue haciendo mayor se fue aislando poco a poco de la familia hasta convertirse en un testigo mudo. No voy a decir que fuese un huraño, pero sí muy retraído. Se pasaba muchas horas metido en su habitación.

La pareja de la señora miró el reloj. A Oramas no le pasó desapercibido el gesto. Apresuró y fue al grano.

—¿Cuál cree que debe ser el móvil por el que han asesinado a tu hermano?

—No tengo ni idea.

—Posiblemente haya sido un ajuste de cuentas —añadió su marido.

—Puede que sea así. Pero…, ¿qué tipo de ajuste tendrían que hacer? —preguntó Torrijos.

—No tenemos ni idea.

—¿Drogas? —sugirió Oramas.

—No nos consta —salió al quite la hermana de Antonio.

—No le voy a hacer más preguntas por ahora —dijo Oramas—, pero me gustaría tener tu teléfono por si tenemos que consultar cualquier detalle. Piensa que estas molestias están encaminadas para encontrar al asesino de tu hermano.

—Lo entiendo —respondió la señora con la cara vacía de expresión. Oramas sacó de su bolso el teléfono y anotó en la agenda el contacto.

La señora se agarró del brazo del señor y bajaron las escaleras. Oramas les acompañaba detrás.

—¿Viven sus padres? —preguntó Oramas en la misma puerta.

—Mi padre murió hace nueve años. Mi madre está en una residencia con Alzeimer. Ni siquiera se ha enterado de la muerte de su hijo.

Cuando regresó a su despacho le preguntó a Torrijos:

—¿Qué te ha parecido?

—Que ha protegido a su hermano.

—Eso me ha parecido a mí también.

Oramas se sentó en su silla. Encendió el ordenador y subió la persiana. Cuando Torrijos se disponía a salir del despacho, apareció por la puerta el comisario.

—Buenos días familia —dijo poniendo una sonrisa amplia en su cara nada más poner un pie en el despacho—. ¿Qué tal ha ido la mañana?

—Bien —contestó Oramas.

—¿Habéis averiguado algo? —preguntó. Oramas le explicó las pesquisas de la mañana.

—No os preocupéis. Tarde o temprano daremos con el camino que nos lleve al asesino.

Torrijos y Oramas asintieron.

—Dime una cosa —continuó el comisario con la sonrisa puesta y con su típica apostura de galán, dirigiéndose a Oramas—. ¿Qué actitud habéis observado en la madre de las gemelas? —La pregunta pareció desconcertar a Oramas; tras unos segundos de silencio aclaró—: Esa persona es que parece que es un tanto visceral. ¿No os parece?

La pregunta iba dirigida a los dos, pero Torrijos rehusó responder.

—Ya lo creo que lo es —confirmó Oramas el sentir del comisario—. Pero lo cierto es que nos manifestó que está muy asustada.

—Me lo creo. La gente tan inestable como ella suele ser muy frágil —explicó el comisario.

Peláez se incorporó a la reunión. Lanzó una mirada severa alrededor del despacho y la detuvo en el comisario. Le sorprendió su presencia y se quedó parado pensando que hubiera podido penetrar en terreno vedado. Permaneció inmóvil unos segundos hasta que Oramas le invitó a acercarse con la mano. Se disculpó y dijo que había tenido que pasar por la cafetería de la comisaría para tomar un café. Les informó a sus compañeros de la repercusión y de la alarma social que había creado la noticia del diputado Bascuñana. El comisario hizo una mueca de desagrado al escuchar las palabras de Peláez y dijo:

—Qué poco me gusta que esté esta ciudad en el candelero mediático —dijo el comisario remangándose los puños de la camisa por encima de los codos—. En fin, ya sabemos cómo funcionan los periodistas. Esperemos que igual que aparecen sin que los hayamos llamado se vayan por donde llegaron.

—Pues, me da que este asunto ha venido para quedarse —dijo Peláez—. De momento, creo, vamos a estar en todos los medios unos cuantos días. Por lo que he oído, hay grupos de colombianos, mexicanos, holandeses, albanokosovares y serbios afincados en nuestro país que llevan una vida tranquila haciendo negocios y tratando de ilegalizar lo ilegalizable —aclaró.

El comisario volvió a sonreír, pero esta vez de forma más violenta y sacudiendo la cabeza de arriba abajo.

—Y ahí es donde se ha pringado nuestro querido paisano Ángel —añadió el comisario.

—Exacto.

—Lo que no creo es que debamos estar pendientes de lo que diga o deje de decir la tele. Nos tenemos que centrar exclusivamente en lo nuestro. En el asesinato de Antonio.

Aunque sin decir nada, Torrijos, Peláez y Oramas taladraron al comisario con la mirada. Tomaron las palabras del comisario como una afrenta. Tratando de aliviar la incomodidad del momento, la inspectora jefa se incorporó hacia delante y dijo:

—Aunque veas que estamos tres, quiero decirte que la inspectora Crespo ha marchado a Madrid para entrevistarse con una azafata que…

—Sí, sí. Lo sé —interrumpió el comisario a Oramas—. Me lo ha dicho hace un rato Peláez. Bien, vayamos al grano. ¿Qué os parece si repasamos lo que hemos averiguado hasta ahora del caso?

Seguramente no hubiesen empleado ni un solo minuto en dicho repaso, pero si lo propuso el jefe, tampoco era cuestión de enmendarle la plana. Tomaron sus notas y esperaron la ocasión para intervenir.

—Si no recuerdo mal —siguió el comisario—, todo empezó cuando la madre de las gemelas se presentó en la comisaría y, tras armar la marimorena, denunció que su hija Silvia había desaparecido.

—Eso fue el martes día veinticinco de junio —confirmó Torrijos consultando su libreta.

—Ese mismo día supimos que Doménico, de improviso, hizo un viaje dejando su negocio en manos de sus camareros.

—Y no pudieron dar ninguna explicación. Me refiero a sus asalariados —aclaró Oramas.

—Corregidme si no es cierto —el comisario estaba hablando sin anotaciones por delante—, parece ser que Silvia estuvo en su casa la mañana del miércoles y recogió ropa, dinero y el ordenador; de donde pudimos colegir que se marchó voluntariamente. El conserje del instituto dice que Silvia marchó con su padre el lunes, 24 de junio; y el encargado de la finca que su padre tiene en Palomera afirma que Antonio estuvo allí con su hija.

—En efecto, así es. Yo misma fui la que le interrogué —aseguró Oramas.

—Tenemos también confirmado —prosiguió el comisario— que el novio de la chica tiene pasaporte falso.

—Falsificó documentos cuando huyó de Italia por atropellar a un ciclista conduciendo en estado de embriaguez —apostilló Torrijos.

—Por fin, con la ayuda de un señor de Palomera, aparece el cuerpo de Antonio en un pozo de diez metros de profundidad —aseguró el comisario a la vez que aflojaba el nudo de su corbata—. ¿Sabemos algo más?

—Sabemos que viajaron a Madrid el lunes, en el Auto-res de las cinco —advirtió Peláez.

—Y que las cuentas bancarias de Antonio no han sufrido movimiento alguno en los últimos cinco meses —añadió Torrijos.

—Eso quiere decir, con toda seguridad, que se maneja con dinero negro —precisó el comisario.

—Por último, déjeme que le recuerde que Crespo ha ido a confirmar si Filipo ha volado a Oslo solo o acompañado— puntualizó Oramas.

El comisario pidió papel y bolígrafo. Peláez arrancó una hoja de su libreta y se la entregó junto con un bolígrafo. El comisario se acercó a la mesa y, acodándose, tomó apuntes de lo dicho hasta el momento. Torrijos no dejaba de dar vueltas al bolígrafo. Oramas miró al reloj. Peláez a sus compañeros y, sin pronunciar palabras, se encogió de hombros como si quisiera expresar que no veía sentido a la reunión.

—Pues, visto lo visto, creo que nos tenemos que centrar en el italiano —dijo el comisario con cierta pompa.

—El italiano no ha podido ser el asesino —respondió Oramas.

El comisario se quedó fijamente mirándola como si esperara algún tipo de explicación.

—No puede ser porque el italiano se fue a Madrid el lunes y el cadáver fue arrojado al pozo después de que se marchara. Te recuerdo que nuestros perros no detectaron el cadáver— continuó Oramas.

Con la mirada extraviada, el comisario enmudeció. Un sólido silencio se apoderó del despacho. Las miradas empezaron a cruzarse hasta que Peláez se decidió a romper el mutismo.

—Además, el día que se marcharon, desde que dejó a su novia en su casa hasta que regresó con ella no le pudo dar tiempo de llegar a Palomera, matar a Antonio y regresar a por su novia.

—Pudo haberlo matado antes de abandonar la finca —dijo el comisario sin dejar de mirarle.

—Eso supondría que lo hubiese matado en presencia de su hija. Por otra parte, hemos dejado claro que el cadáver fue arrojado al pozo después de que se marcharan de la ciudad. Parece bastante inverosímil que el italiano pueda estar implicado en el asesinato de ese hombre —concluyó Peláez.

Oramas y los otros dos inspectores se miraron de nuevo sin decir nada. Peláez hizo un gesto facial que le estiró toda la frente. Oramas tenía la impresión de que el comisario quería ir más deprisa de lo que se podía. No estaba cómoda. Lo que le rondaba por la cabeza sabía que no reportaría nada positivo a la reunión si lo soltaba. Tenía ganas de decirlo, pero se reprimió. O lo que es lo mismo, no se atrevió a decirlo.

—Pues…, creo que debemos centrarnos en la madre de las gemelas —sugirió el comisario. Oramas le dijo que no había que descartar nada y el comisario añadió mirando a los tres—: A mi, la verdad, esa mujer me inspira poca confianza.

—Creo que lo más oportuno es esperar noticias de la inspectora Crespo. A partir de ahí, decidiremos —replicó Oramas.

—No llego a entender qué tiene que ver el viaje de Crespo con la madre de las gemelas.

—Es que Oramas se teme que a Silvia se la hayan cargado —aclaró Torrijos.

A última hora de la mañana Oramas llamó al juez. Quería conseguir una orden de registro para entrar en casa de Antonio y en su tienda de antigüedades.

—¿Qué evidencias pensáis encontrar? —preguntó el juez con empaque doctrinal.

—Las cuentas de Antonio no han sufrido movimiento alguno desde hace cinco meses. Pensamos que en su casa o en su tienda podemos encontrar algún indicio que nos conduzca al asesino.

—Vas a hacer una cosa. Mándame por fax un escrito en el que me brindes la información pertinente.

—¿Qué información es la que necesita en concreto?

—Justo lo que me acabas de contar.

Oramas se sentó en su mesa. Abrió el ordenador y consultó las peticiones de registro que tenía guardadas en su ordenador de destinos anteriores. Cuando focalizó todas sus energías en la tarea y se dispuso a empezar sonó su teléfono. En la pantalla apareció el nombre de Crespo.

—¿Qué tal te ha ido por la capital? —dijo entre hálitos de nerviosismo.

—Muy bien. Acabo de terminar la entrevista con la azafata —respondió con un halo de satisfacción en su voz.

—¿Y…?

—Y puedes respirar tranquila —dijo Crespo ufana. Oramas aspiró profundamente, alargó sus labios con una leve sonrisa y le exigió urgencia en la respuesta—: Silvia viajó con el italiano a Oslo.

—Es un gran alivio para mí, esa es la verdad.

—Pero ha viajado con pasaporte falso —advirtió Crespo.

A Oramas le cayó como un jarro de agua fría tal afirmación, pero sin recapacitar mucho en ella preguntó:

—¿Sabes con qué nombre ha viajado?

—Me ha costado mucho averiguarlo. Pero, por fin sabemos que ahora se llama María Gómez Guerrero.

Oramas abrió su bolso, sacó una libreta pequeña y le pidió a la inspectora Crespo que repitiera el nombre. Crespo lo repitió y Oramas anotó el nuevo nombre de la chica.

—Un viaje muy fructífero —la felicitó Oramas.

—Y muy bien aprovechado. Me ha acompañado Lidia y ha conseguido entradas para el musical «Billy Elliot» para esta tarde.

—Me parece muy bien que te tomes la tarde libre. Y si mañana tienes que llegar tarde, no te preocupes.

—¿Habéis avanzado algo? —preguntó Crespo.

—He asistido al entierro de Antonio y he estado hablando con la madre de las gemelas. La pobre está aterrorizada…

—No te fíes de ella —advirtió Crespo.

—Fiarme, claro que no me fío. Pero, para hacer honor a la verdad, he de decir que me ha parecido sincera. He interrogado también a la única hermana de Antonio.

—¿Ha disipado alguna duda la entrevista?

—Poca cosa. Son unos hermanos con poca relación.

—¿Tenéis algo programado para mañana?

—Ahora mismo estaba preparando un escrito para solicitar orden de registro en la casa y en la tienda de Antonio. Además, he quedado en llamar a Ana Belén en el momento que tuviera alguna noticia de su hija, pero mejor la voy a visitar mañana por la mañana.

—¿Algo más? —preguntó Crespo.

—Que ha bajado el comisario a mi despacho y hemos dado un buen repaso a todas las pesquisas que hemos realizado hasta la fecha.

—Y ¿qué actitud ha mostrado?

—Ninguna en especial. Me da la impresión que lo único que ha intentado ha sido ponerse al día en el asunto. Desde que apareció el cadáver de Antonio está más encima.

—¿Ha propuesto algo?

—Que nos centremos en Ana Belén.

Después de cortar la comunicación, Oramas permaneció sentada en su silla pensando en Silvia. Estaba tan feliz como perpleja. A pesar de la satisfacción por las noticias de la chica, le sorprendió mucho el cambio de identidad. ¿Qué pretendía con ello?, ¿lo habría aceptado sin ningún tipo de oposición? Supuso que sería una estratagema de su novio para no levantar sospechas, sobre todo teniendo en cuenta que Silvia era menor de edad. Pero alguna duda martilleaba su cerebro: ¿era un cambio de identidad aceptado de buen grado o había una imposición de Filipo?, ¿por qué no había llamado a su madre? Más que nunca el italiano se convirtió en un personaje siniestro para Oramas.

15

Los medios de comunicación no paraban de hacer especulaciones sobre el «asunto Bascuñana», así es como lo denominaron. Según informaban, Bascuñana se había dedicado a comprar empresas en quiebra reflotándolas con dinero procedente de la droga.

Como de costumbre, Oramas desayunaba en la terraza bajo una luz cegadora. A su espalda, bajo el cielo inmaculado matutino, el roquedal que se perfilaba como si fueran amenazantes titanes petrificados se habían iluminado con un brillo limón por el reverbero del sol. Oramas cogió el teléfono, se acercó a la balaustrada e hizo una foto.

— Este tono amarillento le va a venir muy bien a mi óleo.

De la cocina llegaba hasta allí el agradable y familiar aroma de un bizcocho que su madre horneaba. A sus pies, tumbada, Linda la observaba con una mirada materno filial.

— No te vayas sin probar mi bizcocho, Mar —le gritó su madre desde la cocina—, le queda solo dos minutos.

Oramas entornó los ojos y esbozó en su cara un ademán de satisfacción, miró el reloj y, aunque no estaba muy sobrada de tiempo, se dejó convencer por el aroma que fluía desde la cocina.

—De acuerdo, esperaré hasta que salga el bizcocho— rezongó y caminó con la taza hasta la cocina para servirse otro café.

Casi con el bizcocho en la boca bajó a la comisaría intentando de ganarle unos minutos al cronómetro. Cuando llegó ya estaban sus compañeros de grupo. Le resultó extraño ver a la inspectora Crespo entre ellos.

—No me mires así, que no formo parte de una atracción de feria.

—Es que no te esperaba hasta mañana.

Salieron al encuentro, juntaron sus mejillas y enredaron sus cuerpos con los brazos.

—Nos vinimos anoche después de la función.

—¿No os hubiese apetecido pasar una loche loca por Madrid?

—Apetecer, claro que nos hubiese apetecido meternos en alguna *fiestuki*, no te jodes. Pero al precio que tienen los hoteles en Madrid... Y para pasar la noche en una pensión de la calle Atocha, con el ruido del tráfico rodado y las luces de neón parpadeando a pocos metros de nuestras narices pues, la verdad, decidimos regresar a dormir a casa.

Oramas no pensaba reunirse con los miembros del grupo pero, dado que había regresado Crespo, convocó una con la promesa de no extenderse más de media hora. Empezó solicitando a Crespo que informara de lo averiguado en la capital. Sonreía. Se recogió la mata de pelo que le tapaba la cara por detrás de la oreja y, sin necesidad de abrir la libreta, dijo:

—Pues, nada, que la azafata del vuelo me confirmó que Silvia viajó con su novio. Eso sí, lo hizo con nombre falso. Desde ahora tendremos que referirnos a ella como María Gómez Guerrero.

Sus tres compañeros siguieron con la vista clavada en sus ojos. Tras unos instantes, Crespo les espetó:

—No me miréis con esa cara de bobalicones, que ya no hay más que contar. Parecéis tres merluzas colgadas de un gancho.

Peláez siguió mirándola sin inmutarse. Oramas hizo un gesto reprobatorio sin decir ni pío. Torrijos, con gesto serio y circunspecto dijo:

—Tranquila niña. Que se te está subiendo la pólvora al campanario.

Como cada vez que veía peligro de fricción entres sus compañeros, Oramas tomó la palabra:

—¿Te dijo cuál era la actitud de Silvia?

—Me dijo que hicieron todo el viaje acaramelados como si estuvieran en su luna de miel.

—Eso quiere decir que la chica no ha hecho el viaje bajo presión —advirtió Oramas dirigiéndose a sus tres compañeros.

—Tampoco parece que le haya importado mucho el cambio de identidad —añadió Peláez.

—Supongo que la habrá tenido que convencer el italiano de que era necesario hacerlo para no levantar sospechas. Estoy segura de que además de falsificar el nombre ha cambiado también su fecha de nacimiento.

—No sé si habéis caído en la cuenta —dijo Torrijos—, pero estoy pensando que este viaje le ha debido costar una buena pasta. Los dos pasaportes falsos no creo que se los hayan regalado. Tú que eres experto en ello, ¿cuánto puede costar un pasaporte falsificado? —preguntó a Peláez.

—Eso depende de qué tipo de falsificación estemos hablando y de cómo lo quieras conseguir.

—A ver, explícanoslo despacito.

—En primer lugar se puede adquirir en la Dark Web. Pero a mí me da que, dado la premura de tiempo, Filipo ha acudido a algún lugar que precisara contacto con el falsificador. Posiblemente pensaría también que lo más seguro sería pagarlo en metálico.

—A mí me interesa conocer los tipos de falsificaciones que circulan entre los delincuentes —dijo Oramas.

—Hay pasaportes reales. Pensad en uno que alguien haya perdido o que hubiese sido sido robado. Lo único que hay que hacer si te decides por adquirir uno de estos es sustituir la fotografía. En este caso, también se pueden modificar datos. Otra forma de hacerlo es mediante plantillas. Lo más seguro, y lo más caro también, es falsificar las partidas de nacimiento. A partir de ella se obtiene uno de forma regular.

—¿Estás seguro que ha habido contacto con el falsificador? —preguntó Torrijos.

—Piensa que si lo hace por internet tienen que esperar a que se lo envíen por mensajería. A mí me da que ha sido una compra contra reloj. Lo más rápido es acudir en persona al falsificador.

—Hablando de premura, seguramente lo más rápido hubiese sido comprar un pasaporte modificado —replicó Torrijos.

—Has de saber que Interpol pone a disposición de las aerolíneas la base de datos de los pasaportes robados o extraviados para que comprueben la validez de los viajeros. Que yo sepa han obtenido billete de avión y han pasado dos controles fronterizos. ¿Qué quiero decir con esto? Simplemente que lo más seguro es que no hayan optado por uno modificado por el riesgo que comporta.

—¿Cuánto les ha debido costar? —preguntó Oramas.

—Unos doce mil euros cada uno.

Crespo dio un silbido penetrante y dijo:

—Y ¿tú crees que han podido pagar ese *billetal*?

—Lo que no creo es que se lo hayan regalado —contestó Oramas—. Creo que nos debemos situar en el caso de que hayan pagado esa cantidad de dinero, lo cual quiere decir que posiblemente estemos hablando de dinero negro.

Ávida de conocer qué pensaban sus compañeros de grupo, Oramas hizo ver que no sabía por dónde seguir la investigación. Crespo le tomó la delantera a todos y propuso investigar en los hoteles de Oslo para saber el paradero de la pareja. Peláez se centró en registrar la casa y la tienda de Antonio. Torrijos propuso volver al bar «Los Cisnes» y preguntar si Filipo se había puesto en comunicación con los camareros.

—Yo, lo que tenía que haber hecho ya es comunicar a la madre de Silvia que su hija está en Oslo —dijo Oramas—, pero voy a ir en persona a visitarla.

—A ver si puedes averiguar si su coche tiene golpe en la parte frontal —comentó Crespo.

Los pensamientos de Oramas manaban de su cabeza a velocidad de vértigo por la carretera vieja de Madrid. Cazó uno de ellos al vuelo: «¿y si la muerte de Antonio fue debida a un crimen pasional?, ¿qué lógica habría que buscar en ese caso?». Con la vista perdida en el horizonte, el coche daba la impresión de rodar por automatismo ajeno a cualquier voluntad. Así fue hasta que el GPS indicó que había que salir por la tercera salida de la rotonda que había a doscientos metros.

La carretera que tomó a partir de la rotonda era estrecha y cada vez más bacheada a medida que se internaba en el pinar. Aunque muy distanciados unos de otros, había chalets a ambos lados de la carretera. La mayoría tenían ya varios años construidos y no pertenecían a ninguna promotora a tenor del aspecto tan heterogéneo de las viviendas. Al fondo y a la derecha de la carretera, un tanto difuso, apareció una edificación todavía sin acabar. Por el emplazamiento, pensó que sería el chalet de Ana Belén. Cuando observó la carrocería de un coche blanco centellear a lo lejos entre los pinos sintió un extraño cosquilleo en el estómago. Se orilló en el primer camino a la izquierda y se bajó del coche. Sintió rápidamente el calor sobre su piel. No en vano, a esas horas de la mañana, el sol empezaba a caer a plomo y el chirrido de las chicharras ofrecían un acento sonoro que rompían el silencio de forma infernal. El viento, aunque lánguido, hizo caer unas hojas de un roble que se movían bajo su influjo de un lado a otro por encima de las de los pinos. Respiró hondo. Se llenó los pulmones de vapores olorosos. Dio un ligero paseo por un camino pedregoso. Las hojas secas de los pinos crujían a cada paso que daba y sintió nostalgia de su tierra. Se agachó y cogió una piña, la miró con curiosidad y se dio cuenta que era distinta a la del pino canario. Miró hacia arriba y comprobó que la copa de los pinos se abrían, a diferencia de los de su tierra. Se quedó embobada ante el vuelo irregular de una libélula. Le llamó la atención los colores metálicos del insecto y la trasparencia de sus alas de tul. Regresó al coche. Arrancó el motor y marchó decidida en busca de Ana Belén. Después de dejar atrás lo que en su día fue un campo de aterrizaje se dirigió hacia el chalé.

Pocos metros antes de llegar recordó lo que le comentó la inspectora Crespo referente al frontal del coche. Lo aparcó al lado del que había supuesto que sería el de Ana Belén. Miró la parte delantera y comprobó que, lejos de tener golpe, estaba como si lo acabase de sacar del concesionario.

—No te esperaba tan pronto —salió a recibirla Ana Belén—. Cuando me llamaste, entendí que llegarías a última hora de la mañana.

Estaba sin maquillar, pero tenía buen aspecto a pesar de las bolsas bajo sus ojos y un ligero racimo de arrugas en torno a ellos que, si cabe, la hacían todavía más atractiva. El pelo lo tenía recogido en una coleta alta. A pesar de ello, dos graciosos caracolillos se habían desprendido en ambos lados de su cara. Vestía unos pantalones pitillo muy ceñidos y un chaleco sin mangas por encima del ombligo.

—Tienes que tener en cuenta que a última hora no significa lo mismo para todas las personas.

Salió un señor que debía rondar los cuarenta con un casco en la cabeza. Se despidió de Ana Belén diciéndole que volvería en tres días, se montó en el coche blanco y se marchó.

—Cómo se te ocurre dejar el coche ahí—dijo Ana Belén—, dentro de un rato le dará el sol. Déjalo junto al mío —señaló girando la cabeza ciento ochenta grados—, allí ya no le da el sol en todo el día.

Le vino de perlas a Oramas para comprobar si tenía alguna señal en la chapa. Lo aparcó frente al suyo y comprobó que no tenía ni un rayajo. Era un Range Rover gris achampañado. Por la matrícula dedujo que era del último año. «Para qué querrá un coche tan grande», pensó Oramas.

Se fijó en el chalet. No se parecía en nada a los que había en la zona, ni por la forma, ni por los materiales, ni por las dimensiones. Desde fuera se apreciaba una casa de diseño moderno con la estructura de acero, las paredes de bloques de hormigón y ventanas enormes de cristal. La segunda planta tenía una superficie menor, las paredes eran de piedra grisácea y en cada una de las cuatro había dos ventanales con arcos ojivales en su parte superior. En ese momento cruzó su memoria la tarde en que la siguió y descubrió que hizo unas fotos a las vidrieras de la catedral.

—No te quedes parada. Pasa y te la enseño.

A falta de los últimos detalles, estaba casi acabada. Los espacios eran inmensos. A Oramas le impresionó la luminosidad de la planta baja, con un concepto de vivienda abierta a la naturaleza por medio de los enormes ventanales. Las copas de los árboles evocaban una constante lucha de luces y sombras que se proyectaban en las paredes del salón.

—Esta casa está diseñada con un gusto exquisito —dijo Oramas—, se ve que los detalles han sido muy bien estudiados.

—El proyecto lo hemos diseñado entre el arquitecto y yo. Esta es la casa con la que he soñado toda la vida.

Cuando le enseñó el piso de arriba, salieron al jardín y se sentaron en dos cajas de madera junto a la piscina.

—Tu casa me ha impresionado mucho, pero es obvio que no he venido para hablar de ella. Como te he dicho por teléfono, tenemos confirmado que tu hija ha viajado a Oslo.

Estaban las dos frente a frente. Oramas se percató de que no había conseguido centrar la atención de Ana Belén.

—Cuando tenga la casa terminada y con los muebles puestos tienes que venir una tarde a tomar café —dijo Ana Belén con naturalidad a la vez que Oramas quedó sumida en un profundo desconcierto.

—Muy amable. Gracias por la invitación. Por cierto, ¿sabes que tu hija ha viajado con pasaporte falso? —replicó poniéndole un trapito rojo sobre su cara tratando de captar su atención.

Y lo consiguió, ya lo creo que lo consiguió. Ana Belén giró la cabeza con brusquedad. Tensó los músculos de su cara y repitió de forma compulsiva:

—Hijo de puta, hijo de puta…

Lo repitió unas ocho veces pronunciando perfectamente el sonido de todas sus letras. Cada una de forma más airada que la anterior. El corazón le latía en la garganta.

—No te preocupes por eso. Lo importante es que sabemos dónde está. Para tu tranquilidad he dado la orden de que se pongan en contacto con la policía noruega.

—Hijo de puta. Con lo buena que es mi niña.

Oramas se acercó a ella. Le cogió la mano intentando transmitirle tranquilidad y dijo:

—Te repito que no debes preocuparte. Creemos que han falsificado su pasaporte porque tu hija es menor de edad.

La rabia de Ana Belén se transformó en lágrimas. Oramas dejó que se desahogara. Clavó los ojos en el suelo y las lágrimas fueron aumentando de volumen rodando por sus mejillas a mayor velocidad y bajando por el cuello hasta desaparecer entre el escote. Por fin dijo entre sollozos:

—Lo que me preocupa de este asunto es que os centréis en la muerte del padre y dejéis de lado la desaparición de mi hija.

Oramas endureció su rostro y respondió con tono imperioso:

—Mientras que sea yo la que dirige el caso, eso no va a ocurrir. Te recuerdo que la inspectora Crespo marchó ayer a Madrid para entrevistarse con una azafata del vuelo que llevó a tu hija a Oslo. Para tu tranquilidad, dijo que les pareció una pareja en luna de miel.

Se secó las lágrimas con el envés de su mano derecha. Sus ojos acerados e incisivos con los que insultó a Filipo se habían ablandado. Las palabras de Oramas arrancaron una leve sonrisa de sus labios.

—Chssst —susurró Ana Belén extendiendo la palma de la mano hacia Oramas—, escucha el silencio.

Oramas quedó sumida en una profunda desesperación, sin embargo se calló. Con cara de extrañeza se dio cuenta que no se escuchaba el ruido de coches circulando, ni cualquier otro que advirtiera de presencias humanas; solo se apreciaba el ulular del viento entrecortándose contra las hojas de los pinos. Permanecieron así muchos segundos, hasta que Ana Belén dijo:

—¿No te parece maravilloso?

—Desde luego que sí —respondió Oramas con una sonrisa lánguida tratando de ocultar la flaqueza interior.

—Pues esta es la razón por la que decidí construirme una casa aquí. Necesito paz y tranquilidad.

Era raro en ella, pero Oramas empezó a mostrar cierta debilidad. Se dio cuenta que le iba a resultar difícil la lidia. Esa mujer que tenía delante parecía totalmente incapaz de centrarse en un asunto que no estuviera relacionado con la casa. A pesar de ello no claudicó. Cambió de estilo y le pidió que le contase cómo se le ocurrió la idea de hacerse una casa que, dada sus dimensiones, no es lo que necesitaba.

Ana Belén dijo que la necesidad es como el hambre, que no todos necesitan la misma cantidad para saciarla. Le dijo también que era hija única de una mujer soltera que tenía que matarse a trabajar para salir adelante. Que su madre fue una mujer que nunca pudo tener un piso en propiedad y que jamás disfrutó de unas malas vacaciones.

—¿Me estás diciendo que pasaste hambre? —interrumpió Oramas con la entera certeza de que había encontrado el camino que la conduciría hasta donde parecía que no quería llegar.

—Hambre no pasé, pero tampoco me hartaba cuando quería. Mi madre acudía a pedir ayuda a la parroquia del barrio. Eso lo tengo grabado en el alma. Siendo niña, me prometí a mí misma no parecerme a mi madre. Recuerdo que no podía entender eso que nos contaban los curas respecto a la caridad. Que mi madre, que nunca le hizo asco al trabajo, tuviera que pedir para subsistir era algo que lo sentía como un atentado a la dignidad. Me sentí abandonada por la sociedad, pero me prometí a mí misma que saldría adelante y que aspiraría a todos los bienes de la tierra.

Oramas entendió —a la vez que sintió una inmensa pena— lo que le dijo Crespo referente a la vida disoluta de Ana Belén: «Era ligera de cascos. Una caprichosa que tenía la facilidad de conseguir todo lo que se proponía utilizando la debilidad de los hombres». Sintió una profunda compasión por ella en ese momento.

—¿Acaso me estás diciendo que…?

—Sí. No me da cuidado reconocerlo. Hasta la persona más buena de la tierra tiene un ápice de vanidad, y los hombres la demuestran (y hasta presumen de ello) cuando tienen entre sus brazos una mujer como yo. Siendo así, «¿por qué no lo voy a aprovechar, con lo que tanto me ha castigado Dios dándome la existencia que me dio?», me dije a mí misma.

En ese punto se calló y miró a Oramas como esperando respuesta.

—¿No piensas que te despojaste a ti misma de la poca dignidad que te pudo quedar? Si eres creyente, que sepas que estás en pecado mortal.

Soltó una carcajada y respondió:

—¡Creyente! ¿Sabes una cosa? Si lo estoy, tiempo tendré cuando me haga mayor de buscar un cura y que me enseñe el camino para llegar al cielo. Por el momento déjame disfrutar de lo que se perdió mi madre.

Oramas se quedó inerme, con la mente en blanco. Volvió a callarse durante unos segundos. Su respiración se tornó dificultosa. Por fin dijo como si quisiera pasar página sin más:

—¿Qué fue de ella?

—Murió con treinta y siete años de un tumor cerebral. Creo que fue en el 2002.

—¿Qué sentiste entonces?

—Rabia. A partir de la muerte de mi madre me hice más inestable. Lo comprendí mucho más tarde. En aquel momento pensé que aquella desgracia me endureció, pero sé que no fue así.

A Oramas la dejó perpleja. Se dio cuenta que era ella misma la que había acabado centrada en el relato de Ana Belén y no al revés. Estuvo a punto de preguntarle por la muerte de su ex, pero pensó que tarde o temprano acabarían hablando de ello.

—Dices que te hiciste más inestable, ¿eso quiere decir que ya lo eras de niña?

—Ya te lo he dicho indirectamente. Además, no tienes nada más que pensar en la tensión que tenía con tu compañera Mari Luz en el instituto.

El cajón sobre el que estaban sentadas no era muy anatómico que digamos, pero apenas se rebullían en ellos, lo cual daba una idea de lo apasionadas que estaban con el relato.

—No me lo tomes a mal, pero me gustaría que me dieses tu opinión sobre el motivo de vuestra rivalidad.

Ana Belén aspiró profundamente el aroma de los pinos y de las plantas aromáticas, tensó la coleta, cogió un puñado de piedras del suelo y dijo:

—Por qué lo iba a tomar a mal. Creo que lo que ocurrió es que topamos dos inconscientes con mucho carácter que, al mismo tiempo, éramos incompatibles. Piensa que su pasado fue tan tormentoso como el mío. Seguramente pensaría como yo que era una chica dura. Hablando de ella, creo que el comportamiento que tuve en mi casa no fue el adecuado. Es algo que me ha tenido preocupada, esa es la verdad. Preséntale mis disculpas, por favor.

A Oramas le causó una gran sensación la serenidad que mostraron las palabras de Ana Belén. Sin duda alguna era una persona con cambios bruscos en su estado de ánimo. Aprovechó el momento álgido y preguntó:

—¿Qué fue de ti cuando murió tu madre?

—Tenía diecisiete años. Me fui a vivir con mis abuelos. Imagínate la situación —dijo Ana Belén y se quedó unos momentos pensativa. Le invadió una pasajera tristeza como si estuviese rememorando aquel tiempo. Tiró dos piedrecitas contra el tronco de un pino y continuó—: Mis abuelos eran tan pobres como mi madre. Allí se vivía con lo mínimo. Con decirte que ni siquiera teníamos un sillón para descansar en condiciones... Era una casa de alquiler también. Muy oscura y sin baño. En aquella época ya había abandonado los estudios. Como te puedes imaginar, el sistema me consideraba una fracasada. Me sentía azotada donde más duele. Mi vida se consumía en su propia salsa. Hubiese preferido haber sido violada mil veces seguidas antes que haber llevado la vida que llevé. ¿Qué podía hacer?

—No me lo digas. A ver si lo adivino... Conociste a Antonio.

—Bingo. Apareció en mi vida en el mejor momento. Era guapo, era atractivo, era nuevo en la ciudad. ¿Qué más podía pedir una chica de mi edad?

Continuó tirando chinitas contra el pino. Oramas, con la boca entreabierta, la miraba con atención asintiendo a todo lo que decía.

—Por lo que tengo entendido, salió rana.

—Di un enorme resbalón con él. Desde el minuto cero me fue infiel. Tenía la manía de ir siempre detrás de su pene.

—Otro golpe más que te dio la vida —dijo Oramas.

—Pero este me afectó mucho menos. Me dije a mí misma, si tú me eres infiel yo también lo voy a ser. Vivimos vidas asimétricas. Compartíamos el mismo techo y el mismo colchón, pero acabamos cada uno haciendo nuestra vida.

—¿Qué hizo tu marido cuando...?

Ana Belén estalló en una sonora carcajada. Le dio tal ataque de risa que se le saltaron de nuevo las lágrimas. «Mi marido, mi marido...», repetía sin cesar zollipando.

—Nunca llegó a ser mi marido. Nos arrejuntamos, eso fue todo —dijo sin parar de reír. Como advirtió que Oramas se quedó cohibida, añadió—: Perdona por el zasca.

—Pues cuéntame cómo fue la separación.

—¡¿Separación?! Nunca estuvimos unidos, de modo que no sentí ninguna separación. Seguimos viviendo como siempre, con la única diferencia que compró un piso y se fue a vivir a él. Pero, la verdad, volvía mucho por casa. No era raro que pasáramos la noche juntos.

Oramas recordó lo que le dijo Ana Belén al despedirse de ella cuando visitó su casa: «De vez en cuando viene por aquí». Lo que no se pudo imaginar Oramas es que se quedara a dormir y mucho menos que compartieran la cama. Ana Belén tiró la última piedra que tenía en la mano y acertó con el tronco. Saltaron del árbol un par de palomas. Quedó una pluma suspendida en el aire. Pareció resistirse en un principio a la gravedad. Cuando alcanzó la verticalidad aumentó la velocidad de caída de forma considerable. Ana Belén no tuvo nada más que extender la mano para cogerla y se la colocó sobre una oreja. Las palabras de Ana Belén pesaron demasiado en el interior de Oramas. Hizo un gesto reprobatorio y dijo:

—No entiendo que…

La interrumpió con brusquedad dejando la frase en el aire y aclaró:

—Pues muy fácil de entender. Con la edad que tenía, nunca sentí a Antonio que formara parte de la familia. Tan solo era una conquista. Y una conquista siguió siendo cada vez que venía por casa. Para que lo tengas claro, nuestras vidas solo tuvieron sentido en los poco más de dos y medio metros cuadrados de nuestro colchón. Fuera de ahí no existimos el uno para el otro.

—Pero era el padre de tus hijas.

—¡¿El padre?! Vete tú a saber quién es el padre de mis niñas.

Y fue al llegar a ese punto donde Oramas se dio cuenta del negro pozo insondable en que Ana Belén había convertido su vida. No fue la gran distancia de los convencionalismos sociales de esa vida lo que más asombró a Oramas. Era la naturalidad con que lo explicaba. La miró de forma oblicua y estuvo a punto de decirle que no podía entender cómo podía llevar esa vida tan apócrifa. Paró en seco y pensó que debía ser el único tipo de vida que había conocido.

—No me puedo creer que no sepas quién es el padre de tus hijas.

Ana Belén sacó de lo más íntimo de su ser una gélida sonrisa. Se abrazó sus dos rodillas. Tiró de ellas hacia arriba hasta colocar los dos talones en el borde del cajón y dijo:

—Pues créetelo que es verdad.

—¿No tienes curiosidad por saberlo?

—No. Desconocerlo me da libertad.

—¿Conocen tus hijas esta situación?

—No. Para ellas Antonio era su padre. Es todo cuanto tienen que conocer.

Oramas se quedó mirándola sin saber qué decir. Tras un dilatado silencio le preguntó:

—¿Te ha dolido la muerte de Antonio?

—Pues claro. ¿No es acaso el padre de mis hijas?

—¿Sabrías darnos una pista de por dónde debíamos dirigir la investigación?

—Ni idea.

—¿Crees que el italiano puede estar involucrado en el asesinato de Antonio?

—No veo motivo.

—¿Dónde estabas tú la mañana en que fue asesinado?

—Esto se está convirtiendo en un interrogatorio.

—¿A qué te crees que he venido?

—Pues la mañana del lunes estuve aquí desde las diez de la mañana. Ese día precisamente vino el carpintero de aluminio.

—Me vas a perdonar, pero tenemos que comprobar que lo que dices es cierto. ¿Dónde está la empresa?

—Aluminios Pepe. En la calle Hermanos Becerril, no te puedo decir el número.

Oramas sacó la libreta de su bolso. Le hizo repetir el nombre y la dirección de la carpintería en la que encargó las ventanas y tomó nota.

—¿Sabes si Antonio se manejaba con dinero negro?

—No me consta, pero tampoco me extrañaría.

—¿Podrías ser más precisa?

—Antonio era una persona a la que le encantaba burlar la norma. Durante una temporada vendió tabaco de contrabando.

Él no aceptaba que era un tramposo, decía que lo único que hacía era hacerle la competencia a Tabacalera.

—Te voy a hacer la pregunta de otra manera. ¿Crees que Antonio podría tener dinero negro en casa?

—Sí, podría ser. Recuerdo que en más de una ocasión le advertí que en cualquier momento podría verse frente a alguno con una bata negra.

—¿Podría ser también que hubiera pagado el viaje de Silvia y su novio?

—De eso estoy casi segura, pero no te lo puedo confirmar al cien por cien.

—Siento curiosidad por una cosa. ¿Cómo te has podido construir un casoplón de tal envergadura?

La miró extrañada y con la garganta a punto de bloquearse por la risa dijo:

—Si sabes moverte, no resulta tan caro como parece. Lo primero es el terreno. Cuando compré éste había una casa muy vieja. Justo al lado tenía un terreno de difícil venta por lo pequeño que era. Por ahí me ahorré un buen pellizco. Otro pellizco te puedes ahorrar si tienes paciencia y compras los materiales de construcción en oferta.

—Pero al arquitecto y a los demás profesionales que intervienen en la construcción hay que pagarles.

Con una pícara mirada llena de concupiscencia respondió mirándose su propio cuerpo de arriba abajo:

—Hay muchas formas de pagar.

Sumida en un tremendo desconcierto, Oramas cerró su libreta y la metió en su bolso. La conversación le estaba resultando cada vez más insoportable, corriendo el riesgo de que el encuentro acabara en una refriega. Miró al cielo y vio en ese momento una bandada de aves que no pudo identificar, pero que quiso suponer que eran gansos. Quiso ver en el vuelo de esas aves una señal admonitoria y dijo:

—Pues creo que hemos llegado al final del interrogatorio.

Oramas se despidió. Arrancó el coche. Miró al cielo y siguió la estela de la bandada de gansos.

16

A las nueve menos ocho minutos (8:52 marcaba el reloj de la pared) subió la persiana de su despacho. En seguida advirtió que por encima de los árboles del parque se divisaban los cerros de las estribaciones serranas con total nitidez, signo inequívoco de que el aire estaba limpio y de que nos esperaba un día caluroso. Hizo unas ligeras flexiones con los brazos alzados e, instintivamente, le cruzaron la mente vagos recuerdos de la visita que le hizo a Ana Belén el día anterior. El eco del quimérico encuentro con la madre de las gemelas le arrancó una ligera sonrisa. Se sentó en su silla y encendió el ordenador. Durante los segundos que estuvo esperando que se cargaran las aplicaciones necesarias para su funcionamiento, Oramas sacó del bolso su libreta. Buscó la página donde tenía anotada la cita con Ana Belén y empezó a teclear.

—¡Pumba! —el sonido estuvo acompañado de un sonoro y seco golpe con las palmas de la mano. Crespo la cogió despistada y se sobresaltó—. ¿En qué piensas que tanta gracia te hace?

La voz sonó autoritaria. Durante un par de segundos observó el parpadeo del cursor y dijo con aplomo:

—Vaya susto que me has dado. Estaba precisamente pasando al ordenador la reunión que tuve ayer con tu amiga Ana Belén. Aprovecho cuando estoy sola que es cuando más productivo es el tiempo de trabajo.

—¿Qué tal te fue?

—¡Uff! Esa mujer es inagotable. Es un pozo sin fondo. Cuanto más tiempo pasas con ella más peculiar te parece.

—¿Te has fijado si su coche tiene golpe?

—Su coche está flamante, como si lo acabara de sacar del concesionario —respondió Oramas—. No creo que directamente haya sido ella la que se ha cargado a Antonio.

—¿Por qué estás tan segura?

—Porque tiene coartada. Dice que el lunes estuvo en el pinar de Jábaga poniendo el aluminio. Por cierto te vas a encargar tú misma de comprobarlo.

Oramas sacó su libreta y hojeó hasta que encontró la dirección:

—Tienes que ir a la calle Hermanos Becerril y buscar «Aluminios Pepe». Localizas a quien hubiese ido a colocar los cristales y que te confirme el tiempo que estuvo en compañía de Ana Belén.

—Seguramente habrá ido el jefe en persona —replicó Crespo con una mezcla de sequedad y desprecio.

Oramas sonrió, hizo un gesto ambiguo y dijo:

—Sé por dónde vas y, la verdad, no me extraña que sea cierto lo que estás pensando. Cuando llegué ayer a su casa, salió un señor que dijo ser el arquitecto. Por lo visto diseñaron la casa juntos.

—¿Era un chico de unos cuarenta, estatura mediana, moreno y con espaldas anchas?

—Pues sí. ¿Lo conoces?

—Ese es Sahuquillo. Félix Sahuquillo. Se le dieron bien los estudios, pero es un *toli*. Si ha diseñado los planos del chalet con él, seguro que le ha rentado.

—¿Qué quieres decir con eso?

—Pues quiero decir que le ha salido gratis el diseño. O lo que es lo mismo, que se lo ha cobrado en especies. Vamos, que se lo ha pasado por la piedra.

Cuando Crespo acabó de ponerla al día sobre la personalidad del arquitecto, Oramas torció la mirada hacia la izquierda, donde sobre su mesa se reflejaba un buen chorro de luz áureo, volvió a consultar su libreta y dijo:

—Pues me ha dicho que no le extrañaría que Antonio se manejara con dinero negro y que sea él quien hubiera pagado el viaje de la parejita.

Crespo, que asentía escuchando las palabras de Oramas, hizo una pausa un tanto teatral y replicó:

—Tenemos que registrar la casa de Antonio cuanto antes. Creo que allí podemos encontrar alguna pista.

—Tenemos permiso del juez para registrar su casa y su tienda.

—A mi juicio, es necesario también que investiguemos el paradero de Silvia y de su novio en Oslo.

—Eso ya lo había pensado yo también. De eso se van a encargar Torrijos y Peláez.

A las nueve cuarenta y siete, un policía uniformado llamó a la puerta y le entregó a la inspectora Oramas un informe de balística.

—Acaba de llegar este Fax.

Lo recogió y se quedó mirando a Crespo sin mediar palabra. Tras leerlo con detenimiento dijo:

—Pues nada. Lo que ya sabíamos. Que la bala es del calibre nueve con uno y que ha debido ser disparada por una arma corta.

A esas horas de la mañana ya se oía mucho público en la planta baja. Oramas desconectó el ordenador. Recogió sus cosas y cerró el despacho. Ya en la puerta de la comisaría dudaronn si coger el coche o marchar andando.

—Vamos a aprovechar las ventajas de esta ciudad, marchemos a pie.

Camino de la casa de Antonio, Oramas le preguntó que cómo llevaba la escritura. Crespo le contestó que se había impuesto hacerlo a diario ya que había comprobado que si no se obligaba a ello no le cundía el trabajo.

—Me admira la gente que es capaz de empezar una frase y llenar cientos de páginas contando una historia.

—Solo consiste en empezar por una palabra, con esa palabra hacer una frase, de la frase pasar al párrafo y del párrafo a la página.

—Pues yo soy incapaz de escribir con cierta coherencia más allá de dos.

—Todo es cuestión de elegir un tema y de planificar lo que quieres contar.

—He oído decir que es el tema el que elige a los escritores.

—No es mi caso. Yo he elegido escribir sobre la maldad del ser humano que es lo que persigo y de lo que entiendo.

Perdidas en estas disquisiciones llegaron a la calle Fernando Zóbel que es donde se encuentra el que fue el domicilio de Antonio. Subieron al tercer piso y se dieron cuenta que había una puerta precintada.

—¿Has cogido la llave?

Crespo se quedó en estado de estupor.

—No me digas que no la has cogido.

—Lo siento mucho, pero tenemos que volver a por ella.

Crespo se fijó en la cerradura y, ni corta ni perezosa, sacó una tarjeta de crédito e intentó abrir la puerta. Oramas, con el miedo pintado en los ojos, miró a un lado y a otro tratando de encontrar alguna cámara oculta. Presionando la tarjeta hacia delante y hacia atrás, la cerradura cedió.

—Bingo —exclamó Crespo—. Como ves, soy una artista, jefa.

—Lo que eres es una desvergonzada —respondió después de lanzarle una mirada lastimera.

Tuvieron que hacer acrobacias para salvar la cinta del precinto. Oramas cerró la puerta y empezaron el registro.

Frente a la puerta de entrada había una mesa pequeña con el cajón abierto.

—¡Oh, oh! Se nos han adelantado —dijo Crespo.

Abrió la puerta de nuevo. Se agachó y, mirando fijamente la cerradura, señaló:

—Mira, la cerradura tiene arañazos y la pintura de la puerta está saltada. La han debido forzar con una herramienta metálica.

Tras un silencio, Oramas abrió su bolso y sacó unos guantes. Crespo le pidió otro par para ella. Desde el salón hasta el último dormitorio la casa estaba totalmente descuajeringada. Los cajones de los muebles estaban desvencijados, en algunos casos sacados de carril y tirados en el suelo. Los colchones de las camas y la ropa de los armarios también estaban en el suelo. No había quedado ni una fotografía de pie. Parte de los libros estaban tirados. El mueble de la biblioteca separado de la pared.

—¿Qué crees que buscaban? —preguntó Oramas.

—Dinero. Cada vez estoy más convencida de que Antonio pagó el viaje de Silvia y Filipo.

Crespo y Oramas retiraron todos los cuadros de la pared.

—Si buscaban dinero, debe de haber una caja fuerte —dijo Oramas.

—Y me da la impresión de que no lo han encontrado.

—¿En qué te basas para asegurar tal cosa?

—En que está toda la casa patas arriba. Si lo hubieran encontrado, ¿no crees que hubieran dejado de buscar?

Cada una por una punta de la casa, siguieron buscando una caja fuerte. Se marcharon sin dar con ella, pero antes de marcharse investigaron entre el vecindario. Empezaron por la vivienda colindante de Antonio. Le preguntaron si había escuchado algún ruido después de la muerte de Antonio.

—Sí, escuché ruidos el veinticinco de junio —dijo la señora.

—Eso fue al día siguiente del asesinato.

—Eso es. Lo que ocurre es que no supimos que lo habían asesinado hasta el viernes. Pensé que sería él mismo el

237

causante de los ruidos, que estaría haciendo limpieza o algo así.

—¿Oyó hablar a alguien?

—No, no. No escuché hablar a nadie. Cuando me enteré que lo habían matado, pensé que fueron sus hijas las que entraron al piso.

—¿Se llevaba bien con su vecino? —preguntó Oramas.

La pregunta pareció haberla cogido por sorpresa. Hizo un gesto ambiguo, se encogió de hombros y respondió:

—Ni bien ni mal, qué quiere usted que le diga. Antonio era una persona que no tenía relación con ningún vecino. Entraba y salía, hola y adiós; esa era su relación con los demás.

—¿Conoce a alguien que pudiera…?

No le dejó ni siquiera terminar la pregunta.

—No, no. Su vida no la conozco en absoluto.

—¿Vio a alguien extraño merodeando por el edificio en los días previos a su muerte?

—No

Hablaron con otras tres vecinas, pero ninguna pudo añadir nada. Todas coincidieron con la declaración de la primera.

De camino a la comisaría Crespo le preguntó a Oramas si había sacado alguna conclusión.

—Que hay gente que anhela lo que no tiene y que desprecia lo que tiene —contestó tajante.

Crespo se volvió un instante y la contempló desconcertada. Se quedó pensando unos segundos antes de abrir la boca.

—Creo que acabas de definir perfectamente la personalidad de Antonio —contestó evasiva mirando a lo lejos—. Pienso que esa deducción es un hilo del que debemos tirar para llegar al ovillo.

Oramas calló. Pero no porque no tuviera ideas en la cabeza. Las tenía, ya lo creo que las tenía. Pero, por el momento, se las guardó para ella.

—Sobre el carácter de Antonio no me pidas que profundice mucho. Te recuerdo que estudié Derecho —intentó cambiar de tercio.

Crespo no se contuvo y preguntó:

—¿Cuándo te decidiste a hacerte policía?

—Creo que ya me lo preguntaste una vez.

—Pues dímelo otra vez, que se me ha olvidado.

Oramas se inclinó para ver bien el rostro de Crespo, abrió los ojos sorprendida y dijo:

—Ocurrió cuando estudiaba el último curso de Derecho. Fue entonces cuando conocí a Joaquín, mi ex. Él fue quien acabó trastocando toda mi vida. Era un gran lector y su género favorito era la novela negra. Me aficioné yo también, me entusiasmé por el trabajo de investigación y me dije a mí misma ¿y por qué no?

Crespo paró la marcha con brusquedad, la mira con un halo de fascinación y afirmó:

—Otra policía que proviene de la Literatura.

—Como tú, ¿no es así?

—No, no. Tu caso es distinto al mío. Ser policía es la causa por la que escribo novelas negras.

—Tienes razón —reconoció Oramas.

Tras unos segundos de silencio, le pidió algún consejo para empezar a escribir. Crespo se quedó fijamente mirándola y contestó:

—No me puedo creer que vayas a dejar la pintura por la escritura. ¿Acaso me quieres examinar?

—Qué susceptible estás. Mi única intención es tener algún conocimiento por si algún día me da por coger la pluma.

Crespo se quedó mirándola con cara de cachorrillo como si se acabara de dar cuenta que había estado demasiado irascible.

—Pues, a mi juicio, el principal consejo que te puedo dar es que no hay reglas fijas.

—Eso ya me lo imaginaba yo. Pero, además del consejo principal, ¿hay otros particulares?

—La planificación. Es lo primero que debe hacer un buen escritor. Antes de empezar a escribir se deben tomar una serie de decisiones que darán sentido a lo que se escriba.

—Como cuáles —insistió Oramas.

—Hay que decidir, por ejemplo, el punto de vista desde el que se quiere contar la historia. Hay que buscar un buen narrador y pensar si se va a contar en primera o tercera persona. Algo esencial para mí es la caracterización de los personajes. A cada uno hay que buscarles un pasado que conmueva al lector y le haga pegar el culo al sillón. Muy importante, una vez que hemos escogido al narrador y caracterizado a los personajes tenemos que centrarnos en el crimen. Hay que componer la trama central y decidir el motivo por el que han matado a alguien. O lo que es lo mismo, decidir el tema central de la novela.

Oramas no dijo nada, pero puso cara de haber quedado plenamente satisfecha. Tras la esgrima verbal, Crespo cambió de tercio y preguntó:

—¿Cómo lo conociste?

Cogió a contrapié a Oramas y preguntó:

—A quién.

—A quién va a ser, coño. A tu marido.

Ablandando el tono de voz, respondió:

—Hasta ese curso me había encerrado en mi casa devorando libros y apuntes. En el último curso fue cuando me di cuenta que no era la mejor forma de hacerme una abogada de prestigio. Me dediqué a hacer cursos de formación. Fue en uno de ellos donde lo conocí. Al salir, era casi de noche. Esa hora en la que la luz de sol empezaba a languidecer. Tenía la voz pastosa. Entré en una cafetería y pedí un refresco. Cogí el periódico que había sobre el mostrador y lo abrí por la página que informaba del asesinato por parte de la banda terrorista ETA de Francisco Tomás y Valiente. Estaba ensimismada en la lectura cuando oí su voz que se había sentado en el taburete de al lado.

—O sea, que tardaste bastante en conocerlo.

—Pues sí. Pero una vez que me lo eché a la cara caí derrotada ante él.

—¡Oh! Picaste el anzuelo. Es eso lo que me quieres decir, ¿no es eso? Pues que sepas que cometiste una enorme insensatez.

—Enamorarse no es una insensatez —respondió Oramas—, si acaso una enfermedad que solo el tiempo es capaz de curar.

Cuando me enamoré de él tuve una extraña sensación que nunca había experimentado hasta entonces.

—Comprendo tus sentimientos, pero dime cómo fue el idilio.

—Extenuante. Aquella época la recuerdo como algo maravilloso —dijo Oramas con voz ahogada—. Al poco de conocernos nos fuimos a vivir a un estudio en el centro de Las Palmas y solo tardamos cuatro meses en casarnos.

Con una expresión de clara excitación en su rostro, Crespo preguntó:

—¿Qué me cuentas de tener hijos?

—En ello estábamos cuando descubrí que me estaba siendo infiel.

—Lo que no me explico es que con todo lo que me estás contando no fueras capaz de perdonar —dijo Crespo de forma acelerada abriendo los ojos como platos.

—No sé si te he dicho alguna vez que hay un tipo de maldad que no provoca sangre, pero que puede acabar con la dignidad de las personas. Cada infidelidad que descubría de él era como una tortura para mí, descubrí que ese hombre era un ruina, un demonio. Sentí que mi vida era una farsa, una enorme humillación.

—Pues yo, lo que creo es que la maldad habita en el interior de todas las personas. Basta abrir la espita que la mantiene sometida y sale a presión.

—Eso quiere decir que somos potencialmente malos por el mero hecho de nacer.

—No, no. Yo no defiendo eso de que por el mero hecho de pertenecer a la especie homo nacemos con el pecado original en la mochila. Más bien creo que la vida nos modela.

—Yo también lo creo. Más que la vida, la familia. Posiblemente la maldad haya que buscarla en la combinación entre la familia y la genética.

—¿Por qué cambiaste de ciudad?

—Creo que ya te lo he contado. Cuando decidí dejarlo plantado como a un pasmarote no lo soportó y empezó a seguirme por toda la ciudad. Tan pronto se presentaba en la puerta de mi casa como en el lugar de trabajo o en cualquier cafetería. Me resultaba insoportable tal acoso. Así que me decidí y pedí traslado. Y aquí me tienes, creo que ha sido un acierto.

—¿Lo echas de menos?

—Hay noches que tengo pesadillas. Ahora bien, lo que en su momento fue un príncipe azul se ha transformado en un pobre chiflado. Un aguafiestas.

En la comisaría se afanaban Peláez y Torrijos tratando de conectar con la policía noruega para saber el paradero exacto de Silvia y de su novio.

—¿Cómo van las pesquisas? —preguntó Oramas a Torrijos.

—Con el *espiquinglis* de Peláez muy bien. Este chico vale un potosí.

Oramas pidió las llaves de la tienda de Antonio. Apenas cinco minutos más tarde salió de nuevo por la puerta de la comisaría. Crespo salió detrás de ella y dijo:

—Voy contigo.

—No, no. Prefiero que vayas a la carpintería de aluminio Pepe. Tenemos que dividirnos para ser más eficaces.

La tienda estaba en la calle San Esteban, situada en las traseras de la iglesia que lleva el mismo nombre, junto al parque de San Julián. Se encontró la puerta precintada. Metió la llave en la cerradura y giró la muñeca. La llave no cedió ante la presión. La cerradura parecía estar atascada. Del portal de al lado se acercó una señora de unos cincuenta años y le preguntó si necesitaba ayuda. Era una señora bajita, ligeramente regordeta y guapa de cara. La media melena y el corte de pelo le confería un aspecto saludable a la vez que elegante.

—Pues, la verdad que sí. Esta cerradura parece que está atascada y no soy capaz de abrir.

Oramas se identificó. La señora resultó ser la encargada de la finca. Entró al chiscón y regresó con un bote de lubricante «Tres en uno». Quitó el tapón de seguridad. Introdujo la punta por la cerradura y accionó el botón de salida del líquido. Metió la llave y la giró a derecha e izquierda con suavidad hasta que cedió la cerradura.

—Las cerraduras que no se utilizan mucho acaban por coger humedad, sobre todo si la puerta esta al raso —dijo la portera.

Oramas la invitó a pasar. Una fuerte náusea le agitó el estómago. Se evidenciaba una gran falta de ventilación en la tienda. La humedad acumulada en una pared hacía que fuera un lugar insalubre y con malos olores. Las paredes parecían estar deshilachadas y faltas de una buena mano de pintura.

—Este lugar parece que lleva mucho tiempo cerrado —dijo Oramas.

—Desde que ha comprado el local el último dueño se ha abierto bien pocos días.

Oramas echó un vistazo general a toda la tienda. Era un abigarramiento de muebles antiguos mal colocados y con una pátina de polvo que le restaba esplendor al producto. Aparadores, cómodas, armarios, mesitas, sillas, espejos, coquetas, baúles, dos relojes de pared y uno de sobremesa era lo más vistoso que había mal distribuido por la tienda.

—¿No ha visto sacar ningún mueble de aquí?

—Nunca. Este negocio debe ser una tapadera —asegura la señora cargada de razón.

A Oramas le hizo mucha gracia el comentario de la portera y aprovechó para seguir indagando.

—¿Ha hablado usted con los vecinos al respecto? —preguntó sin mirarla a la cara tratando de ocultar la sonrisa de su cara.

—Los vecinos estaban hartos del tal Antonio. Debe unos cuantos meses de comunidad y no había forma de que diera la cara.

Cada cajón que abría, cada portafotos que tocaba, cada libro que hojeaba levantaba pequeñas nubes de polvo.

—Me refiero si ha hablado referente a lo de que el local es una tapadera.

—Se ha tratado en muchas juntas de vecinos. Todo el mundo está convencido de que ese señor estaba metido en asuntos de drogas.

Esa hipótesis, compartida por todo el vecindario, no le pareció descabellada a Oramas. Marchó hacia el fondo de la tienda donde había una puerta. Giró la manija y entró. Era una sala pequeña, de unos diez metros cuadrados. Tan solo había una mesa moderna, una silla giratoria y un monaguillo con una caja con ranura en sus manos de tamaño real. En una pared había colgado un cristo de yeso sobre una cruz de madera de un metro de alto aproximadamente. La señora la siguió hasta la puerta, pero se quedó allí clavada como un poste. Oramas abrió los cajones de la mesa en busca del libro de cuentas o de cualquier otro documento que pudiera aportar algún dato a la investigación. No encontró ni un mísero cuaderno donde hubiese registro de existencias o de ventas o de un listín telefónico de clientes. El negocio carecía hasta de teléfono fijo. Oramas salió de nuevo a la tienda, cogió su teléfono y tecleó en el Google: «Antigüedades Cantero Cuenca». No había ni una sola entrada. El negocio ni siquiera se promocionaba en redes sociales. «Esto no parece un negocio serio», pensó Oramas.

Continuó registrando los muebles de la tienda. La portera le dijo que si no necesitaba nada de ella volvía a su trabajo. Se quedó dubitativa, se tomó unos segundos para responder y dijo:

—No, no. Puede retirarse. Y muchas gracias por la ayuda prestada.

Cuando acabó con el registro llamó a Ana Belén. Le informó de las pesquisas que había realizado durante la mañana.

—¿Sabes quién ha podido registrar la casa de Antonio? —preguntó Oramas.

—No lo sé.

—¿Tienes idea de lo que podrían estar buscando allí?

—Pues, la verdad, tampoco lo sé.

—A ver, piensa bien la respuesta de lo que te voy a preguntar; ¿crees que podría haber estado implicado en asuntos de drogas?

—Sí, sí. Lo creo capaz, pero no puedo asegurar nada.

—¿Has observado que hubiera tenido un cambio en su estilo de vida?

—No me consta.

—Estoy buscando los libros de contabilidad de su negocio de antigüedades. En la tienda no aparece por ninguna parte. ¿Lo tienes tú en casa?

—En mi casa no hay nada que tenga que ver con la tienda.

—¿Crees que el negocio de las antigüedades podría ser una tapadera?

—Sí, sí. Eso sí que lo he pensado. Si estaba metido en asuntos de drogas puede que fuese la tapadera para justificar algunos ingresos.

Arrastrado por el invencible deseo de estar al tanto del asunto, el comisario bajó a la segunda planta y encontró a Torrijos y Peláez agarrados al teléfono. Sonrió. Saludó con la mano por no interrumpir. Se sentó en una silla y permaneció silencioso. Iba vestido con una camisa blanca de manga corta y con los dos primeros botones sin abrochar, lo cual le confería un aire de turista más que de funcionario de policía.

—Buenos días, señor comisario —saludó Torrijos, que fue el primero en liberarse del teléfono.

—¿Cómo lo lleváis? —preguntó.

—Hemos contactado con la policía noruega y estamos tratando de saber el paradero de Silvia y su novio —contestó Torrijos.

—¿Habéis averiguado algo?

Torrijos bajó la mirada.

—Todavía es pronto —respondió—. La policía noruega está llamando a los hoteles de Oslo para saber dónde se han hospedado.

—He pensado mucho en este caso y me resulta un tanto extraño que una persona abandone su negocio y se marche sin más a un lugar tan lejano.

Torrijos dejó escapar una breve risa.

—Yo también lo he pensado. Creo que lo hemos pensado todos. Y ahí puede estar el misterio del caso.

—De lo que estoy seguro es de que, por muy oculto que se encuentre dicho misterio, daremos con el asesino. Sí, no me cabe ninguna duda.

Los ojos de Torrijos buscaron los del comisario y dijo:

—Tanto confía en nosotros.

El comisario vaciló antes de responder.

—Por supuesto. He comprobado que formáis un equipo excelente y estáis dirigidos por una persona muy profesional.

—En eso estoy muy de acuerdo. Oramas es una persona con mucho temple que no se precipita y que es muy perspicaz. Es raro que dé un paso en falso.

—Me da la impresión —añadió el comisario— que sabe mover al equipo. Es una persona muy dinamizadora que transmite mucho entusiasmo.

—Estoy completamente de acuerdo —dijo Torrijos con tono elogioso—. Además, sabe decir las cosas. Todo es suavidad en ella: en sus gestos, en su cara, en su sonrisa, en su forma de hablar, en su forma de ordenar... —Se detuvo un momento, cruzó las piernas y a continuación prosiguió recostándose en el respaldo de la silla—: Hay veces que te ha dicho algo y, lo hace con tal suavidad y tal elegancia, que cuando han pasado un par de minutos caes en la cuenta de que te ha echado una bronca y ni siquiera te has enterado. Te voy a decir una cosa; te aprecia mucho. La verdad, es una persona de la que hay que tomar ejemplo; sobre todo si aspiras a estar al frente de un equipo. Posee mucha vitalidad y sabe sacarle a cada uno que le rodea todo el jugo que lleva dentro. Con ella ha entrado una bocanada de aire fresco en el grupo. Ah, otra cosa, y ha sido capaz de domeñar a la inspectora Crespo —concluyó con el mismo énfasis que empezó.

El comisario refrenó un impulso de marcharse y se quedó un momento más sentado en la silla. Observaba con atención cómo gestionaban el asunto chisporroteando con los dedos sobre la mesa. Peláez seguía con un ritmo atosigante cruzando información con la policía noruega en inglés. De vez en cuando tapaba el terminal, se giraba y le solicitaba algún documento a Torrijos que, con disposición y destreza, abría y cerraba cajones en busca del documento solicitado.

De pronto, pareció darse cuenta de que su presencia, más que ser de ayuda, era una molestia. Se levantó y, en silencio, agitando la mano en forma de despedida, se marchó.

Cuando salió a la calle y cerró la puerta sintió un enorme alivio. El olor de la tienda se había impregnado en la ropa. Se olía a sí misma sin cesar. Le resultaba inevitable pensar que olía mal. Se sacudía la ropa sin cesar como queriendo soltar la pestilencia de su cuerpo. Le resultó imposible. Empezó a sudar. Los fluidos de su cuerpo también le olían mal. Se sentía como una rana entre cisnes. En Carretería entró en una perfumería y tomó una fragancia en sus manos. No se entretuvo en elegirla. Simplemente eligió el frasco más pequeño.

—Tenemos esta misma fragancia en oferta en tamaño grande —le advirtió la cajera.

—No, es este el tamaño que quiero.

Al llegar a comisaría marchó directa al lavabo. Se quitó la blusa y el sujetador y se lavó de cintura para arriba. Impregnó su cuerpo con una buena dosis de perfume. Sacudió la ropa. Se vistió y marchó a su despacho.

Se encontró a Torrijos y a Peláez todavía pegados al teléfono. Tan metidos en faena estaban que prefirió pasar de largo. Marchó directamente a su despacho y se dejó caer sobre su silla. La giró hacia la ventana y se quedó fijamente mirando hacia la copa de los árboles que asomaban tras el segundo cristal. Dejó la mente en blanco hasta sentirse desorientada. Solo cruzaba una idea su cabeza. ¿Quién pudo haber matado a

Antonio? Descartado el italiano, descartada Silvia y descartada Ana Belén, ¿quién quedaba? No encontró ni un mísero hilo del que tirar, pero tuvo la certeza de que quien fuera el asesino tendría que haber necesitado un automóvil y que, posiblemente, habría tenido que pasar por la plaza del pueblo más de una vez. Tuvo en ese momento la visión premonitoria del coplero: «ese hombre puede aportar algo nuevo a la investigación», pensó.

Oramas subió en busca del comisario. Dio dos golpes en la puerta y pidió permiso. Cuando entró tras el consentimiento se extrañó de verlo sin corbata y en mangas de camisa. No se conformó con pensarlo sino que se lo hizo saber:

—Qué raro se me hace verte sin corbata y en manga corta.

El comisario tragó saliva y respondió:

—Llevamos en casa con la lavadora estropeada desde hace cuatro días. Eso es todo.

Oramas se sobresaltó llena de remordimientos. Pensó que había hablado demasiado e intentó rectificar.

—Ya. El caso es que…

—No, no, por favor. No debes disculparte. Perdona si he sido brusco, pero es que el asunto de la lavadora me tiene alterado. Pero ese asunto ya lo he resuelto.

Se levantó. Abrió uno de los armarios. Cogió una bolsa. Sacó una caja trasparente y se la enseñó.

—Bonita camisa. A eso le llamo tener buen gusto. ¿Por qué no te la pones?

—Porque me gusta llevarla planchada.

Oramas le informó de las pesquisas realizadas durante la mañana y le pidió que enviase un equipo para tomar huellas digitales a la casa de Antonio.

—Tomo nota de ello —dijo el comisario—. He bajado hace un rato y he visto cómo trabajaban.

—Pues yo todavía no he podido hablar con ellos.

—¿Qué vas a hacer ahora?

—Voy a esperar a Crespo y seguramente volveremos a Palomera.

—¿Algún sospechoso?

—Simple intuición.

Crespo volvió envuelta en sudor. Sin apenas tiempo para tomar un refresco volvió a coger el coche. Como sospechó, fue el jefe quien fue a colocarle las ventanas.

—¿Te ha dicho cuánto tiempo estuvieron allí?

—En un principio fueron tres personas, pero luego se quedó el jefe solo. Dice que estuvieron desde las diez hasta las tres aproximadamente.

—Es decir que Ana Belén no ha podido ser.

—Deberíamos decir que Ana Belén tiene coartada.

Oramas le lanzó una mirada sesgada y enmudeció.

Llegaron a la plaza del pueblo y allí estaba, impertérrito, fiel a su propio destino, como si para él el pasado nunca acabase de pasar. Un halo de silencio envolvía el lugar dotándolo de una existencia celestial.

—Pero ese hombre ¿cuándo veranea? —ironizó Crespo.

—Anda, ve al bar y te traes tres botellines.

Oramas avivó el paso y marchó junto al coplero que la recibió con una amplia sonrisa.

—Aquí está mi amiga la policía —dijo dejando al descubierto toda su dentadura sucia de nicotina.

Sin llegar a levantarse, se hizo a un lado y le dijo:

—Siéntese a mi lado.

Sintiendo un leve cosquilleo en el estómago, Oramas satisfizo el deseo del coplero. Se dejó caer en el banco y se quedó mirándolo sin decir nada. El señor se debió sentir un tanto acogotado y rompió el hielo con una pregunta redundante:

—Bien. Y ¿qué se le ofrece? —lo dijo con un suave hilillo de voz que parecía dar a entender que el pajarito volvía a comer de su mano.

—Pues verá…

—No, no diga nada. Se lo voy a decir yo. Usted viene por el asunto de la aparición del cadáver de Antonio. ¿No es eso?

—Claro. ¿A qué iba a venir si no?

—¡Qué difícil profesión tiene usted! Difícil y vieja a la vez. Dicen que la prostitución es el oficio más viejo del mundo. Yo creo que el oficio más viejo del mundo es el suyo. Sí, usted persigue la maldad. Y la maldad ha existido desde que Dios creó a los hombres. Si no, ahí está la Biblia, lo explica bien claro. La maldad del hombre es y ha sido mucha —dijo el señor señalando con el dedo índice hacia arriba—. Tanto es así que Dios se arrepintió de habernos creado. Seguramente conocerá el pasaje de Noé.

—Sí, lo conozco. Pero, quizás, lo que ignore es que en cada ser humano hay un lado oscuro. No piense que hay hombres buenos y hombres malos. En el interior de cada ser humano hay un lado dispuesto a hacer el bien y otro que se inclina a hacer el mal.

Estaba a punto de preguntarle si había visto algo raro el lunes veinticuatro de junio cuando apareció Crespo con tres botellines.

—¿De qué habláis?, ¿me ha parecido oír algo sobre hombres buenos y hombres malos? Que sepáis que no hay hombre bueno, la testosterona es peor que el cáncer.

Crespo repartió los botellines. El señor tomó el suyo y dio un trago largo. Tuvo que reprimir un eructo.

—Hemos venido para preguntarle si el veinticuatro de junio vio usted algo raro, como algún coche sospechoso de…

—Por la mañana pasó un coche negro.

—¿A qué hora? —preguntó Oramas.

—Era muy tarde. No puedo decir la hora exacta.

—Pasó antes o después que el coche de Antonio —insistió Oramas.

—Venía detrás —respondió el señor sin pensar la respuesta.

—Pero, ¿cree que lo venía siguiendo?

—Naturalmente. Sería la distancia entre los dos coches de cien metros.

—¿Qué coche era? —preguntó Crespo.

—No entiendo mucho de coches. Lo único que puedo decir es que era un coche grande de color negro.

—¿Cuántos iban dentro?

—Dos.

—¿Podría describirlos?

—Los cristales estaban oscuros. Lo único que pude ver es que eran altos y fornidos.

—Y la matrícula, ¿la pudo ver?

—A mí nunca se me dieron bien los números.

—¿Cuándo regresaron?

—Ese día no volví a verlos, pero durante toda la semana hasta el jueves volvieron a pasar por aquí delante.

—¿Y el viernes?

—El viernes ya no los vi.

De regreso Crespo preguntó a Oramas:

—¿Qué impresión te ha dado?

—Que tiene una memoria prodigiosa.

—Me refiero al caso que estamos investigando, parece que estás *acarajotada*.

—Son los hombres que buscamos.

—Te recuerdo que el jueves fue el último día que los vio pasar el señor.

—¿Y qué?

—Que ese día estuvieron los perros y no olfatearon nada.

—Un enigma que tendremos que resolver.

17

Oramas estaba muy inquieta. Su cerebro parecía un avispero. La noche anterior se había acostado demasiado tarde dándole vueltas a los apuntes de su libreta. Pudo encajar muchas piezas y, lo que es más importante, empezó a tener una visión de conjunto.

—Ayer por la tarde visité el bar «Los Cisnes» —dijo.

—¿Y…? —se interesó Torrijos.

—Estaba cerrado.

—No sabía que cerrase los miércoles —añadió Peláez.

—No, no. El cierre es definitivo.

—¿Cómo lo sabes? —insistió Peláez

—Porque lo he preguntado en los bares cercanos y entre la clientela. Lleva cerrado varios días.

Crespo estaba sentada con los pies recogidos sobre la silla en una posición un tanto incómoda y acrobática.

—¿Aporta algo esa circunstancia a la investigación? —dijo.

Oramas levantó la cabeza. La miró con aire de sorpresa y respondió:

—¡Anda, pero si está aquí Crespo!

—No me digas que no…

—Perdona, pero con los pies subidos a la silla y escarranchada al máximo, he pensado que eras una gallina empollando.

Torrijos y Peláez cruzaron miradas y aguantaron la carcajada. Crespo, manteniendo la postura, sonrió y dijo:

—Esos pensamientos maliciosos no te pegan nada. De modo que cambia de frecuencia y recoge esa lengua viperina, guapa.

Oramas no se inmutó. Sin perder la sonrisa explicó que el hecho de que el local se hubiera cerrado definitivamente corroboraba la idea que tenía sobre el italiano.

—Ese chico podría tener el bar como tapadera.

—Asuntos de drogas es a lo que te estás refiriendo, supongo —pidió aclaración Torrijos.

—Es un asunto que tendremos que investigar, pero estoy empezando a pensar que pueden ir por ahí los tiros.

Sin darse cuenta, seguramente también sin desearlo, Oramas tomó un protagonismo excesivo que hizo que tuviera que contemplar caras extrañas. Crespo, seguramente, estaría pensando que el trabajo en equipo pasaba por conducir la investigación de otra forma con menos manejos desde arriba. Peláez posiblemente pensaría que debían centrarse en encontrar el paradero de Silvia y su novio y no dar ningún otro paso previo. Torrijos era al que se le veía más tranquilo. Peláez, alzando las cejas en un gesto que parecía no entender lo que estaba ocurriendo, intentó informar sobre las pesquisas realizadas con la policía noruega, pero Oramas no permitió avanzar en ese sentido.

—Para no divagar, permíteme Peláez que diga que creo que es necesario hablar con alguno de los camareros que tenía contratados Filipo.

Torrijos pareció despertar de su letargo. Tomó nota en su libreta y dijo:

—De eso me encargo yo.

Fue entonces cuando Oramas preguntó por el asunto de Oslo. Peláez cerró ligeramente los ojos como si quisiera hacer memoria y dijo:

—La policía noruega dice que no hay nadie hospedado con ninguno de los dos nombres.

—¿Qué querrá decir eso? —preguntó Crespo.

—Puede querer decir muchas cosas.

—¿Por ejemplo? —fue entonces Oramas quien preguntó.

—Que hayan tomado un barco sin necesidad de pernoctar en Oslo.

—O que tengan algún conocido —sugirió Crespo.

—Tenemos que tener paciencia y esperar respuesta —dijo Torrijos—. La policía nos ha pedido las fotos de ambos y se las hemos enviado.

Oramas comunicó al grupo las indagaciones que hicieron durante la visita al coplero.

—No me considero la empleada del mes, pero he de advertir que hay una pregunta que todavía no nos hemos hecho al respecto —dijo Crespo con voz seca y contundente.

Seis ojos hicieron un barrido rápido y centraron la mirada en Crespo como si la tuvieran en la mirilla de un fusil telescópico. Peláez la miró esperando cualquier baladronada. Torrijos fijó su vista en ella sin ser capaz de discernir por dónde podría salir. La única que intuyó, y por eso asomó una ladina sonrisa por la comisura de sus labios, de qué iba la pregunta fue Oramas. Y la certeza quedó confirmada cuando Crespo aclaró:

—Como sabemos, Antonio fue asesinado el lunes día veinticuatro. El cadáver tuvo que ser arrojado el viernes por la mañana temprano, como mucho el jueves de noche. Desde que fue asesinado hasta que fue arrojado al pozo, ¿dónde pudo haber estado escondido el cadáver?

—Sin lugar a dudas, es una buena pregunta. Sobre todo teniendo en cuenta que la respuesta nos abre pista directa hacia el asesino —puntualizó Peláez con tono profesoral.

Se abrió una larga sesión de esgrima dialéctica sobre el lugar donde podrían haber escondido el cadáver de Antonio. Oramas, con rostro suave y duro a la vez, tomó la palabra y advirtió que ella veía relación entre el bar del italiano y la tienda de antigüedades de Antonio.

A esa altura de la reunión, Torrijos empezaba a conducirse con falta de sindéresis. Miró a Oramas y dijo:

—Mal que me pese, no veo esa conexión. Te agradecería si...

—Iré directa al grano —anticipó Oramas—. Tengo la impresión de que tanto el bar Los Cisnes como la tienda de antigüedades han servido para lavar dinero procedente de la droga.

Torrijos pareció abandonar la modorra y añadió:

—Eso quiere decir que tendremos que investigar en Hacienda los ingresos de Antonio y de Filipo.

—Ya que lo dices, te vas a encargar tú de eso. Apúntatelo. Pero lo que veo también necesario es presionar a algún traficante de poca monta y ver si sabe algo al respecto.

Hacía veinte minutos que se había puesto el sol cuando Torrijos salió de su casa. Se dirigió hacia la calle principal de la ciudad y caminó por ella hasta el puente de la Trinidad. Se dejó caer hasta el río Júcar y tomó el paseo que serpentea por la margen izquierda del río. Al final del camino llegó al paraje denominado «Juego de Bolos» que es donde arranca la subida a la parte antigua de la ciudad salvando un desnivel de unos cien metros mediante una fuerte pendiente.

Antes de iniciar la tortuosa subida se acercó a la fuente del Abanico y echó un trago de agua que, pensó, le iba a hacer falta para acometer la subida. Miró hacia arriba y contempló los enormes pedruscos sobre los que se alzan la ciudad antigua. Se desabrochó un botón de la camisa e inició la caminata.

Unos trescientos metros llevaría andados cuando llegó a una pequeña meseta de forma triangular donde se encuentra la ermita de la Virgen de las Angustias. Parada obligada, sobre todo si se llega desde abajo. Las piernas de Torrijos estaban que ardían. Se sentó un momento en un poyete junto a la fuente que hay bajo el roquedal y contempló el lugar. La pequeña iglesia ocupaba un extremo de la explanada. El suelo estaba enlosado y soportaba dos filas de árboles que daban una buena sombra al lugar confiriéndole un aspecto más idílico. Al frente se puede contemplar otro enorme roquedal, el que forma la margen derecha del río. Se quedó mirando fijamente a la parte alta, justo bajo el cerro de la Majestad —lugar desde donde antaño arrojaban a los condenados a muerte por la Inquisición—, y le impresionó dos grandes ojos dibujados en el roquedo que le miraban con intensidad: eran conocidos como Ojos de la Mora.

Tras otro trago de agua continuó con la ascensión. Dejando a mano derecha el convento de Los Descalzos, tuvo que atravesar una puerta escavada en la roca. A partir de ahí el camino vuelve a empinarse y, tras unas cuantas vueltas y revueltas, se conquista el casco antiguo.

Se dirigió al barrio de San Miguel y, en efecto, el bar Los Cisnes estaba cerrado. Cerca se encontraba el pub Vaya Vaya, un lugar de moda que organiza conciertos para captar la atención de la clientela. Entró. Se acodó en la barra y pidió una cerveza. El camarero era un chico muy joven, posiblemente no llegaría a los veinticuatro. Vestía unos vaqueros muy ajustados y una camiseta clara que le marcaba los bíceps y los pectorales. Tenía una media melena castaña que impedía verle las orejas. Cuando le sirvió la cerveza, Torrijos le preguntó si sabía algo del bar Los Cisnes.

—Lo único que sé es que han cerrado.

Torrijos lo miró fijamente a los ojos, unos ojos claros y diáfanos, y le respondió:

—Eso ya lo sé. Lo que te pregunto es si sabes el motivo por el que ha cerrado.

—No tengo ni idea —replicó el camarero.

—¿Conoces al dueño?

—No.

—¿Conoces a alguno de los camareros que había?

—Tampoco.

No insistió más. Pagó la consumición y se la bebió en dos tragos. No tuvo nada más que dar unos pasos y entró al Más que Amigos. El éxito fue el mismo, salvo que el camarero le dijo que en Los Clásicos posiblemente le podían informar sobre el asunto.

Los Clásicos, a pesar de que también programaba conciertos desde hacía alguna temporada, se encontraba casi vacío. Para acceder a él hay que bajar dos tramos de escaleras estrechas. En el primer extremo de la barra había dos personas, única clientela por el momento. En el otro extremo, por dentro, había un chico de unos treinta, muy alto, corpulento, con un corazón tatuado en un brazo, pelo rubio, corto, con aspecto serio, sentado en un taburete y jugueteando con un teléfono. Suponiendo que era el dueño del local, Torrijos se sentó junto a él y pidió una cerveza. Dio un primer sorbo y sin más dilación preguntó:

—¿Es usted el dueño del negocio?

—Sí —contestó con aspereza.

—Me han dicho que usted me podría informar sobre el cierre de El Cisne.

La observación de Torrijos provocó un silencio incómodo.

—Lo único que sé es que el dueño se ha marchado y ha dejado a los camareros plantados.

Sin apartar la mirada de sus ojos, Torrijos insistió:

—¿Lo conoces?

—Pues claro que lo conozco —contestó sin levantar la vista de su iPad—, trabajé en su bar una temporada.

Torrijos dio un sorbo al vaso y dejó transcurrir unos segundos.

—Entonces, puede que sepas el motivo por el que se ha marchado sin decir esta boca es mía.

—No estoy metido en su cabeza para poder contestar una pregunta tan difícil.

—¿Cómo era vuestra relación?

El camarero alzó las cejas, dio un ligero resoplido y dijo:

—Profesionalmente no nos entendíamos. Era el típico jefe al que no le gustaba comparecer. Solo iba a hacer caja, lo cual quería decir que los demás nos teníamos que hacer cargo de todo. Pretendía que fuera el responsable de todo, pero cobrando lo mismo.

Torrijos se quedó sorprendido. No esperaba que le resultase tan fácil obtener la información que necesitaba.

—Intuyo que no le echaba mucha cuenta al negocio.

—Ninguna.

—En la época que trabajaste con él, ¿era boyante el negocio?

—Teniendo en cuenta que tenía que pagar alquiler y dos sueldos, no era muy rentable —admitió.

—¿Qué tal pagador era?

—De eso no tengo ni una queja. Era muy puntual y muy cabal a la hora de pagar. Ni los camareros ni el dueño del local tuvimos nunca que reclamar nada.

—¿Te da la impresión de ser un negocio tapadera?

—Lo único que puedo decir es que…

—Te estoy preguntando si crees que Filipo se dedicaba a trapichear con la droga o con algún asunto ilegal.

El camarero se quedó mirándolo como quien acaba de ver un marciano y dijo:

—Cómo que Filipo, querrá decir Doménico.

—Bueno sí, perdón. He tenido un lapsus.

—No me consta, pero…

Dejó la frase colgada en el aire y Torrijos acometió inmediatamente con otra pregunta:

—Durante el tiempo que estuviste trabajando con él, ¿sabes si tenía relación con Antonio? Me refiero al que asesinaron en Palomera.

—Eran amigos.

—Pero Doménico no salía entonces con la hija de Antonio, ¿no es eso?

—Cierto. Mientras que estuve trabajando con él no eran novios todavía.

—¿Conoces a alguno de los camareros que trabajaban últimamente con él?

Cogió el iPad. Tecleó y le dio el nombre y su número de teléfono.

—¿Sabes dónde vive?

—En la avenida de la Música Española. No le puedo decir el número, pero está justo detrás del centro de salud.

Cuando a la mañana siguiente Torrijos le contó a Oramas lo que había averiguado respondió:

—Eso ya os lo dije yo.

Le dijo que lo llamase por teléfono, pero Torrijos insinuó que sería mejor ir en persona y que si le acompañaba Peláez, mucho mejor.

—No sabes lo que impone que te visite una pareja de policías de buena mañana —dijo.

Cuando aparcaron el coche ante el centro de salud pasaban tres minutos de las nueve y media. Sabían que no eran horas de andar llamando a una casa con la intención de entrar, pero el pensamiento de ambos era coger a Sergio —ese era el nombre del camarero en cuestión— en la cama para que se impresionara.

No tenían seguridad del bloque donde vivía Sergio, por lo que tuvieron que andar preguntando entre el vecindario. Fue la tercera persona a la que preguntaron la que les dijo el número y el piso donde vivía.

Hubo que insistir un par de veces hasta que la puerta cedió. Apareció tras ella una señora de unos cincuenta y cinco. Bajita, regordeta, bonita de cara y con el cabello un tanto desordenado. Vestía una bata de color verde que le llegaba hasta los tobillos.

—Buenos días, señora. Somos policías del grupo de homicidios y venimos preguntando por Sergio.

La señora se quedó atónita. Solo acertó a decir:

—¿Pasa algo?

—Estamos investigando el asesinato de Antonio.

A la señora se le descompuso la cara y puede que también el cuerpo entero. Susurró entre dientes algo que no fueron capaces de entender y marchó corriendo a despertar a su hijo dejando pasmados a Torrijos y a Peláez, a los que ni siquiera les invitó a sentarse. Desde allí pudieron oír el cuchicheo que tuvo con su hijo. No pudieron entender las palabras que cruzaron entre ellos, pero sí se percataron del desasosiego de la madre y de los crujidos del colchón cuando Sergio puso pie a tierra.

Dos minutos después salió Sergio con los ojos enrojecidos. Se sentaron los tres en unas butacas alrededor de una mesa baja. La madre quedó un poco al margen, pero con las antenas puestas en lo que allí se pudiera decir. Sin explicar cómo obtuvo la información, Torrijos le contó todo lo que sabía Antonio y Filipo. Sergio, recostado en el respaldo del sillón, lo escuchó sin decir nada, limitándose a asentir con movimientos verticales de cabeza.

—¿Tienes algo que añadir al asunto? —preguntó Torrijos.

Sergio se inclinó hacia delante. Miró a su madre y dijo con voz ronca:

—Veo que no habéis perdido el tiempo. En efecto, todo lo que ha contado es cierto. Pero falta algo. Algo que creo que es importante —Peláez y Torrijos cruzaron sus miradas en ese momento, la madre de Sergio permanecía inmóvil con los brazos cruzados en el otro extremo del salón—. Una tarde de primavera, debía ser a mediados de mayo, me encontraba en la cocina preparando algunos aperitivos para la noche. En la barra estaba Doménico que pensaba que estaba organizando la terraza. En ese momento llegó Antonio. Estaba muy preocupado. Le preguntó a Doménico que si podían hablar y le contestó que sí. Le dijo que sus vidas y la de su hija Silvia corrían peligro.

Peláez dio un respingo. Su rostro se iluminó. Todo lo que iba diciendo Sergio encajaba a la perfección. Carraspeó y preguntó:

—¿Pudiste escuchar a qué se debía ese peligro?

—Amenazas. Debían estar metidos en algún problema grande, pero no aclararon de qué se trataba.

—¿Escuchaste algo más?

—Antonio le rogó a Doménico que cogiese a su hija y se quitaran del medio. Les propuso hacer un viaje a Noruega.

—¿Hablaron de dinero? —preguntó de nuevo Peláez.

—Sí. Le dijo que no se preocupase por el dinero, que habría suficiente para retirarse una buena temporada.

—¿Dijo de quién procedían las amenazas?

—De eso no escuché nada.

—¿Hablaron algo más?

Sergio miró hacia el suelo con una mano puesta en la sien como si ayudara a recordar, luego abrió ligeramente los brazos con las palmas hacia arriba y dijo:

—No recuerdo nada más. Lo único que puedo decir es que Antonio estaba muy nervioso y metía prisa para que se marcharan cuanto antes.

Peláez hizo amago de levantarse, pero Torrijos colocó su mano izquierda sobre su pecho en un claro signo de que no había terminado el interrogatorio. Se dirigió a Sergio y le preguntó:

—¿Cuál es tu relación laboral con Doménico ahora mismo?

—Como sabe, desapareció de buenas a primeras sin previo aviso. Mi compañero y yo nos quedamos con dos palmos de narices. Seguramente también sabe que el teléfono lo tiene apagado, por lo que no hemos podido comunicarnos con él. Ante esas circunstancias, lo que hemos hecho es aguantar hasta final de mes, llamar al dueño del local, pagarle la mensualidad y repartirnos el dinero que había en la caja.

—Y ¿no habéis contemplado la posibilidad de quedaros vosotros con el control del negocio? —preguntó Peláez.

—Ni locos —contestó a bote pronto—. Lo primero es que no ha sido nunca rentable. Lo segundo es que estábamos deseando de alejarnos del problema.

—Desde luego que sí —dijo la madre acercándose a la escena—. Lo mejor que habéis hecho es quitaros del medio.

—¿Qué te ha parecido? —dijo Torrijos con voz queda nada más cerrarse la puerta del piso.

Peláez se arrancó con una sonrisa y contestó:

—Que ha estado muy sincero.

—Eso me ha parecido a mí también.

—Creo que haberle contado de entrada lo que averiguaste ayer ha sido un acierto. Ha debido quedarse desconcertado.

—Pues yo más bien creo que nos estaba esperando y que ha sido como un alivio para él.

Salieron del ascensor y, con pasos lentos y contundentes, se dirigieron hacia la puerta de la calle. Giraron hacia la izquierda en la primera esquina y se montaron en el coche. Al volante se sentó Peláez. Torrijos se aclocó en su asiento de medio lado y dijo:

—Acércame a la Agencia Tributaria.

—¿Al Parque San Julián?

—Al número 12, para ser más exacto.

—¿Qué vas a hacer?

—Pedir declaraciones de Antonio y de Doménico.

—¿Sabes que el suministro de información tributaria requiere orden judicial?

—Ya la tengo.

—Hay que ver, qué precavido y qué currante te has vuelto. Con lo que tú eras.

Torrijos sintió como si acabaran de darle una patada en la espinilla.

—Déjame decirte que desde que trabajamos con Oramas he aprendido a ser policía.

Con una sonrisa sibilina dibujada en su cara, Peláez respondió:

—Acaso no lo eras antes de que ella llegara.

Con su acostumbrado temple risueño, Torrijos añadió:

—Esto te lo explicaré de forma escueta, antes era más funcionario que policía, ahora soy más policía que funcionario. Es simplemente cuestión de perspectiva.

—Y ese cambio, se lo achacas a Oramas, supongo.

Sin el mínimo atisbo de animadversión, respondió:

—Creo que nuestra jefa tiene la virtud de saber sacar lo mejor que llevamos dentro, y eso no es capaz de hacerlo cualquiera.

—Para mí lo mejor es su capacidad empática. Hay quien es incapaz de meterse en la piel de los demás.

Paró en la puerta y le preguntó a Torrijos si quería que lo esperase.

—No te preocupes. Desde aquí daré un paseo.

A medida que Peláez iba contando lo ocurrido en casa de Sergio, el cerebro de Oramas se iba transformando en una olla exprés que nunca llegaba a enfriarse. Ya no tenía dudas, los negocios de Antonio y de Filipo eran una tapadera que les servía para blanquear dinero. Manifestó su admiración y le agradeció la entrega, tanto a él como a Torrijos.

—Solo ha sido trabajo en equipo —dijo Peláez.

—Sí, de acuerdo. Pero para hacer un buen trabajo en equipo hay que saber recibir órdenes.

Estaban charlando amigablemente sobre el significado de trabajar en equipo cuando se presentó Torrijos.

—¿Has averiguado algo? —preguntó Peláez.

—Tanto uno como el otro han declarado unos ingresos de aúpa en la última declaración.

—Pues creo que esta es la prueba definitiva. Los dos estaban metidos en asuntos turbios —dijo Oramas.

—En asuntos tan turbios como que han recibido amenazas —añadió Peláez.

—¿Qué tipo de asunto será? —preguntó Oramas.

—No lo sabemos todavía. Pero, os recuerdo que hablamos de presionar a algún camello para ver si obteníamos alguna pista.

Oramas no supo qué contestar y se limitó a asentir.

18

Uno no sabe lo que es la felicidad hasta que ha tenido en la vida algún incidente adverso. Oramas lo había tenido y grande. Su padre murió siendo ella joven y su marido le había sido infiel. Dos episodios que no había podido olvidar. Pero nadie es feliz ni desgraciado eternamente. Aunque eran dos percepciones del pasado que llevaba firmemente adheridos a su mochila, esa mañana estaba exultante. Bajaba la cuesta de la calle Alfonso VIII pensando que debían de estar muy cerca del asesino de Antonio. Iba pensando en su piso. Algo le decía que en esa casa tenía que haber dinero. No en vano había estado toda la tarde anterior y parte de la noche en dicho asunto. Oramas se sentía feliz y sin darse cuenta se le escapó una sonrisa y un racimo de arrugas brotó en la comisura de sus labios que la hicieron todavía más bella. Apretó el paso y llegó a las escaleras del Gallo en un periquete. Desde allí se llega a la comisaría en cuestión de tres o cuatro minutos.

Con el primero que se encontró fue con Peláez. Le dijo que quería hablar con él. Una vez en el despacho, cara a cara, le preguntó qué fue de aquel chico que pillaron vendiendo droga por la red.

—Supongo que estará pendiente de juicio.

Oramas arrugó el entrecejo.

—¿Insinúas que no está en la cárcel? Tenía entendido que le cogieron con dos kilos de cocaína.

—Creo que lo mejor será que vaya en busca del policía que lo detuvo. Precisamente lo he visto hace un rato por ahí abajo. Seguro que él conoce el asunto más de cerca.

Oramas se quedó allí, inmóvil. Poco tiempo después, aunque la puerta de su despacho estaba entreabierta, sonaron dos golpes suaves. Tras el consentimiento para entrar apareció por la puerta un mocetón de metro noventa y en torno a la treintena. Tras los saludos, fue invitado a sentarse. Detrás llegó Peláez.

—Supongo que ya le habrá contado Peláez el motivo por el que le hemos llamado —dijo Oramas.

El policía se peinó con los cinco dedos de la mano izquierda la abundante cabellera y asintió.

—Queríamos interrogar al chico que le pillasteis con dos kilos de cocaína —prosiguió—, pero nos ha surgido una duda. No sabemos si está en la calle o en la cárcel.

El policía se rascó la barba, una barba intensa, negra, de cinco días. La miró fijamente con los ojos a punto de entrar en combustión y contestó con indolencia.

—Ese chico está a la espera de juicio.

Por el modo que sonrió al pronunciar esas palabras, Oramas pensó que estaba dolido.

—Entiendo, pues, que está en la calle.

—Nosotros lo detuvimos, lo llevamos ante el juez y lo dejó en libertad —respondió con cara de querer prenderle fuego al mundo y arder en la hoguera.

Oramas no llegó a entender el motivo por el que estaba tan ofendido y dijo:

—No te lo tomes a mal, muchacho. Tú hiciste tu trabajo, el juez habrá encontrado razones para dejarlo en libertad.

Al chico se le hizo un nudo en la garganta. Se inclinó hacia delante y dijo:

—Suelo aceptar las decisiones de los jueces, hasta ahí podíamos llegar. Lo que ocurre es que en este caso, cuando lo llevé ante el juez, el detenido se encaró conmigo y me dijo que tenía protección y que iba a salir por la otra puerta del juzgado antes de que lo hiciera yo.

Oramas respiró profundamente y observó pacientemente al policía. Intentó decir algo, pero fue incapaz de que aflorara de sus labios ninguna frase. Tras unos segundos de silencio intenso que parecieron eternos, cruzó la mirada con Peláez y dijo:

—No te hagas mala sangre, que estamos contigo. Vamos a hacer una cosa. Poniendo toda la carne en el asador, nos vamos a desplazar a su domicilio y lo vamos a interrogar Peláez y yo. Tengo la convicción de que puede saber algo sobre el asesinato de Antonio.

El policía se levantó y caminó hacia la puerta.

—No te vayas muy lejos, que dentro de un rato marchamos —dijo Oramas antes de que abandonara su despacho.

A Oramas le pareció mentira que un hombre tan alto y tan fuerte como un roble estuviera en ese estado de ánimo.

—Está tan sensible porque un hermano suyo murió por una sobredosis —aclaró Peláez.

Tras unos breves segundos con la mirada perdida, dijo:

—Ahora que lo mencionas, tiene todo el sentido del mundo. Pero hay otra cosa que no entiendo. Me refiero al motivo por el que el juez lo ha dejado en la calle. Creo que dos kilos es mucha cocaína.

—Cualquier persona puede tener en su poder una importante cantidad de droga si la destina para consumo propio —dijo Peláez—. Los jueces entienden que comprando cantidades grandes sale más barata.

—Sí, eso se entiende. Pero en este caso lo han cogido vendiéndola —aclaró Oramas.

—Ahí es donde quería llegar. Y no solo es que lo han cogido traficando, sino que la cantidad era excesivamente grande para autoconsumo.

Oramas se retrepó en la silla y paseó los ojos por la sala. Acabó el recorrido en los ojos de Peláez y preguntó:

—¿Nos vamos?

—Venga.

Poco después de las once de la mañana, tras un café reparador, se montaron en un patrullero y marcharon en busca del chico de los dos kilos de cocaína. Conducía el policía uniformado y le auxiliaba un compañero. El domicilio del chico estaba muy cerca de la comisaría, en la calle Corralejos, justo detrás de la plaza de España. Aparcaron en la puerta. Se quedó el compañero en el coche. A petición de Oramas, los acompañó el otro policía hasta el piso.

—Nos acompañas y cuando te vea el chico te diré que nos esperes en el coche, pero tú te marchas con tu compañero. Nosotros iremos andando cuando terminemos.

Vivía en el segundo piso de un edificio muy antiguo. Cuando llamamos a la puerta tardó en contestar:

—¿Quién es?

—Policía.

No abrió. Permaneció en silencio durante varios segundos. Por fin la puerta se abrió. Detrás de ella apareció un chico muy joven. De estatura mediana. Pelo castaño. Buena presencia. Espaldas anchas y complexión atlética. Oramas le enseñó la placa y dijo:

—Necesitamos hablar contigo.

El chico, plantado en la puerta como si quisiera impedir que pasásemos, se quedó fijamente mirando al policía uniformado sin decir nada y sin moverse. Era una mirada desafiante, parecía que le estuviese perdonando la vida. Por un momento dio la impresión de que les iba a dar con la puerta en las narices. Por fin, se echó a un lado y dijo con voz seca:

—Pasen.

Oramas se dirigió al policía uniformado y le dijo que esperase abajo en el coche.

Al piso no le habían hecho reforma desde que lo construyeron. Mantenía el suelo de terrazo gris oscuro. A través de un corto pasillo sin ningún mueble ni un solo cuadro en la pared llegaron al comedor que era la mínima expresión. Ni siquiera había una lámpara, se alumbraba con una bombilla que estaba rodeada por una tulipa de cristal que parecía no haberse limpiado desde el día en que fue colocada. Había una sola ventana que daba al río Huécar. Se sentaron alrededor de una mesa de formica llena de desconchones.

—Venimos buscando información —se arrancó Oramas con tono frío.

—¿Qué tipo de información? —contestó el chico con voz áspera y desafiante.

—No sé si estás al tanto del asesinato de Antonio…

—No conozco a ningún Antonio que hayan asesinado.

Peláez y Oramas cruzaron sus miradas. Era evidente que no esperaban esa respuesta y era evidente también que el chico mentía, pues todo el mundo en Cuenca conocía el suceso. Oramas, haciendo de tripas corazón, relató el crimen y las pesquisas que se habían llevado a cabo desde el grupo de homicidios.

—¿Y qué? —dijo con un gesto lleno de arrogancia.

—Pues que hemos pensado que Antonio fue asesinado por asuntos de tráfico de drogas y como tú estas metido en esos jaleos, hemos pensado que podrías saber algo —dijo Peláez elevando el tono de voz.

—Ni conozco a ese tal Antonio, ni se nada de ese asunto.

—Vamos, que te niegas a colaborar. Pues debes saber que dos kilos es mucha cantidad de droga y que te pueden caer varios años. Quizá si colaborases con nosotros podrías rebajar la pena —insistió Peláez.

El muchacho dio un suspiro profundo y dijo:

—Me parece muy bien, pero no puedo beneficiarme porque no conozco nada del asunto. NO CONOZCO NADA —repitió con retintín—. ¿Qué parte es la que no entiendes?

Peláez se quedó mirándolo fijamente con el rostro incendiado. Oramas se levantó repentinamente y marchó hacia la puerta. Peláez le siguió sin abrir la boca. El chico ni siquiera los acompañó para despedirlos. Desde la puerta Oramas dijo antes de cerrar la puerta:

—Hasta la próxima.

Conociendo a Oramas, no era una amenaza, ni siquiera era un deseo. Lo dijo más bien porque tenía la absoluta certeza de que así sería.

Tras el fracaso con el interrogatorio, al entrar por la puerta de comisaría sintieron que cruzaban las puertas del cielo. «Otra vez en casa», pensó Oramas. Ascendieron los cuatro escalones que conducían al mostrador de información. Peláez se acercó a la puerta de la cantina para comprobar si estaban alguno de sus dos compañeros. Se encontró allí al policía que los acompañó:

—Qué tal os ha ido —preguntó.

—Ha habido resistencia a colaborar.

Ascendieron la escalera que conduce al primer piso y llegaron al descansillo. Oramas miró al fondo del pasillo y quedó deslumbrada por un enorme surtidor de luz que entraba por la ventana del fondo. Entre los haces de luz y el polvo en suspensión apenas se distinguía una figura femenina que avanzaba hacia ellos.

—¿Qué tal os ha ido?

Era la voz de la inspectora Crespo.

—Hemos hecho el viaje en balde —respondió Peláez.

—Me gustaría daros buenas noticias, pero cuando os cuente lo que hemos averiguado hace un rato os puede dar un soponcio —replicó Crespo en un tono claramente hostil.

—Pues espera por lo menos a que lleguemos al despacho para dárnosla —sugirió Oramas.

Se acercó a la ventana y bajó la persiana hasta la mitad. Se sentaron en torno a su mesa y dijo:

—¿Qué es lo que has averiguado?

—Silvia y su novio están en Brasil.

Tras un combate de miradas entre los tres, Oramas suplicó:

—Dime que eso no es cierto. Dime que estás bromeando.

—No puedo —dijo susurrando por lo bajo—. Pero no os asustéis que no he terminado. Han viajado a Brasil con otro pasaporte.

Oramas frunció el ceño. Se puso de pie y marchó a la ventana. La abrió y respiró hondo. Sintió en ese momento que los planes trazados habían quedado dinamitados. Un inmenso boquete oscuro se acababa de abrir ante ella. Soportó el revés con falsa entereza, se calmó, giró su cuerpo ciento ochenta grados y, conteniendo el aliento, tan firme como el palo de una cucaña, dijo:

—¿Lo sabe el comisario?

—No —la voz pareció salir ahogada de la garganta de Crespo.

—Pues hay que decírselo a él y a la madre de Silvia.

Antes de llamar a Ana Belén y de ir al encuentro con el comisario, se informó detalladamente de todas las circunstancias sobre la marcha de Filipo y Silvia a Brasil. Crespo le dijo que la policía noruega había llamado comunicando que el veintiséis de junio volaron desde Oslo a Río de Janeiro con pasaporte distinto al de llegada, el mismo pasaporte con el que se registraron en un hotel. Lo comprobaron gracias a las fotografías que enviamos.

—¿Han dicho los nombres? —preguntó Oramas.

Crespo llamó a Torrijos y le pidió los nombres.

—A ver, toma nota. Rodolfo Mancini D´angelo y Raquel Marín Fernández.

Primero se lo comunicó a Ana Belén. Recibió la noticia con los improperios más contundentes que pudo traer a su boca. Juró en hebreo, clamó al cielo, se acordó de todo el santoral e insultó de nuevo al italiano. Cuando se dio cuenta de que lo hecho hecho estaba y de que de nada servía lamentarse, se calmó y se echó a llorar sin poder articular palabra.

Compungida, pero sin tensión, Oramas subió al segundo piso y le comunicó al comisario la situación. No pareció estremecerse. El comisario era una persona flemática y sabía afrontar las situaciones negativas con aplomo.

—Es un obstáculo más, pero no hay que desfallecer —dijo el comisario—. Tendremos que pensar en el motivo por el que se han ido allí. Pero, creo que donde hay que seguir trabajando es aquí. Esta es una ciudad que te habla. Si sabes preguntar te responde. ¿Qué preguntas crees que tienes que formular? —Oramas permaneció en silencio—. Si el chico al que has interrogado esta mañana se ha comportado de forma refractaria, quiere decir que oculta algo. Quien asesinó a Antonio tuvo que guardar el cadáver durante cuatro días, preguntémosle a la ciudad dónde pudo haberlo guardado. Preguntémosle también quién entró al piso de Antonio y qué es lo que buscaba. Por cierto, no se han encontrado huellas dactilares allí.

—Te voy a hacer caso. Me dedicaré a preguntarle a la ciudad.

Oramas se dio media vuelta y marchó hacia la puerta. El comisario la acompañó. Le puso la mano en el hombro y le dijo:

—No te desanimes, que tú vales mucho y tienes un equipo formidable.

—Te lo agradezco, pero no he merecido todavía laureles que me permitan escuchar ditirambos.

19

Se tomó el fin de semana de relax. Necesitaba echar los malos pensamientos fuera de su cabeza y para ello nada mejor que correr y sudar. El viernes por la tarde, con el sol en retirada, bajó la cuesta de las Angustias y corrió ocho kilómetros por la carretera de la sierra. Era evidente que Oramas había recuperado la buena forma. El sábado por la mañana, por si hubiera quedado algún sentimiento autoalienatorio en su cuerpo, quedó con Crespo e hicieron noventa kilómetros en bicicleta.

La mañana del domingo la dedicó por completo a visitar la ciudad con su madre y con su perra. Recorrió sus murallas, la natural formada por el escarpe calizo y la medieval. Buscaron las siete puertas de la ciudad, de las cuales solo encontraron cinco, y se perdieron por todas las callejas y callejones de la zona de transición a la parte moderna de la ciudad.

El lunes llegó pletórica de moral a la comisaría, pero le iba a durar poco la alegría. Tras la reunión de primera hora con sus compañeros de grupo tuvo que ir al despacho del comisario.

—Te he hecho llamar para darte una noticia —dijo apartando sus gafas de la cara—. Te podría haber llamado este fin de semana, pero he preferido dejarte tranquila y hacerlo en persona.

El comisario retiró su silla hacia atrás y se arrellanó en ella todo lo que pudo. Sabía que lo que tenía que comunicar a Oramas no le iba a resultar nada fácil. Se masajeó el mentón como si quisiera comprobar que al afeitado de la mañana no había que reprocharle nada. Entrelazó los dedos de su mano derecha con los de la izquierda y dijo:

—El subdelegado del gobierno me llamó el sábado a primera hora de la mañana y me comunicó que, de acuerdo con el juez, debemos dejar el caso del asesinato de Antonio.

Oramas apoyó los dos codos sobre la mesa y se sujetó el mentón con su mano izquierda sin decir nada.

—Debo decirte que la idea ha partido del ministerio de Interior por boca de un subsecretario. Y ya sabes, cuando el poder político interviene…

Esa frase dejada en el aire llevaba veneno. Oramas, con gesto apesadumbrado, posiblemente evitando una salida de tono, miró hacia la ventana y se embelesó con los árboles del parque. Por fin se arrancó y preguntó:

—¿El caso está cerrado definitivamente?

A pesar del aire acondicionado, el comisario se remangó la camisa y aflojó el nudo de la corbata

—Me dijo que era un cierre provisional.

—Provisional —repitió Oramas incrédula.

—Dijo que si aparecían pistas distintas se abriría de nuevo.

Oramas afirmaba con la cabeza con los hombros caídos y con gesto de sumisión.

—¿Y no es el juez quien tiene que decidir si se cierra el caso? —preguntó con sarcasmo.

El comisario enarcó las cejas y de forma imprevista dijo:

—Mira, si quieres que te diga la verdad, a mí no me parece buena idea cerrar el caso, creo que deberíamos seguir investigando. Pero somos funcionarios y si un superior ha dicho que hay que cerrarlo, poco podemos hacer en contra.

Oramas secundó las palabras del comisario en silencio y marchó hacia la puerta. El comisario advirtió antes de que abandonase el despacho:

—Hay que informar del cierre del caso a la familia.

Oramas consultó su reloj y respondió:

—De eso me encargo yo.

Tanto se había guardado en el tintero que al salir del despacho la garganta le abrasaba. Salió envarada. A pesar de que era lunes, su rostro estaba tenso. Parecía la viva imagen de la fatiga. Salió de allí pensando que estaban cerca del final, y eso lo sabía bien el comisario. Se sintió frustrada. Sabía que se le había faltado al respeto de forma grave y le costó mucho trabajo aceptar en ese momento lo que aprendió sobre la obediencia debida, llegó a pensar hasta si, dada las circunstancias, era necesario aplicarla. Bajó las escaleras y pasó de largo por la primera planta. Necesitaba aire fresco, salió a la calle como si fuese fumadora, pero tan solo pretendía ahuyentar la angustia. Cruzó y se alejó unos metros para que nadie le molestase. No le cabía en la cabeza la injusticia que se acaba de cometer, pero tuvo claro que alguien quería ocultar algo, y que no debía ser nada baladí cuando había tenido que sobornar a un juez. Maldiciendo a esos políticos y a esa actitud de querer dirigir nuestras vidas y nuestro pensamiento tuvo una intuición: «Qué bien habré hecho mi trabajo cuando desde altas instancias políticas han tenido que paralizarlo». Cayó en la cuenta que había tocado la tecla adecuada.

Al subir a su despacho se cruzó con Crespo y le dijo que necesitaba seguir con la reunión de la mañana. Le pidió por favor que buscase a Torrijos y a Peláez. Por el tono que usó, Crespo supo en ese momento que algo grave pasaba, pero no dijo nada. Cuando se sentaron de nuevo alrededor de la mesa permanecieron en silencio hasta que Oramas, con calma y sin mover un solo músculo de su cara dijo:

—El caso en el que estamos trabajando ha sido cerrado.

No dijo nada más. Se dedicó en ese momento a mirar fijamente las caras de sus tres compañeros que se miraban entre ellos sin poder dar crédito a las palabras de su jefa.

—¿Entonces, se acabó? —preguntó Crespo.

Les explicó que el sábado el comisario recibió una llamada del subdelegado del gobierno y que la orden partió del subsecretario de interior.

—¡Menudos hijos de puta!, ¡vaya panda de impresentables!, ¡la madre que los parió! —exclamó con rabia Crespo.

—¿Te ha dado alguna explicación? —dijo Torrijos.

—Ninguna.

—Lo que tenemos que pensar es que hemos tocado fibra sensible —añadió Peláez—, y, con toda seguridad, tiene que ver con el interrogatorio.

—Ese chico es la clave del asunto —respondió Torrijos.

Crespo pensó que Torrijos tenía razón, pero fue tal su grado de tensión que estuvo a punto de llorar. Todos tenían la vista fija en ella, y lo sabía. Lo disimuló consultando su móvil. Para aliviar la tensión, abandonó cabizbaja el despacho, llamó a Ana Belén y le comunicó que el caso del asesinato de Antonio se había cerrado. No montó en cólera en esta ocasión, si siquiera preguntó el motivo por el que había sido cerrado, pero le suplicó que no abandonase a su hija en Brasil. Oramas no estaba en condiciones de prometer nada en ese momento.

Al entrar de nuevo en el despacho, Crespo le preguntó:

—Espero que tras el disgusto no abandones la ciudad.

—¿Abandonarla? Lo primero es que acabo de estrenar casa. Lo segundo es que he comprobado que aquí se vive bastante bien.

—Veo que has empezado a escuchar a esta ciudad —dijo Torrijos con socarronería.

—Sin necesidad de automóvil y comiendo en casa todos los días hasta el sueldo cunde más —siguió explicando Oramas—. Cuando ocurren estas cosas te das cuenta lo mal que nos tratan y se te quitan las ganas de ser policía. Pero, no os preocupéis, aguantaré el tirón. Sé que cuando las cosas se pongan feas recurrirán a nosotros y volverán a decir eso de «vocación de servicio».

Cuando se quedó sola en su despacho, se le pasó por la cabeza la idea de visitar al juez y explicarle que no podía cerrar el caso, que estaban a punto de llegar al final y que le permitiera unos días más para entregarle al asesino. Pero recapacitó y no quiso ponerlo en ese apuro. «Al fin y al cabo, —pensó—, tiene que tener la misma frustración que yo». Fue en busca de Crespo y se marcharon al centro de la ciudad de compras.

A partir de ese día, sin una ocupación en su agenda y sin ningún papel que diligenciar sobre su mesa, se hizo más funcionaria que policía. Se limitó a cumplir con su horario sin hacer reuniones de grupo y saliendo a dar un garbeo por la ciudad todas las mañanas.

Intentó olvidarse del asesinato de Antonio, pero le resultaba imposible arrancarse de la cabeza la imagen del cadáver saliendo por el brocal del pozo. Se sentía obligada a dar con los culpables, se sentía concernida. De forma obsesiva, repasaba mentalmente sin cesar las pesquisas realizadas hasta el momento. Se preguntaba sin parar dónde pudo estar el cadáver de Antonio desde el lunes veinticuatro de junio hasta el viernes, pero la ciudad no respondía.

Una mañana subió a la puerta de su despacho un policía y le dijo que la madre de las gemelas quería hablar con ella. La hizo subir. Estaba muy contenta y le dijo que Silvia la había llamado desde Brasil.

—¿De quién ha sido la idea de marchar tan lejos? — preguntó Oramas.

—De mutuo acuerdo.

—¿Le has preguntado el motivo por el que ha falsificado dos veces el pasaporte?

—Sí. Me ha dicho que lo ha falsificado porque no es mayor de edad.

Estaba muy contenta porque habían comprado un velero y habían constituido una empresa de viajes por la zona de Ilha Grande. Según Ana María estaban ganando mucho dinero.

—¿Le has hablado sobre el asesinato de Antonio?

La sonrisa de su rostro se desvaneció al instante.

—Sí. Menudo disgusto se ha llevado mi niña.

—¿Te ha comentado si el padre pagó el viaje?

—Se lo he preguntado y me ha dicho que les entregó muchísimo dinero. Por lo visto, le dijo a Doménico que tenía mucho miedo y le aconsejó que se marchara con Silvia muy lejos.

—¿Ha dicho el motivo por el que tenía tanto miedo?

—Lo estaban siguiendo. Antonio sabía que lo iban a matar.

—¿En qué lío estaba metido?

—Drogas —respondió Ana Belén.

—¿Podrías ser más precisa?

—No me han dicho nada más.

—Pues la próxima vez que te pongas en contacto con ellos, pregúntales sobre el asunto. A ver si te puede dar algún nombre.

Se marchó la madre de las gemelas y tuvo un presentimiento y fue en ese preciso momento cuando, rindiéndose a su obsesión, decidió sumergirse de nuevo en el caso. Sabía que eso significaba colocarse en la cara oscura de la vida, pero consideró que era la mejor forma que tenía de ganarse el cielo. En parte lo hizo también pensando en todo el trabajo realizado con sus compañeros de grupo.

Al día siguiente volvió a recibir la visita de Ana Belén. En esta ocasión venía apesadumbrada.

—Que han matado a Doménico —lo soltó de sopetón, sin más preámbulos.

Durante unos segundos, Oramas permaneció inmóvil sumida en un silencio espeso.

—Le han metido dos tiros en la cabeza —aclaró Ana Belén entre llantos.

Oramas clavó la vista en un punto lejano. Transcurrió varios segundos y dijo:

—A partir de ahora mismo no me llames por teléfono. Cuando quieras hablar conmigo tendrás que hacerlo como ahora. Yo tampoco te llamaré.

—¿Piensas que tengo el teléfono pinchado?

—Sospecho que sí.

—¿Corre peligro mi niña?

—No te preocupes por eso. Pediré protección policial para ella.

Oramas dejó a Ana Belén llorando a lágrima viva y subió al segundo piso en busca del comisario. Le contó lo que le había dicho la madre de las gemelas y le pidió que se reabriera el caso. El comisario movió la cabeza a un lado y a otro. Pesaroso por su impotencia, dijo:

—No está en mis manos. Lo que sí puedo hacer es ponerme en contacto con la policía brasileña y pedirle un informe. Otra cosa no puedo hacer.

—¿Por qué no llamas al juez y le pides que…?

—Cuando tenga en mis manos el informe de la policía brasileña se lo enviaré y le pediré que reabra el caso. Pero, que sepas que no lo va a hacer. Donde hay patrón, no manda marinero —dijo con resignación.

—Si te vas a poner en contacto con la policía brasileña, te pido que les pidas protección para esa niña.

—No te preocupes por eso. Lo haré como dices.

Oramas reunió al grupo y les contó lo que había averiguado. Les pidió que se mantuvieran al margen del asunto y que tuvieran mucho cuidado lo que hablaban por teléfono ya que pensaba que sus teléfonos podrían estar pinchados.

—¿Se sabe cómo lo han matado? —preguntó Peláez.

—Tiene toda la pinta de ser un ajuste de cuentas — respondió Oramas.

—Lo veo complicado. Quiero decir que desplazarse allí, hacerse con armas y…

—Eso se puede hacer por encargo. Hoy por mí, mañana por ti. No sé si me explico.

A partir de ese día, Oramas empezó a trabajar a espaldas de sus compañeros. Era consciente de que estaba trabajando con mucho riesgo y no podía implicar a ninguno de su grupo. Tenía que trabajar en soledad, a ratos perdidos y sin el uso del teléfono. En su despacho repasaba sin cesar los apuntes de la libreta como si pensara que estaría escrito en ella la solución del problema. Por las tardes se dedicaba a pasear por las calles de Cuenca en busca de algún lugar donde pudieran haber escondido el cadáver de Antonio o buscando algún jovenzuelo que se dedicase al menudeo de la droga con el fin de que pudiera aportar alguna información.

Días después de la última reunión con el grupo, Crespo entró en su despacho sin llamar y le espetó sin venir a cuento:

—Tú a mí no me la das. Tu sigues metida en la investigación.

No lo negó. Sonrió y le ratificó su intuición.

—Pues sí. Tu olfato de policía no te ha engañado. Ahora me he convertido en funcionaria en mis horas de trabajo y policía en mis horas libres. Pero una cosa te pido, que no te inmiscuyas en el asunto. Sé del riesgo que corro, pero lo quiero correr yo sola, sin implicar a nadie.

—Implicarme, no pienso implicarme. Pero ayudarte desde la sombra sí pienso hacerlo.

Oramas estaba seria. Realmente lo estaba desde que cerraron el caso. Era evidente que su estado de ánimo había cambiado. Miró fijamente a Crespo y dijo:

—Ya que te ofreces, te voy a pedir dos cosas. La primera es que hables con tu amiga Lidia y le preguntes el motivo por el que el juez cerró el caso. La segunda es algo más comprometida, pero si actúas con sutileza no tienes por qué preocuparte por nada. Necesito un perro que sea capaz de olfatear dinero.

Dos días después, Crespo había conseguido el perro.

—¡Ya lo has conseguido! —exclamó sorprendida—. No quiero que te precipites. Recuerda lo que te dije.

Crespo sonrió y dijo:

—Ha sido más fácil de lo que parecía.

—¿Has implicado a algún policía?

—Ha sido mucho más fácil que todo eso. He acudido a una asociación protectora de animales, me he identificado y les he solicitado uno. Tenían un pastor alemán y le han hecho una prueba. Funciona, vaya si funciona. Busca los billetes que da un gusto.

—Y ¿qué me dices de tu amiga Lidia?

De los labios de Crespo no había desaparecido la sonrisa.

—He estado con ella y me ha dicho que el juez está muy preocupado. Parece ser que no se podía esperar que desde altas instancias fueran capaces de inmiscuirse en su trabajo.

—Se podía haber negado.

—Y lo hizo, pero recibió una llamada de su propio ministerio.

Oramas suspira y, tras consultar su reloj, dice:

—La cosa debe ser mucho peor de lo que parece.

Casi era la una de la tarde. El cielo era de un azul intenso. El sol caía a plomo sobre la chapa del coche. A pesar de que el aire acondicionado iba a tope, a Oramas le gustaba tanto el aroma a pino que llevaba la ventanilla del conductor bajada. Aparcó bajo el mismo pino que la vez anterior y, aunque advirtió a Ana Belén que llevaba prisa, le volvió a enseñar la casa amueblada.

—¿Sabes algo de Silvia?

—Que está hecha polvo y que se quiere venir a España.

—Creo que lo más prudente es que se quede allí por el momento.

—¿No piensas que allí corre peligro?

—Si quisieran haberla matado, lo hubieran hecho el mismo día que mataron a su novio. Si no lo hicieron entonces, no lo harán. Contra ella no tienen nada. Eso sí, tened cuidado con lo que habláis por teléfono. No le preguntes nada que comprometa a la chica. Y otra cosa te quería comentar. ¿Tenéis llaves del piso de Antonio?

281

—No sé cómo, pero ha aparecido un juego de llaves de su casa y de su coche.

Oramas recordó que el día que mataron a Antonio, el italiano dejó a Silvia en la piscina y se marchó con el coche de su padre regresando en menos de una hora.

—Tuvo que ser Silvia la que dejara esas llaves antes de marcharse —dijo frotando con un pañuelo los cristales de sus gafas. Luego explicó—: Ten en cuenta que regresaron de Palomera con el coche de Antonio. Es posible que le entregase las llaves de su casa para que dejara el coche en el garaje. Pero yendo al grano, necesito entrar en la casa.

—Cuando quieras te doy las llaves —dijo Ana Belén totalmente entregada—. Pero me gustaría saber de qué va esto.

—Quiero entrar a la casa porque tengo una intuición y necesito pruebas, pero no lo comentes ni me preguntes mucho sobre ello. No necesito las llaves, sino que esté tu hija dentro en el momento que quiera entrar.

—Pero ¿no estaba cerrado el caso?

—A ver, estaba y sigue estando cerrado. Pero estoy investigando por mi cuenta. Estoy corriendo un riesgo tremendo. Por favor, necesito que no hables de esto con nadie. Ni siquiera con tu hija. Debes limitarte a decirle a Lucía que vaya al piso de su padre cuando yo te diga. Cuando llegue yo, ella se marchará con las llaves. Eso es todo.

—¿Hay algún sospechoso?

—Sí. Tengo sospechas. El problema es que no tengo pruebas y, como comprenderás, las intuiciones y las sospechas no sirven de nada. Por eso quiero entrar en su casa, para buscar pruebas.

20

Crespo aparcó su coche por detrás del hotel Torremangana. Abrió el maletero y salió el perro de un salto. Era un animal muy cariñoso. Alzó las patas delanteras y se las colocó en el pecho como si quisiera bailar con ella. Crespo le abrochó la cadena al cuello y se lo entregó a Oramas.

—Yo me quedo en el coche oyendo música.

Pasaban las doce y media de una noche víspera de un día laborable. La calle estaba desierta. En el horizonte, sobre la cima de un cerro, se recortaban las copas de los pinos iluminados por la luna que se alzaba con todo su esplendor y redondez sobre la cúpula celeste. La noche estaba tranquila. El aire cálido. De vez en cuando, arrastraba vaharadas de frescor procedente del río.

Oramas caminó con decisión hacia el piso de Antonio y, sin haberse cruzado con nadie, llegó al portal y llamó al 3°C en el vídeo portero. Lucía le abrió el portal sin demora. Entró en el ascensor y subió a la tercera planta. En el ascensor acarició al perro que la miraba con ojos expresivos y se le subió también hasta el pecho con ganas de caricias. Salió del ascensor cerciorándose de que no había nadie en la planta y entró en la casa, donde la esperaba Lucía. La miró con atención, le dio un abrazo y, con voz queda, le dijo que la veía tan guapa como siempre. La chica se despidió de ella diciéndole que su madre le había dicho que cuando llegase tenía que marcharse de la casa.

—Llévate las llaves. Yo tiraré de la puerta. Si quieres mañana vienes y le das dos vueltas a la llave.

Al quedarse sola con el perro en la casa, Oramas volvió a acariciarlo. Entraron al salón de la casa que estaba en el ala izquierda según se entra. Se sentó en el sofá y tomó la cabeza del perro entre sus piernas con las dos manos. Lo acercó a su cara y le susurró al oído durante varios minutos. El perro se tranquilizó y apoyó su cabeza sobre las piernas de Oramas. Cuando notó que el perro estaba totalmente sosegado, sacó de su bolsillo un manojo de billetes y se los enseñó. El perro acercó el hocico y los husmeó.

—¡Vamos! Busca, bonita. Busca.

El perro olfateaba, pero lo que buscaba era el manojo que se había guardado en el bolsillo. Repitió el juego dos veces más y el perro volvía a buscar en su bolsillo. Oramas salió del salón. Cerró la puerta dejando el perro encerrado, marchó al otro extremo del piso, y colocó el dinero bajo la almohada de la cama. Al salir del dormitorio cerró la puerta y volvió a por el perro. Intercambiaron una mirada impagable y repitió Oramas:

—Busca, busca.

El perro entendió a la perfección que Oramas lo invitaba a seguir jugando. De momento volvió a su bolsillo en busca de billetes. Después olfateó sus manos. Al comprender que había escondido los billetes, levantó el hocico y empezó a olfatear. Salió del salón y se encaminó hacia la puerta de la cocina. Se paró. Olfateó y siguió el camino por un largo pasillo. Hizo la misma operación en el primer dormitorio que se encontró. En la puerta del segundo dormitorio se volvió a parar y olfateó. Dudó un momento y entró en él. Se puso nervioso. Empezó a andar de forma apresurada de un lado a otro de la habitación. Olfateó la cama y todos los muebles. Por fin entró en el baño. Siguió olfateando y se planto ante el espejo. Ladró y arañó sin cesar con las patas delanteras el espejo. La conducta del perro evidenció que el juego podría estar llegando a su fin. Oramas examinó el espejo con cuidado, pero no observó nada raro. Miró al perro. Dudó de él. El perro, advirtiendo en la mirada de Oramas que dudaba de su capacidad, volvió a insistir con sus patas delanteras en el espejo como si quisiera indicarle que le había hecho trampas en el juego, pero que él sabía muy bien que estaba allí el dinero. Oramas golpeó el espejo. Sonaba hueco. Empezó a recuperar la fe en el perro. Empujó, pero no cedía. El perro no cesaba de rascar con sus patas. Oramas volvió a empujar, pero en vano. Se desesperó. Recapacitó un momento y pensó que el espejo se pudiera abrir hacia fuera. Pero no tenía ningún agarradero. Marchó a la cocina. Miró debajo del fregadero. El rostro se le iluminó. En efecto, allí había una ventosa para desatascar. Regresó al baño y allí estaba el perro, sentado en el suelo, expectante, sin dejar de mirar al espejo. Clavó la ventosa en la parte izquierda, tiró de ella hacia atrás y cedió. Se abrió hacia abajo por medio de unas bisagras que había en la parte inferior y apareció ante ella la prueba que necesitaba. Allí había mucho más dinero del que nadie se pudiera haber imaginado. Se agachó y acarició al perro. Luego lo llevó hasta el lugar donde había escondido su dinero para que fuese él quien lo encontrara. No tardó en hacerlo. Volvió a recompensarlo con besos y caricias y regresó al baño donde Antonio guardó su tesoro. Se quedó contemplando el *billetal* durante un buen rato como si hubiese descubierto la momia de algún faraón. Había billetes de quinientos, de doscientos, de cien y de cincuenta. Le resultó imposible calcular la cantidad de dinero que había allí. Lo único que sabía es que era demasiado. Sacó el móvil y le hizo varias fotos. Antes de irse marchó al dormitorio paredaño con el baño. Se dio cuenta que el espejo lindaba con un armario empotrado. Lo abrió y se dio cuenta de la caja fuerte que se había fabricado. Volvió a dejar el espejo como se lo encontró. Llevó el desatascador a su sitio y se marchó.

Cuando salió a la calle, giró a la izquierda y caminó en busca de Crespo que salió del coche al percatarse de su presencia. El perro, deseoso de saludar a la inspectora Crespo, tiró de la correa con determinación. Salió a su encuentro. Se agachó y acarició al animal una vez más.

—¿Qué tal se ha portado?

—Muy bien —respondió Oramas con laconismo.

Crespo cogió el perro y lo metió en el maletero mientras que Oramas se acopló en su asiento. Cuando entró Crespo le puso ante sus narices la foto del dinero.

—¡Hostias, hostias, hostias! Pero ¿qué es esto? ¿Cuánto dinero hay ahí?

—La verdad es que no me he parado a contarlo. A estas horas de la noche en lo único que pensaba era en meterme en la cama. El día ha sido muy largo.

Una sonrisa torcida y ladina afloró en los labios de Crespo.

—No me esperaba esto. ¿Sabes que si nos lo quedamos nadie lo iba a echar de menos?

—Eso ya lo había pensado yo. Pero debes tener en cuenta que lo bonito de tener dinero es haber tenido buenas ideas para ganarlo.

Se le escapaba la felicidad por todos los poros de su cuerpo. Su estado anímico había cambiado. El hallazgo del dinero le había animado para seguir indagando en el asesinato de Antonio. Tenía el pleno convencimiento de que se estaba acercando al núcleo del asunto y de que algo gordo escondía. Ya no temía que fuese descubierta por meter las narices donde no debía, incluso pensaba que quien se había colocado en el lado oscuro eran los prebostes que mal gobernaban en Madrid y no ella. ¿Qué podrían tener contra una policía que descubre lo que descubrió la noche anterior? El temor a perder su trabajo o arruinarle su carrera desapareció. Extendió las palmas de sus manos y cubrió la cara con ellas. Apretó fuerte y rió con entusiasmo hasta que dos golpes secos la rescataron de aquel limbo. La puerta se abrió y apareció tras ella Crespo con un aspecto esplendente y un rostro donde quedaba dibujado el más puro y sincero entusiasmo. Entró y volvió a cerrar la puerta.

—¿Qué vas a hacer, tía? —dijo acercándose a Oramas.

—Seguir trabajando. Todavía no tenemos al asesino.

Crespo llevaba el pelo suelto. Parecía recién lavado y le tapaba parte de la cara. Constantemente se lo colocaba detrás de las orejas.

—Me refiero si le vas a comentar al comisario…

—No, no. De eso nada. Por lo pronto no pienso hablar con nadie del asunto. Solo lo sabemos tú y yo. Espero que seas respetuosa y guardes nuestro secreto.

—¿Tampoco se lo vas a decir a la madre de las gemelas?

Oramas la miró un tanto sorprendida.

—¿Por qué le voy a contar a esa persona algo tan trascendente? —respondió a punto de parársele el corazón.

—Porque es su casa.

«Su casa», musitó Oramas dentro de su mente.

—Como mucho, esa casa es de sus hijas, nunca de ella. Pero que sepas que ya he llamado a Ana Belén y le he dicho que tendré que seguir trabajando dentro de la casa.

—¿No crees que deberías ir al juez y comunicarle el hallazgo?

—Al juez iré en su momento.

—Piensa que quien entró a buscar el dinero podría volver.

—Eso ya lo he pensado, pero es un riesgo que debo tomar.

—De acuerdo. Espero que el éxito no se te suba a la cabeza.

Se centró en encontrar a alguien que pudiera conocer a Antonio o a Doménico y que se hubiera dedicado al trapicheo con la droga. Recorrió todos los barrios de la ciudad preguntando casi de puerta en puerta. Fue a mediados de octubre cuando el azar —o lo imprevisible— se le presentó a media mañana. Siguiendo el ejemplo de su madre, Lucía subió por su cuenta al primer piso y llamó a la puerta del despacho de Oramas. La falta de contundencia de los golpes le hizo parecer que sería alguien extraño. Como no era costumbre en ella, se levantó y se acercó a abrir la puerta ella misma. La chica la recibió con la sonrisa dulce que solía llevar dibujada en su cara. Oramas las tenía por unas chicas tan frágiles que ni siquiera le comentó que debería haber pasado por el mostrador de información antes de subir por las escaleras. Al contrario, le invitó a sentarse y le preguntó si quería tomar algo.

—No, gracias. Solo he venido a comentarle una cosa de parte de mi madre.

Oramas se puso en lo peor. Pensó que venía a decirle que querían poner el piso en venta.

—Pues, te escucho.

—Verá. Es que ayer salí con una amiga a dar un paseo con la bicicleta y vi una cosa que me llamó mucho la atención.

—¿Por dónde saliste a pasear?

—Por la carretera de Palomera.

—¿Y qué fue lo que viste que te llamó tanto la atención?

—Una cometa por encima de los chopos.

Oramas arrugó el entrecejo y preguntó:

—¿Por qué te llamó tanto la atención esa cometa?

—Porque es mía.

Oramas endureció el gesto y escrutó a la niña.

—Lo que tienes que hacer, cielo, es ir al mostrador de información y decir que quieres poner denuncia por robo.

—No, no. Si lo que quiero decir es que esto puede tener relación con la muerte de mi padre.

La inspectora se aproximó a ella, tomó su rostro entre sus manos y dijo:

—¿Por qué dices eso?

—Porque la cometa estaba en la finca de mi padre y desde ese día no he vuelto a verla.

—¿La has buscado?

—Pues claro.

—¿Y no podría ser otra igual que la tuya la que viste?

—No. Esa la hice yo con mi padre. Hicimos tres cometas, una para mí, otra para mi hermana y la otra para mi amiga Natalia.

La inspectora Oramas clavó la mirada en los ojos de Lucía y le preguntó con contundencia:

—¿Estás segura de que esa era tu cometa?

—Segurísima.

De nuevo se puso Crespo al volante del Seat León. En el asiento de su derecha iba Oramas. A Lucía la acoplaron en el asiento de atrás.

—¿Tienes localizado el lugar donde viste tu cometa?

—Sí.

—Pues ya avisarás.

Lucía no respondió y siguió trasteando en su móvil. Oramas no se cansaba de mirar hacia arriba el capricho con que la naturaleza había esculpido las rocas cada vez que circulaba por esa carretera. Pero en esta ocasión, los chopos amarillos que custodiaban el río, el contraste multicolor del roquedo y el verde de los pinos, engrandecía la belleza y la majestuosidad de Cuenca.

Cuando llegaron a un cruce, Crespo preguntó:

—¿Queda mucho?

Lucía levantó la cabeza del móvil y dijo:

—¡Anda! Lo hemos pasado.

En el mismo cruce se pudo dar la vuelta. Un kilómetro y medio más atrás, Lucía dijo:

—Aquí es.

Aparcó el coche en un pequeño ensanche de la carretera que servía de entrada a la finca. Lucía salió pálida. Estaba muy mareada. Oramas sacó de su bolsillo un pequeño bote metálico y le dijo:

—Tómate una cápsula. Esto lo cura todo menos la estupidez.

—Te has mareado porque has ido leyendo en el móvil. Cuando vas en coche hay que ir pendiente de la carretera. El motivo por el que se marea la gente es porque el sentido de la vista no se coordina con los demás sentidos, sobre todo el oído. Esa descoordinación produce un enorme malestar.

Permanecieron un rato sentadas en un poyete de piedra contemplando la magia del otoño. Una brisa húmeda acariciaba la piel.

—Levanta la cabeza, Lucía. El frescor del aire te hará bien.

Le hizo caso. Miró hacia el cielo y gritó:

—Mira. Ahí están las cometas.

Había dos surcando el cielo. Una era de color rojo y tenía adherido un dragón. La otra era de color amarillo y tenía la forma de una mariposa.

—¿Reconoces las dos cometas? —preguntó Oramas.

—La roja es la mía. La otra es de mi hermana.

—Pues, adelante.

Bajamos una cuesta pequeña hacia el río por un camino que estaba repleto de hojas amarillas y marrones esparcidas por el suelo. Se apreciaba un profundo aroma a tierra mojada y de las alturas provenía un ligero olor a pino. Con la humedad ambiental los sonidos se hacían más nítidos. Se apreciaba con total precisión el ruido de las hojas cayendo hasta el suelo. Llegaron a un puente de piedra muy pequeño y cruzaron a la margen derecha del río. Un hilillo de agua resbalaba hacia la ciudad con el suficiente caudal para rellenar una pequeña poza de agua cristalina que se había producido en un recodo. A la otra parte del puente se abría una enorme llanura limitada por árboles frutales. Al fondo, en lo alto de una pequeña ladera, bajo el roquedal, como buscando refugio contra la intemperie, se alzaba una casa de construcción antigua necesitada de un lavado de cara, incluyendo una mano de pintura. Sobre ella, se perfilaban contra un cielo algodonoso las dos cometas. De la chimenea de la casa salía humo plúmbeo. En un lateral de la casa se apreciaba bajo un tejadillo una buena carga de leña.

El griterío de unos niños irrumpió repentinamente rompiendo el eco del viento entre los árboles. La hojarasca entró en movimiento arremolinándose contra sus pies. Se acercaron a la casa dispuestos a escrutar el interior y, sin saber de dónde salió, apareció ante ellos un chico joven de unos treinta y cinco. Era muy delgado y tirando a bajo. Tenía el pelo muy corto y además escaso. La barba, de una semana, era ligeramente más larga que el pelo de su cabeza.

—Buenos días —dijo con una amabilidad extrema—. ¿Qué se les ofrece?

Oramas no se lo pensó, sacó la placa y se la plantó delante de sus narices. La sonrisa se desdibujó del rostro del chico.

—Quiero saber de dónde has sacado esas cometas.

Dos perros mastines aparecieron en ese momento por detrás de la casa. Lucía tomó precauciones y se colocó detrás de Crespo sin darle la espalda a los animales. Los perros se acercaron con sigilo y olfatearon a las tres intrusas. El chico recriminó su comportamiento y los mandó lejos de su presencia.

—Esas cometas me las encontré.

—¿Dónde?

Tragó saliva y dijo:

—En el campo.

—¿Podrías precisar más el sitio exacto donde las encontraste? —replicó Oramas sin apenas darle tiempo para pensar.

El chico se puso muy nervioso, señaló con el dedo hacia el lugar de donde provenía el río y dijo:

—Por allí.

—Las cometas estaban en la finca de mi padre —dijo Lucía.

Tres niños de edades comprendidas entre dos y seis años salieron de detrás de la casa disparando con el dedo índice como si los persiguiese el séptimo de caballería. El chico los miró y sus ojos se encharcaron.

—Si son tuyas, no hay problemas. Cógelas y te las llevas.

Se acercó a la ventana donde estaban atadas. Tiró de ambos hilos. Los desenredó y se las entregó a Lucía. Oramas se fijó en ese momento que bajo la ventana había un arcón corroído de herrumbre. Por detrás un cable que se introducía al interior de la vivienda le indicó que estaba en funcionamiento. Aguzó el oído y escuchó el ruido desapacible de un motor cargado de años. Oramas recordó lo que le dijo el comisario y pensó que la ciudad le estaba hablando.

—¿Qué hay dentro de ese arcón?

El chico se derrumbó y dijo entre lágrimas:

—Yo no maté a Antonio. Lo juro por mis hijos. Yo no lo maté.

Oramas miró fijamente a Lucía y le dijo a Crespo:

—Marchad al coche y me esperáis allí.

Al quedarse Oramas sola con el chico, un destello de claridad iluminó su rostro. Le pidió si podían hablar tranquilamente en algún lugar de la casa. El chico le indicó que pasase. Se dirigieron hacia una pequeña escalinata formada por cuatro escalones y entonces pudo advertir que no estaban solos. A través de la ventana vio la silueta de una chica un poco gruesa. Al entrar agradeció sobre su cara la calidez del ambiente conseguido por una estufa redonda de hierro. La tenían colocada bajo la chimenea y estaba protegida por una red plateada para evitar accidentes de los pequeños. Era muy agradable el aroma a leña quemada. La decoración de la casa estaba formada a base de muebles de saldo que solo quedarían perfectos en la consulta de un curandero. Llamaba la atención un ordenador que había sobre una mesa de televisión de los años sesenta. El chico miró a la que Oramas supuso que sería la madre de los niños y le hizo un gesto para que se marchase con los niños. Se quedaron los dos solos sentados en una mesa camilla que había junto a la ventana.

—A ver. Vayamos al grano. ¿Qué sabes de la muerte de Antonio? —Oramas volvió a la carga sin dejar que se recuperara.

—Yo no lo maté.

—Eso ya me lo has dicho. Pero ahí fuera hay un arcón en el que supongo que pudo estar escondido su cadáver. Si quieres me cuentas lo que pasó y si no puedo pedir refuerzos ahora mismo para que inspeccionen el arcón.

El chico, una vez mostrada su debilidad, se sintió acorralado contra las cuerdas y se dedicó únicamente a defenderse. Miró hacia el suelo y dijo con la mirada perdida:

—Me cargaron el muerto.

—¿Quién?

—Unos matones.

—¿Cuántos?

—Dos. Llegaron después de comer y me hicieron ir hasta la carretera. Abrieron el maletero y me enseñaron el cadáver y una bicicleta. Dijeron que me tenía que hacer cargo de él hasta que volvieran a por él.

—¿Qué coche era?

—Un Volvo S60 de color negro.

—¿Matrícula?

—No me fijé.

—¿Qué ocurrió a partir de ese momento?

—Regresé a la casa. Cogí una carretilla y monté el cadáver en ella. Lo tapé con una manta vieja y volví a por la bicicleta. Dos horas después más o menos me trajeron el arcón que hay ahí fuera y metí dentro el cuerpo de Antonio.

—¿Sabes dónde lo consiguieron?

—No.

—¿Por qué está funcionando?, ¿qué guardas dentro?

—Tengo cartones de leche llenos de agua. Los utilizo para regar los árboles frutales.

Oramas arrugó el entrecejo. El chico siguió explicando:

—Lo hago así porque, al estar el agua congelada, no se desperdicia nada. Es una especie de riego por goteo. Debe usted creerme, por favor . Yo no maté a ese hombre.

Oramas puso su mano sobre la del chico. Una mano muy fría, que no conseguía entrar en calor debido a un agujero que había en el cristal de la ventana.

—Aunque tengo que comprobar que dices la verdad, te estoy creyendo.

Oramas se levantó y se acercó a la estufa para calentarse las manos. Desde allí preguntó:

—¿Cuándo volvieron los sicarios?

—El jueves por la tarde. Me dijeron que tenía que tirar el cuerpo de Antonio y la bicicleta al pozo que hay en la finca de

Antonio. Me advirtieron que lo hiciera de noche. Y eso es lo que hice.

Tras escuchar y sopesar sus palabras, Oramas insinuó que se podía haber negado. Se miraron en silencio durante varios segundos; aturdido, el chico dijo entre sollozos:

—Sí, me podía haber negado y acabar como Antonio.

Oramas reparó en la situación tan angustiosa por la que estaba pasando. Entendió que la pesadilla que estaba viviendo lo tenía paralizado. La existencia lo desbordaba y apenas le permitía pensar por sí mismo. Volvió a la mesa camilla y se sentó. Miró a los ojos del chico y vio reflejada su imagen en su pupila.

—Mira…, por cierto, todavía no sé cómo te llamas.

—Carlos.

—Pues, Carlos, tú y yo, amigo mío, vamos a hacer dos grandes cosas juntos. A mí me va a permitir resolver este caso que me trae de cabeza. A ti te va a ofrecer la posibilidad de regresar a tu vida anterior. En el caso de que sea ese tu deseo, claro está.

Le ofreció un pañuelo para que se secase las lágrimas y esperó respuesta. Carlos asintió con la cabeza.

—¿Quieres volver a vivir? —preguntó Oramas—. Me refiero a vivir en libertad.

—Sí.

—Pues voy a ayudarte, amigo Carlos. Déjame que te entregue lo que más deseas. Solo te pido que confíes en mí y que colabores con la justicia.

Carlos sonrió con levedad. Una sonrisa apagada, pero sonrisa al fin y al cabo que Oramas lo interpretó como el deseo de una posibilidad que hasta el momento lo consideró imposible.

—Te veo agotado y superado por la situación —siguió Oramas—, pero te pido un esfuerzo. Creo que merece la pena.

Ante la falta de un clavo ardiendo al que agarrarse, Carlos empezó a pensar que Oramas le quería ayudar.

—Por supuesto que lo haré.

—A ver, nos habíamos quedado en que esos individuos te encargaron que echases el cadáver y la bicicleta al pozo. Eso fue el jueves por la tarde. ¿Qué pasó a partir de ahí?

—Esa noche no pude dormir. A las cuatro de la mañana me levanté. Haciendo de tripas corazón, cogí la bicicleta y el cuerpo de Antonio, los cargué en mi furgoneta y me fui a Palomera.

—¿Por qué dices eso?

—Porque es verdad. No se puede imaginar la sensación que da coger en vilo un muerto congelado. Pero no tuve más remedio que hacerlo.

—¿Qué más pasó?

—Lo demás fue más fácil. Me acerqué al lugar donde me dijeron esos señores que estaba el pozo. Cargué de nuevo con el cadáver al hombro, me alumbré con una linterna, me acerqué al pozo y lo arrojé al fondo como quien se deshace de un costal de trigo. Luego eché la bicicleta y fue en ese momento cuando vi en el suelo las cometas. Las cogí, las examiné y pensé que les iba a hacer mucha ilusión a mis hijos volarlas por la finca. Al final, mire para lo que han servido…

—Espero que el eco de esas cometas puedan redimirte. Pero no perdamos más tiempo y avancemos. ¿Cuál ha sido el motivo por el que esos dos señores han matado a Antonio?

—Drogas.

—¿Ajuste de cuentas? —insistió Oramas.

—Sí.

—¿Conocías a esos dos señores?

—No. Creo que no son de aquí.

Oramas ya no se anduvo por las ramas.

—¿Traficas con droga? —le preguntó y se quedó mirándolo fijamente como si fuese capaz de detectar la mentira en sus ojos.

—Sí —fue toda la explicación de Carlos.

A Oramas le llamó la atención dos gotas que escurrían a través del cristal de la ventana. Se levantó, se acercó a ella y echó un vistazo al exterior. Le llamó la atención el oro de las hojas en contraste con el cobalto del cielo.

—¿Tenías relación con Antonio?

Una sonrisa afloró en sus labios.

—No mucha. Él se dedicaba al transporte de la mercancía. De vez en cuando me servía género.

—Género que tú repartías utilizando la Darknet, ¿no es así?

Carlos levantó los ojos del suelo y la miró con una mezcla de extrañeza y frío desdén. No contestó.

—Espero que no haga falta que venga un grupo de expertos en informática.

—Sí. El reparto lo hago fundamentalmente por internet. La gente conecta conmigo y envío la mercancía por correo.

—Dices que Antonio se dedicaba al reparto.

—Era transportista. Tomaba la droga en Madrid y la repartía por todas las provincias fronterizas.

—¿Para quién trabajaba?

—Para Bascuñana.

—¿El diputado?

—Sí. Realmente todos trabajábamos para él. En el asunto de la droga hay uno que se lo lleva crudo y los demás nos conformamos con las migajas y con la cárcel.

—¿Sabes el motivo por el que se suicidó el diputado?

—Por que estaba con el agua hasta el cuello. Hicieron una redada y cogieron a dos pringaos. A raíz de las detenciones, le dijeron que hubo un chivatazo y se quitó del medio.

—¿Lo hubo o no lo hubo?

—A mí no me consta. Pero Antonio me dijo que sí lo hubo.

—¿Cuál fue el motivo por el que mataron a Antonio?

—Se quedó con dinero que no era suyo. Por lo visto, aunque no está demostrado, se cree que hizo una llamada anónima a la policía denunciando a un colega. Denunció a Bascuñana también. Dicen que lo hizo en Madrid, seguramente para tener que evitar dar la cara. Tenía claro que si lo detenían no lo iban a denunciar por apropiarse de ese dinero. Pero la sombra de esa mafia es muy alargada.

—¿Quién crees que ha enviado a esos matones?

—Ese trabajo le corresponde a usted. Yo no tengo ni idea.

—¿Tienes algo más que contarme?

—No. Pero hay una cosa que me preocupa.

Oramas clavo una mirada en su rostro que, aunque no se podía definir como una mirada hostil, sí parecía llevar una carga de sospecha.

—Te escucho.

—Es que tengo miedo. Como alguien se entere que he estado hablando con usted...

Oramas se tomó unos segundos. Cerró los ojos y dio un repaso mental a todo lo que habían hablado hasta el momento.

—Lo que tienes que hacer es colaborar con la policía y con la justicia. Mira vamos a hacer una cosa, te voy a llevar ante el juez y le vas a explicar todo lo que me has dicho. Creo que si aceptas no tendrás que pisar la cárcel. ¿Qué te parece?

—Estoy dispuesto, pero luego van a venir a por mí.

—Por el deje que tienes, creo que eres del sur. ¿Hay algo que te tenga atado a esta tierra?

—Aquí se vive muy tranquilo, pero si la circunstancia lo requiere me iré a otra parte.

Oramas sacó la libreta y tomó nota de sus datos personales. Le pidió el número de teléfono y regresó a la estufa para darse el último calentón. Antes de volver con Crespo y Lucía dijo:

—Se me olvidaba, supongo que lo de la droga lo habrás dejado ya.

—Como puede ver, tengo familia. Cuando vi lo que le ocurrió a Antonio decidí que no merecía la pena seguir en esto ni un minuto más.

—Eso es justo lo que quería escuchar.

Carlos seguía con los ojos encharcados, pero apareció entre sus labios una leve sonrisa. Temblaba como un niño, pero a Oramas le dio la impresión de que se quedó esperanzado.

Se sentó en la parte trasera del coche dejando a Lucía en el asiento del copiloto.

—No se te ocurra sacar el móvil.

Lucía giró la cabeza y le dedicó una sonrisa.

—Déjame en casa, por favor, y luego acompañas a esta chica a la suya.

—A sus órdenes, jefa.

—Y que no se te olviden las cometas.

21

Por la noche se desató un temporal de lluvia y viento que derribó algunos árboles en la ribera del Júcar desprendiéndose cornisas en algunos edificios. Flora, una potente borrasca procedente del caribe y empujada por vientos del suroeste, había barrido la península.

Oramas se despertó muy temprano alarmada por el ruido del viento. Era de noche, pero no tardó en clarear. Se tiró de la cama y miró por la ventana. Llovía. Lo hacía recio. Cogió un paraguas. Abrió la puerta de la terraza y salió. Linda salió a su encuentro. La acarició y le ordenó entrar a la casa. Bajo el incesante redoble de las gotas aporreando el paraguas se acercó a la balaustrada. Entre dos luces pudo contemplar varios chopos caídos sobre el agua achocolatada del Júcar.

Regresó a la cama y se ovilló bajo las sábanas intentando ganar algún momento más de sueño a la noche. Tras media hora de desvelo, se levantó y marchó al baño. Cuando fue a la cocina, era tan poco el tiempo que pasaban juntas últimamente, que le gustó comprobar que su madre se había levantado ya.

—¿Cómo madrugas tanto? —preguntó su madre.

—Últimamente tengo mucho trabajo.

—Pues me dijiste que esta iba a ser una comisaría tranquila.

—En mi oficio nunca se sabe cuándo ni dónde puede saltar la liebre.

Poco antes de terminar con el desayuno sonó su teléfono. Era Crespo. La llamaba para decirle que la recogía en quince minutos en los arcos del ayuntamiento.

Nada más salir a la puerta de su casa pudo contemplar las secuelas del temporal. En su calle había gran cantidad de ramas de hiedra que habían sido arrancadas por el viento. En la plaza Mayor, los contenedores de basura habían sido desplazados. Una maceta había caído de un balcón. Incluso se vieron señales de tráfico arrastradas por el viento de un lado a otro como si fueran de papel.

Se refugió en la puerta del restaurante «Los Arcos», que a esa hora estaba cerrado. Cuatro minutos después llegó el Seat León conducido por Crespo. Dio la vuelta bajo la catedral y recogió a Oramas.

—Ha sido todo un detalle. Muchas gracias.

—No cuesta trabajo —respondió Crespo.

Las escobillas del limpia apenas podían con el agua que recibía el cristal delantero.

—Esto es llover y lo demás es cuento —dijo Oramas.

—Ahora vamos a pasarnos por el puente San Antón. Creo que baja el río tremendo.

El agua rugía. Impresionaba ver tal caudal de agua abriéndose paso hacia el Mediterráneo.

—Fíjate —hizo observar Crespo—, el agua llega hasta los pies de la Virgen.

Se refería a la Virgen de la Luz, copatrona de Cuenca junto con la Virgen de las Angustias. Hay colocada una imagen de ella porque, según la leyenda, fue el lugar donde se le apareció al pastor Martín Alhaja para advertirle cómo podían entrar las tropas cristianas a la ciudad por la puerta de San Juan.

—Como siga lloviendo, esa figura corre peligro.

—Nunca ha ocurrido. La Naturaleza siempre la ha respetado.

El espectáculo era grandioso, pero la cantidad de agua que recibía el paraguas de Oramas, junto con la fuerza que tenía que hacer para evitar que el viento lo doblase, no les permitió aguantar mucho tiempo sobre el puente.

De vuelta a la comisaría, y a petición de Crespo, Oramas le explicó cómo se desarrolló el interrogatorio del día anterior.

—¿Recuerdas que el día que visitamos al coplero te dije que teníamos que resolver un enigma?

—Lo recuerdo. No me cuentes nada. Me imagino que el cadáver de Antonio quedó guardado en aquel arcón mugriento. Me imagino también que fueron los dos matones que vio el coplero quienes, tras asesinar a Antonio, le llevaron el fiambre. Y me imagino que le dijeron dónde y cuándo tenía que arrojar el cuerpo de Antonio.

—Te ha faltado un detalle. Los asesinos de Antonio estuvieron yendo a Palomera porque estuvieron vigilándonos. Daban por seguro que inspeccionaríamos el pozo. Cuando estuvimos con los perros y nos cercioramos de que no había ningún cadáver, te recuerdo que eso ocurrió el jueves, fue y le dijo a Carlos que lo arrojara por la noche. Y eso fue lo que hizo. Madrugó, cargó el cuerpo de Antonio y la bicicleta en su furgoneta y lo arrojó al pozo antes del amanecer. Se encontró tiradas las cometas y se las llevó a casa. Gracias a las cometas de las chicas hemos podido llegar hasta donde hemos llegado.

—Es indudable que esas cometas han tenido su eco. Pero, ¿vas a ir ahora al comisario a contarle lo que has descubierto? Perdona lo crudo de la pregunta.

—Tengo una duda. No sé si ir al comisario y pedirle que llame al juez para reabrir el caso o ir al juez para que llame al comisario y le informe de que el caso está abierto.

—Hagas una cosa u otra, ¿por dónde crees que debe continuar la investigación?

—Solo nos queda identificar a los dos sicarios.

301

Al entrar a la comisaría, Oramas se dio de bruces con el comisario en la planta baja. Salió de dudas y le dijo que tenía necesidad de hablar con él.

—Enseguida voy a tu despacho —respondió.

Cinco minutos después entró sonriente con el típico donaire de galán que le caracterizaba. Se sentó a su lado y dijo:

—Te escucho.

Oramas sacó el teléfono. Buscó la foto que hizo en la casa de Antonio y se la plantó delante de la cara.

—¡Ostras! ¿Qué es esto?

—Mucho dinero, ¿verdad? Lo encontré en la casa de Antonio.

El inspector la miró largamente sin saber qué decir. Por fin abrió la boca y preguntó:

—¿Se puede saber cómo lo has conseguido?

—Tengo mis confidentes.

El comisario tragó saliva y dijo:

—Sé que eres una profesional estupenda, pero…

—Un momento, Federico. No has oído lo mejor.

La inspectora le relató con mucho detalle el interrogatorio de la tarde anterior.

—Estoy abrumado. No tengo más remedio que felicitarte, pero he de decirte que para poder investigar en el caso lo tiene que autorizar el juez.

—De eso es precisamente de lo que quería hablar. Mi idea es subir a ver al juez y contarle todo lo que he averiguado. A ver si se atreve a mantener el caso cerrado.

Oramas nunca le había visto tan dubitativo. Algo parecía habérsele atragantado hasta el punto de sentirse incómodo en aquel lance. De repente pareció haberse desatrancado el filtro de su mente. Tomó el teléfono y marcó un número. «Bravo. Ha tragado el anzuelo», pensó Oramas.

El comisario consiguió una cita a última hora de la mañana con la inspectora jefa.

Oramas reunió a continuación a todos los miembros del equipo y, sin entrar en detalles, les contó las averiguaciones que hizo por su cuenta. Era digno de ver las caras de Torrijos y Peláez escuchando a su jefa.

—Hay que ver. Que haya tenido que venir desde tan lejos una persona para enseñarnos lo que es echarle huevos al asunto —dijo Torrijos utilizando el bálsamo de la ironía.

—A mí, lo que me llama la atención, a la vez que lo tomo como una lección en mi profesión, es de la forma tan tonta como se pueden resolver algunos casos.

—Lo que dices es cierto. Hay casos que se resuelven por casualidad, pero también es cierto que el azar te tiene que coger trabajando.

Oramas no se dejó acariciar los oídos en exceso y les invitó a hacer memoria y ponerse al día en el caso. Sacó su libreta y repasó las pesquisas que se realizaron en el asunto del asesinato de Antonio. Desde el escándalo que montó Ana Belén en la comisaría el veinticinco de junio hasta el interrogatorio de la tarde anterior.

—Creo que el asunto se resolverá definitivamente en el momento que identifiquemos a los dos matones —dijo Peláez.

—Eso está claro, pero lo que ocurre es que no tenemos ninguna referencia sobre ellos. Solo sabemos que eran dos chicos altos y fuertes —añadió Crespo.

No duraron mucho las disquisiciones ya que el comisario no tardó en bajar con la noticia de que el juez esperaba a Oramas en su despacho.

Con inusitado entusiasmo se sentó Oramas a la espera de ser recibida por el juez. Solo fue cuestión de dos minutos. Salió a recibirla con la misma elegancia y pulcritud que un vendedor de enciclopedias. Tras los saludos protocolarios le hizo pasar.

—He estado hablando con el comisario y me ha dicho que tienes algo que mostrarme referente al asesinato de Antonio.

Oramas le enseñó la fotografía. El juez arrugó el entrecejo, le lanzó una mirada furtiva y dijo:

—¡Vaya, vaya! Has dado un buen golpe.

—El golpe lo dio Antonio, no yo.

—Y de qué poco le sirvió.

—Ya ves, el dinero es la perdición de muchos.

—Aquí debe de haber mucho dinero —apreció el juez.

—Ese dinero está esperando que vayamos a contarlo — observó Oramas con calculado desinterés.

El juez estuvo a punto de quedar reducido a ceniza. Recompuso la figura y contestó:

—Para eso es preciso reabrir el caso.

—A eso he venido. Déjame que te cuente que…

Oramas le contó el encuentro que tuvo con Carlos la tarde anterior y le advirtió que estaba dispuesto a declarar ante el juez. La miró azorado asintiendo con la cabeza, pero no dijo nada. Estuvo un rato ensimismado, hasta que Oramas dijo:

—¿Qué es lo que piensa?

—Que la realidad es inverosímil.

—Pues yo lo que pienso es que hay que reabrir el caso y llegar hasta el final.

—Pero, ¿sabes dónde está el final?

—Soy policía y quiero llegar a él pese a quien pese.

El juez se levantó súbitamente y buscó entre sus archivos. Tomó en sus manos una carpeta y estuvo leyendo con detenimiento un documento.

—Hay suficientes razones como para volver a abrir el caso, pero ten cuidado, buscar la verdad supone en muchas ocasiones ponerte en el punto de mira de alguien.

Oramas levantó la mirada y lo juzgó con dureza.

—Puede que sea así, pero no es razón suficiente para que mi mente desconecte de la realidad. Si viviésemos en el mejor de los mundos posibles, seguramente no estaría aquí. Pero el mal existe. El mundo está impregnado de él. Habita en nosotros. Él y yo somos el agua y el aceite y a la vez la causa y el efecto.

El juez tragó saliva y se tomó un tiempo antes de contestar.

—Perdona si te he molestado, pero yo tan solo quería hacerte participe del asunto al que te vas a enfrentar.

Oramas respiró profundamente y dijo:

—No me has molestado en absoluto. Es más, te agradezco la deferencia. Lo que ocurre es que mi padre me enseñó que nunca debía hacer nada por el día que no me dejase dormir por la noche.

—Pues nada. Veo que es usted persona ambiciosa y creo que talento no te falta. Vamos a la guerra.

Medió un largo silencio y, por fin, Oramas dijo:

—Pues, lo dicho. Lo tendré informado de todo lo que averigüemos.

—Id cuanto antes a por el dinero y me pasáis informe.

22

Esa misma tarde se procedió al rescate del dinero. Para evitar problemas legales, a petición del comisario, se procedió a hacer un informe de todas las pesquisas realizadas hasta el momento, haciendo especial hincapié en el registro que se hizo en la tienda de Antonio. Era evidente que esa tienda de antigüedades era una tapadera, como era también evidente que Antonio estaba metido en asuntos de tráfico de drogas y que fue víctima de un ajuste de cuentas. Se trataba, pues, de formalizar lo que Oramas había averiguado por su cuenta.

Avisaron a Ana Belén, que se presentó en la comisaría con su hija Lucía. Convocaron también a un perro experto en detección de billetes y a su cuidador. El comisario, Oramas, Ana Belén, Lucía, el perro con su cuidador y tres policías más uniformados marcharon en dos patrulleros a la casa de Antonio.

Por orden del comisario marcharon a gran velocidad y con la sirena activada. Aparcaron los dos coches en la puerta y se quedó uno de los policías al cuidado de ellos. Los demás entraron al portal y subieron por las escaleras. El perro, sabedor de que estaba en modo trabajo, iba el primero tirando de su cuidador. Lucía sacó las llaves de su bolsillo y abrió la puerta. Una corriente de aire frío salió del interior de la vivienda acompañada de un olor pútrido. El hedor era intenso y se había esparcido por toda la casa. Ana Belén abrió la puerta de la terraza y la de la calle buscando un hálito de aire fresco. Buscaron por todas partes tratando de encontrar el origen del mal olor y encontraron bajo el fregadero el cadáver de un gato.

—Os habéis dejado el gato olvidado dentro de la casa —dijo un policía.

—Ese gato no es nuestro —advirtió Ana Belén.

—Pues habrá entrado por su cuenta —apuntó Oramas.

—La última vez que vine me encontré la puerta de la terraza abierta —dijo Lucía—, seguramente cuando la cerré el gato estaba dentro de la casa.

El comisario encargó a un policía que metiera al gato en una bolsa y lo bajara al contenedor de basura. Lo cogió del rabo. Tiró de él hacia arriba y quedó la cara del animal frente a ellos con el horror dibujado en su cara. Tenía los ojos y la boca abiertos, mostrando toda la dentadura en actitud desafiante.

—Hay que dejar abiertas todas las puertas de la casa —dijo el policía cuidador.

Lucía fue la que se encargó de abrirlas. Desapareció por el pasillo. Se escucharon pasos decididos alejándose del salón y luego las manijas de las puertas. Cuando acabó la faena miró a su madre. Fue una mirada cargada de sorpresa. No en vano, nadie comunicó ni a ella ni a su madre el motivo del registro.

El policía le dio unas friegas cariñosas por todo el cuerpo al perro. Cuando se tranquilizó el animal, le acercó un billete al hocico y le invitó a buscar. Recorrió la casa a la velocidad de la luz hasta que llegó al dormitorio donde estaba escondido el dinero. Se paró. Levantó la cabeza. Olfateó y marchó directamente al baño. Levantó de nuevo la cabeza y se alzó con las dos patas traseras sobre el espejo. Se sentó en el suelo apuntando con su hocico hacia el espejo.

—Detrás del espejo hay dinero —dijo el policía cuidador.

Golpeó con los nudillos sobre el cristal y sonó hueco. Oramas marchó a la cocina y, apretándose la nariz con la mano, cogió el desatascador. Lo colocó en la parte superior del espejo, apretó y tiró de él. Al quedar al descubierto el dinero Lucía dijo mirando a su madre:

—¡Ala! ¿Y ese dinero es nuestro?

—¡Oh! Esa sí que es buena. Qué imaginación más calenturienta tiene mi niña. De tu padre no esperes mucho más de dos cometas —dijo su madre.

Lucía se quedó turbada. Oramas, percatándose del malestar de la chica, añadió:

—Gracias a esas dos cometas vamos a dar con su asesino, seguramente.

El comisario ordenó traer una caja para precintar la mercancía.

—¿No quiere que lo contemos antes de ponerle la precinta? —preguntó un policía.

—No, no. Esto requiere mucho tiempo. Prefiero hacerlo en la comisaría.

El resto de la tarde lo dedicaron a contar el dinero. A Oramas le dio la impresión de ser miembro de una mesa electoral en el momento del cierre en una noche electoral. Estuvieron presentes en el conteo el comisario, Oramas, Crespo, Torrijos y dos policías uniformados. Llegado el momento adecuado colocaron todos los billetes sobre una mesa de unos tres metros de larga cubierta con un paño azul marino, quitaron el precinto, abocaron la caja sobre la mesa hasta que cayó el último billete sobre la mesa. La atmósfera de la sala quedó inmediatamente impregnada del aroma de la tinta. Impasibles ante la fortuna que tenían ante ellos, permaneciendo todos con expresión imperturbable se sentaron todos alrededor de la mesa y fueron haciendo montones de 500, 200, 100 y 50 billetes.

Si se les hizo larga la clasificación de billetes, más pesado fue tener que contar el dinero que había en los cuatro montones y mucho más fatigoso resultó tener que hacerlo dos veces seguidas. Cuando acabó la tarea el último, el comisario tomó un folio y empezó a sumar el resultado de los seis contables. Tras hacer las sumas necesarias, el comisario dijo:

—Aunque os parezca mentira, aquí hay doce millones, quinientos setenta y seis mil, quinientos cincuenta euros —dijo articulando con claridad todos los sonidos.

Sin poder mantenerse indiferentes ante tanta perplejidad, se oyeron todo tipo de comentarios.

—Esto huele a carroña —dijo Torrijos.

En ese momento se oyeron dos golpes y se abrió la puerta.

—El subdelegado del gobierno pregunta por el comisario —indicó un policía.

Con las entendederas nubladas, todos se miraron perplejos. El comisario encargó a Torrijos que hiciera un informe sobre el conteo del dinero y a Oramas que hiciera fotos del dinero. Posiblemente sabía el motivo por el que el subdelegado del gobierno había tenido la deferencia de desplazarse hasta la comisaría, pero no descompuso la figura y marchó a reunirse con el comisario. Cuando transpuso detrás de la puerta, Oramas dijo:

—¿Hablabais de carroña? Pues aquí tenemos al primer buitre.

Todavía no había terminado Torrijos de elaborar el informe cuando regresó el comisario y le dijo a Oramas que el subdelegado quería hablar con ella. Ni se inmutó. Su ánimo permaneció inquebrantable. Con el gesto inalterable y con paso decidido marchó al encuentro del subdelegado de gobierno.

La esperaba en el despacho del comisario. Cuando Oramas abrió la puerta se lo encontró de pie, con la chaqueta abierta y las manos apoyadas en las caderas. Tenía cara de pocos amigos, dando la sensación de estar esperando que subiera al cuadrilátero el aspirante al título. Alto y delgado, pelo abundante peinado hacia atrás y engominado, recién afeitado, pisa corbata de plata a juego con los gemelos. Oramas lo tomó más por un lechuguino recién salido de los pechos de su madre que por una persona digna de miramiento. El figurín le ofreció la mano como saludo y sin apenas hacer presión le dijo que se sentase.

—Acabo de hablar con Federico y me ha puesto al día del asunto del asesinato de Antonio.

Con dureza emocional y con el gesto relajado, Oramas dijo:

—¿Y…?

El subdelegado quedó sorprendido. Colocó su mano izquierda bajo la barbilla clavando el codo sobre la mesa. Se inclinó hacia delante y dijo con voz queda:

—Pues que las órdenes eran no investigar más, ya que el caso se cerró.

—¿Y qué le hace a usted pensar que seguimos investigando? Ha sido el azar el que ha puesto la solución del caso en nuestras manos —respondió sin descomponer la figura y con plena confianza en sí misma.

—¿El azar? Podría explicarme…

Oramas ni siquiera le dejó acabar la frase. Con frialdad le describió la visita que le hizo la hija de Antonio advirtiéndole que avistó dos cometas sobre los árboles.

—¿Qué relación hay entre esas dos cometas y el asesinato de Antonio? —preguntó con aires de autoridad.

—Esas dos cometas eran de sus hijas. Ayudadas por su padre, las habían fabricado ellas mismas y las tenían guardadas en la finca donde fue encontrado el cadáver de Antonio. Le hicimos una visita y el chico declaró que, junto con Antonio, estaba metido en asuntos de drogas y que trabajaba para Bascuñana. Cuando le pregunté el motivo por el que fue asesinado, me dijo que se apropió de un dinero que no le pertenecía. Era evidente que había pruebas suficientes para reabrir el caso. Visité al juez y se reabrió. Hemos hecho un registro en el piso de Antonio y hemos encontrado más de doce millones de euros. Eso es todo.

Un cáliz amargo para el subdelegado del gobierno. Aun así, ajeno a la realidad, arropándose bajo la autoridad que el cargo le confería, dijo:

—Pues te ordeno que te alejes del caso ahora mismo.

Un fino hilo de frío recorrió la espalda de Oramas desde las cervicales hasta el coxis. Sin perder la calma, con voz meliflua respondió:

—Usted no puede exigirme eso. Solo obedezco órdenes razonables.

Apretó el nudo de la corbata, colocó un mechón de pelo rebelde tras la oreja y dijo tan enrabietado como un niño al que le niegan un capricho:

—Te recuerdo que eres funcionaria.

—Lo sé. Una funcionaria que persigue la verdad.

Tras exhalar un suspiro, el preboste la amenazó:

—Creo que te estás metiendo en un laberinto descomunal.

—Puede que sea así. Y seguramente, como todos, ese laberinto tendrá su minotauro que, con toda seguridad, será el que te ha mandado con el recado. Puedes contestarle de mi parte que el caso sigue adelante.

Se levantó con suavidad, se despidió educadamente y se marchó con paso firme. Cuando regresó con sus compañeros firmó el informe que había elaborado Torrijos y le pidió que lo mandara por fax al juzgado. Se acercó a la inspectora Crespo, la tomó del brazo y tiró de ella hacia un extremo de la sala.

—¿Podemos hablar un momento a solas?

Crespo percibió en el tono la necesidad de discreción y se dirigió hacia la puerta de salida.

—Vamos a subir mejor a mi despacho —propuso Oramas.

Sin cruzar palabra subieron las escaleras sin apenas apoyar la planta de los pies en el suelo como si estuvieran bajo un extraño influjo de ingravidez. Dentro del despacho Oramas se quitó las gafas y las limpió con un paño que sacó de su bolso. Apartó el pelo de su frente antes de ponérselas de nuevo y dijo:

—Necesito filtrar las últimas averiguaciones realizadas a la prensa.

Crespo apretó los labios y abrió los ojos como platos.

—Déjalo de mi cuenta —dijo—. Dime cuándo quieres que sea filtrado.

—Ya mismo. Quiero que envíes las fotos del dinero y que expliques claramente la carambola de las cometas.

—No te preocupes, voy a enviar un vídeo.

Oramas le pidió que le enseñara las imágenes que había tomado. Las revisó y se dio cuenta que había personas.

—Procura hacer otro vídeo sin gente.

—Tienes razón. Cuando grababa no pensé que era para filtrarlo.

Crespo le pidió que le contara la reunión con el subdelegado del gobierno. Tras relatarlo con todo detalle dijo:

—Ese es un tonto chorra.

—Tan solo es un *mandao* que tiene miedo de perder el cargo.

23

Al escuchar ese nombre saltó de la cama como una centella. Prestó atención y volvieron a repetir el nombre: Ángel Bascuñana Gascueña. Movió el dial y sintonizó con otra cadena distinta. Hablaban de lo mismo. Todas las emisoras de radio se estaban haciendo eco de la noticia. Los contertulios estaban de acuerdo en que el partido que sustentaba al gobierno estaba en la cuerda floja. «Esto ya no tiene marcha atrás», pensó Oramas.

Cogió un trozo de bizcocho en la cocina, marchó al salón y encendió la televisión. Todos los programas matutinos se habían enfrascado en el mismo asunto. No había duda que era el tema del día. La inspectora Crespo había provocado un buen incendio nacional. En una de las cadenas de televisión se encontró a Ana Belén y a su hija Lucía siendo entrevistadas. El cerebro de Oramas tardó varios segundos en ajustarse a lo que veían sus ojos. Trató de digerir todo aquel guirigay sin atragantarse, pero se le hacía bola.

Sonó su teléfono.

Era Crespo.

Deslizó el dedo índice por la pantalla y dijo casi a la vez:

—La has liado parda, niña.

—Yo tan solo he cumplido órdenes.

—Por lo que he oído, los del gobierno se han pillado los dedos.

—Me da la impresión de que van a escapar bastante mal —añadió Crespo.

—No sé si te das cuenta de que acabamos con ellos o ellos van a acabar con nosotros.

—No entiendo lo que quieres decir.

—Que tenemos que darnos prisa para dar con los culpables.

—Ayer por la tarde estuvo Peláez visitando hoteles, pero sin una maldita foto de los matones resulta difícil identificarlos.

Oramas resopló.

—Pues habrá que pensar algún plan, y pronto.

—Yo creo que lo que necesitamos, más que un plan, es un milagro.

—Ahí te has *pasao* tres pueblos. Hay que ponerse en modo positivo y pensar que todo se va a resolver.

Cuando giró en la calle Sánchez Vera para tomar Astrana Marín apareció en su rostro una mueca de espanto. En la puerta de la comisaría una nube de periodistas opacó su mirada. Micrófonos, cámaras de televisión, furgonetas con antenas sobre el techo. Tanta parafernalia le hizo dudar si seguir su camino o darse la vuelta. Se sintió en precario, con la soledad metida en los huesos. Pero no tenía alternativa. Si quería entrar a la comisaría no había más remedio que atravesar el muro de periodistas que había ante ella. Irremediablemente tocaba hacer frente a los medios de comunicación. Se decidió. Recompuso la figura. Miró al frente con decisión y se encaminó hacia la puerta de la comisaría. En el momento en que se acercó lo suficiente, los periodistas se tiraron materialmente hacia ella. Carreras, empujones, destellos de flashes, preguntas que se superponían unas a otras: ¿cuándo se dio cuenta que el partido que sustenta al gobierno estaba implicado en un asunto tan grave?, ¿cree que se puede responsabilizar a alguien del suicidio de Bascuñana?, la ex de

Antonio dice que su hija Lucía ha aportado mucho para la resolución del caso, ¿es eso cierto?, ¿en qué punto está la investigación?, ¿tienes miedo a represalias?, ¿estamos cerca del final? Oramas se limitaba a pedir por favor que le dejaran pasar y que no haría declaraciones.

De vuelta a la calma, en el interior del edificio observó que la planta baja era un hervidero de gente haciendo valoraciones de la situación. Cuando se percataron de la presencia de Oramas se callaron todos a la vez como si fuese la respuesta a una voz de mando militar. Cruzaron sus miradas con la de Oramas como si quisieran fulminarla. Se sintió cohibida y le temblaron las piernas. Lo hizo imperceptiblemente, pero tembló. Dio los buenos días y enfiló hacia las escaleras.

En el primer piso se encontró con Torrijos y Peláez.

—La que hemos liado, compañeros —dijo Oramas con la voz encogida de angustia.

—Creemos que hay algo que no nos has contado —respondió Peláez con voz templada y serena, pero con el gesto endurecido.

Una mueca escéptica se adueñó de su semblante. Podría haberles recordado que era la jefa del grupo de homicidios, pero se conocían desde hacía muy poco tiempo y dado que se apreciaban como personas y como profesionales y los necesitaba más que nunca decidió que lo mejor sería dar su brazo a torcer con humildad.

—Ayer fue un día muy complicado para mí. Tuve que pararle los pies al subdelegado del gobierno y, antes las amenazas que profirió, le dije a Crespo que filtrase un video a la prensa para que se enterase ese señor a lo que se enfrentaba. Pensaba contarlo esta mañana en la reunión de grupo, pero los acontecimientos se han precipitado.

El gesto de Peláez se reblandeció y se redujo la tensión. Con el ceño fruncido siguió el camino hacia su despacho e invitó a Torrijos y a Peláez a reunirse con ella. Cuando estuvieron los cuatro reunidos y restablecida la armonía, Oramas dijo:

—Me imagino que os habréis dado cuenta que a partir de ahora tendremos que trabajar bajo la presión del foco mediático. Esa gente que hay ahí abajo quiere carnaza para dar espectáculo. A mi juicio habrá que dar una rueda de prensa cuanto antes. Seguramente eso alejará el foco mediático de nosotros y nos permitirán trabajar sin tensión. Voy a intentar endosar el muerto al comisario. Si se negase a dar la cara, mal que me pese, la daré yo misma.

—¿Qué esperas de nosotros? —preguntó Crespo.

—Creo que lo que urge es identificar a los dos matones. Sé que Peláez estuvo ayer por la tarde visitando hoteles. Me imagino que no habrás terminado la faena. Lo que vais a hacer es reuniros vosotros tres y repartiros los hoteles y hostales que queden por visitar. Yo voy a ir ahora mismo a hablar con el comisario.

De camino a la segunda planta sonó su teléfono. Era el juez. La llamó para felicitarla por su valentía y le hizo ver la necesidad de dar una rueda de prensa. Oramas le respondió que en ello estaba en el momento de recibir la llamada. Le aconsejó que se adelantaran al gobierno.

—¿Tiene alguna información que deba saber para resolver el caso con más agilidad? —preguntó Oramas.

—Como cuál.

—Pues, no sé. Alguna pista derivada con alguna conversación con el subdelegado del gobierno.

—A ese respecto no hay nada que pueda añadir. Estamos ante el caso de gente envilecida por el dinero sucio y por el tráfico de drogas.

—Sí, eso ya lo sé. Lo que me parece muy raro es que el gobierno o el partido que lo sustenta esté metido en un asunto tan turbio. Me refiero al tráfico de drogas.

—No descartes nada. Tenemos una sociedad corrompida cuyos valores pasan por seguir al becerro de oro.

Cortaron la comunicación y Oramas siguió su camino. Justo en el momento de golpear la puerta con los nudillos se abrió y apareció tras ella el comisario. Vestía un elegante traje azul marino que lo dotaba de un aspecto especialmente atractivo.

—Te he escuchado y he salido a recibirte —dijo el comisario con sonrisa amplia.

—Vengo a hacerte una propuesta.

Hablaron distendidamente sobre la reunión con el subdelegado del gobierno. Comentaron también el cambio que había experimentado el asunto al haberse convertido en un caso mediático. Cuando intentó convencerlo de que se hacía necesario dar una rueda de prensa y de que debía ser él quien la diese, dijo tras una sonrisa que dejó al desnudo toda su dentadura:

—Está bien. La daré. Pero me tienes que acompañar.

La noticia de la rueda de prensa abrió todos los telediarios de las tres. Cuando la madre de Oramas vio a su hija abrir el telediario se mordió la lengua y se atragantó. Tuvo que marchar al baño, pero al regresar se enganchó a la noticia y disfrutó como un cerdo en un patatal.

—Lo que no ha conseguido la oposición puede que lo consigas tú sola.

El comisario explicó las pesquisas habidas desde que Ana Belén se presentó en la comisaría para denunciar la desaparición de su hija Silvia. Se limitó a describir los hechos con claridad y a eludir las preguntas con contenido político. Quizá no fue un discurso brillante, pero por su elocuencia, su fuerza persuasiva y sus recursos expresivos resultó muy convincente.

La siguiente noticia se centró en el partido que sustentaba al gobierno. Ministros, ministras y miembros de la comisión ejecutiva saltaron a la palestra al alimón para negar los hechos y declarar que todo era una conspiración con el fin de alterar la vida democrática.

—No te preocupes, madre. No van a conseguir doblar mi brazo.

Estaba intentando cortar un trozo de filete para metérselo en la boca y las palabras de Oramas la dejaron inmóvil. Soltó el cuchillo y el tenedor en el plato y dijo:

—Pero ¿qué estás diciendo, muchacha?, ¿acaso piensas enfrentarse a toda esta tropa?

Dio la impresión de que la voz le salía quebrada de la garganta.

—Sí, madre. Me has oído bien. Que pienso permanecer firme en mi sitio. No me pienso dejar intimidar por esa panda de bellacos.

La madre de Oramas se puso en pie. Se ajustó el delantal a la cintura y le echó una buena regañina con los improperios más contundentes que acertó a traer a su boca.

—Por todos los santos del almanaque. Tú has perdido el juicio. ¿No comprendes que no puedes ponerte a luchar contra gigantes? ¡Dios mío! Te recuerdo una vez más que dijiste que veníamos a una ciudad muy tranquila.

Se sentó en una mecedora. Se tapó la cara con las manos y se puso a llorar como una niña. Oramas se acercó a ella con entereza. No fue consciente del daño que podía hacerle con sus palabras.

—Vamos. No te pongas así. Lo único que voy a hacer es cumplir con mi obligación. Ya verás como todo se arreglará.

Regresaron a la mesa. Apagaron el televisor y, en silencio, acabaron de comer. Oramas se quedó mirándola fijamente sin que su madre se percatara de ello y se juramentó a sí misma que ni la fuerza de un huracán podría truncar su decisión.

Justo cuando acabaron de recoger la mesa recibió la llamada de Crespo. Le preguntó si había visto las noticias.

—Sí. He salido muy favorecida, ¿no crees?

—Por supuesto. Pero el que ha estado sensacional ha sido el comisario. Sin decir nada ha resultado muy convincente.

—A mí también me lo ha parecido. Ese hombre tiene tablas. ¿Cómo os ha ido a vosotros?

—Hemos recorrido todos los hoteles y no hemos podido averiguar nada.

—Tendremos que pensar en algún hilo del que tirar.

—Como cuál.

—No sé. Se me ocurre que quizá tuvieran un piso alquilado.

—Es una buena línea de investigación. Sí, creo que puede dar resultado. ¿Sabes una cosa?

—Qué.

—Que la policía brasileña ha detenido al asesino de Doménico.

—¿Cómo se ha producido?

—No tengo información al respecto. Lo único que te puedo decir es que ha sido obra de un sicario que ha actuado por petición de otro que vive en España.

—Supongo que habrá alguna llamada telefónica o alguna transferencia bancaria sobre la que poder investigar.

—Puede que sí, supongo que tendremos que estar en contacto con la policía brasileña.

24

Cuando Oramas entraba en la comisaría el reloj de Mangana daba las doce de la mañana. Peláez llevaba cerca de dos horas enchufado al teléfono y hasta el momento solo había conseguido que lo derivaran de despacho en despacho. Estaba desesperado y la oreja la tenía colorada.

—Buenos días —lo saludó Oramas desde la puerta—, ¿cómo lo llevas?

—Estos brasileños tienen una cachaza desesperante. Me envían de dependencia en dependencia y a estas horas de la mañana tengo el síndrome de pelota de tenis.

Oramas dejó el bolso en su despacho y se marchó a la cafetería de la comisaría acompañado de Peláez. De la cantina salía un agradable aroma a café recién hecho. Pidieron uno con leche cada uno. El camarero dibujó el trazo de un corazón con el hilillo de la crema de la leche. Cuando depositó las tazas sobre la mesa donde se acoplaron Oramas y Peláez dijo:

—¿Habéis visto el nivel que estoy alcanzando?

—Sí, sí. ¿Te dedicas ahora en tu tiempo libre a hacer estos ridículos dibujos con la espuma del café? —respondió con tono burlón.

—Hay que ver qué ingrato eres, Julián.

Tras el primer sorbo de café aprovecharon para poner en orden sus ideas una vez más. Peláez se mostraba un tanto desesperanzado, daba la impresión de que el caso empezaba a pesarle demasiado.

—Te veo muy cansado, ¿no has pensado tomarte algún día libre?

—No es ese tipo de cansancio el que tengo. Es que creo que estamos en un callejón sin salida. Llevamos siete días dando tumbos por ahí y no hemos avanzado nada. Siento que este caso no nos va a hacer sentir en nuestra sangre el dulce veneno de la vanidad.

—Con que nos haga sentir el orgullo del deber cumplido creo que será suficiente.

Peláez miró al camarero y le pidió otros dos cafés.

—Pero estos sin filigranas, por favor.

—No se ha hecho la miel para la boca del asno —respondió el camarero.

Antes de que acabaran con el segundo café sonó el teléfono de Oramas. Era Crespo.

—¿Qué tal en tu día libre?

—Muy bien. Lo que ocurre es que, aunque es mi día libre, siempre estoy de guardia y me he dado cuenta de una cosa.

—A ver. ¿Qué has descubierto?

—Pues mira, he quedado con Lidia para hacer veinte kilómetros y nada más empezar a correr me he dado cuenta de que en el hostal que hay a la salida de Cuenca hay instalada cámaras de seguridad.

—¿Has hablado con los dueños?

—Sí, claro. Lo que ocurre es que como voy en chándal no he podido identificarme. Te llamo porque creo que deberías venir y hablar con ellos.

Oramas se tomó lo que quedaba en la taza de un trago. Pagó los cuatro cafés y cuando se iba a marchar miró una pantalla del televisor y vio a Ana Belén en la finca de su ex. Estaba señalando el pozo donde fue arrojado el cuerpo de Antonio.

—¿No meterá la pata esa mujer con el ansia de chupar cámara? —dijo Peláez.

—Esa mujer no tiene información suficiente como para poder meter la pata. Anda, acompáñame, eso te aliviará el estrés de la mañana —dijo Oramas.

Cuando llegaron al hostal estaban esperando sentadas en el pretil del río la inspectora Crespo y Lidia. La acompañaron hasta el hostal y Oramas sacó la placa y se identificó:

—Soy la inspectora jefa —aclaró.

El dueño del hostal les hizo pasar y se sentaron en una sala pequeña que parecía ser su despacho. En ese momento Crespo y Lidia se disculparon y siguieron su carrera hasta Palomera. Oramas le explicó que estaban investigando el caso del asesinato de Antonio y que era fácil que el coche de los asesinos quedara recogido en su cámara. El señor le respondió que solo tenía imágenes del mes en curso y que para conseguir imágenes de meses anteriores tendrían que ponerse en contacto con la empresa encargada del sistema de seguridad.

—Aunque, le advierto, que necesitan orden judicial —advirtió el señor.

—No se preocupe por eso, señor —replicó Oramas—. Nosotros somos los primeros en desear pedir los permisos necesarios para revestir la investigación de legalidad. No se puede imaginar los casos que se pierden en el juzgado porque las pruebas aportadas no han seguido el conducto reglamentario. Pero, le voy a pedir un favor.

—Si está en mi mano…

—¿Nos puede enseñar la claridad con que se ven las imágenes?

Les hizo acompañar a la sala de imágenes. Había cinco monitores, pero solo se centraron en el que recibía imágenes del exterior.

—Las imágenes tienen mucha nitidez —dijo Peláez.

—Vamos a esperar que llegue un coche —respondió Oramas.

—Pues por allí viene uno.

Oramas y Peláez se fijaron en la matrícula. Cuando el coche pasó, preguntaron que si se podía parar la imagen. El señor les dijo que sí y esperaron que llegara el siguiente.

—Ahí tenéis la imagen parada —dijo el señor.

—¡Bravo! Es lo que necesitamos. La matrícula se lee estupendamente.

Cuando llegaron al juzgado le comunicaron que tenían que esperar al juez, ya que tenía un juicio. Los recibió a última hora de la mañana.

—Anda, dadme una buena noticia, que el día está siendo complicado. Decidme que hay novedades.

—La novedad es que queremos abrir una línea de investigación nueva —contestó Oramas.

—Y necesitáis orden judicial, ¿no es eso?

Oramas la puso al corriente y le explicó el motivo por el que necesitaban la orden judicial. El juez enarcó las cejas y dijo:

—Y cómo es que no os habéis dado cuenta de que había una cámara de video en ese lugar.

Oramas miró a Peláez y Peláez miró a Oramas sin que ni uno ni la otra fueran capaces de dar una respuesta coherente. Se limitaron a encogerse de hombros.

—Bueno. No importa —resolvió el juez—. ¿Pensáis que el coche de los asesinos fue grabado por esas cámaras?

—Salvo que tomaran la ruta turística, lo cual no parece muy lógico, no hay otro camino para llegar a Palomera —respondió Peláez.

La expresión del juez indicó que era motivo suficiente.

—Bien. Vamos a hacer una cosa. Me presentáis un escrito solicitando el permiso y os daré la autorización.

—¿Podemos marcharnos con la orden en la mano? —solicitó Oramas.

—Hablad con mi secretaria.

Era una chica tan cordial como eficiente. Nos puso su ordenador a nuestro servicio para que marchásemos de allí con la orden firmada por el juez. Fue Peláez el encargado de redactar el escrito y de colocar el sello en su lugar. Oramas tan solo tuvo que estampar su firma junto al sello. La secretaria se encargó de hacer el escrito y se lo pasó al juez para que lo firmara.

Marcharon a toda prisa a comisaría con el oficio en un portafolios que le había entregado la secretaria. De camino sonó el teléfono de Oramas. Era el comisario quien llamaba en esta ocasión.

—Dime, Federico.

—¿Dónde te metes? Llevo buscándote por toda la comisaría y no hay forma de dar contigo.

Oramas lo puso al día y le dijo que iban de camino a la comisaría con la orden del juez.

—Escucha. Te llamo porque he recibido una llamada del Ministerio.

—Metiendo presión. ¿No es eso? —contestó Oramas.

—Quieren saber cómo va el asunto. Dicen que la tardanza en resolverse el caso está perjudicando al partido y nos invita a abandonar el caso si no se resuelve con rapidez.

—¿Quién ha llamado?

—El subsecretario.

—Pues dile que las cosas llevan su cauce. Creo que estamos cerca de identificar a los asesinos, pero hay que hacerlo sin prisas.

—¿Y qué te crees que le he dicho? No te preocupes. Estoy contigo a muerte.

Cuando cortaron la comunicación, Oramas miró su reloj. Se dio cuenta que era demasiado tarde.

—Dirígete a tu casa —le dijo a Peláez—. No me he dado cuenta lo tarde que es. Yo pasaré por la comisaría y solicitaré a la empresa de seguridad que nos envíen copia del video del mes de junio.

—No tienes remedio, hija mía.

Fue el saludo que le dio su madre tras una larga mañana de trabajo que terminó pasadas las cuatro de la tarde. Quizá no había en esas palabras un ápice de reproche, pero dichas así, a bote pronto, escocieron.

—Lo siento mucho, madre. Ten en cuenta que estamos en la última fase del caso.

—La comida lleva esperándote dos horas sobre la mesa.

—No importa, me la comeré como esté.

—Te calentaré la sopa por lo menos.

Oramas se cambió de ropa y salió al patio antes de sentarse a la mesa en busca de alguna señal de afecto. Linda salió a su encuentro nada más verla. Se abalanzó sobre ella. Colocó sus dos patas delanteras sobre sus hombros y depositó la cabeza sobre su pecho. Así se mantuvieron durante varios segundos. Nada más sentarse a la mesa preguntó a su madre si había visto algo en la tele.

—He visto a esa amiga tuya. No recuerdo ahora cómo se llama.

—Se llama Ana Belén.

—Han hecho un reportaje reconstruyendo el crimen y han llegado hasta el pozo donde arrojaron el cadáver. Era un pozo bien profundo. Impresionaba verlo.

—Pues Mari Luz tuvo que bajar a por él.

—¡Brrru! —hizo vibrar todo su cuerpo—. ¡Qué valor!

—¿Qué más has visto?

—Han publicado una encuesta.

—Y qué.

—Que el partido del gobierno se hunde.

—¿Has visto el telediario?

—Sí.

—¿Quién ha hablado hoy?

—Los mismos de siempre. Insisten en que hay una conspiración contra ellos. Los telediarios parecen un aquelarre.

—¿Sabes una cosa?

—Qué.

—Que esta sopa está riquísima.

—¡Oh! Están a punto de saltárseme las lágrimas.

—No es para tanto, madre. Ten en cuenta que tras una mañana como la de hoy, una sopa calentita de marisco viene de perlas.

—Anda, acábatela que voy al horno a por la lubina.

Cuando llegó Oramas a la mañana siguiente al trabajo buscó al comisario. En el mostrador de información le habían comunicado que quería hablar con ella. Entró a su despacho para descargar la impedimenta y subió a la segunda planta. Llamó un par de veces a la puerta y como no contestó giró el pomo de la puerta y empujo con suavidad. Solamente introdujo parte de la cabeza. El comisario estaba hablando por teléfono. Al percatarse que estaba en la puerta hizo con la mano un dibujo en el aire indicando que pasase. Se sentó frente a él y se limitó a callar, escuchar y observar. Federico departía un día más con gente del ministerio. La vigilancia era máxima. Parecía que les iba la vida en ello.

—No, no. Eso no puede ser. Nuestra obligación es luchar contra la maldad y contra el que se pone al otro lado de la ley.

Aunque con un acento de ternura, Federico se manifestaba con una gran firmeza profesional. A Oramas le encantaba la intensidad con que escuchaba cuando conversaba con alguien. Colocaba el dedo índice sobre la sien y el pulgar bajo la barbilla.

—Es que cada asunto necesita su tiempo de cocción.

Cuando colgó el teléfono, le dijo a Oramas que los del gobierno estaban muy preocupados.

—Ya veremos dónde nos lleva este asunto —respondió—. Empezamos con la desaparición de una adolescente y…

—Vosotros lo que tenéis que hacer es trabajar. A mí dejadme que me pelee con los del gobierno. Seré para vosotros una coraza.

Oramas sonrió, se aclaró la garganta y le agradeció el apoyo recibido.

—Que sepa usted que estamos siempre de guardia y preparados para la victoria final —afirmó con contundencia.

Mientras hablaba, el comisario afirmaba con la cabeza, alzó la palma de la mano y dijo:

—No te esfuerces. Sé de vuestra profesionalidad. Sé también que sabéis trabajar en equipo. Si te he hecho llamar es para animaros y que sepáis que tenéis mi apoyo. Lo que sí os pediría es que nos esforcemos y acabemos cuanto antes con esto.

—¿Eso es todo? —preguntó Oramas.

—Sé que es demasiado, pero estoy seguro de que pronto vendrás a comunicarme que hay avances.

Oramas se despidió y marchó hacia la puerta. El comisario, como de costumbre, la acompañó. Antes de despedirse de ella, dijo:

—Por cierto, se me olvidaba. ¿Has pensado en interrogar a la mujer de Bascuñana?

—Creo que no va a hacer falta. Me imagino que esa mujer lo que menos desea es que vayamos a alterar su oasis de paz.

—Te equivocas. Ha llegado a mis oídos que tiene mucho que decir y no ha encontrado el momento todavía. Me da la impresión que soltar lo que lleva dentro le va a venir muy bien.

—En ese caso, encárgate tú de citarte con ella.

—Entra. Voy a llamarla ahora mismo.

Se sentó de nuevo a la espera de que el comisario concertara esa cita. Todo fue rápido. Marcó el número y lo cogió ella misma al primer tono de llamada. Se presentó y le dijo que si podía recibir a la inspectora Oramas para hacerle algunas preguntas referente al asesinato de Antonio Cantero. No puso ningún impedimento. Al contrario, dijo estar encantada de poder colaborar con la justicia. Acordaron que Oramas se pasaría por su casa a lo largo de la mañana, pero con la condición de que le avisaran quince minutos antes.

—Así lo haremos —prometió el comisario—, te agradezco personalmente tu colaboración.

Oramas, por fin, enfiló el pasillo camino de las escaleras. Al llegar al primer piso vio venir hacia ella a Torrijos y a Crespo.

—Nos ha llamado Peláez —dijo Oramas—, debe tener noticias.

Peláez podía ser el último en llegar a la comisaría, pero con un ordenador en las manos era el primero en solucionar cualquier asunto. Giró la pantalla del ordenador y dijo:

—Mirad lo que tengo.

En la pantalla había un Volvo S60 de color negro cuya matrícula era perfectamente perceptible: 9817JLV. Permanecieron un instante en silencio con los ojos clavados en la pantalla y dijo Ormas:

—No esperaba que te enviaran las imágenes tan pronto.

—He llamado esta mañana y he apremiado al encargado de turno para que me enviara las imágenes al correo del grupo.

Torrijos abrió la libreta, tomó nota de la matrícula y desapareció al instante.

—¿Estamos seguros de que es el coche que buscábamos? —preguntó Oramas.

—Fíjate en la fecha y en la hora —respondió Peláez.

—24 de junio, a las 15 horas y 27 minutos —leyó Crespo.

—Lo cuál quiere decir que el cadáver iba en el maletero —precisó Oramas.

—Dale hacia atrás, por favor —pidió Crespo. Peláez retrocedió la imagen hasta que se hizo nítida la imagen del piloto y su acompañante—. Quédate ahí.

—No hay duda —dijo Oramas—. Altos, fuertes, morenos. Son los que andamos buscando.

—¿Puedes acercar la imagen? —solicitó Crespo.

Peláez activo el zoom.

—Ahí tenemos el golpe que buscábamos.

Oramas salió del despacho como una centella y marchó en busca del comisario.

—Tenemos avances —dijo con voz seca.

El comisario bajó al despacho de Peláez. Miró con detenimiento la grabación. Le pararon la imagen para verle la cara a los asesinos y dijo:

—Tienen toda la pinta de ser sudamericanos.

331

Torrijos regresó de forma atropellada con la libreta abierta y anunció:

—Juan David Vargas Castro, nacido en Medellín el 31 de mayo de 1980 y con domicilio en la calle Magallanes, número 8 de Madrid. Es uno de los hombres que buscamos.

—Colombianos —dijo el comisario—. Ya os he dicho que parecían sudamericanos.

—Creo que lo que tenemos que hacer es dar orden para que los detengan —propuso Crespo.

—Eso corre de mi cuenta —dijo el comisario.

—¿Qué quiere que hagamos ahora, jefa? —dijo Crespo.

—A lo largo de la mañana tengo que interrogar a la mujer de Ángel Bascuñana.

—De eso no estaba al tanto —manifestó Crespo con un ápice de mosqueo.

—Me lo acaba de proponer el comisario —respondió Oramas encogiéndose de hombros—. Yo es que soy una persona muy respetuosa ante la jerarquía.

—¿Por qué no os marcháis a tomar un café? —propuso el comisario—. Os lo habéis merecido, sin duda alguna.

25

Sus compañeros la acompañaron hasta la calle Aguirre, junto a la Diputación, que era donde vivía Blanca, la mujer de Bascuñana.

—Soy la inspectora Oramas —dijo a través del video portero.

Cuando llegó al tercer piso se encontró una puerta abierta. La recibió Blanca en persona y la hizo pasar al salón de la casa. Esperaba una mujer mayor de lo que realmente era. «Se deben llevar más de diez años», pensó. La recibió con una sonrisa apagada, pero por lo menos sonreía. Una mirada profunda, junto con una boca alargada y un cutis suave, hacía de Blanca una mujer bella con facciones dulces. Su estatura era mediana, pero su delgadez la convertía en una mujer alta para los menos observadores.

—¿Le apetece un café?

—Muchas gracias. No me apetece. Vengo de tomarlo.

—¿Un refresco? —insistió la anfitriona.

—No se preocupe. No me apetece nada.

—¿Agua?

—Está bien. Si insiste, tomaré agua.

Blanca se levantó. Marchó a la cocina y encargó una jarrita de agua con dos vasos a la chica de servicio. No había pasado ni un minuto cuando apareció una chica de unos veintitrés con aspecto de filipina con una bandeja de plata, una jarra de cristal llena de agua sobre un paño blanco y dos vasos. La depositó sobre la mesa y se retiró de nuevo a la cocina.

—Ante todo déjeme que le diga que siento mucho lo de su marido. Supongo que habrá supuesto un enorme contratiempo en su vida.

—Ya lo creo que lo ha supuesto —contestó Blanca con tono afligido—, no consigo quitarme de la cabeza la adversidad en que ha quedado mi vida envuelta. Me siento con la misma estabilidad que una manzana colgada del árbol en medio de un vendaval.

A pesar de todo, Blanca intentaba sonreír, pero era una sonrisa tenue, de poca intensidad, una sonrisa forzada que le costaba salir del cuerpo. La miró a los ojos y no pudo resistir la pregunta:

—¿Han cambiado sus hábitos tras la muerte de su marido?

—Desde entonces no he salido de casa. Siento que estoy condenada a vivir en solitario. Ni siquiera soy capaz de enchufar la televisión por miedo a toparme con los infames que han acabado con la vida de mi marido. Los días pasan para mí entre lecturas y pensamientos negativos.

—Creo que debería salir todos los días. El sol y el aire la reconfortará.

—Lo sé. Pero no tengo fuerzas para ello. Y lo peor es que temo que acabe acostumbrándome a esta soledad no buscada.

La volvió a observar Oramas. Se dio cuenta que tenía los ojos secos y consideró que ya no le debían quedar fuerzas ni para llorar. Se centró en el asunto y dijo:

—Supongo que sabrá que he venido para interrogarla sobre el asunto del asesinato de Antonio.

—Claro que lo sé.

—¿Lo conocía?

—Y quién no conoce a Antonio en esta ciudad. Sé de él que era un fullero y un trapacero. Vivió toda su vida dando sablazos.

—Parece ser que trabajaba para su marido.

Blanca enarcó las cejas y dijo:

—No trabajaba para él. Trabajaba junto a él, que es diferente.

Oramas se ruborizó y optó por salir al paso echando mano de un ápice de sarcasmo:

—Eligieron un buen trabajo para no tener que dar golpe el resto de sus días.

—Un trabajo que no dependía de ellos —apostilló Blanca.

—Supongo que insinúa que era el partido quien partía el bacalao.

—Entrar en el partido fue su perdición.

—¿Por qué entró?

—Eso le dije yo un montón de veces. Antes de ingresar en él vivíamos muy tranquilos. Mi marido tenía dos despachos de abogados, uno aquí y otro en Madrid. Solía ir a la capital dos veces por semana como mucho, había semanas que no iba. En algunas ocasiones lo acompañaba. Asistíamos a una obra de teatro y volvíamos en el día o nos quedábamos a dormir en nuestro estudio. Una de las veces que fue solo a Madrid me vino diciendo que iba a ingresar en el partido.

—¿Qué le dijo usted?

—Le dije que qué falta le hacía. Me contestó que había hablado con un tal Luis Manzanares y le había aconsejado que entrase en el partido ya que necesitaban una buena cabeza electoral para la provincia de Cuenca.

—Es decir que le prometieron de entrada un escaño en el Congreso de Diputados.

—Le prometieron escaño y elevar el negocio de su despacho en Madrid a través de influencias.

—¿Cumplieron su promesa?

—La verdad que sí. De eso no me puedo quejar. El dinero que entraba en casa se multiplicó.

—Supongo que habría algún hándicap.

Blanca le lanzó una mirada torva y dijo:

—Ya lo creo que lo había. Pronto empezaron a ponerlo a prueba. Le pidieron en un par de ocasiones que hiciese unas declaraciones contra antiguos miembros del partido. Lo pasó fatal, pero se sintió obligado a hacerlo. La tercera vez que le propusieron hacerlo se negó en rotundo. Esas cosas se llevan muy mal en organizaciones piramidal.

—Qué ocurrió entonces.

—De momento no pasó nada, pero se la guardaron. Un buen día empezaron a pedirle cosas extrañas como que hiciera informes sobre paraísos fiscales y modos de blanquear dinero. De ahí fueron ascendiendo poco a poco exigiéndole nuevos niveles de implicación y cuando se dio cuenta estaba metido hasta el cuello.

—Pudo tomar la determinación de salir de ese estercolero.

—Cuando se dio cuenta que estaba metido en esa ratonera intentó salir. Pero no pudo.

Oramas que estaba encantada con el relato se encogió de hombros y dijo:

—Pero ¿por qué?, ¿acaso había entrado en una secta?

—Peor que eso. Lo llamaron a capítulo. Se entrevistó con no sé qué gerifalte de esos que ya no saben hacer otra cosa que estar en política y lo chantajeó. Le dijo que si intentaba dar marcha atrás iba a acabar mal y señalaron algunos ejemplos de gente que estaba en la cárcel. No se conformaron con eso sino que se inventaron un lío de faldas con una abogada de su bufete en Madrid y amenazaron con hacerlo público.

Vino a la mente de Oramas en ese momento lo que le dijo la inspectora Crespo referente a la relación que mantuvo con Ana Belén.

—No sé si debo, pero se lo voy a decir. Un confidente nos ha contado que hubo un chivatazo.

—Ese chivatazo no estoy segura de que se produjera.

A Oramas le llamó la atención que estuviera al tanto de dicho asunto. Aun así continuó:

—Pues en el partido dan por hecho que fue a través de una llamada anónima de Antonio.

—Mi marido dijo al respecto que podía ser una estratagema para meterle miedo.

Se estableció en ese momento un largo silencio de miradas encontradas. Blanca tomó la jarra y llenó los dos vasos de agua. Oramas tomó un sorbo y dijo:

—Su marido acabó recaudando dinero para la financiación ilegal del partido.

—Así es.

—¿Qué relación tenía con Antonio?

—Antonio era transportista y una vez al mes se dedicaba a recaudar. Para un hombre como él, resultaba como poner a la zorra a guardar gallinas. Un buen día se encontró con demasiado dinero y decidió quedárselo. Mi marido dio parte al partido y tomaron medidas contra Antonio. Eso fue todo.

—¿Tuvo que ver su marido algo en la muerte de Antonio?

—Absolutamente nada —dijo Blanca masticando las palabras con rabia—. Le propusieron encargarse del asunto, pero declinó la invitación.

—¿Qué pensaba su marido de toda esa vorágine en la que estaba metido?

—No le dejaba vivir. Tenía problemas de conciencia y le quitaba el sueño. Decía que cuando saliese de aquel atolladero en el que estaba metido tendría que desaprender muchas cosas para poder empezar otra vez de cero.

Oramas escuchaba con mucha atención a la vez que asentía dando a entender que entendía el sentir del marido de Blanca.

—¿Tenía contacto su marido con los vendedores de droga?

—No. De eso se encargaba más bien Antonio. Como le he dicho era el que se encargaba de hacer el reparto.

—¿Le comentó su marido quién pudo ser el que diese la orden de matar a Antonio?

—Nunca me comentó nada al respecto. Me da la impresión de que contrataron matones.

—Supongo que sabrá que el caso que nos llegó a comisaría fue una denuncia por desaparición de Silvia. Se marchó con su novio a Noruega. No sé si sabrá que han asesinado a su novio en Brasil. ¿Tenía relación su marido con ese chico?

—Nunca le oí hablar de él. Pero no puedo asegurar nada. Procuraba estar al margen de sus negocios con el partido.

—¿Tenía relación su marido con el subdelegado del gobierno en Cuenca?

—Sí, claro.

—¿Qué puede decirme de él?

—Que es un tuercebotas. Uno de esos que llevan desde niño bajo la cúpula protectora del partido y que acaba haciendo el trabajo sucio.

—Pero era amigo de su marido.

—¿Se puede llamar amigo a alguien que no acude al entierro de su supuesto amigo?

A Oramas se le acabó la munición. Permaneció sentada y se dedicó a escuchar. Blanca habló de política y lo hizo demostrando poco cariño por los políticos. Manifestó estar contenta porque creía que con tantas elecciones seguidas se respiraba un ambiente saludable ya que, por fin, eran los partidos los que tenían miedo a la ciudadanía.

—Son los políticos los que deben temer al ciudadano —recalcó—. Lo contrario es tiranía.

Se mostró muy enfadada por los abusos y los engaños de los políticos sobre los ciudadanos. Pero dejó claro que estos no tardarían en darse cuenta y se rebelarían ante las urnas.

—La mentira tiene las patas muy cortas. El rechazo a la clase política tiene que incrementarse a no mucho tardar. A la gallina de los huevos de oro le queda poca vida. España tiene que dejar de ser una cloaca consentida y consensuada por los partidos políticos —concluyó.

Oramas no se pudo reprimir y dijo:

—¿No cree que tenemos los políticos que nos merecemos?

—Eso es una verdad a medias.

—¿Y cuál es la otra mitad de la verdad?

—Que los mediocres han tomado el poder. Lo cual tiene mucho sentido. El sistema no favorece que lleguen arriba los más brillantes sino los que menos molestan.

Oramas miró el reloj. Blanca se percató del detalle.

—En fin, no quiero entretenerla más. Me imagino que estará ahora muy atareada.

—Pues la verdad que sí. Esté atenta porque me da la impresión de que pronto van a empezar a caer peces gordos del partido que sustenta al gobierno.

—Lo estaré, ya lo creo que estaré. Es preciso que alguien ponga a esa gente en su sitio.

Se levantaron y caminaron hacia la puerta. Antes de abrirla, Blanca dijo:

—Permítame decirle lo último. Fíjese si serán de mala ralea esta gentuza que una vez que se sirvieron de mi marido, cuando cayó en desgracia, lo dejaron abandonado como si no lo conocieran de nada. Lo utilizaron como si fuera un chicle, cuando extrajeron de él lo que les interesaba lo tiraron al suelo sin más. Ni siquiera tuvieron la decencia de llamarme cuando murió mi marido para darme el pésame.

26

A última hora de la mañana el comisario comunicó que Juan David estaba detenido. Había sido una operación limpia, sin necesidad de utilizar la violencia.

—Ha sido efectuada la detención en la puerta de su casa —dijo el comisario.

—¿La han registrado? —preguntó Oramas.

—Todavía no —respondió, y a continuación propuso—: debemos ir a Madrid y ser nosotros los que interroguemos al detenido.

—¿Sabemos algo del otro? —preguntó Crespo.

—Parece ser que está identificado. Lo han podido hacer por medio del teléfono móvil de Juan David.

Oramas y Crespo cruzaron sus miradas. Iban cargadas de deseo. Eran miradas que manifestaban el ofrecimiento desinteresado de marchar a Madrid para interrogar a los detenidos.

—Si no os parece mal —dijo Oramas—, podemos ir Crespo y yo a Madrid.

A las ocho de la mañana Crespo recogió a Oramas bajo los arcos del ayuntamiento. El día había amanecido frío. Como solía ser costumbre en la meseta, cuando el cielo quedaba raso en invierno, la escarcha era segura por la mañana. Conducía Crespo. Oramas se arrellanó en el asiento con el teléfono en las manos.

Estamos llegando a Tarancón.

El WatsApp iba dirigido al comisario.

Tenemos ya al segundo asesino. Se llama Santiago Rivera Zapata. Colombiano (de Villavicencio), nacido el 18 de agosto de 1980. Vive en la calle Canarias.

—Ya tenemos al segundo —dijo Oramas.

—¿Colombiano?

—Sí.

¿Han dicho algo?

No me consta.

—Pregúntale si han declarado alguno que fue un crimen por encargo.

—De eso no sabe nada —respondió Oramas.

¿Ha trascendido algo a la prensa?

Por ahora no.

A ver si seguimos así por lo menos hasta que los interroguemos.

Los que están mosqueados son los del gobierno.

Sus razones tendrán.

Faltando doce kilómetros para llegar a Madrid recibió un WatsApp advirtiéndoles de que se llegaran a la comisaría ubicada en la Ronda de Toledo.

Deberías informar al juzgado de las detenciones.

Ya he informado.

Al llegar a la comisaría se enteraron de que en el registro de la casa de Juan David habían encontrado 115. 475 euros, una bolsa con cocaína y una pistola.

—¡Vaya, vaya! Parece que matar por encargo es un buen negocio —dijo Crespo.

—Un negocio que va en aumento —aclaró un policía—. Hace unos años tenían que viajar para hacer su trabajo, ahora están asentados aquí.

El agente condujo a Oramas y a Crespo hasta el despacho del comisario. Tras una mesa repleta de cúmulos de papeles apareció un señor de unos cincuenta bajo, calvo, regordete y con una sonrisa contagiosa. Acudió al encuentro de las dos inspectoras y las saludó con cortesía. Les comunicó que en los calabozos de su comisaría tenían retenido a Santiago y que Juan David estaba en la comisaría sita en la calle Leganitos.

—Eso quiere decir que una de nosotras dos nos tendremos que desplazar —dijo Oramas.

—Si lo que queréis es interrogar una a cada uno, me temo que sí.

Ante la doble posibilidad, a Oramas pareció que se le atascó la garganta. Inmersa en un espeso silencio se limitó a mirar a Crespo que resolvió la duda diciendo:

—Creo que lo mejor será que cada una interroguemos a uno.

Oramas asumió la decisión y pidió al comisario una sala para hacer una puesta a punto previa a los interrogatorios. Decidieron que fuese Oramas la que interrogase a Juan David. Tuvo que desplazarse a la calle Leganitos.

Cuando Oramas entró en la sala de interrogatorios se encontró de frente con una persona de unos ciento noventa centímetros de altura, de tez morena, pelo azabache y con mirada apacible. Nada de su aspecto externo incitaba a pensar que fuera un asesino a sueldo. Tras un breve saludo, Oramas se sentó frente a él y le dijo:

—Empezaré advirtiéndole que si colabora con la justicia y nos da la información que solicitemos, el Estado le ofrecerá beneficios.

Cuando terminó de hablar Oramas, Juan David hizo un gesto de indiferencia y dijo:

—Estoy enterado de dichos beneficios. Reciben el nombre de delación premiada.

Oramas sacó de una carpeta la foto de Juan David a los mandos del Volvo S60 y la colocó ante sus ojos.

—¿Podría precisarme si es usted el conductor?

Tras una mirada breve respondió:

—Sí. Soy yo.

—¿Podría decirme quién es el acompañante?

—Se llama Santiago Rivera Zapata.

Oramas recogió la foto y la guardo en la carpeta.

—La fotografía fue tomada el 24 de junio, a las 15 horas y 27 minutos en la carretera de Palomera. ¿Está de acuerdo en la fecha y en la hora?

—Sí.

—¿De dónde venían?

—De Palomera —respondió con sequedad sin apartar la vista de Oramas.

—¿Se puede saber el motivo por el que fuisteis a Palomera?

—Para resolver un asunto.

—¿Podría ser más exhaustivo?

—Tuvimos que matar a Antonio.

Oramas miró desconcertada a Juan David y con el eco de sus palabras salió de la sala y llamó a Crespo.

—¿Qué pasa, jefa?

—¿Qué tal te va con Santiago?

—Estupendamente. Es una persona muy extrovertida que no oculta nada. Da la impresión de que ha pensado que una vez que lo hemos atrapado tiene que conseguir los mayores beneficios.

—Esa misma sensación tengo yo. Parece como que tiene prisa por soltarlo todo de sopetón. ¿Le has preguntado quién apretó el gatillo?

—El tiro de gracia lo dio Santiago. Lo ha declarado sin que le temblara la voz. Esta gente parece que se lo toma como si fuera un trabajo más.

—¿Le has preguntado quién les hizo el encargo?

—Juan Quintana Quirós.

—Ese es el tesorero del partido.

—Tesorero y diputado por Asturias.

—El típico tonto útil —dijo Oramas—. Me da que este va a ser el chivo expiatorio. No olvides que firme la declaración.

Cuando Oramas regresó a la sala de interrogatorios, Juan David lo recibió con una generosa sonrisa.

—Habíamos quedado en que matasteis a Antonio.

—Así es —ratificó Juan David las palabras de Oramas ampliando la sonrisa—. Fue un asesinato a la carta.

—¿Quién le dio el tiro de gracia?

—Mi compañero Santiago. Iba montado en bicicleta y lo atropellé por detrás, mi compañero salió y le dio dos tiros.

—Y a continuación cargasteis en el maletero el cuerpo y la bicicleta y desaparecisteis de allí.

Una enorme sonrisa partió su cara en dos y dijo:

—Así fue. Veo que es usted una buena policía.

Los ojos azulados de Oramas se encontraron con el negro intenso de los de Juan David. Con voz relajada le pidió el nombre de quien hizo el encargo.

—Juan Quintana Quirós —el nombre resonó en la sala como si proviniera del fondo de una tinaja—. ¿Le suena ese nombre?

—Ya lo creo que me suena.

Oramas quitó el freno de mano y le pidió que relatara cómo se concertó el asesinato. Juan David resopló y le dijo:

—¿Por dónde quiere que empiece?

Juan David bebió agua de un vaso que tenía sobre la mesa y relató el asesinato de Antonio desde el mismo momento en que Juan Quintana contactó con él. Cuando acabó el relato, Oramas salió de la sala y redactó el siguiente escrito:

En Madrid, a treinta de noviembre de 2019.

En relación al asesinato de Antonio Cantero Alonso el lunes veinticuatro de junio de 2019, el detenido Juan David Vargas Castro, de treinta y nueve años de edad, nacido en Medellín (Colombia) y afincado en Madrid, con residencia en la calle Magallanes, número 8, declara que el veinticinco de abril recibió una llamada de Juan Quintana Quirós, diputado por la circunscripción de Asturias y tesorero del partido que sustentaba al gobierno y le hizo el encargo de dar un susto al susodicho Antonio Cantero con el mensaje de que devolviera el dinero que se había apropiado indebidamente y que correspondía al cobro de varios alijos de cocaína.

Dos días después se citaron en el café «La Traviata», donde recibió un sobre con el dinero correspondiente al primer pago y con los datos de Antonio. Declara también que recibió las llaves de un piso de Cuenca donde deberían fijar su residencia hasta que se resolviese el asunto de la devolución del dinero.

Según Juan David Vargas, le dejó claro a Juan Quintana Quirós que necesitaba otra persona para realizar dicho encargo, que este le contestó que se encargara él mismo de buscarlo y que no se preocupara por el dinero. Deja claro también que el encargo consistía en asustarlo para recuperar el dinero.

Juan David y su compañero Santiago Rivera Zapata salieron al encuentro de Antonio en tres ocasiones y como hizo caso omiso a sus recomendaciones, a petición de Juan Quintana, planearon el asesinato. Dice que al hacerle ver que ese cambio implicaba otro tipo de tarifas, el diputado Juan Quintana lo citó en la misma cafetería de Madrid y le dio un paquete con treinta mil euros a cuenta en billetes de quinientos.

Juan David declara que decidieron acabar con la vida de Antonio en la finca que este poseía en Palomera, ya que era un lugar solitario. Que lo estuvieron observando durante cierto tiempo hasta que un día, tras estar con una de sus hijas y su novio, regresaba a Cuenca en bicicleta y lo envistió por detrás con el coche que conducía él mismo. Dice que su compañero Santiago salió a toda prisa del coche con la pistola en la mano y disparó dos veces. Abrieron el maletero y cargaron el cuerpo de Antonio y la bicicleta.

Al preguntarle lo que hicieron con el cuerpo dice que anduvieron unos kilómetros y sobre las tres y media de la tarde lo llevaron a una casa de campo donde vivía un tal

Carlos que era traficante de droga. Asegura que le buscaron un arcón viejo y que se lo llevaron a Carlos para que lo guardara congelado.

Siguieron vigilando la finca de Antonio y cuando se percataron de que los perros policías habían estado trabajando en ella y se descartó que estuviera el cadáver de Antonio, le comunicaron a Carlos que se llegara con la bicicleta y con el cadáver y los arrojaran al pozo. Asegura que esto ocurrió el jueves 27 de junio por la tarde.

Al ser preguntado si volvió a tener contacto con el susodicho Juan Quintana Quirós, dice que volvió a reunirse por tercera y última vez en el mismo sitio. Que recibió otro paquete con otros treinta mil euros y que no ha vuelto a tener noticia de él desde entonces.

Con la declaración firmada debajo del brazo marchó henchida de satisfacción al encuentro de Crespo. Cuando llegó a la comisaría de la Ronda de Toledo la estaba esperando la inspectora Crespo. Intercambiaron las declaraciones y las leyeron por separado. No había duda, los dos sicarios habían colaborado. Era indudable que querían beneficios penitenciarios. Oramas habló con el comisario y le dijo que había indicios suficientes para detener al diputado Juan Quintana. A continuación llamó a Federico y le contó las pesquisas realizadas.

—Buen trabajo. Felicita de mi parte a la inspectora Crespo y procurad que el tal Juan Quintana sea detenido.

—He advertido ya que hay indicios suficientes para detenerlo.

Tras despedirse con un apretón de manos pidieron que les recomendaran un restaurante cercano. Salieron de la comisaría y caminaron hacia el centro. Un par de manzanas más arriba giraron hacia la izquierda y se encontraron con el restaurante Baco. Era un elegante espacio diseñado con un gusto exquisito que disponía de una zona con restaurante y otra de bar donde se podía comer a base de tapas variadas generalmente de cocina mediterránea. Pidieron alcachofas al horno, setas a la parrilla con ibérico y ensalada de ventresca con pimientos asados.

Todavía no había servido el camarero las viandas cuando abrió el telediario con la noticia de la detención del diputado Juan Quintana Quirós. Dado la premura con que se dio la noticia tiraron de imágenes retrospectivas para cubrir la noticia. Relacionaban a Juan Quintana con la trama de una extensa red de tráfico de cocaína que involucraba al partido en el poder.

Aturdidas y sin poder entender la rapidez con que había saltado la noticia a los medios de comunicación se miraron una a otra.

—¿Quién habrá filtrado la noticia? —pensó Crespo en voz alta.

—Ha tenido que ser alguien de la policía.

Con el soniquete de fondo de dos cucharillas de café golpeando las paredes de la taza sonó el teléfono del comisario.

—Dime, Federico.

—Me acaban de llamar los de la comisaría de la calle Ronda de Toledo. Dicen que acaba de llamar una señora que se llama Virginia Cobo Amador y que quiere hablar contigo.

—Pues, lo siento, estamos a punto de marchar para Cuenca.

—Es la mujer del ministro de Justicia.

Introdujeron en el GPS la dirección del ministro. El coche las llevó al número diez de la calle Serrano, un edificio neoclásico cercano a la puerta de Alcalá. Aparcaron en un parking público y marcharon andando al encuentro de Virginia.

Salió a recibirlas una chica joven morena que supusieron que era una empleada de hogar. Solo con entrar al hall se dieron cuenta que estaban en un piso de alto standing. Y no solo por la amplitud sino por la calidad de la construcción y del mobiliario. Las acompañó la chica hasta un salón inmenso de puertas correderas decorado con muebles de maderas nobles y con profusión de obras de arte en las paredes. Las invitó a sentarse en un sofá de cuero frente a una chimenea de estilo modernista sobre la que lucía un gran óleo abstracto firmado por Rafael Canogar.

Tres minutos después apareció en el salón una señora de mediana edad con una sonrisa de azafata dibujada en su rostro. Debía estar en torno a los cuarenta. De estatura mediana. Morena, melena corta. Guapa, con rasgos de cara muy suaves. Vestía de forma elegante con falda y chaqueta sobre camisa blanca de color fucsia. Se acercó a ellas y las saludó extendiéndole las manos.

—Por lo que he oído, sois vosotras las que habéis descubierto el caso de la cocaína. Enhorabuena.

—Realmente lo que nosotras hemos descubierto es al asesino de Antonio Cantero. Lo demás ha sido algo que ha sobrevenido de forma improvisada, sin buscarlo —contestó Oramas.

Virginia consultó el reloj. Se sentó en la otra punta del sofá y dijo:

—Sé que pensabais marcharos a Cuenca y que habéis tenido la deferencia de retrasar el viaje por acudir a mi llamada. Veréis, el caso es que puedo aportar algo al asunto que estáis investigando.

El tono de sorpresa entre las dos inspectoras se hizo evidente.

—Pero ¿tiene más recorrido el caso? —pareció sorprenderse Crespo.

Virginia se llevó la mano a la frente y dijo:

—¿Que si tiene recorrido? Esto no ha hecho nada más que empezar. Estamos ante un nuevo caso de financiación ilegal. Juan Quintana tan solo es un monigote que el partido puso ahí por si las cosas venían mal dadas. Es un chivo expiatorio.

—¿Quién hay por encima de él? —preguntó Oramas.

—Mi marido, por ejemplo.

Crespo miró a Virginia y sonrió.

—Lo que no parece muy lógico es que seas tú quien lo delates —dijo.

—Tienes razón. Pero lo nuestro hoy en día es un matrimonio de conveniencia. O mejor dicho, un matrimonio por pereza. La pereza que me da empezar a mover papeles para pedir el divorcio.

El rostro de Virginia mostró una tristeza infinita. Sus ojos se encharcaron y estuvo a punto de derramarse una lágrima de sus ojos.

—Además de un matrimonio por pereza es un matrimonio mal avenido —añadió Oramas.

Virginia endureció el gesto y dijo:

—Tan mal avenido como que llevamos durmiendo en dormitorios diferentes desde hace ocho años. Cuando llevábamos diez de matrimonio, no teniendo bastante conmigo se buscó una amante.

—¿Por qué no lo dejaste plantado en ese momento? —dijo Crespo con gesto de indignación.

—Lo pude haber hecho, desde luego. Pero opté por buscar otro amante. Desde entonces me hace la vida imposible.

—Pues dinos qué es lo que puedes aportar —apuntó Oramas.

—Lo que puedo aportar, precisamente, es que por encima de Juan Quintana estaba mi marido entre otros. Juan era el encargado de hacer el trabajo sucio. Por eso es el tesorero del partido. Es el que da la cara y el que se ensucia las manos, pero la trama es muy grande.

—¿Hay pruebas al respecto? —dijo Oramas.

Virginia sacó de uno de los bolsillos de la chaqueta un *pendrive*. Se lo entregó a Oramas y dijo:

—Ahí dentro están las pruebas.

—Supongo que son audiciones —intuyó Crespo.

—Lo son. Tienes olfato de policía. Cuando las escuchéis os daréis cuenta de lo que hay detrás del pobre tesorero.

—¿Se puede saber cuál es el motivo por el que nos haces a nosotras depositarias de las pruebas? —preguntó Crespo—. Podrías haberlo filtrado a algún periodista.

—De la prensa no me fío ni un pelo. Los medios de comunicación están comprados y los periodistas están con las manos atadas a la espalda.

Cuando salieron del piso de Virginia era de noche. Había mucho tráfico en torno a la plaza de Alcalá y de Cibeles. Hasta la estación de Atocha tuvieron que marchar en caravana.

—¿Qué te ha parecido la entrevista? —preguntó Crespo poco antes de llegar al Puente de Vallecas.

—Me ha parecido una mujer atormentada que tiene unas ganas enormes de quitarse a su marido de encima y empezar una nueva vida. No sé si te has dado cuenta, pero cuando ha hablado de su matrimonio ha estado a punto de echarse a llorar.

—Sí. Me he percatado del detalle. Si te digo la verdad, me parece una mujer muy valiente. Me ha caído bien esta chica.

—Y otra cosa en la que me he fijado. El ministro le debe llevar quince años por lo menos.

—A mí ese hombre me producía grima cada vez que lo veía en la tele. Esa pose chulesca con la que se maneja en la vida pública trasmite sensación de espanto —añadió Crespo.

—A propósito de la animadversión que le tienes a Ana Belén respecto a su incapacidad para construir una familia, debes darte cuenta de que hay muchas formas de manifestar dicha incapacidad. Aquí tienes un caso más.

Crespo asintió con la cabeza sin decir nada. Miró de reojo a su compañera de viaje y se percató de que la estaba mirando. Le pareció que esperaba respuesta.

—¡Qué difícil es la convivencia!

—Es un trabajo difícil de aprender, pero quien sabe convivir domina el arte de vivir.

Al llegar a la M-30, con el tráfico un poco más despejado, Oramas sacó de su bolsillo el pendrive y lo conectó. La audición resultó demoledora para el ministro de Justicia. Contenía por lo menos cinco conversaciones con Juan Quintana donde le indicaba con claridad la actuación a seguir.

La escucha dejaba a las claras que había constituida una trama para conseguir dinero para financiar el partido y que el marido de Virginia pertenecía a él. Se pudo evidenciar también que fue él quien dio la orden para que contratara un sicario para amenazar a Antonio y que fue él también quien dio la orden de asesinarlo.

—¿Qué te parece? —preguntó Oramas.

—Que este hombre está acabado.

27

Lo que vivió la sociedad española a partir de la detención de Juan Quintana fue una agitación violenta de la vida pública. Como siempre, a pesar de que el juez despachó al detenido con prisión incondicional sin fianza, los prebostes del partido se sucedían a lo largo del día en los medios de comunicación echándole la culpa a los periodistas con la excusa de que era una burda estrategia conspiratoria contra el partido y la democracia.

El asunto tomó otro cariz cuando el detenido empezó a declarar. Implicó a varios compañeros de partido y sus compañeros dejaron de poner la mano en el fuego por él y pasaron a considerarlo un traidor y un desleal. Filtraron a la prensa el modo en que compró el piso donde vivía en Madrid. La compra se realizó hacía dieciséis años y parte de ella se hizo con dinero oculto a la hacienda pública. Tuvo que soportar de sus compañeros de partido epítetos como corrupto, degenerado, insidioso, perillán o facineroso, entre otros.

Todo cambió radicalmente cuando se filtraron las conversaciones que tuvo Juan Quintana con el ministro de Justicia. Dichas audiciones resultaron atroces para el partido y la ciudadanía convulsionó cuando escuchó al ministro de justicia ordenar el asesinato de Antonio. La indignación fue general tanto entre gente adicta al partido de la oposición como al propio partido. Se produjeron múltiples dimisiones —entre ellas las del subdelegado de gobierno en Cuenca— y rupturas de carnés bajo el balcón de la sede central del partido fueron retransmitidas en directo por los medios de comunicación. Poco a poco se fueron espesando las relaciones entre los dirigentes del partido. Estuvieron a punto de llegar a un cisma entre dirigentes puros y corruptos. Si no llegaron a la escisión fue porque el presidente del gobierno dimitió. La madre de Oramas no se equivocó; lo que no fue capaz de conseguir la oposición, lo hizo su hija.

La inspectora Oramas no se libró del espectáculo mediático. De nuevo se plantaron en la puerta de la comisaría una nube de reporteros, viéndose obligada a dar una rueda de prensa. Dejó bien claro en ella que su labor nunca tuvo que ver con la financiación ilegal del partido que soportaba al gobierno sino que se centró en un principio en la desaparición de una adolescente y más tarde en el asesinato de su padre.

Una mañana bajó el comisario a visitar al grupo de homicidios y dijo:

—Hay que ver la que tenéis liada. Habéis puesto al país patas arriba. Que sepáis que habéis tumbado al presidente del gobierno.

—Quien la ha liado —y gorda— han sido ellos —respondió Oramas—. Las consecuencias políticas tan solo han sido daños colaterales.

—De todas formas, permitidme que os felicite a todos y a la inspectora jefa de forma especial.

Crespo se emocionó. Se levantó de la silla. Se ovilló con Oramas en un sentido abrazo y dijo:

—Ahora sí que podemos decir que has resuelto tu primer caso en Cuenca. Y de qué forma: has abierto varios telediarios.

—Trabajo en equipo, ese es el secreto —concluyó Oramas.

Las encuestas indicaban caída libre para el partido en el gobierno. Ante la tiniebla absoluta en la que se encontraban se vieron obligados a convocar un congreso del que salió el nuevo presidente.

Si las cosas cambiaron para el partido en el poder, el juez cambió también el ritmo de actuaciones. Llamó a declarar al traficante que pilló la policía vendiendo droga por la internet oscura. Declaró que no trabajaba al servicio de Bascuñana y manifestó que ni sabía ni tenía que ver nada con Antonio ni con el partido implicado en el tráfico de drogas. Oramas y Peláez volvieron a interrogarlo, pero en esta ocasión se mostró mucho más blando que la vez anterior. Oramas recordó la despedida que tuvieron la última vez que se vieron: «Hasta la próxima». Tras el interrogatorio, el juez lo puso en libertad bajo una fianza de treinta mil euros.

Distinto fue el caso de Carlos. Tras el interrogatorio, el juez no vio motivo para imputarlo, quedando en libertad. Acudió a la comisaría una mañana en busca de la inspectora jefe para decidir si era conveniente marcharse de la ciudad. Oramas le explicó cómo había quedado el asunto y le aconsejó quedarse en Cuenca y abandonar el mundo de la droga. Además, lo puso en contacto con los camareros del Cisne con el fin de quedarse con el negocio. En efecto, hablaron con el dueño del local y lo abrió junto con uno de los camareros que estaban al servicio del italiano. Según contó la mujer de Carlos, vieron el cielo abierto. Pudieron centrar su vida y regresaron al lado amable de la vida.

Comprobado que la pistola que requisaron a Santiago fue la que realizó los dos disparos que acabaron con la vida de Antonio, los dos sicarios ingresaron en prisión sin fianza. Se acogieron a los beneficios por colaborar con la justicia y dieron toda clase de detalles respecto a la contratación por parte de Juan Quintana, dejando claro que no era él el máximo responsable del partido.

Un buen día, no mucho tiempo después de que regresaran de Madrid Oramas y Crespo, decidieron salir a cenar y celebrar los cuatro del grupo de homicidios el primer caso resuelto. Era sábado. Tras una larga discusión sobre varias propuestas, resolvieron hacer la reserva en la posada de San José, un establecimiento con mucho encanto producto de la restauración de un monasterio del siglo XVII con preciosas vistas a la hoz del Huécar. Tras los postres pidieron una botella de Champán y Oramas propuso brindar por la continuidad de los cuatro en el grupo de homicidios. A propuesta de Crespo —en esta ocasión no hubo discrepancias— acabaron la fiesta tomando unas copas en el Jovi.

Esta es la historia, mejor o peor contada, del primer caso que tuvo que resolver Oramas en la ciudad de Cuenca.

Ajustando partes y componiendo fragmentos no debo acabar la historia sin dar a conocer lo que fue de Silvia.

Tres años después del asesinato de Antonio paseaban por Carretería Crespo y Oramas. Era uno de los primeros días del mes de junio y habían salido a realizar unas gestiones bancarias. Se encontraron de frente con Ana Belén y sus dos hijas. Silvia estaba embarazada. Lucía empujaba un carrito con un bebé. Ana Belén se adelantó y abrazó a Oramas. Olvidando pasadas rencillas, hizo lo propio con Crespo. Ana Belén le agradeció personalmente todo lo que hicieron por descubrir al asesino de Antonio.

Silvia había regresado a España poco después de que se descubriese la trama que acabó con la vida de su padre. Reconoció que pasó mucho miedo en Brasil. Se pasó días enteros metida en casa sin salir. Confesó que se le hizo muy larga la estancia allí. Cuando se le preguntó por su novio dijo que lo mataron sin darle opción a defenderse. Agració mucho a las dos inspectoras lo que hicieron por encontrarla y dijo acariciándose la barriga que cuando regresó a España conoció a un chico del que esperaba un hijo.

—¿Cuál fue el motivo por el que falsificasteis tu pasaporte? —preguntó Oramas.

—Por precaución. Mi novio dijo que era menor de edad y que eso hacía peligrar nuestra aventura.

—¿Aceptaste de buen grado el cambio de identidad?

—Más que aceptarlo es que lo creí necesario.

Oramas le preguntó qué tal había sido la estancia en Brasil y Silvia le contestó que, dentro de lo que se podía esperar, su estancia fue muy buena. «La policía me protegió en todo momento», dijo con regocijo. «Alguien se tuvo que preocupar de que así fuera, pienso yo», añadió con una sonrisa un tanto burlona.

Lucía parecía una mujer muy madura. Vivía con un chico y con su hijo que apenas tenía medio año en un piso alquilado. Oramas le hizo ver que parecía mucho más madura que aquella niña a la que conoció hacía tan solo tres años. La joven le respondió que había hecho terapia junto con su madre y su hermana. Ana Belén reconoció que fue un acierto dejarse convencer por su hija Lucía sobre la necesidad de recapacitar y de dar un giro a su vida. Admitió haberse dado cuenta del camino tan descarriado por donde había conducido su vida. «Ahora tiene un novio estable», dijo Lucía con orgullo; «somos más felices», añadió.

Ante esas palabras que parecían salir del alma de un sabio más que de la garganta de una joven de apenas dieciocho años, Oramas se enterneció y tuvo que hacer esfuerzos por mantener la emoción. A su mente llegaron en ese momento múltiples evocaciones del pasado, recuerdos que quemaban y que revelaban a las claras las debilidades del alma humana. Pasó por su mente a la velocidad de la luz las palabras de Ana Belén el día que le enseñó su casa en el pinar de Jábaga y las de Torrijos cuando les contó a sus compañeros la conversación que tuvo con un amigo suyo sobre la desventurada convivencia de Ana Belén y Antonio.

—¿Qué ha sido de la tienda de antigüedades? —pregunto la inspectora Crespo—. He visto que está cerrada.

—Nos pusimos en contacto con un anticuario madrileño y nos compró todos los muebles —contestó la madre—, de modo que le devolvimos la llave a su dueño.

—Ese dinero os corresponde a vosotras —bromeó Oramas dirigiéndose a las dos gemelas.

—Como que tenemos el dinero guardado en el banco.

—Se llevaron un buen pellizco —dijo Ana Belén—. No nos lo esperábamos, pero había cosas de mucho valor. Curiosamente, lo que más valor tenía era lo que estaba en la trastienda.

Lucía acabó felicitando y agradeciendo a Oramas por llegar hasta el final del caso y poner a los asesinos de su padre ante la justicia.

—Has estado genial. ¡Qué alegría nos llevamos cuando nos enteramos de la noticia!

—Pues que sepas que todo fue producto de dos cometas. El vuelo de esas dos cometas tuvieron su eco.

Se despidieron con fuertes y sentidos abrazos. Especialmente sincero fue el que se dieron Crespo y Ana Belén. Sin falsedad y con una ligera sonrisa en sus labios cruzaron sus miradas y entrelazaron sus brazos por detrás de sus espaldas fundiéndose en un solo cuerpo.

—Que sepas que cuando quieras puedes venir a mi casa —dijo Ana Belén recibiendo un sonoro y profundo beso de Crespo.

Siguieron cada cual su camino.

—¿No te parece estupendo que hayan sido las hijas las que han sacado a la madre del inmundo pozo donde estaba metida? —dijo Oramas.

—Lo que me parece maravilloso es que esa mujer haya tenido la sabiduría suficiente como para darse cuenta de que el mejor sitio para reencontrarse consigo misma es la familia.

—Con lo poco que hicieron por ellas, ¿verdad? A mí me parece que, más bien, la sabiduría la han demostrado las hijas —respondió Oramas con una sonrisa complaciente—. Creo que respecto a la educación de los hijos no son los padres los que tienen la exclusividad. Hay una parte —y seguramente no pequeña— que se les escapa de las manos. Esa parte le corresponde al resto del mundo, a la sociedad, a la comunidad a la que pertenecen. Es precisamente esta última parte la que ha dotado a esas niñas con el potencial suficiente como para darse cuenta de que su madre tenía que dar un giro a su existencia.

—Los hijos son como los perros —dijo Crespo.

Oramas endureció el gesto, se paró en seco y miró a su compañera.

—¿Qué quieres decir con eso?

—Que siempre dan más de lo que reciben.

—Sin duda alguna, en el caso de Lucía y de Silvia han dado mucho más de lo que han recibido —concluyó Oramas.

—Pero no es lo normal, no te olvides de esto. Generalmente, la dejación de funciones de los padres da lugar en los hijos a conductas negativas como inestabilidad afectiva…

—Sí, conductas que puede derivar en delincuencia.

—Eso es. ¿Sabes lo que estoy pensando?

—Qué.

—Que al ritmo en que vivimos, la maldad no quedará erradicada de la faz de la Tierra así como así.

—Y nosotras seguiremos al pie del cañón para limpiar las calles de la gente que se instala en el lado oscuro de la vida.

Printed in Great Britain
by Amazon